CW01261297

FOLIO SCIENCE-FICTION

Pierre Pevel

LES ENCHANTEMENTS D'AMBREMER

suivi de
« MAGICIS IN MOBILE »

Le Paris des Merveilles, I

Gallimard

Le présent ouvrage a fait l'objet d'une première publication
aux Éditions Le Pré aux Clercs en 2003.

© *Éditions Bragelonne, 2015.*

Né en 1968, Pierre Pevel débute l'écriture, dans les années 1990, par la scénarisation et la création de jeux de rôles, avant d'adapter en romans, sous pseudonyme, un de ces univers ludiques. Dès 2001, il publie, sous son propre nom, le premier roman de *La trilogie de Wielstadt*, qui sera récompensé par le Grand Prix de l'Imaginaire. Suivront une douzaine de romans, dont *Les Lames du Cardinal*, couronné par le prix Imaginales des lycéens 2009 en France et le Morningstar Award 2010 du meilleur nouvel auteur en Grande-Bretagne. Déjà traduits en dix langues, ce roman et ses deux suites sont reconnus comme l'une des réussites majeures de la *fantasy* historique. Sa nouvelle série, *Haut-Royaume*, a commencé de paraître en 2013 aux Éditions Bragelonne.

Il était une fois le Paris des Merveilles...
Où l'on plante le décor d'un Paris qui n'exista jamais tout à fait.

Les contes d'autrefois, ainsi que les fabuleuses créatures qui les inspirèrent, ont une patrie. Cette patrie se nomme l'OutreMonde. Ne la cherchez pas sur une carte, même millénaire. L'OutreMonde n'est ni un pays, ni une île, ni un continent. L'OutreMonde est... un monde, ma foi. Là vivent les fées et les licornes, les ogres et les dragons. Là prospèrent des cités et des royaumes que nous croyons légendaires. Et tout cela, au fil d'un temps qui s'écoule autrement.

Cet univers voisine avec le nôtre. Jadis, ils étaient si proches qu'ils se frôlaient parfois. Alors naissaient des passages fugitifs, des chemins de traverse déguisés, des ponts incertains jetés sur l'abîme qui, d'ordinaire infranchissable, sépare les mondes. Tel promeneur pouvait ainsi rencontrer, au détour d'un sentier perdu, une reine attristée caressant un grand cerf blanc dont une flèche perçait le flanc ; tel berger explorait une ravine et découvrait au-delà une vallée que la vengeance d'un sorcier condamnait à un hiver éternel ; tel chevalier solitaire passait, en quête de gloire, le rideau étincelant d'une cascade vers des régions inconnues où attendait l'aventure. Combien firent semblables expériences ? Combien de poètes et ménestrels contèrent ces voyages ? Assez pour être entendus, sans doute. Trop peu pour être crus. À l'époque déjà, les esprits sages niaient l'existence de l'OutreMonde et de ses prodiges. Et les mêmes, aujourd'hui, continuent doctement à vouloir peindre nos rêves en gris...

Mais oublions les fâcheux et revenons à l'Outre-Monde. Il existe bel et bien, et manqua de peu changer l'Histoire. Car que serait-il advenu si, au lieu de s'éloigner à jamais, ce monde et sa magie s'étaient au contraire approchés ? Que se serait-il passé si l'OutreMonde, à la faveur d'une conjonction astrale propice, ou d'un caprice du destin, avait librement étendu son influence sur Terre pour l'imprégner de merveilles que le temps écoulé nous aurait bientôt rendues familières ?

Avec votre permission, admettons qu'il en fût ainsi et transportons-nous au début du XXe siècle, en France. Plus précisément, considérons notre capitale. Que voyons-nous ? Nous reconnaissons d'abord un Paris pittoresque et vieillot, celui de la Belle Époque. C'est donc le Paris des Grands Boulevards et des immeubles haussmanniens, des rues pavées et des réverbères à gaz, des quartiers populaires où rien ne semble avoir changé depuis Vidocq. Mais c'est aussi le Paris des premières automobiles, de l'Art nouveau triomphant, de la fée Électricité qui pointe le bout de son nez. Sur les murs s'étalent des réclames peintes : elles vantent en lettres immenses les biscuits Lefèvre-Utile, les pneumatiques Michelin et le Cachou Lajaunie. Les messieurs ont de fières moustaches, des chapeaux melons, des canotiers ; les dames ont des corsets, des jupes et des jupons, des bottines à boutons. Déjà, de rutilants tacots pétaradent parmi les fiacres, les omnibus à impériale, les tramways attelés, les charrettes à bras, les cyclistes et les piétons intrépides. Dans les gares crachent, toussent et ronflent d'énormes locomotives à vapeur dont les sifflets, avant le départ, résonnent sous les toitures immenses. Du haut de ses vingt ans, la tour de M. Eiffel regarde une basilique pâtissière pousser au sommet de Montmartre. Çà et là fleurissent des marquises en verre et fonte verte – elles protègent les accès d'un chemin de fer métropolitain qui continue de s'étendre sous terre depuis l'Exposition universelle qui inaugura tant le siècle qu'une nouvelle ère.

Voilà pour Paris, en deux mots, tel qu'il fut. À présent, imaginez…

Imaginez des nuées d'oiseaux multicolores nichées parmi les gargouilles de Notre-Dame ; imaginez que, sur les Champs-Élysées, le feuillage des arbres diffuse à la nuit une douce lumière mordorée ; imaginez des sirènes dans la Seine ; imaginez une ondine pour chaque fontaine, une dryade pour chaque square ; imaginez des saules rieurs qui s'esclaffent ; imaginez des chats ailés, un rien pédants, discutant philosophie ; imaginez le bois de Vincennes peuplé de farfadets sous les dolmens ; imaginez, au comptoir des bistrots, des gnomes en bras de chemise, la casquette de guingois et le mégot sur l'oreille ; imaginez la tour Eiffel bâtie dans un bois blanc qui chante à la lune ; imaginez de minuscules dragons bigarrés chassant les insectes au ras des pelouses du Luxembourg et happant au vol les cristaux de soufre que leur jettent les enfants ; imaginez des chênes centenaires, et sages, et bavards ; imaginez une licorne dans le parc des Buttes-Chaumont ; imaginez la Reine des Fées allant à l'opéra dans une Rolls-Royce Silver Ghost ; imaginez encore de sombres complots, quelques savants fous, deux ou trois sorciers maléfiques et des clubs privés de *gentlemen* magiciens.

Imaginez tout cela, et vous aurez une (petite) idée du Paris des Merveilles…

Pierre Pevel

PROLOGUE

Entraîné par toute la puissance de son énorme locomotive à vapeur, l'express reliant Saint-Pétersbourg à Varsovie traversait la nuit étoilée tel un monstre aveugle que rien ne semblait pouvoir retenir. C'était une masse sombre qui déferlait dans la campagne polonaise avec des bruits de forge mécanique et, de loin en loin, un coup de sifflet strident à l'approche des gares villageoises qu'elle franchissait sans ralentir, emplissait d'un vacarme furieux et abandonnait aussitôt à un silence bouleversé où flottaient, fugitives, des nuées de scories incandescentes.

Il était presque minuit et, par contraste, tout paraissait étrangement calme dans le compartiment couchette de première classe qu'occupait la baronne de Saint-Gil. Ici, un léger roulis berçait plus qu'il n'incommodait, tandis que les sons peinaient à passer les boiseries laquées, les capitons de cuir et le velours des rideaux. Sur une tablette, une petite cuillère en argent cliquetait entre la soucoupe et la tasse d'un service à thé. Pourtant close, la porte du cabinet de toilette tremblait contre l'huisserie au rythme de discrets soubresauts.

Assise dans un renfoncement aménagé en banquette, Isabel de Saint-Gil lisait à la lueur d'une lampe dont la flamme oscillait à peine. Elle était aussi belle qu'élégante. Grande et mince, la taille prise dans un corset qui l'obligeait à se tenir droite tout en soulignant de charmantes rondeurs, elle portait encore la robe beige à tournure ivoire qu'elle avait revêtue avant d'aller dîner, seule, au wagon-restaurant. Elle avait cependant ôté son chapeau, et son épaisse chevelure rousse, où serpentaient des flammèches blondes, était relevée en un chignon raffiné qui épargnait quelques virgules follettes au creux de la nuque. Absorbée par sa lecture, la jeune femme resta longtemps immobile sinon pour tourner une page, son délicat profil caressé par un rien de lumière dorée. Puis elle ramena une jambe sur l'autre dans un froufrou soyeux. Une jolie bottine vint à pointer, qui souleva la jupe et les jupons dont la lourde corolle, dès lors, tangua selon les lents balancements que lui imprimait le train.

Soudain la mèche de la lampe, trop courte sans doute, grésilla et s'éteignit, plongeant le compartiment dans le noir. Sans y songer, nonchalamment, Isabel de Saint-Gil claqua des doigts. Et cependant que la flamme, docile, ressuscitait, quelqu'un frappa à la porte.

— Oui ?
— C'est moi, patronne, fit une voix étouffée.

La baronne leva alors un regard plein de tranquille assurance. L'iris de ses yeux était une couronne d'ambre fauve où luisaient des éclats d'émeraude.

— C'est bon, Lucien... Entre, dit-elle.

Apparut un personnage qui, de dos, pouvait passer

pour un petit homme. Plutôt fluet, il mesurait un mètre cinquante à peine, portait un modeste costume de confection et des souliers bien cirés, avait son chapeau melon à la main. Mais Lucien Labricole n'appartenait pas au genre humain. Il était un gnome comme l'attestaient, outre sa taille, ses grands yeux en amande, ses pommettes saillantes, sa bouche sans lèvres et son menton absent. Son teint sableux, surtout, était typique de sa race. Autre trait commun à tous les gnomes, ses yeux brillaient de malice.

— Vous n'êtes pas couchée, constata-t-il en refermant la porte.

— Tu vois bien que non.

Lucien semblait inquiet.

— Que se passe-t-il? demanda calmement la baronne. C'est grave?

— Plutôt, patronne. Oulissienko est à nos trousses.

— La grande nouvelle.

— Non. Je veux dire qu'il est pas loin.

— Vraiment?

Le gnome surprit une pointe d'ironie dans le ton.

— Vous le saviez?

Isabel de Saint-Gil eut un geste vague de la main.

— C'est l'avantage avec les hommes d'abord et les militaires plus encore: ils sont prévisibles... Sers-moi une tasse, veux-tu?

Lucien suivit le regard de la baronne vers la tablette et le service à thé. Il souleva la théière, constata qu'elle ne pesait pas.

— Vide, dit-il.

— Mais non. Verse donc.

Il obéit, et un filet fumant du meilleur Kenilworth

coula dans la tasse. Le gnome eut un discret sourire en hochant la tête pour lui-même.

— Un sucre ?
— S'il te plaît.

Lucien tendit la tasse dans sa soucoupe. Tandis qu'elle remuait le thé à la petite cuillère, Isabel de Saint-Gil lâcha :

— Je t'écoute.
— Voilà. C'est un des loufiats du wagon-restaurant qui me l'a dit...
— Un Français ?
— Mieux que ça, il est des Batignolles !
— Le monde est petit..., remarqua la baronne.

Puis elle enchaîna :

— Et donc ?...
— Et donc un télégramme destiné au chef de train attendait à notre dernière étape. Il donnait ordre de ralentir l'allure et de faire un bref arrêt imprévu dans un patelin dont j'ai pas compris le nom mais qui, à mon avis, doit pas être bien loin.
— Ce dont tu déduis...
— Qu'Oulissienko et ses cognes seront au rendez-vous ! s'anima Lucien. Et qu'ils vont embarquer pour nous mettre la main au collet.
— Tu déduis fort bien, dit la baronne avant de boire une gorgée de thé. Il me semble d'ailleurs que nous ralentissons...

*

C'était à peine une gare. Tout juste un point de ravitaillement ferroviaire perdu dans la campagne, avec un quai longeant la voie sur un seul côté, un préau branlant, une remise et une citerne d'eau. On apercevait, plus sombres que la nuit, une ferme isolée et quelques arbres dont les silhouettes se découpaient à l'horizon.

Lancée à vive allure, une Daimler découverte arrivait en cahotant par la route pleine d'ornières. Elle bifurqua brusquement, rebondit sur la rampe du quai et s'arrêta dans un tête-à-queue contrôlé qui fit gémir les pneus tandis que le double faisceau des phares fouettait le décor. Quatre soldats russes en armes se serraient à l'arrière de l'imposante voiture de maître, leurs fusils tenus à la verticale entre les genoux. À l'avant, le colonel Oulissienko, de la police secrète du tsar, avait pris place à côté d'un chauffeur que ses lunettes de protection et sa casquette à visière rendaient méconnaissable. Grand et sec, le visage en lame de couteau, Oulissienko avait la cinquantaine et le cheveu ras grisonnant. Il portait un costume civil mais tout, depuis la rigueur de son maintien jusqu'à la sévérité de sa physionomie, indiquait le militaire de carrière.

Aussitôt dressé, les mains agrippées au pare-brise, le colonel scruta le nord-est de ses yeux gris acier. Il entendit le train qui ralentissait avant de le voir, et un sourire glacial pinça ses lèvres.

À temps, songea-t-il.

Alors que le Saint-Pétersbourg-Varsovie approchait, Oulissienko ordonna à ses soldats de descendre, puis il les imita. Roulant au pas, l'express longea bientôt le quai et les cinq hommes grimpèrent sur la plate-forme arrière du dernier wagon quand celui-ci passa à leur hauteur. Le chef du train qui les y attendait donna alors un coup de sifflet avant de se pencher pour agiter une lanterne à l'intention des machinistes.

Le train ne tarda pas à reprendre de la vitesse.

*

— Bien, lâcha Lucien Labricole en regardant l'express s'éloigner. Et maintenant ?

Coiffé de son chapeau melon, il peinait à soulever une imposante valise. Tout près sur le bas-côté de la voie, Isabel de Saint-Gil observait également le train qui rapetissait. Elle avait passé un grand manteau rouille assorti aux ornements de son chapeau, et portait un sac de voyage ventru.

— Maintenant, dit-elle, nous allons profiter de l'automobile que le colonel Oulissienko a aimablement laissée à notre disposition.

Le gnome se tourna vers le quai. La Daimler, en effet, n'avait pas bougé et ses phares immobiles continuaient d'éclairer une portion de nuit. Mais le chauffeur restait. Appuyé contre la carrosserie, ses lunettes lui pendant au cou et la casquette relevée sur le front, il s'allumait une cigarette.

— Et lui ? s'enquit Lucien.

— Oh, lui ? répondit la baronne d'un ton badin. Je suis sûre qu'il nous conduira où nous voudrons.

Le plus naturellement du monde, elle avança, gagna le quai et approcha dans la lumière des phares.

— Vous êtes libre ? lança-t-elle.

— Mais certainement, madame la baronne, répondit le chauffeur avec l'accent gouailleur de Belleville.

Incrédule, Lucien les rejoignit vite.

— Auguste ? C'est toi, Auguste ?

— Mais oui, mon Lulu, répliqua l'autre avec un bon sourire. C'est moi !

— Mais je croyais que tu nous attendais à Varsovie !

— Ben tu vois...

Aussi ventru que musculeux, Auguste Magne dépassait le gnome de plusieurs têtes. Il prit les bagages sans effort et les chargea dans la malle arrière. Lucien, pourtant, insistait :

— Je doute pas de tes talents, mais je me demande comment t'as pu tromper Oulissienko et les autres. Parce qu'ils ont bien dû te causer, non ?

— *Da.*

— Et qu'est-ce que t'as fait ?

— J'ai obéi quand il fallait que j'obéisse et j'ai répondu quand il fallait que je réponde. Mais ça, c'est pas souvent, avec les militaires.

— En russe ?

— Pardi !

— Et depuis quand tu jactes le russe ? s'étonna le gnome.

Sans répondre, Auguste se tourna vers Isabel de Saint-Gil et dit :

— À ce sujet, patronne... Vous pourriez pas faire quelque chose pour moi ? Parce que là, je sais même plus dans quelle langue je pense...

— Ne t'inquiète pas, le rassura la baronne. Les effets de l'enchantement ne tarderont pas à se dissiper. Dans quelques heures, tu ne connaîtras plus un mot de russe.

Ils embarquèrent dans la voiture, la baronne profitant seule du confort de la banquette arrière.

— Dis, Gus. Tu me laisserais pas conduire ? demanda Lucien.
— Qui c'est qui a la belle casquette ?
— Toi.

La prunelle rieuse, Auguste afficha une mine faussement désolée et haussa les épaules.

— L'habit fait le moine, conclut-il avant de se mettre au volant. C'est quoi, la suite du programme, patronne ? On va à Varsovie ?
— Non. Trop dangereux. Cap au sud.
— L'Autriche ?
— Oui. Nous passerons la frontière à Cracovie. Et de là, Vienne, la Bavière… et Paris.
— Ah…, soupira Lucien, le regard rêveur. Paris… Enfin !

Auguste démarra avec un grand sourire.

— C'est parti ! En *ture* vers de nouvelles *aven-routes* !

Vous qui lisez ces lignes trouverez sans doute ce pataquès volontaire parfaitement déplorable. Ce fut en tout cas l'avis d'Isabel de Saint-Gil qui, néanmoins, sourit avec indulgence en se laissant aller contre la banquette. Quant à Lucien Labricole, il hocha la tête et reprocha à voix basse :

— C'était pas forcé, ça, Auguste… Non, pas forcé…

1

Le 24 juillet 1909, en milieu d'après-midi, un fiacre emprunta le pont Marie, longea le quai d'Anjou puis, quittant le trafic, roula sur les pavés sonores d'une paisible ruelle de l'île Saint-Louis. Sachez qu'il faisait ce jour-là un temps magnifique à Paris. Un soleil énorme brillait dans le ciel où, presque immobiles, de rares nuages s'effilochaient doucement. De la Seine montait une fraîcheur caressante.

Bordée de magnifiques immeubles, la ruelle était une impasse que terminait un rond-point arboré. Le cocher mena son attelage jusqu'au bout avant de revenir se garer devant le numéro 17. Un quinquagénaire élégamment vêtu descendit du fiacre. Poussant le battant découpé dans la double porte cochère, il foula bientôt le gravier d'une cour pour découvrir la façade d'une belle maison bourgeoise. Il grimpa les marches du perron, tira le cordon de sonnette et, dans l'attente, ajusta son gilet qu'une confortable bedaine arrondissait. À l'intérieur, le carillon acheva de résonner mais rien ne vint. L'homme sonna encore et fronça le sourcil. Il consulta sa montre oignon puis, par acquit de conscience, jeta un œil à la plaque en laiton rivetée sur le mur. Aucun doute : il était à l'heure et à la bonne adresse. Reculant d'un pas, il observa les fenêtres, crut voir un rideau bouger au premier. Cela le décida. Il ôta son chapeau et entra.

— Monsieur Griffont ?... Quelqu'un ?...

Nous avons omis de dire ce qu'indiquait la plaque. On y lisait :

« Louis Denizart Hippolyte Griffont

Mage du Cercle Cyan

Sur rendez-vous uniquement »

*

Le vestibule était désert. Une veste, un imperméable et un chapeau melon pendaient à un portemanteau, près d'un grand miroir. Sur un guéridon, du courrier attendait d'être lu. À gauche, un escalier montait. Les lattes du parquet ciré craquaient un peu.

— Monsieur Griffont ?... C'est M. Carrard. Comme personne ne répondait, je me suis permis d'entrer...

Le ton était pour le moins hésitant.

Timidement, le dénommé Carrard avança, franchit un couloir obscur et silencieux. Sans rencontrer personne, il gagna un salon dont les hautes fenêtres, grandes ouvertes derrière les volets mi-clos, donnaient sur le jardin. La pièce, d'une propreté rigoureuse, était meublée avec luxe et goût. Une pénombre ocre y régnait, caressait les cuirs, lustrait les cuivres et flattait le vernis des bois. Roulé en boule au creux d'un fauteuil matelassé, un chat somnolait. Un chat au pelage dense et ras, soyeux, gris-bleu. Mais surtout un chat – Carrard écarquilla les yeux – dont les ailes duveteuses étaient repliées contre les flancs. Aucun doute : il était chez un mage...

L'animal leva une paupière à l'intention du visiteur, et retourna à sa sieste. Il ne cilla pas quand retentit soudain une pétarade qui fit sursauter Carrard. C'était, venant du jardin, le bruit d'un moteur à explosion connaissant de douloureux ratés. La pétarade reprit et mourut piteusement, suivie cette fois de jurons étouffés.

Intrigué mais convaincu de rencontrer enfin quelqu'un, Carrard sortit dans le jardin. Il resta un instant ébloui par le grand soleil, puis s'engagea sous les treilles d'une roseraie en fleur. Il y avait au fond un petit bâtiment en brique rouge où retentissaient les vrombissements de moteur. Carrard approcha et découvrit un atelier dont la porte branlante et l'unique fenêtre béaient. À l'intérieur, au milieu d'un bric-à-brac d'outils et de pièces mécaniques, un homme s'employait sans succès à régler une moto sur cales. Curieusement, l'endroit n'empestait pas l'essence ni l'huile chaude – on reconnaissait plutôt un parfum de miel cuit. L'engin, d'ailleurs, émettait d'étranges nuages dorés à chaque coup d'accélérateur.

— Excusez-moi, aventura Carrard à la faveur d'une accalmie.

Surpris, l'autre leva le nez, sourit, coupa le moteur, se redressa tout à fait. Grand, bel homme, il avait la quarantaine athlétique en dépit d'un léger début d'embonpoint. Ses yeux étaient d'un bleu très pâle. Ses cheveux, épais et soyeux, blancs comme neige malgré son âge, lançaient à la lumière des reflets acier. Sa moustache, plus sombre et bien taillée, grisonnait. Il était en bras de chemise, le col ouvert ; ses bretelles boutonnées lui pendaient sur les cuisses. Mais malgré ce négligé dans la tenue, il ne manquait pas de prestance. Il avait cette qualité que l'on ne prête d'ordinaire qu'aux *gentlemen* britanniques et qui consiste à toujours paraître au mieux, quels que soient l'accoutrement et les circonstances – un mélange d'assurance affichée et d'élégance naturelle.

— Bonjour, dit-il.

— Bonjour, monsieur.

— Entrez, monsieur. Je vous en prie.

Carrard s'efforça de ne marcher sur rien.

— Que puis-je pour vous, monsieur ? demanda le bricoleur en s'essuyant les mains à un torchon.

— Je suis M. Carrard.

— Enchanté.

— Ravi.

— Et donc en quoi puis-je vous être agréable ?

— Je crois, monsieur, que nous avons rendez-vous...

— Vous croyez ?

— Oui. Ai-je l'honneur de parler à M. Louis Griffont ?

— Mais oui.

— Alors j'en suis certain : nous avons rendez-vous.

— Vraiment ? Fichtre !

Puis, remettant ses bretelles et attrapant sa veste

qui pendait à un clou, Griffont ajouta avec un parfait naturel :

— Je dois avoir oublié... Auriez-vous l'amabilité de me dire quel jour nous sommes ?

*

— Véritablement, monsieur, je suis impardonnable.

Ils étaient installés dans le salon, dans de confortables fauteuils, de part et d'autre d'une table basse. Les grands volets de l'une des fenêtres étaient désormais ouverts pour laisser entrer la lumière. Le lent tic-tac d'une horloge à balancier égrainait les secondes. Le chat-ailé dormait toujours.

— Encore une fois, reprit Griffont, je vous prie de bien vouloir m'excuser. Je ne vois pas les heures passer quand je travaille sur la *Pétulante*, et comme j'ai chargé mon domestique d'une course en ville, nul n'était là pour vous accueillir.

Il avait pris le temps de se changer et de faire un brin de toilette. Il portait désormais un élégant complet d'été gris, avec veston croisé et gilet droit ; une cravate assortie, d'un gris plus sombre, serrait le col cassé d'une chemise en coton blanc. Le saphir d'une chevalière brillait à l'auriculaire de sa main gauche.

— La *Pétulante* ? souligna Carrard.

— Ma motocyclette. Voyez-vous, j'apporte actuellement les derniers réglages à un moteur de mon invention. Celui-ci ne fonctionne pas à l'essence, mais à la lumière étrange.

Sans comprendre, Carrard acquiesça. Il savait que

certaines variétés d'arbres, rapportées de l'Outre-Monde, avaient la capacité de capturer et conserver la lumière du soleil. Il savait également que ces arbres produisaient une sève luminescente – la fameuse lumière étrange – que l'on pouvait récolter. Il ignorait cependant qu'elle pouvait devenir un carburant.

— Thé ? demanda Griffont.

Rêveur, Carrard se laissa surprendre et hésita une seconde.

— Euh… oui. Volontiers.

Griffont se leva et passa dans la pièce voisine. Comme intimidé, Carrard jeta un regard en coin au chat-ailé qui – il l'aurait juré – ne perdait rien de la conversation derrière ses paupières mi-closes. Pour songer à autre chose, il choisit d'observer l'horloge qui cliquetait, et remarqua que son balancier pendait immobile.

Griffont revint presque aussitôt avec un service en porcelaine sur un plateau.

— Puis-je vous demander qui vous a adressé à moi ? s'enquit Griffont en s'asseyant et posant le plateau sur la table basse.

— M. Falissière.

— Ah ! Edmond est l'un de mes excellents amis…

D'une pichenette, Griffont cogna contre la théière qui émit un glouglou soudain et libéra un peu de vapeur par le col. Puis il servit.

— Sucre ? Lait ? Citron ?

— Rien, merci.

Carrard but une gorgée et crut devoir dire :

— Excellent.

— Kenilworth.

— Pardon ?

— Le thé. C'est du Kenilworth, ma variété préférée. On me le livre de Londres.

— Excellent. Vraiment.

Carrard reposa la tasse et sa soucoupe, puis tira sur les pans de son gilet.

— Et si nous en venions, proposa Griffont, à l'affaire qui vous occupe...

— Certainement... Vous le savez peut-être, je suis le directeur d'un cercle de jeu privé : le *Cercle Richelieu*, rue de Richelieu, dans le IIe arrondissement. Mon établissement a ouvert ses portes il y a six ans. Il attire une clientèle fidèle et choisie, issue du meilleur monde. Et jusqu'à présent, rien n'est venu entacher sa respectabilité.

Cela avait été dit avec une certaine suffisance bourgeoise. Dans son fauteuil, le chat-ailé changea paresseusement de position et poussa un long soupir ennuyé. Carrard parut décontenancé, tel un professeur interrompu par la saillie d'un cancre dissipé.

— Je vous en prie, lâcha Griffont en adressant une œillade noire à l'animal. Poursuivez.

Embarrassé, Carrard toussa dans son poing et reprit :

— Mais voilà que depuis quelque temps, l'un de mes habitués gagne. Il gagne beaucoup, sans jamais perdre, avec une régularité qui pourrait susciter l'admiration si elle n'était suspecte. Car l'homme dont je vous parle n'est pas un habile joueur. Il semble en revanche bénéficier d'une chance insolente. Je dirai même : une chance impossible. C'est à croire qu'il voit les cartes du sabot ou de ses adversaires.

— À quoi joue-t-il ?

— Un peu à tout. Au baccara, au whist, au trente-et-quarante...

— Mais toujours aux cartes...

— En effet.

Griffont vida sa tasse et la posa sur un guéridon près de lui.

— Le nom de cet homme ?

Carrard hésita.

— Cela ne sortira pas d'ici, le rassura Griffont.

— Jérôme Sébrier.

— Quelle est sa profession ?

— Je l'ignore. Il bénéficie, je crois, d'une petite fortune personnelle. Mais c'est un homme du monde et, jusqu'à dernièrement, je n'avais aucune raison de regretter d'avoir accepté son inscription.

— Vous a-t-il été recommandé ?

— Oui. Le règlement exige que tout nouvel admis soit parrainé.

— Et qui parraina Sébrier ?

— M. François Ruycours, se rengorgea Carrard. Vous le connaissez sans doute...

— De nom, lâcha Griffont, nullement impressionné.

Ruycours était une personnalité parisienne. Héritier d'une grande famille, il occupait un poste vague au Quai d'Orsay mais il était surtout célèbre pour son train de vie, l'excellence de ses manières et l'épaisseur de son carnet d'adresses. Il avait ses entrées partout. On se le disputait et il pouvait à lui seul faire la célébrité d'un salon, d'un restaurant. Une soirée où il n'allait pas perdait en prestige.

Griffont resta un instant à réfléchir en lissant sa moustache grise du pouce et de l'index.

— Êtes-vous bien certain que M. Sébrier ne jouit pas tout bonnement d'une période de veine extraordinaire? Après tout, cela arrive aux pires autant qu'aux meilleurs...

— J'en suis certain.

— Donc il triche.

— Bien sûr, mais comment? Mes croupiers ont l'œil, autant que les quelques surveillants que j'emploie. J'ai moi-même observé Sébrier de près. En vain.

— Certains tricheurs sont très habiles.

— Jamais assez pour tromper longtemps plusieurs paires d'yeux attentifs. Je me flatte de connaître tous les trucs et certains de mes surveillants sont d'anciens tricheurs, aujourd'hui repentis...

Griffont marqua un temps et fixa Carrard de ses yeux bleus.

— Vous en avez donc déduit, dit-il, qu'il pouvait y avoir de la magie là-dessous.

— Oui.

Il se leva, aussitôt imité par Carrard.

— Je ne peux rien vous promettre, monsieur. Sinon que je viendrai sous peu au *Richelieu* voir de quoi il retourne exactement.

— Je n'en demande pas plus, répliqua Carrard en prenant son chapeau.

Il était visiblement soulagé.

— Songez à ma situation. Je ne peux bannir Sébrier sans preuve et cependant...

— Ne vous inquiétez de rien. Je me charge de cette affaire.

Ils étaient passés dans le vestibule.

— Sébrier a-t-il des habitudes? demanda Griffont

en ouvrant la porte. Un soir où il vient plus volontiers qu'un autre ?

— Il joue chez moi tous les samedis soir.

— Alors à samedi prochain.

— À samedi, monsieur Griffont. Au revoir, et merci.

Ils échangèrent une poignée de main sur le perron.

*

De retour dans le salon, Griffont défit les boutons de son gilet et s'allongea sur un divan, les chevilles croisées contre un accoudoir, la nuque appuyée contre l'autre. Dans une poche de son veston, il prit un briquet et un étui d'argent d'où il tira une cigarette. Il l'alluma, lâcha quelques bouffées vers le plafond.

À la troisième à peine, le chat-ailé plissa le museau et toussa.

— Que pensez-vous de cela ? demanda Griffont.

— Je pense que c'est une très désagréable habitude, répondit l'animal avec l'accent d'Oxford.

— Je ne parlais pas du tabac, Azincourt.

Le chat se leva et s'étira longuement. D'abord en faisant le dos rond, tête rentrée. Puis croupe dressée, en poussant les pattes avant aussi loin que possible. Dans le même temps, il écarta par deux fois ses ailes frémissantes au maximum de leur envergure.

Cette gymnastique achevée, Griffont insista :

— Alors ? Votre avis ?

— À mon avis, dit Azincourt, le plus important à

cette heure est que vous allez bientôt être en retard à votre rendez-vous.

Griffont se redressa sur un coude.

— Mon rendez-vous ?

— Avec Mme de Brescieux.

Griffont s'assit brusquement. On aura remarqué que, pour être magicien, il n'en était pas moins tête en l'air.

— C'est ce soir ?

— Mais oui, confirma posément le chat-ailé.

Fâché contre lui-même, Griffont jeta un coup d'œil à l'horloge et quitta le salon en pestant et reboutonnant son gilet. Dans le couloir, un doute le prit cependant. Il revint sur ses pas, se posta dans l'encadrement de la porte et, bras croisés, posa un regard soupçonneux sur l'animal.

— Dites-moi, Azincourt...

— Oui ?

— Comment savez-vous que je dois retrouver Mme de Brescieux ce soir ?

Le chat hésita.

— Sans doute avez-vous évoqué ce rendez-vous devant moi, hasarda-t-il.

— Je suis certain que non.

— Vraiment ?

— Vraiment.

— Alors ce doit être Étienne qui...

— Non plus.

— Ah !...

Mal à l'aise, Azincourt se gratta l'oreille de la patte arrière.

— Vous avez encore lu mon courrier, n'est-ce pas ? lâcha Griffont.

— C'est-à-dire que...

— Vous savez que je déteste ça ! Vous ne pouvez donc pas vous en empêcher ?

Sans attendre la réplique, Griffont tourna les talons. Impassible mais vexé, Azincourt attendit quelques secondes avant de gagner le jardin d'un pas digne.

Originaires de l'OutreMonde, les chats-ailés ne se contentent pas de parler. Ils sont savants, qualité qu'ils doivent à une longévité exceptionnelle et à une capacité unique : ils s'imprègnent de la matière des livres sur lesquels ils dorment. De la matière des livres ou des journaux, ou encore de tout écrit, imprimé ou non, correspondance comprise.

Dans le vestibule, Griffont allait sortir quand Étienne rentra. Grand et maigre, le domestique avait les yeux noirs, le teint pâle comme la craie, le front dégarni et les cheveux plus orange que roux. Il portait un costume, un gilet et un nœud papillon noirs sur un plastron d'une blancheur impeccable.

— Monsieur sort ? demanda-t-il d'une étonnante voix de basse.

— Oui, Étienne. J'ai rendez-vous.

— Monsieur dînera-t-il dehors ?

— Oui. Prenez votre soirée.

— Merci, Monsieur. Je souhaite une bonne soirée à Monsieur.

— Au revoir, Étienne.

Sur ces mots, Griffont s'en fut. Il n'eut pas à refermer la porte.

2

La tour Eiffel se dresse rive gauche, à l'extrémité du Champ-de-Mars, entre l'École militaire et la Seine. Haute de plus de trois cents mètres, elle était déjà l'une des principales attractions de la capitale à la Belle Époque. Elle avait été achevée en 1889 pour l'Exposition universelle qui, cette année-là, s'était tenue à Paris. Bâtie selon les plans de son célèbre architecte, elle était cependant considérée comme une réalisation de l'OutreMonde. Une armée de gnomes l'avait en effet construite dans le bois d'un arbre inconnu sur Terre. Ce bois d'un blanc pur passait pour avoir d'extraordinaires vertus dont deux étaient avérées : il luisait faiblement à la lueur des étoiles et émettait un son mélodieux et grave, à peine perceptible, les nuits de pleine lune. Chef-d'œuvre architectural, la tour était en fait une gigantesque et gracieuse charpente toute en tenons et mortaises, ce qui autorisait les Parisiens à fièrement affirmer que pas un clou ne l'aidait à tenir. Sans que cela soit faux, il s'agissait cependant d'un abus de langage puisque quelques vis et boulons devaient bien aider les ascenseurs mécaniques à desservir les étages.

Arrivé en fiacre, Griffont gagna la seconde plate-forme. Il était coiffé d'un melon gris assorti à l'étoffe de son costume, et avait à la main une canne dont le pommeau figurait un griffon – créature mi-lion, mi-aigle – tenant dans ses serres un globe de cristal bleu à facettes. Griffont étant ce qu'il était, cette canne était plus qu'un accessoire. Un mage prudent ne sort jamais sans son bâton.

Cécile de Brescieux attendait accoudée à la balustrade, le regard perdu dans la contemplation de la ville. Belle et élancée, la taille souple et bien prise, elle se protégeait du soleil sous une ombrelle de dentelle. Elle manquait peut-être de rondeurs selon les canons de l'époque, mais certes pas de charme ni de distinction dans un ensemble cramoisi qui lui allait à ravir et flattait autant la pâleur de son teint que le noir profond de ses cheveux. Sur le gant, un rubis brillait à l'auriculaire de sa main gauche.

Jouant des coudes parmi les promeneurs, Griffont approcha et, comme elle ne l'avait pas vu, dit :

— Pardonnez-moi. Je suis en retard.

Cécile de Brescieux se retourna doucement et lui fit un sourire qui valait tous les pardons.

— Mais non, dit-elle. Du tout.

Il se pencha pour effleurer du souffle la main qu'elle lui tendait.

— Bonjour, Cécile.
— Bonjour, Louis.
— Depuis quand êtes-vous à Paris ?
— Quelques jours à peine.
— Resterez-vous ?
— Un peu.

Ensemble, ils se tournèrent vers le parterre que

faisait Paris. Il y avait, avenue de Suffren, une grande roue de fête foraine qui tournait encore, vestige de l'Exposition universelle de 1900. Mais loin vers le nord-ouest, bien au-delà des limites de la ville, une autre curiosité attirait plus volontiers les regards – là-bas, les tours fines et blanches du palais de la Reine des Fées miroitaient tel un mirage. Ce spectacle rare attirait la plupart des curieux d'un seul côté de la passerelle, de sorte que Griffont et Cécile de Brescieux, à l'écart, n'étaient pas dérangés.

— Ma lettre, dit-elle, a dû vous surprendre...
— Un peu...

De fait, il y avait bien un an qu'ils ne s'étaient vus sans donner de nouvelles.

— Mais moins que le lieu de votre rendez-vous, reprit Griffont. Il me semblait que vous n'aimiez guère la tour Eiffel...
— En effet. Et où est-on le mieux placé à Paris pour ne pas la voir?
— Vous marquez un point.

Ils échangèrent une œillade complice.

Parce qu'elle était magicienne, Cécile de Brescieux n'avait pas changé depuis leur dernière rencontre. Elle était membre du Cercle Incarnat et n'appartenait donc pas à la même confrérie que Griffont. Il en existait ainsi plusieurs, dont les trois plus connues étaient désignées selon une couleur emblématique: incarnat, cyan et or. D'un cercle à l'autre, la philosophie et les buts poursuivis différaient. Mais tout en conservant une part de mystère par calcul ou habitude, chacune de ces confréries avait pignon sur rue. Le temps était révolu où les magiciens devaient œuvrer dans l'ombre parmi les hommes.

Soudain sérieuse, Cécile de Brescieux posa la main sur le poignet de Griffont et dit :

— Je dois être franche avec vous, Griffont. Ce n'est pas pour le seul plaisir de retrouver un vieil ami que je vous ai contacté.

— Ah.

— Il y a un service que vous pourriez me rendre.

— Je vous arrête.

Elle le regarda, interloquée.

— Pardon ?

— Ce service, dit gravement Griffont, est-il envisageable que je vous le refuse ?

Elle hésita.

— Je… Je crois, oui…

— Sans être ni un lâche, ni un goujat, ni un mauvais ami ?

— Mais oui.

— C'est donc au mage et confrère que vous vous adressez.

Elle acquiesça.

— En ce cas, conclut Griffont, remettons cette conversation à plus tard, voulez-vous ? Je ne veux pas prendre le risque qu'un refus de ma part gâche nos retrouvailles. Passons une agréable soirée ensemble, il sera toujours temps de revenir à votre affaire ensuite. Est-ce entendu ?

— Soit.

Et Cécile de Brescieux accepta le bras que lui proposait Griffont.

*

Ils prirent un fiacre quai Branly, longèrent la Seine, empruntèrent le pont Alexandre-III et, après la rue Royale et la place de la Concorde, descendirent à la Madeleine. Ils gagnèrent ensuite les Grands Boulevards en bavardant. Le soir tombait, tiède et calme. Paris, lentement, s'apprêtait à changer de visage. Leur journée de travail achevée, ouvriers, artisans, employés et petites mains s'en retournaient. Ceux que les omnibus n'emportaient pas disparaissaient par les bouches de métro, tandis que les derniers flâneurs croisaient les premiers noctambules sur les trottoirs. Des préposés, déjà, allumaient les réverbères à gaz.

Il était encore tôt, aussi Griffont proposa-t-il de marcher un peu avant dîner. Ils remontèrent sans hâte le boulevard des Capucines, passèrent devant l'Opéra, poussèrent jusqu'à la rue Drouot et revinrent. Tout du long, ils profitèrent sous les arbres du spectacle qu'offraient les façades des grands hôtels et des théâtres, les vitrines des magasins, les devantures des restaurants, des glaciers, des salons de thé, les terrasses bondées des cafés.

On se bousculait un peu, la douceur du soir ayant attiré du monde. Le canotier était de saison. Il coiffait aussi bien certains messieurs que les demoiselles qui, la taille serrée, allaient par deux ou trois, joyeuses, en jupe légère et chemisier blanc. Les célibataires guettaient les sourires rendus. Des couples passaient, bras dessus, bras dessous. On croisait régulièrement de superbes uniformes crânement portés. Perchés sur les bancs, des mauvais garçons chahutaient, inquiétaient les jeunes filles, raillaient les bourgeois. Quelques agents, le bâton blanc à la ceinture et l'œil sombre sous la visière du képi, veillaient. Des bonimenteurs intéressaient des grappes de curieux. Certains vendaient des produits miracles : couteaux inusables, détachants universels, torchons imputrescibles ; d'autres proposaient des colifichets, des foulards et mouchoirs, des cravates par douzaines, des jouets en carton. Un marchand de coco, sa fontaine chromée sur le dos, faisait tinter les gobelets dans lesquels il servait son eau de réglisse. Régulièrement, les fiacres libéraient des élégantes et des hommes en habit noir qui disparaissaient sous la marquise d'un théâtre, ou par la porte d'un restaurant.

Griffont et Cécile de Brescieux choisirent une grande brasserie illuminée, toute en bois, cuir, dorures et miroirs. Ils demandèrent une table tranquille, dînèrent en évoquant des relations communes et les dernières nouvelles du petit monde de la magie – Cécile, qui était rarement de passage à Paris, avait beaucoup à apprendre. Ils tardèrent et, après les cafés, quand ils sortirent, il faisait une magnifique nuit étoilée. Celle-ci donna à Griffont l'idée d'aller en landau jusqu'aux Champs-Élysées, où le feuillage des arbres bordant l'avenue devait avoir commencé de rendre en s'irisant un peu de la lumière accumulée durant le jour. Mais, fatiguée, la magicienne refusa, de sorte qu'ils descendirent en quête d'un fiacre vers Garnier.

— Vous permettez ? demanda Griffont avant d'allumer une cigarette.

— Je vous en prie.

La place de l'Opéra était presque déserte. C'était ce soir relâche.

— Et si nous revenions à nos moutons ? proposa Cécile de Brescieux.

— Je vous écoute.

— Voilà. Je voudrais que vous alliez retirer pour moi quelques livres à la bibliothèque d'Ambremer.

— Des livres ?

— Ceux-ci.

De son sac, elle tira une feuille de papier pliée qu'elle tendit à Griffont. Il parcourut la liste manuscrite qui lui parut bien anodine : quatre des cinq titres étaient des traités de magie ; le dernier était une obscure chronique familiale.

— Autant que je vous le dise, Louis... Si je passe par vous, c'est pour rester dans l'ombre. J'aimerais que l'on ne sache pas que j'ai compulsé ces livres.

— *On ?*

— Le Cercle Incarnat.

Une lueur amusée brilla dans l'œil de Griffont : Cécile de Brescieux devait à son esprit d'initiative de ne pas toujours être au mieux avec la hiérarchie de sa confrérie.

— C'est entendu, Cécile. Mais faites-moi une faveur, cependant.

— Laquelle ?

— N'insultez pas mon intelligence et rayez les quatre traités de votre liste. Car seule la chronique familiale des...

Il lut :

— ... des « LaTour-Fondval » vous intéresse, n'est-ce pas ?

La magicienne sourit.

— Je savais que j'avais raison de faire appel à vous..., dit-elle.

Les références inutiles s'effacèrent du papier.

*

Après avoir confié Cécile de Brescieux à un fiacre, Griffont en héla un autre qui le déposa, à sa demande, place de l'Hôtel-de-Ville. Il fit le reste du chemin à pied, au pas du promeneur, la canne leste et l'air heureux. Il prit par le pont Louis-Philippe, remonta les quais de Bourbon et d'Anjou, tourna dans sa rue mais dépassa le numéro 17. Il alla jusqu'au rond-point et, là, poussa une petite porte métallique qui fermait un étroit passage entre deux immeubles.

Il y avait au bout un square adorable, perdu dans le refuge de murs aveugles et oublié de tous. On y trouvait des parterres et des massifs devenus sauvages, une antique fontaine qui ne donnait plus, quelques arbres, deux ou trois bancs vermoulus. Un chemin de gravier serpentait, plein de mauvaises herbes; il vous ramenait vite à votre point de départ.

Comme d'habitude, Griffont s'assit sur un banc que la ramure d'un vieux chêne abritait. Il posa son chapeau, déboutonna son gilet, s'assit confortablement, alluma une cigarette et s'amusa à faire des ronds de fumée colorée.

— Bonsoir, Louis, fit une voix grave dont les belles sonorités évoquaient celles d'un violoncelle.

— Bonsoir, Balthazar.

— Une nuit magnifique, n'est-ce pas?

— En effet, confirma Griffont.

Il parla à l'arbre qui, dans son dos, derrière le banc, dressait un tronc énorme. La voix du chêne semblait tomber de son feuillage. Avec un peu d'imagination, on pouvait deviner l'esquisse d'un visage dans les rugosités sinueuses de l'écorce.

— Il y a longtemps que vous n'étiez venu me rendre visite.

— Vraiment ? J'en suis désolé.

— Enfin, quand je dis longtemps, je veux dire selon vos critères. Pas selon les miens... Que me vaut donc le plaisir ?...

Griffont poussa un soupir d'aise.

— J'ai passé une très agréable soirée, voyez-vous ? Et comme je n'étais pas d'humeur à rentrer...

— Vous avez bien fait... Une très agréable soirée, dites-vous ? Racontez-moi ça.

Le mage s'exécuta volontiers et fit le récit, détaillé, de son rendez-vous avec Cécile de Brescieux.

— Il me semble que Mme de Brescieux est une très bonne amie à vous, reprit Balthazar. Vous m'avez déjà parlé d'elle, à l'occasion.

— Oui. Nous nous voyons de loin en loin, chaque fois qu'elle est de passage à Paris. Mais nous concernant, je ne parlerais pas d'amitié...

— Non ?

— Plutôt d'une estime mutuelle. Et d'une confiance réciproque jamais détrompée, malgré les années. Elle est une grande magicienne, savez-vous ? Très érudite.

— Vous vous connaissez donc depuis longtemps.

— Le mot est faible ! s'amusa Griffont. Nous avons été présentés sous la Régence.

— La Régence ?
— Celle de Louis XV.
— Mazette !

Balthazar avait environ un siècle. Né dans l'OutreMonde, il avait été replanté tout jeune à Paris. À l'époque, l'événement avait fait sensation : il avait valeur de symbole. Puis le temps avait passé et l'on avait peu à peu oublié le premier chêne savant jamais offert aux hommes par les fées. La tour Eiffel et ses tonnes de bois enchanté avaient achevé de l'éclipser.

— Cependant, dit Balthazar, pourquoi Mme de Brescieux ne va-t-elle pas chercher elle-même le livre qui l'intéresse ?

Griffont eut une moue vague.

— Je crois qu'elle mène des recherches en marge de son cercle. La connaissant, elle pourrait même avoir reçu l'ordre de n'en rien faire. D'où cette obligation de discrétion. En tout cas, ce ne serait pas la première fois qu'elle braverait les directives du Cercle Incarnat.

— Des recherches ?
— J'ignore lesquelles.
— Vous n'avez pas demandé ?
— Non. Cela aurait été indélicat, n'est-ce pas ? Et puis je vous ai dit que j'ai toute confiance en Cécile. Si je dois savoir quelque chose, elle me l'expliquera le moment venu. En outre…

Un souffle agita la ramure de Balthazar et Griffont se tut par discrétion. Il n'ignorait pas que les arbres savants communiquaient ainsi de par le monde, et que le vent portait des nouvelles de feuillage en feuillage. Il en allait de même des cours d'eau, dont les remous et clapotis parlaient aux rochers, aux rives, aux ondines. L'océan aussi était bavard, à qui savait l'écouter.

— Bref, conclut Griffont quand les branches cessèrent de bruire, c'était un service que je ne pouvais refuser de rendre.

— Vous irez donc porter bientôt le fameux livre à Mme de Brescieux ?

— Non. Enfin, pas précisément... Nous sommes convenus que je laisserais le livre à mon club, et que Cécile passerait le prendre à l'occasion.

— Était-ce son idée ?

— Je crois, oui.

— Et vous ignorez où Mme de Brescieux est descendue...

— Ah, tiens ! s'étonna Griffont. C'est exact ! Je n'ai pas songé à demander.

— Elle aurait pu vous le dire sans cela.

On entendit alors la porte du square grincer.

— Oh ! fit Balthazar. Ce sont mes amoureux.

— Pardon ?

— Depuis quelque temps, ils se retrouvent ici chaque soir à minuit. Ils sont jeunes, innocents, ils s'aiment et se font des serments délicieux.

— Sur ce banc ?

— Mais oui.

— Alors je me sauve.

— Merci pour eux.

Griffont se leva, prit sa canne et son chapeau, mais négligea de fermer son gilet.

— Quand irez-vous à Ambremer ? demanda le chêne à voix basse.

— Dès demain, chuchota Griffont.

— Vous viendrez me raconter ?
— C'est promis. Au revoir.
— Dormez bien, Louis.

En s'en retournant, Griffont croisa deux jeunes gens enlacés qu'il salua d'un sourire.

Ils ne le remarquèrent même pas.

3

Le lendemain, Griffont se leva d'excellente humeur et fit honneur au copieux petit déjeuner que lui avait préparé Étienne. Il sortit vers 9 heures, quitta l'île Saint-Louis à pied et alla prendre le métro rue de Rivoli. C'était sur la ligne 1, à savoir la première qui fut bâtie à Paris, en 1900, entre Vincennes et Maillot. Neuf ans plus tard, la capitale n'en comptait encore que six.

Dans l'étroit wagon de bois vernis, Griffont se laissa bringuebaler jusqu'au terminus ouest. Il descendit donc à la porte Maillot et, sur le quai, aperçut une vieille connaissance qui avait emprunté la même rame que lui. Cette connaissance était un gnome nommé Népomucène Lherbier. Vêtu d'un costume clair et coiffé d'un canotier, il avait une mallette de médecin à la main.

— Holà ! Lherbier !
— Griffont !

Népomucène Lherbier était un cas. Non pas parce qu'il était un gnome, mais parce qu'il était docteur en médecine. Plus exactement, il était un cas parce qu'il était un gnome *et* docteur en médecine. Sans être des imbéciles, les gnomes n'avaient guère de goût ni de talent pour les études. Ils faisaient d'habiles artisans, des mécaniciens hors pair, des plombiers d'exception, des bricoleurs de génie. Les livres en revanche – dès l'instant qu'ils n'étaient pas des manuels techniques ou des traités d'ingénierie – leur tombaient des mains. Les gnomes savants n'existaient pas. À une exception près.

— Comment allez-vous, Lherbier ?
— Très bien, je vous remercie.
— Et moi, comment vais-je ?

Le gnome sourit.

— Il me semble que vous vous portez à merveille.
— Excellent diagnostic. Vous êtes doué.

Lherbier était ainsi médecin, et l'un des plus compétents de Paris. Il avait cependant du mérite à exercer. Car sa race faisait qu'il gagnait difficilement la confiance des humains et suscitait chez les gnomes un étonnement craintif et volontiers hostile. Les siens le considéraient comme une bête curieuse, voire un désaxé. Il avait beau répéter qu'un malade n'est jamais qu'une machine organique déréglée, il ne convainquait personne. Si un individu devait valider par l'exemple l'adage selon lequel nul n'est prophète en son pays, c'était bien Népomucène Lherbier.

— Vous allez à Ambremer ? demanda-t-il.
— Mais oui, répondit Griffont.
— Comme moi !

Ils empruntèrent ensemble un couloir de correspondance et gagnèrent un autre quai souterrain. À une guérite, Lherbier paya son billet avec une pièce de cuivre qui n'avait cours que dans l'OutreMonde ; Griffont, lui, n'eut qu'à montrer sa chevalière de mage du Cercle Cyan. L'ogre qui les fit passer sourit aimablement. Mais sa masse énorme, ses deux mètres cinquante, son front bas et ses petits yeux renfoncés sous un sourcil unique, tout cela impressionnait beaucoup malgré l'air de bonhomie affiché.

Il n'y avait pas grand monde sur le quai. Quelques hommes et femmes. Des gnomes surtout. Et une élégante, coiffée d'un chapeau à voilette, bien trop grande, fine et distinguée pour être humaine. Une fée, à n'en pas douter. Elle se tenait à l'écart, immobile et silencieuse. On ne l'approchait pas et chacun parlait à voix basse comme dans une église.

Le train arriva, ni plus ni moins luxueux ou confortable que les rames du chemin de fer métropolitain parisien. Ce n'était cependant pas la nef emblématique de la capitale qui ornait les portières, mais les armoiries d'Ambremer : un arbre feuillu d'où émergeait une tour crénelée, sous sept étoiles en arc de cercle. Griffont et Lherbier s'installèrent seuls en première ; la fée monta dans la voiture de tête réservée à son peuple. Et quand tous les passagers eurent embarqué, le métro s'ébranla.

Après une brève apparition au soleil, le temps de longer l'avenue de Neuilly jusqu'à la Seine, le train s'engouffra dans un nouveau tunnel. Tenus par des chaînettes d'argent, les globes opalescents qui pendaient au plafond diffusèrent alors une lumière bleutée dans les voitures.

— Et qu'allez-vous faire à Ambremer ? demanda Népomucène Lherbier.

— Retirer un livre à la bibliothèque féerique. Et vous ?

— Chercher un remède. L'un de mes patients

souffre de terribles cauchemars qui ne doivent rien à une mauvaise digestion, croyez-moi. En désespoir de cause, je compte le soulager avec de l'extrait de *Liliapis azura*. Comme vous le savez, cette fleur ne pousse que dans l'OutreMonde. Et encore, rarement. Je ne suis même pas sûr d'en trouver chez l'apothicaire.

— Chez qui allez-vous ?

— Le plus souvent, chez Orismonde Ludion. Chez Lepage, sinon.

Griffont tiqua.

— Je doute que vous trouviez votre bonheur chez Lepage. En revanche, Orismonde est en général bien pourvue... Au cas où, tentez également votre chance chez Sigisbert Fale.

— Rue des Saules-Jaunes ?

— Oui. Recommandez-vous de moi, si nécessaire.

Griffont tendit l'une de ses cartes de visite ; le gnome l'accepta avec un sourire.

— Merci beaucoup, Griffont. Si je peux faire quoi que ce soit pour vous...

— Oublions ça. Donnez-moi plutôt de vos nouvelles...

Et la conversation se poursuivit, amicale.

Lorsque le train franchit la frontière entre les mondes, rien ne se produisit si ce n'est que l'éclat des globes lumineux passa du bleu au jaune. Griffont ressentit un léger picotement dans la nuque. Ils venaient d'entrer dans l'OutreMonde ; ils ne tarderaient pas à arriver à Ambremer, la capitale des fées. Sur Terre, celle-ci semblait se dresser au cœur de la forêt de Saint-Germain. Mais il ne s'agissait que de son reflet trompeur. On pouvait ainsi marcher vers elle pendant des heures, sans jamais l'atteindre ni la perdre de vue – imaginez un tableau figurant une tour à l'arrière-plan : colleriez-vous votre nez sur la toile, que la tour serait toujours aussi loin dans son paysage. Il en allait de même d'Ambremer, distante malgré les apparences et inaccessible à qui ne changeait pas de monde.

Pour voyager d'un univers à l'autre, il fallait franchir des abîmes immatériels. Des portes, ponts ou passages enchantés permettaient de le faire. La plupart étaient associés à des lieux que les anciens vénéraient. Certains étaient éphémères, capricieux ; d'autres duraient. La magie et de rares sortilèges pouvaient également vous transporter de l'autre côté du miroir, mais cela exigeait une extraordinaire et dangereuse dépense d'énergie. Même pour un mage de la trempe de Griffont, il était plus sage et plus commode de ne pas malmener gratuitement les lois de la nature. Mieux valait emprunter les voies ouvertes par les fées quand, au lendemain de la sanglante épopée napoléonienne, elles avaient choisi de se manifester au grand jour et de révéler l'existence de l'OutreMonde.

Depuis ce fabuleux événement, passé la stupeur et – pour certains – l'effroi, les échanges entre la Terre et l'OutreMonde s'étaient à la fois multipliés et banalisés. Mais plutôt que de parler d'une influence mutuelle, il serait plus juste de reconnaître que l'OutreMonde avait surtout imprégné le monde terrestre – et non l'inverse. Presque rien des technologies et civilisations humaines n'avait pénétré l'OutreMonde, tandis que rares étaient les femmes et les hommes à s'y établir longtemps. En revanche, les peuples et créatures de l'OutreMonde s'acclimataient à merveille sur Terre. Et quant à la magie, elle paraissait avoir avec la nature une égale horreur du vide : partout où elle n'était pas, elle ne tarda jamais à disperser sa flore, sa faune et ses merveilles. Pour autant, l'influence du monde d'Ambremer ne s'était pas étendue à tout le globe. La plupart des continents étaient épargnés et, même en Europe, Paris faisait figure d'exception. Nulle part ailleurs l'OutreMonde n'était aussi présent. Telle semblait être la volonté des fées. Le grand nombre ignorait pourquoi ; les mages, eux, n'en avaient qu'une vague idée et se taisaient.

Le train ralentit et s'arrêta dans une station souterraine qui ressemblait fort à celles que l'on rencontrait à Paris. Même architecture, même aménagement, même mobilier ; même décor donc, hors le lierre vert tendre accroché aux carreaux de faïence blanche. « AMBREMER » s'étalait en capitales bleues sur de grandes plaques émaillées, de part et d'autre de la voûte. Le trajet n'avait pas duré vingt minutes depuis la porte Maillot jusqu'à ce terminus. Tout le monde descendit.

À la surface, Griffont et Lherbier se saluèrent sous la verrière d'une marquise identique aux bouches de métro *modern style* que Hector Guimard a dessinées pour Paris. Alentour, cependant, plus rien n'évoquait la capitale française.

C'était une autre ville, une autre foule, un autre monde.

*

Ambremer était une cité médiévale, mais telle que vous, moi et l'essentiel de nos contemporains la rêvons. À savoir pittoresque et tortueuse, avec des venelles pavées plutôt que boueuses, des maisons en belle pierre plutôt qu'en mauvais torchis, des toits de tuile rouge plutôt que de chaume sale. Elle fleurait bon, et non l'urine, la crasse et le fumier mêlés. Des remparts la cernaient. En son centre, sur une hauteur, le fabuleux palais de la Reine des Fées dressait ses fines tours blanches. Un port était baigné par les eaux calmes d'un grand lac, presque une mer intérieure. Aux angles de rues, aux façades des bâtisses, sous les arches enjambant les passages, pendaient des lanternes qui s'allumeraient seules. Dans le ciel brillaient les deux soleils de l'Outre-Monde, l'un jaune, l'autre bleu et plus petit, à peine visible. Le soleil jaune poursuivait une course ordinaire : il se levait et se couchait ; le bleu restait immobile et, la nuit, luisait comme une lune.

La population était pour le moins cosmopolite : gnomes, ogres, fées bien sûr, ondines nues assises sur la margelle des fontaines, dryades tout aussi dévêtues à l'ombre de grands arbres. Les femmes et les hommes semblaient très représentés, mais il ne fallait pas s'y fier, car nombre de créatures de l'Outre-Monde prenaient sans malice apparence humaine. La plupart des habitants d'Ambremer étaient coiffés et apprêtés comme ils auraient pu l'être à la même époque à Paris. Seules les fées suivaient leur propre mode, une mode de drapés souples et d'étoffes légères qui habillaient à peine des corps longilignes. Elles allaient tête nue, belles et pleines de grâce hautaine, les cheveux libres ou retenus en une lourde natte qui leur caressait les reins. On les regardait passer. Elles ne voyaient personne.

Griffont entra d'un bon pas dans la bibliothèque, sous le regard d'un chat-ailé blanc. À l'accueil, il signa le registre et se fit indiquer le chemin ; on le dirigea vers le département des Archives Historiques et Particulières Humaines. Là, Griffont s'adressa à un vieil employé penché sur un registre. Petit et osseux, presque chauve, l'homme pouvait bien être centenaire. Il semblait perdu dans un costume sombre démodé ; son cou maigre ne touchait pas son faux col ; une paire de lorgnons serrait son nez crochu. Le titre que demandait le mage ne lui disait rien mais il chercherait : il faudrait sans doute être patient. Griffont dit qu'il n'était pas pressé et, dans l'attente, marcha un peu.

Claire et aérée, la Bibliothèque Royale d'Ambremer était véritablement un lieu public. Si l'on y respectait la tranquillité des lecteurs, on y venait volontiers se promener et bavarder. Elle avait des allures de palais avec ses plafonds vertigineux, ses grandes colonnades, ses fenêtres immenses. Les terrasses, cours et galeries étaient innombrables, de sorte que l'on ne savait jamais vraiment si l'on était à l'intérieur ou non. Cette illusion était encore entretenue par le lierre fleuri qui entrait par les ouvertures, grimpait les piliers ou cascadait depuis les voûtes. De larges baies donnaient sur des jardins paisibles. Des arbres poussaient sous des dômes ajourés ; des fontaines chantaient aux croisements des couloirs ; des statues occupaient des alcôves dans les salles de lecture envahies de silence et de lumière. Des livres par milliers étaient alignés partout au long des murs, au creux des arcades, derrière des vitrines miroitantes. Mignonnes et colorées, des fées-lucioles voletaient joyeusement parmi les incunables, les éditions rares et les manuscrits reliés. Parfois, à la demande d'un bibliothécaire, elles allaient dénicher à plusieurs de lourds volumes sur des rayonnages inaccessibles ; elles les y rapportaient ensuite, et dans l'intervalle, discrètes et haut perchées, gardaient toujours un œil sur les ouvrages tandis qu'on les consultait.

Griffont profitait du calme d'un cloître où dormait un lion albinos fatigué par les ans, lorsqu'il devina une présence près du banc sur lequel lui-même somnolait. Un homme lui souriait. Vêtu d'un complet anthracite, les tempes grisonnantes mais la moustache bien noire, il pouvait être âgé de cinquante à cinquante-cinq ans. Il portait beau, avait de l'élégance et de la distinction. Mais le plus étonnant chez lui était ses yeux, des yeux reptiliens derrière de petites lunettes rondes à monture d'argent.

Il tenait un livre.

— Bonjour, monsieur Griffont, dit-il. J'ai votre chronique.

— Bonjour, Sah'arkar.

Griffont se leva pour échanger une poignée de main.

— J'ignorais qu'il entrait dans vos attributions d'apporter les livres, ajouta-t-il sur le ton de la plaisanterie. Vous devez être très occupé…

— Mais ce n'est pas tous les jours que vous nous rendez visite, répondit aimablement le conservateur de la Bibliothèque Royale d'Ambremer.

Griffont prit le livre et le feuilleta machinalement.

— Merci, dit-il.

— Je vous en prie. Je vous raccompagne ?
— Volontiers.

Ils marchèrent côte à côte. Le vieux lion ouvrit une paupière lasse pour les regarder s'éloigner.

Sah'arkar était un dragon et, comme la plupart de ses congénères, trouvait plus commode de prendre forme humaine au quotidien. Jadis, les dragons avaient régné sur l'OutreMonde avant les fées. Une longue guerre, dont tous les feux n'étaient pas éteints, avait d'ailleurs opposé ces deux peuples.

— Ne le prenez pas mal, dit Sah'arkar tandis qu'ils descendaient un escalier extérieur, mais je vous serais reconnaissant de prendre grand soin de cette chronique. Nous n'en possédons qu'un autre exemplaire et, à ma connaissance, ces deux-là sont les seuls qui existent.

Griffont tapota sa poche de veste, que le petit livre arrondissait.

— N'ayez crainte.

— D'ailleurs, et je vous demande par avance de pardonner ma curiosité, qu'est-ce qui vous intéresse dans cette *Chronique véridique de la famille de LaTour-Fondval* ?

À moins d'évoquer Cécile de Brescieux, Griffont devait mentir.

— C'est pour l'un de mes amis que j'ai pris ce livre. Il espère y trouver des renseignements utiles à ses recherches généalogiques.

— Alors répétez à votre ami mes conseils de prudence, voulez-vous ?

— Je vous le promets.

Devant une porte, le dragon s'effaça pour laisser

passer Griffont. Ce fut l'occasion de changer de sujet.

— J'ai appris, avança Sah'arkar, que le Cercle Cyan avait admis de nouveaux membres récemment...

— En effet. Au jour de la Saint-Jean, comme c'est la coutume.

Ancienne fête païenne, la Saint-Jean célébrait encore le solstice d'été pour les mages et l'Outre-Monde. D'importantes cérémonies rituelles avaient lieu à cette date.

— De bonnes recrues, selon vous ?

— Ça, l'avenir nous le dira. Mais nous avons admis à Paris un jeune homme que je crois très prometteur : François-Denis de Troisville.

— Troisville... Ce nom me dit quelque chose... Il a étudié à Ambremer, n'est-ce pas ?

— C'est bien lui.

Ils arrivèrent dans le grand hall. Le temps était venu de se séparer.

— Eh bien, au revoir, monsieur Griffont.

— Au plaisir de vous revoir, monsieur le conservateur.

— Mais j'y pense...

Griffont, qui avait déjà remis son chapeau, s'arrêta.

— Oui ?

— Mme de Brescieux est bien de vos amies...

— En effet.

— L'avez-vous rencontrée ces derniers temps ?

— Non, pourquoi ?

— Il y a longtemps qu'elle doit nous rendre des

livres. Certains sont très précieux, alors j'avais espéré…

— Je le lui rappellerai à la première occasion.
— Merci bien.

Ils se saluèrent encore et Griffont s'en fut, troublé.

4

Dans le train qui le ramenait à Paris, Louis Denizart Hippolyte Griffont resta longtemps songeur. Il ne parvenait pas à croire que Sah'arkar avait évoqué Cécile de Brescieux innocemment. Certes, le prétexte était crédible : à supposer que la magicienne tarde en effet à rendre quelques ouvrages, pourquoi ne pas charger Griffont d'un aimable rappel à l'ordre ? Après tout, sans être de renommée publique, l'amitié qu'ils se portaient était connue. Et quoi de plus légitime qu'un bibliothécaire soucieux de son fonds ?

N'empêche, Griffont s'interrogeait. Il lui semblait que l'allusion à Cécile ne pouvait être anodine au vu des circonstances. Ne venait-il pas précisément retirer un livre à son intention ? La coïncidence – si coïncidence il y avait – était pour le moins étrange. Du coup, que penser des questions de Sah'arkar ? Simple curiosité ? Sans doute pas. Dans cette perspective, le fait même que le dragon ait tenu à rencontrer Griffont était troublant. D'abord parce que l'un et l'autre se connaissaient à peine. Ensuite parce que Griffont n'était pas une personnalité à qui le conservateur de la Bibliothèque Royale d'Ambremer était tenu, toute affaire cessante, de manifester ses respects.

Il y avait donc anguille sous roche. Mais que devait croire Griffont ? Que son entrevue avec Cécile de Brescieux et la mission dont elle l'avait chargée étaient connues ? Cela paraissait peu probable. En revanche, sachant peut-être ce que tramait la magicienne, l'OutreMonde pouvait avoir deviné qu'elle s'intéresserait tôt ou tard à la fameuse chronique. De sorte que c'est en réclamant le livre que Griffont, parce qu'il était un proche de Cécile, avait attiré l'attention.

Le livre…

Griffont baissa les yeux sur la *Chronique véridique de la famille de LaTour-Fondval* qu'il tenait entre ses mains. C'était un petit format, joliment relié, datant du tout début du XIXe siècle. Sans doute avait-il été imprimé à un faible nombre d'exemplaires pour quelques collections particulières : Griffont doutait qu'il ait jamais été disponible à la vente. Sur deux à trois cents pages, un texte serré narrait l'histoire d'une famille aristocratique française dont le premier ancêtre passait pour avoir été anobli par Saint Louis.

Griffont n'avait que le temps de survoler l'ouvrage avant d'arriver à Paris. Il s'y employa néanmoins.

*

Méliane d'Ambremer, reine de l'OutreMonde, se tenait seule au balcon de ses appartements. Elle avait passé la matinée à présider le Conseil et profitait de quelques instants de repos. Devant elle, le lac bordant sa capitale miroitait, cerné de terres verdoyantes jusqu'à perte de vue.

Grande et belle, la Reine des Fées avait la taille fine et le port fier dans une robe de soie grise et de brocart pourpre. Une gravité soucieuse lui assombrissait le visage. Hors le diadème d'argent qui ceignait son front, elle ne portait aucun bijou. Ses cheveux noirs comme l'encre étaient réunis en une lourde natte dont la mèche, tenue par un anneau, frôlait ses reins.

Un chat-ailé blanc, unique en son genre, vint se poser sur la rambarde de pierre. La reine lui sourit tandis que, derrière elle, une dame d'atour soulevait un rideau pour dire :

— Je vous prie de me pardonner, madame.

— Qu'y a-t-il ?

— Son Excellence Sah'arkar demande audience à Votre Majesté.

Souriant toujours à la seule intention du chat-ailé, Méliane entreprit de lui caresser la tête. Elle avait de la tendresse dans le regard. L'animal ronronnait en tendant le cou, les paupières mi-closes. Tout son être appréciait l'instant.

— Qu'il entre, dit la reine après un moment.

Quand elle entendit qu'on approchait dans son dos, Méliane d'Ambremer se retourna. Elle avait retrouvé toute sa solennité. Le chat, quant à lui, feignit l'indifférence et entama une toilette inutile.

— Madame, dit le dragon après s'être respectueusement incliné, j'ai d'importantes nouvelles...

*

De retour à Paris, Griffont prit un taxi cahotant et fila depuis la porte Maillot jusqu'à la rue Saint-Claude, dans le IIIe arrondissement. Chemin faisant, il hésitait encore à conserver la chronique des LaTour-Fondval quelques jours, le temps de la lire en détail et, peut-être, de comprendre l'intérêt qu'on lui prêtait. Il y renonça cependant. Cécile de Brescieux pouvait avoir un besoin urgent du livre et il ne voulait pas lui nuire. Il s'acquitterait donc scrupuleusement de sa promesse, et au plus tôt. Mais rien ne lui interdisait de demander de plus amples explications à la magicienne. Le problème était que, comme vous vous en souvenez sans doute, Griffont ignorait où elle logeait à Paris.

La rue Saint-Claude s'étire entre la rue de Turenne et le boulevard Beaumarchais. Naguère, le célèbre aventurier Joseph Balsamo y avait élu domicile, au numéro 1, dans l'ancien hôtel de Bouthillier. Cet hôtel particulier existait toujours et la loge parisienne du Cercle Cyan y avait désormais son quartier général. Chaque confrérie – Cyan, Or ou Incarnat – en avait un dans la plupart des capitales mondiales. Mais historiquement, celui-ci était le premier en son genre à avoir vu le jour – il avait été inauguré durant la monarchie de Juillet, en 1831. On le nommait donc « le Premier Cyan », voire « le Premier ».

En fait de quartier général, le *Premier* était avant tout un club inspiré du modèle britannique. Ses membres s'y retrouvaient pour se détendre, converser, lire ou, à l'occasion, s'entretenir en secret d'affaires touchant à l'OutreMonde et à la magie. Pour autant, le *Premier* n'était pas réservé aux mages. Il accueillait volontiers, sur cooptation, des érudits, chercheurs, historiens du merveilleux et autres artistes. La différence était que les magiciens du Cercle Cyan ne payaient rien, tandis que ceux qui n'avaient pas cette chance devaient s'acquitter d'un abonnement annuel. Dernier point d'importance du règlement intérieur : même magiciennes, les femmes n'étaient pas admises. À une époque où les suffragettes avaient encore beaucoup à faire, l'ouverture d'esprit de ces respectables messieurs du *Premier* n'allait pas jusque-là.

Après avoir payé le taxi, Griffont salua le portier en uniforme et entra. Dans le hall, il remit son chapeau et sa canne au vestiaire, puis alla parler au concierge. Très grand, très maigre et la raie au milieu tracée au cordeau, l'homme arborait la mine et la tenue exigées par sa fonction : un air compassé et un habit à queue noir. Il avait été engagé pour l'inauguration du club et n'avait pas changé depuis. Cela n'étonnait personne.

— Bonjour, André.

— Bonjour, monsieur.

— Veuillez emballer ce livre, dit Griffont en tendant au concierge la chronique des LaTour-Fondval. Vous le remettrez de ma part à Mme de Brescieux quand elle passera le prendre. Vous lui remettrez également ceci.

Prenant une plume sur le comptoir d'acajou, Griffont écrivit : « Nous devons parler. Appelez-moi » au dos d'une de ses cartes de visite. Par prudence il nota son numéro de téléphone précédé de l'indicatif : « Brocéliande 19-68. »

— Ce sera fait, monsieur.

Le livre et la carte disparurent sous le comptoir.
— Merci, André. Qui est là ?

Le concierge connaissait assez bien Griffont pour savoir quels membres du club étaient susceptibles de l'intéresser. C'est l'avantage quand on occupe un même poste depuis presque un siècle : on finit par tout savoir des habitués. Cette qualité n'était pas la moindre que l'on appréciait chez André.

— M. Falissière vient d'arriver, monsieur.
— Parfait.

Griffont passa dans les salons et retrouva avec plaisir leur ambiance luxueuse et paisible. Des messieurs y parlaient à voix basse dans un cadre soigné : parquets cirés, boiseries vernies, beaux cuirs, bronzes précieux et meubles anciens. Une odeur d'encaustique, cigare et vieux porto flottait dans l'air. Des pendulettes marquaient les quarts, les demies et les heures d'un tintement clair et discret.

Tout avait été réaménagé et, à l'intérieur, il ne restait plus grand-chose de l'hôtel particulier des origines. Dans un style d'ameublement et de décoration très *british*, le club comptait ainsi plusieurs salons au rez-de-chaussée, deux salles à manger, une salle de réception au premier, une autre de réunion, une bibliothèque truffée de recoins, des cabinets particuliers et même quelques chambres au dernier étage. Selon la rumeur, le sous-sol recélait des pièces moins ordinaires réservées aux seuls mages. On parlait également d'une mystérieuse salle au trésor, et d'une porte qui menait bien plus loin que les entrailles de Paris...

Griffont trouva Edmond Falissière en compagnie de François-Denis de Troisville. Falissière approchait la soixantaine. Ni grand ni petit, le visage jovial, il arborait d'épais favoris depuis longtemps passés de mode, ainsi que le confortable embonpoint de l'homme arrivé. Ancien diplomate, il consacrait sa retraite à une passion dévorante : l'histoire de l'OutreMonde. Il était membre honoraire du *Premier* et, sans doute, l'un des meilleurs amis de Griffont.

Falissière et Troisville bavardaient sur un épais divan. Troisville fumait et écoutait surtout.

— Vous permettez que je me joigne à vous ? demanda Griffont en tirant à lui un fauteuil Chesterfield.

— Quelle question ! lâcha Falissière. Comment allez-vous, Louis ?

— Très bien, merci. Bonjour, Troisville.

— Bonjour, cher maître.

— Allons, Troisville... Pas de ça entre nous. Vous êtes des nôtres à présent. Appelez-moi Griffont.

Troisville n'avait pas trente ans. Mince, élégant, joli garçon, un rien précieux, il se faisait parfois appeler Tréville pour signaler sa parenté avec un certain capitaine des mousquetaires dont Alexandre Dumas s'était chargé d'assurer la célébrité. Il était magicien et appartenait au Cercle Cyan depuis un mois à peine. Il vouait à Griffont, qui l'avait formé et parrainé, une admiration sans bornes.

Le jeune homme rougit un peu.

— Entendu... Griffont.

— À la bonne heure !

— Troisville était assez aimable pour écouter mes histoires, expliqua Falissière en adressant un regard patelin à l'intéressé.

— Ce garçon est héroïque, dit Griffont. Nous

avons eu raison de l'accepter parmi nous... Et que lui racontiez-vous ?

— Nous évoquions le comte Alexandre de Cagliostro, peut-être plus connu sous le nom de Joseph Balsamo. Vous savez bien sûr qu'il était membre du Cercle Cyan...

— *Est*, précisa Griffont. Puisque sa mort n'est pas avérée et qu'à ma connaissance personne n'a eu l'idée folle de le chasser de la confrérie...

— C'est vrai.

Si on les laisse vieillir en paix, si ni la maladie ni un sort funeste ne frappent, les magiciens peuvent vivre des siècles. Cette exceptionnelle longévité était désormais connue depuis la découverte de l'Outre-Monde. Mais elle avait posé un problème à l'époque où les mages étaient contraints à la clandestinité : il leur fallait voyager souvent et changer d'identité. Dictée par la prudence et la raison, une coutume s'était alors établie qui contraignait les magiciennes et magiciens à n'accéder à la célébrité que le temps d'une seule « vie », avec obligation de disparaître et retourner à l'anonymat le moment venu, quitte à mettre en scène sa propre mort. Cette coutume était devenue une règle ; elle avait encore cours.

Griffont était né au début du XVe siècle. Il n'avait pas encore profité de sa « vie de gloire » et doutait de jamais le faire, à moins d'un accident du destin. Toutes confréries confondues, cependant, les exemples de mages entrés dans l'Histoire étaient nombreux, et sans que l'on sache toujours qu'ils étaient mages. Pour ne citer qu'eux, nommons dans le désordre Dante Alighieri, Cornélius Agrippa, le comte de Saint-Germain, Rabelais, Rodin, Nicolas

Flamel, Léonard de Vinci, Robert Houdin, Gutenberg.

Et donc Joseph Balsamo.

— Mais ce n'est pas exactement lui qui m'intéresse en ce moment, dit Falissière. C'est plutôt sa femme. Elle aussi était magicienne, savez-vous?

— Je l'ignorais, fit Troisville.

— Mes premières recherches semblent même indiquer qu'elle était une fée, même si rien, je vous l'accorde, ne m'autorise à parler d'elle au passé. Ou plutôt qu'une fée, je devrais dire une enchanteresse.

— Vraiment?

Enchanteresse n'est pas synonyme de magicienne. En effet, le terme désigne une fée qui, par choix ou contrainte, quitte l'OutreMonde pour vivre sur Terre. Il ne s'agit pas seulement d'une subtilité de vocabulaire. Car les conséquences de l'exil se font bientôt sentir et, au fil du temps, les expatriées perdent certaines de leurs capacités et faiblesses, telles que l'habileté à deviner le mensonge et la crainte du fer. C'est à croire que, loin de l'Outre-Monde, une fée ne peut rester une fée, que sa nature s'altère : elle s'humanise.

— La belle Lorenza, indiqua Griffont à qui revenaient des souvenirs.

— Oui, fit Falissière. Les témoignages la concernant sont très rares. Ou alors imprécis, trompeurs, mensongers, infamants ou, au contraire, si élogieux et fantaisistes qu'ils touchent plus à la légende qu'à l'Histoire.

— Vous avez pourtant accès à nos archives en qualité de membre honoraire…

— Pas à toutes, hélas! se plaignit Falissière.

Griffont haussa les épaules.

— Je suis désolé.

— Ah ! lâcha l'ancien diplomate. Pourquoi ne suis-je pas magicien ?

Compatissant, Griffont sourit.

— Avez-vous déjeuné ? demanda-t-il pour passer à autre chose.

— Non, répondit Falissière.

Ils se tournèrent vers Troisville en quête d'une réponse. Mais le jeune homme n'écoutait pas : il regardait vers la porte. Griffont tordit le cou pour voir qui entrait. C'était Jules Maniquet, accompagné d'un inconnu.

Petit et rond, Maniquet était un pimpant vieillard affublé d'une spectaculaire paire de bacchantes blanches. Bien que membre à part entière du Cercle Cyan, il était en quelque sorte un mage à la retraite. Il ne pratiquait donc plus et consacrait ses journées à une science nouvelle, inutile, qu'il avait inventée et qui l'amusait fort : l'alchimie absurde. Celle-ci consistait à vaincre l'élasticité du caoutchouc, à rendre friable le diamant, à corrompre le bois pour qu'il ne flotte plus. Tout cela, naturellement, au terme de laborieuses recherches. Maniquet promettait d'atteindre un jour le but ultime : transformer l'or en plomb. Il avait cependant renoncé à créer l'anti-pierre philosophale, pourvoyeuse de l'ignorance absolue. L'essentiel de l'humanité se débrouillait très bien sans, et depuis longtemps.

Maniquet échangea quelques poignées de main et mots polis en traversant le salon. Il rejoignit bientôt Griffont et ses amis qui s'étaient levés pour l'accueillir.

— Bonjour, messieurs.
— Bonjour, Maniquet, dit Griffont. Vous connaissez Troisville ?
— Pas encore. Enchanté, jeune homme. Bienvenue parmi nous.
— Merci, monsieur.

Maniquet désigna alors celui qui, silencieux, se tenait à ses côtés. Vêtu de sombre, l'homme était mince, distingué, brun, le crâne largement dégarni et la moustache en guidon de vélo.

— Permettez-moi de vous présenter M. Georges Méliès.

En Méliès, tous saluèrent autant le célèbre cinéaste que le mage du Cercle Or. Il avait quarante-huit ans en 1909 et était au faîte de sa gloire. Chacun de ses petits films mêlant poésie et illusion rencontrait un franc succès public. On parlait encore de son *Vingt Mille Lieues sous les mers* sorti deux années plus tôt.

— Georges et moi allions déjeuner au *Petit-Chambord*, dit Maniquet. Vous nous accompagnez ?
— C'est entendu, dit Griffont.

*

Le déjeuner fut délicieux à tout point de vue. Le chef du *Petit-Chambord* était l'un des meilleurs de Paris et Méliès s'avéra un convive aussi courtois qu'agréable.

Comme tous ceux de sa confrérie, Méliès pratiquait une forme de magie décalée en lui inventant des applications inédites, fréquemment utiles, parfois ludiques. Les mages du Cercle Or étaient des chercheurs, des rêveurs, des artistes souvent ; ils passaient pour des bricoleurs de la magie et s'en moquaient. Jadis, la plupart étaient des alchimistes ; aujourd'hui, ils concevaient des objets enchantés dont le commerce était strictement réglementé. Méliès, quant à lui, explorait sa propre voie après avoir eu la révélation devant les premières œuvres des frères Lumière. Pour l'heure, il se contentait d'agrémenter ses films d'illusions d'optique qui ne devaient rien au Grand Art. Mais il ambitionnait de créer une forme d'art nouvelle qui unirait la magie pure à l'expression cinématographique. Ce n'était encore qu'une idée vague ; elle l'obsédait cependant.

Les convives se séparèrent enchantés sur les coups de 3 heures. Griffont en avait oublié Cécile de Brescieux et ses mystères. Tandis qu'il reprenait sa canne et son melon au vestiaire, Falissière s'approcha et lui glissa :

— Je n'ai pas encore eu l'occasion de vous le dire, mais j'ai entendu dire que la baronne était à Paris...

Griffont lissa sa moustache grise puis, avec un rien de désinvolture en trop, lâcha :

— La baronne ?
— Vous savez bien...
— Oui, oui... Eh bien, si vous la croisez, transmettez-lui mes amitiés, voulez-vous ?

Il mit son chapeau et sortit sous le soleil éblouissant. Un vol d'oiseaux de paradis passait au-dessus de la rue. Griffont leva par réflexe les yeux vers la nuée de plumes multicolores, mais il pensait à autre chose.

Il alluma distraitement une cigarette.

5

Jusqu'au milieu du XIXe siècle, Paris était encore par bien des aspects une cité médiévale insalubre dont il ne faisait pas bon arpenter le dédale des rues à la nuit tombée. Durant le Second Empire, cependant, la ville changea radicalement de visage après de gigantesques travaux d'urbanisme. Sous la direction du baron Haussmann, préfet du département de la Seine, Paris se métamorphosa en une métropole structurée selon un plan clair et rigoureux, avec les Grands Boulevards et les vingt arrondissements que nous lui connaissons aujourd'hui. En deux décennies à peine, elle gagna ainsi 145 km de voies nouvelles, 570 km d'égouts souterrains, 1 780 ha de parcs (dont les bois de Boulogne et Vincennes) et quelques centaines d'immeubles publics ou privés. Paris devint alors la somptueuse capitale impériale voulue par Napoléon III. Mais elle devint également une cité adaptée aux besoins d'une population grandissante et d'une industrie en pleine expansion, en même temps qu'un siège sûr pour le gouvernement puisque, désormais, la troupe pouvait y manœuvrer à son aise. La précaution n'était pas inutile : depuis 1789, la France et Paris avaient connu leur lot d'émeutes, révolutions et coups d'État.

Les projets du préfet Haussmann prévoyant la destruction de l'Opéra de la rue Le Peletier, il en fallait un nouveau à Paris. Un concours national fut lancé, bientôt remporté par un jeune architecte de trente-cinq ans, presque un inconnu, Charles Garnier. Les travaux débutèrent en 1862 ; l'inauguration eut lieu le 5 janvier 1875. Entre-temps, la Troisième République avait été proclamée et Napoléon III était mort en exil, ce qui n'empêcha pas le chef-d'œuvre néo-baroque de Garnier d'être achevé.

Le succès du nouvel Opéra de Paris fut immédiat. Les louanges se firent de loin plus nombreuses que les critiques, et les contemporains vantèrent une extraordinaire réussite tant pour l'intelligence de la conception que pour l'unité architecturale, l'élégance des proportions et la beauté de l'ornementation. Le plan au sol épouse la forme d'un losange et distribue harmonieusement les espaces publics, la scène au centre, les locaux techniques et administratifs derrière. Le public accède au bâtiment par sept entrées situées sur la façade. Puis, après le hall, le grand escalier permet de gagner le vestibule principal, le foyer et les promenoirs desservant les loges. Coiffée d'un dôme hémisphérique colossal, la salle comporte un parterre et quatre balcons. Deux entrées latérales étaient réservées l'une aux invités de marque, l'autre aux abonnés ; elles débouchent sur des salons de réception. Étendu sur toute la largeur du monument, le somptueux foyer mérite pleinement l'admiration que lui portent les amateurs de l'art baroque. Mais c'est sans doute le splendide escalier d'honneur qui

– avec ses marbres de couleurs variées, ses ors, sa balustrade en onyx, ses lustres et ses statues en bronze brandissant des candélabres étincelants – constitue l'élément à la fois le plus original et le plus luxueux de l'Opéra.

En 1909, le monument emblématique des fastes du Second Empire était encore autant un lieu de culture et de divertissement, que d'apparat et de parade mondaine. La haute société venait s'y montrer ; il était de bon ton d'avoir sa loge à l'année et d'y inviter. La principale qualité d'un spectacle était de ne pas trop ennuyer entre les entractes. Toujours trop courts, ceux-ci étaient pour certains messieurs en habit noir l'occasion d'aller présenter leurs hommages aux cantatrices, étoiles et autres petits rats qui ne manquaient jamais de paraître dans le foyer de la danse. Il fallait, souvent, faire la police près des quartiers des artistes. On courtisait ; on flirtait ; des idylles se nouaient, rarement innocentes.

Mais le palais Garnier – puisque l'on nommait déjà ainsi le plus vaste Opéra du monde – pouvait aussi être le théâtre de troubles intrigues, parfois dangereuses, et qui n'avaient rien de galant...

*

On donnait ce soir-là un gala de charité à l'Opéra. Le gratin parisien était venu sous le double prétexte de faire une bonne action et d'entendre certains des airs les plus célèbres du répertoire français et italien. Il était environ 9 heures. Le premier entracte approchait.

Sur scène, une diva plus que dodue n'en finissait pas de pleurer la mort d'un énorme ténor qui, avant de rendre l'âme, avait lui-même longuement chanté son désespoir et s'efforçait à présent de ne point trop bouger, une main sur le cœur et la tête sur les solides genoux de sa bien-aimée. L'orchestre jouait une mélodie aussi mielleuse que pompeuse, censée exprimer tout le tragique de l'instant. Le décor figurait la cour d'une forteresse ; il y avait au fond un rempart du haut duquel la tonitruante esseulée finirait par se jeter.

François Ruycours avait loué une loge qu'il occupait seul. C'était la première loge à côté de l'avant-scène de gauche, la numéro 5, celle que l'on ne réservait plus à personne depuis les événements dont Gaston Leroux fit le récit dans *Le Fantôme de l'Opéra*, génial roman que le lecteur est invité à découvrir, si nécessaire, dès qu'il aura achevé celui-ci. Distingué, bel homme et cultivé, Ruycours était l'héritier d'une vieille famille bordelaise et passait pour riche. Du moins menait-il grand train. À quarante ans, il était ainsi l'un des célibataires les plus en vue de la capitale. Il avait un poste au Quai d'Orsay mais fréquentait moins les bureaux du ministère que les antichambres des ambassades et les salons du Tout-Paris. Cela n'étonnait personne, car ils étaient quelques privilégiés à bénéficier par faveur d'emplois de complaisance dans la fonction publique. Néanmoins, Ruycours ne faisait pas qu'occuper un confortable placard doré aux frais de la République. Loin des lumières mondaines, il lui arrivait en effet de rendre d'officieux services à la diplomatie française.

La cantatrice n'avait toujours pas entrepris l'ascension de ses remparts quand un huissier vint discrètement remettre un billet à François Ruycours. Celui-ci lut le papier, le froissa, fronça le sourcil en consultant sa montre oignon. Le programme prévoyait encore un air de Gounod avant l'entracte : il avait donc le temps. Il se leva sans bruit et sortit. Il était en habit noir ; sa canne, son manteau et son haut-de-forme l'attendaient au vestiaire.

Les couloirs, brillamment éclairés, étaient déserts. Ruycours emprunta le grand escalier et descendit jusqu'au plus bas niveau ouvert au public, celui du foyer des abonnés. Près de la fontaine de la pythonisse, il retrouva la baronne Isabel de Saint-Gil. Toujours aussi belle, toujours aussi élégante, elle était en toilette de ville dans un grand manteau terre de Sienne qui lui allait à ravir et rehaussait la rousseur blonde d'une chevelure soyeuse. Non loin, un colosse en pardessus noir veillait ; c'était Auguste.

— Je ne vous attendais pas si tôt, madame. Et encore moins ici.

— Des reproches ?

— Non, non.

— Vous semblez pressé...

Ruycours s'approcha pour parler plus bas.

— Alors ? Comment s'est déroulé votre séjour à Saint-Pétersbourg ?

— À merveille.

— Vraiment ?

— Tout est là, confirma la baronne.

Elle tira de son sac à main une liasse de lettres attachées par un ruban.

— Et le bijou ?

— Le voici.

Elle ouvrit une petite bourse en velours. À l'intérieur brillait une broche ornée de pierres précieuses.
— Excellent! fit Ruycours avec un enthousiasme forcé.
La baronne tiqua :
— Un problème ?
— Non, pourquoi ?
— Pour rien… Vous devez savoir qu'Oulissienko m'a donné du fil à retordre, et qu'il n'a sans doute pas rendu les armes. Dites-le à qui de droit. L'homme est tenace et dangereux.
— Oulissienko ?
— Un officier de la police secrète du tsar. Relisez vos dossiers, Ruycours.

Deux mois plus tôt, pour le compte du gouvernement, Ruycours avait secrètement pris contact avec la baronne, dont les talents étaient reconnus au plus haut niveau de l'État. L'affaire était la suivante : un diplomate français en poste à Saint-Pétersbourg avait eu la mauvaise idée de s'enticher d'une cocotte. Très jolie, celle-ci avait cependant un défaut que l'on découvrit trop tard : elle travaillait pour les services secrets de la Russie – un État allié, certes, mais qui n'en était pas moins une puissance étrangère.

Idiot comme le sont souvent les vieux amoureux quand ils tombent aux mains d'une peste plus jeune de trente ans, le diplomate commit une double imprudence. Il échangea avec sa maîtresse une correspondance nourrie et lui offrit un inestimable bijou de famille, presque un trésor national. Dans ses lettres, il confiait des secrets susceptibles d'embarrasser la France ; quant au fameux bijou (une broche, en fait), il était la preuve d'une relation scandaleuse entretenue par un dignitaire français avec une courtisane appointée par la police secrète du tsar. Il fallait donc récupérer et la broche et les lettres. Mais il était impératif de le faire en toute discrétion, sans donner à la Russie le temps de comprendre que le pot aux roses était découvert.

Cette délicate mission fut confiée à Isabel de Saint-Gil. Celle-ci s'en acquitta avec succès, au nez et à la barbe du colonel Oulissienko qui, comme on l'a vu, la poursuivit jusque dans le train qui la ramenait à Varsovie.

— Je passerai prendre l'argent chez vous lundi, dit la baronne.

— Certes, dit un Ruycours embarrassé. Mais avant cela...

— Quoi?

— Je veux bien payer les lettres dès lundi, mais je ne peux accepter la broche les yeux fermés.

— Je vous demande pardon?

— Ce pourrait être un faux... Une copie...

— Vous plaisantez?

Isabel de Saint-Gil pâlit et ses yeux d'ambre se firent terribles.

— N'assassinez pas le messager! se défendit Ruycours. L'idée n'est pas de moi! D'ailleurs, je n'ai pas encore tout l'argent...

À quelques pas de là, devinant que les choses tournaient à l'aigre, Auguste voulut approcher. Ruycours lui jeta un regard en coin inquiet; la baronne le rassura d'un geste et lui fit signe de rester où il était.

— Vous m'affirmez que l'on exige une expertise du bijou...

— Oui.
— Qui ?
— Je ne sais pas... L'ordre vient d'en haut. De très haut...

Isabel de Saint-Gil aurait juré qu'il mentait. Mais pourquoi ?

— Soit, dit-elle en ayant recouvré son calme. J'imagine que vous avez déjà choisi l'expert.

— En effet.

Ruycours fouilla dans la poche intérieure de son habit et y trouva une carte de visite.

« Adressez-vous de ma part à M. Alandrin. Isidore Alandrin, rue Jacob. »

La baronne prit le bristol sans le lire.

— Dès lundi, j'irai remettre la broche à votre antiquaire, dit-elle. Je passerai ensuite chez vous me faire payer les lettres. Car vous ne me soupçonnez pas de les avoir écrites moi-même, n'est-ce pas ?

— Non, bien sûr, répondit Ruycours en tentant de sourire comme à une plaisanterie.

La sonnerie indiquant le début de l'entracte retentit alors et les premiers spectateurs envahirent les couloirs. Presque aussitôt, Isabel de Saint-Gil et Auguste disparurent.

*

Ruycours s'efforça de faire bonne figure durant l'entracte. Il rejoignit le foyer des abonnés et, passant d'un groupe à l'autre parmi les habits noirs et les grandes toilettes, il présenta ses hommages, baisa des mains, en serra d'autres, échangea des banalités, plaisanta, flatta quelques puissants. Mais il avait la tête ailleurs.

On était samedi soir et, dès lundi, Isabel de Saint-Gil viendrait lui réclamer son dû pour prix de ses services en Russie. Or cet argent, Ruycours ne l'avait plus. Ou du moins comptait-il l'employer à tout autre chose dans l'immédiat. La baronne s'était trop tôt acquittée de sa mission et son retour inattendu avait contraint Ruycours à improviser. L'expertise de la broche n'était qu'un mauvais prétexte à gagner du temps. Le temps, voilà ce qui lui faisait le plus défaut. Le temps, et l'argent.

À la reprise du spectacle, François Ruycours regagna sa loge. La salle s'emplit à nouveau, les lumières baissèrent et l'orchestre entama l'ouverture du *Mariage de Figaro*. Ruycours écoutait à peine. Nerveux, il consulta sa montre plusieurs fois.

— Est-ce moi que vous attendez? fit une voix.

Ruycours sursauta et se retourna. Un homme se tenait assis dans l'ombre. Il n'était pas là au retour de Ruycours et la porte de la loge était restée close depuis.

— Je vous ai fait peur?

— Du tout, mentit Ruycours. Du tout.

— Venez donc vous asseoir près de moi. Nous serons plus confortables pour discuter.

Ruycours changea de place. Il y avait au fond de la loge deux chaises à l'abri des regards.

— Parfait, dit l'homme. Il serait regrettable que l'on nous voie ensemble, n'est-ce pas?

Il était vêtu de sombre mais ne portait pas l'habit de soirée qu'exigeaient le lieu et les circonstances. Il était grand, mince, très pâle. Ses cheveux blonds caressaient ses épaules, encadrant un visage étroit aux joues creuses, aux yeux petits, aux lèvres maigres. La pierre noire d'une chevalière luisait à son auriculaire gauche. Il avait les ongles longs, taillés en ogive et – semblait-il – nacrés. Un haut-de-forme était posé près de lui. Il faisait pivoter sur sa pointe, entre le pouce et l'index, une canne à pommeau d'onyx.

— Notre affaire devrait déjà être réglée, monsieur Ruycours...

— Je n'y suis pour rien. La vente à Drouot a été retardée.

— Pourquoi?

— Une querelle de succession. À ce que je sais, des héritiers prétendaient faire valoir leurs droits sur un des lots.

— Pas sur le lot qui nous intéresse, j'espère...

— Non, non. Et d'ailleurs tout est fini, à présent. La vente aura bien lieu. Bientôt.

— Quand?

— Lundi dans l'après-midi.

— Je peux donc prévoir que lundi soir...

— ... j'aurai l'objet, oui.

— *Nous* aurons l'objet.

Ruycours se reprit:

— Oui, oui. C'est ce que je voulais dire: *vous* aurez l'objet... Cependant...

L'homme eut un sourire cruel.

— Cependant quoi, monsieur Ruycours?...

— Eh bien, je crains que la somme que vous m'avez allouée ne soit pas suffisante. Il...

— Vous n'aurez pas un centime de plus. N'abusez pas de notre générosité. Et dois-je vous rappeler que la somme que nous vous avons déjà versée a été calculée selon vos estimations ? Vous seriez-vous trompé dans vos calculs ?

— Non... Mais le problème est que j'ai appris, par une indiscrétion, qu'un riche collectionneur est intéressé par le même lot que moi... que vous. Par sa faute, les enchères pourraient monter plus haut que prévu.

L'homme en noir réfléchit en se frottant le menton, à rebours, de ses ongles acérés.

— Le nom de ce collectionneur ?

— C'est un vieux colonel. C'est un habitué de Drouot et il bénéficie d'une fortune qui...

— Son nom, monsieur Ruycours.

— Le colonel Fèvre-Putaut.

L'homme coiffa son haut-de-forme et se leva.

— Nous disons donc lundi soir, n'est-ce pas ?

— Oui, mais...

— Le bonsoir, monsieur Ruycours. Servez-nous bien.

Il passa la porte de la loge mais personne ne le vit paraître dans le couloir.

*

Le lendemain, dans un encart de dernière minute, les journaux du soir annoncèrent le suicide du colonel en retraite Fèvre-Putaut. Celui-ci fut retrouvé, au matin, pendu dans ses écuries. Ses proches n'expliquaient pas ce geste désespéré, que rien ne permettait de prévoir. Quand on trouva le malheureux, il avait les yeux grands ouverts et pleins de ce que les témoins qualifièrent de «terreur démente, abjecte et incrédule». D'après les premières constatations de l'enquête, aucun élément matériel ne venait cependant infirmer la thèse du suicide. La police n'envisageait pas de pousser plus loin ses investigations.

6

Tandis que le Tout-Paris assistait au gala de charité qui se donnait à l'Opéra, Louis Griffont franchit le seuil du *Cercle Richelieu* sur les coups de 10 heures.

Il présenta sa carte, dit qu'il était attendu par monsieur le directeur. Avec beaucoup d'égard, il fut aussitôt conduit dans un bureau désert, coquettement meublé, derrière une porte interdite au public. On débarrassa Griffont de son haut-de-forme et de ses gants, mais il voulut garder sa canne. Il était en tenue de soirée, avec habit à queue noir porté ouvert sur le gilet et plastron blanc amidonné.

Carrard, le directeur, arriva bientôt. Lui aussi était en habit.

— Bonsoir, monsieur. Pardonnez-moi de ne pas vous avoir accueilli personnellement : j'étais dans la salle.

— Je vous en prie. Notre homme est là ?

— Oui. Suivez-moi, je vous prie.

Le directeur ouvrit une porte dissimulée par un pan de bibliothèque pivotant. Griffont gravit à sa suite un petit escalier et ils arrivèrent dans une pièce obscure qui, par une fenêtre ménagée derrière un miroir sans tain, permettait d'observer la salle des jeux. Celle-ci était vaste, lumineuse, richement décorée. L'assistance, exclusivement masculine et toute vêtue de noir, était répartie autour des tables vertes. On jouait au baccara, au trente-et-quarante, au vingt-et-un. La boule, surtout, attirait du monde. Une fumée de cigares et cigarettes commençait de s'accumuler sous les hauts plafonds moulés. Les croupiers œuvraient avec diligence et discrétion, faisaient les annonces réglementaires, indiquaient les résultats, distribuaient les gains, ratissaient les pertes. Des domestiques servaient des boissons et des petits sandwichs. De temps à autre, des exclamations joyeuses ou consternées troublaient la quiétude ambiante. Mais pour l'essentiel, un calme policé régnait.

— Lequel est votre tricheur ? murmura Griffont.

— La table 7, dit Carrard en pointant le doigt. L'homme aux lunettes rondes.

Il désignait un grand brun au visage maigre et grêlé.

— Rappelez-moi son nom, voulez-vous ?

— Jérôme Sébrier.

— Il gagne ?

— Depuis qu'il est assis.

— Il joue au vingt-et-un, n'est-ce pas ?

— Oui.

Griffont parut réfléchir, puis lâcha :

— Avec votre permission, je vais aller voir ça de plus près...

Il marcha vers le petit escalier.

— Monsieur Griffont !

— Oui ? fit le magicien en se retournant.

— Pas d'esclandre, n'est-ce pas ? À tout prendre, je préfère un tricheur à un scandale...

Griffont sourit.

— N'ayez aucune inquiétude. Je serai efficace, mais discret.

*

Sa chevalière du Cercle Cyan en poche, Griffont avait rejoint l'ambiance feutrée de la salle des jeux. Il s'était un peu promené, une cigarette aux lèvres, en veillant à cacher le pommeau de sa canne dans le creux de sa main. Cela lui avait donné le temps d'étudier Sébrier du coin de l'œil sans rien découvrir de suspect. Puis, à la première occasion, il s'était assis à la même table que lui.

On y jouait donc au vingt-et-un.

Ce jeu, dont le célèbre black-jack est un dérivé, se pratique avec deux jeux de cinquante-deux cartes mélangés. Il consiste à tirer deux cartes au moins pour obtenir un total le plus proche possible de 21, d'où son nom. L'as vaut 1 ou 11 points au choix ; les figures, ou « bûches », valent 10 points ; les autres cartes sont comptées à leur valeur nominale, de 2 à 10. Les joueurs jouent individuellement contre le « banquier » ; celui-ci distribue. Joueurs et banquier commencent par recevoir deux cartes, l'une face visible et l'autre retournée. Si le banquier obtient un « naturel », à savoir s'il totalise 21 points avec ses deux premières cartes, il ramasse les mises des joueurs, sauf celles des joueurs qui ont eux-mêmes un naturel et pour qui le coup est nul ; pareillement, si le banquier n'en a pas, un joueur qui obtient un naturel se fait aussitôt payer.

La partie se poursuit normalement sinon, et le premier joueur à la gauche du banquier peut recevoir, une à une et face visible, autant de cartes qu'il le souhaite. Quand il s'estime servi, le joueur dit : « Je reste » et l'on sert le joueur suivant. Mais si son total dépasse 21, il annonce « Crevé » et perd sa mise. Le tour du banquier vient après tous les joueurs. Lui aussi tire des cartes jusqu'à satisfaction. S'il crève, il l'annonce et paie les joueurs encore en lice. Dans le cas contraire, on révèle les cartes cachées et compare les totaux. Le banquier encaisse les enjeux des perdants et paie, à ceux qui l'emportent sur lui, une somme égale à leur mise initiale. En cas de total identique avec le banquier, un joueur ne perd ni ne gagne : il récupère simplement sa mise.

Au *Cercle Richelieu*, l'usage était que les participants tiennent la banque à tour de rôle. On jouait gros et Griffont, moins intéressé par ses cartes que par Sébrier, perdit surtout. La chance compte d'ailleurs pour beaucoup au vingt-et-un. Tributaire du hasard, le joueur jouit d'une marge de manœuvre étroite : tout son talent consiste à mesurer au plus juste s'il lui faut demander une carte supplémentaire ou non, au risque de dépasser le seuil fatidique de 21 points. Griffont n'excellait pas à cet exercice et ce fut encore pire lorsque la banque lui échut.

Le banquier, en effet, joue contre plusieurs adversaires, une difficulté cependant tempérée par le fait qu'il tire ses cartes après les joueurs et connaît donc leurs totaux (hors la carte cachée). Mais son objectif est moins de tirer le plus haut total possible que d'obtenir le score qui lui permettra de l'emporter sur le plus grand nombre de joueurs. Rappelons que le banquier paie tous les gagnants de sa poche. En conséquence, pour lui, mieux vaut concéder la victoire à un joueur et l'emporter sur quatre autres avec un total moyen, plutôt que de tenter la chance, viser un score imbattable... et tout perdre. Là encore, Griffont ne fit pas merveille. Il se montra néanmoins bon perdant, ce qui n'exigea pas de lui des trésors de volonté. En mage avisé, il avait su amasser une coquette fortune au cours d'une existence plusieurs fois centenaire.

Durant les deux heures qui s'écoulèrent, Sébrier perdit parfois mais passa rarement les 21 points. Griffont tint les comptes et remarqua que le tricheur supposé crevait en fait tous les dix ou douze coups environ. Il semblait y avoir une intention dans cette régularité, à croire que Sébrier s'efforçait ainsi de donner le change : il ne souhaitait pas paraître invulnérable. Il ne creva cependant pas une fois alors qu'il tenait la banque, et fit même preuve d'une habileté redoutable dans ces occasions. Un coup en particulier fut remarquable. Il mérite d'être raconté.

Sébrier était donc banquier et, face à lui, quatre des cinq joueurs – dont Griffont – étaient encore en lice. Le premier tira une Dame et s'arrêta là, ce qui laissait supposer que sa carte cachée était forte : un 8, un 9, un 10 ou une autre bûche pour un total élevé qui ne méritait pas d'amélioration. Le deuxième joueur avait un 8 retourné. Il demanda une autre carte, obtint un 5 et se dit servi. Griffont avait un 4 caché et un 3 ; il réclama une carte, toucha une Dame valant 10 points : le total faisait 17, ce n'était pas si mal. En plus de sa carte cachée, le quatrième joueur bénéficia d'un As, la meilleure des cartes puisqu'elle vaut 1 ou 11 et permet donc une grande latitude de choix ; un 9 vint l'améliorer.

La conjoncture était pour le moins défavorable au banquier. Passons sur Griffont qui avait 17 et examinons la situation de chacun des trois autres joueurs.

Le premier, servi avec une bûche, jouissait sans aucun doute d'un score élevé : 18, 19 ou 20 – mais pas 21, car il aurait aussitôt annoncé un naturel.

Le cas du second joueur était plus complexe. Avec un 8, celui-ci avait réclamé une carte. On pouvait en déduire que sa carte cachée était soit faible (comprise entre 2 et 6), soit un As. Il avait ensuite reçu un 5 et avait annoncé qu'il restait. Dès lors, l'hypothèse d'un As était à rejeter. Car 8 et 5 font 13. Plus un As valant 11, cela fait 24 et le coup est perdu. Mais plus un As valant 1, cela ne fait que 14 et autorise à retirer sans imprudence, ce à quoi le joueur avait renoncé. Sa carte cachée était donc bien une carte faible, d'où un résultat final très certainement compris entre 15 et 19.

Quant au dernier joueur, le sort lui avait sans doute joué un mauvais tour en agrémentant d'un 9 son As initial. Car désormais, cet As avait toutes les chances de ne plus valoir que 1. Dans le cas contraire, 11 et 9 faisant 20, il fallait que la carte cachée soit un second As – celui-là comptant pour 1 ; cela donnait certes 21, mais les probabilités étaient faibles. Restait à évaluer la hauteur de la carte cachée. Elle ne pouvait être un 10 ni une bûche, car 10 points ajoutés à l'As auraient fait un naturel. Elle devait par conséquent être inférieure à 10, mais néanmoins assez forte pour dissuader le joueur de retirer après un As et un 9 ; 6 ou plus, donc. Peut-être guère mieux.

En conclusion, Sébrier était confronté à quatre jeux forts dont un au moins – celui du premier joueur – était probablement très élevé. Outre sa carte cachée, lui-même avait touché un 7. Il tira une troisième carte et hérita d'un 5; 7 plus 5 égale 12. Si sa carte cachée n'était que moyenne (5 ou 6), cela faisait un score honorable. Si elle était faible, il était logique de retirer. Ce que fit Sébrier. Il obtint alors un 3 et se déclara servi.

Chaque joueur dévoila alors sa carte cachée. Le premier joueur avait un 9 pour un total de 19. Le second, un 3 pour un total de 16. Le troisième, un 7 pour 17. C'était – on s'en souvient – autant que Griffont.

Sébrier montra sa carte: un 6... pour un total de 21 qui l'emportait sur tous.

Le coup rapporta gros et acheva de convaincre Griffont que Sébrier trichait. Car celui-ci, au moment de tirer sa dernière carte, possédait déjà un total de 18, c'est-à-dire un score assez élevé pour envisager logiquement de battre trois des joueurs, ou du moins de faire jeu égal avec eux. Tirer une dernière carte, c'était prendre le risque énorme de crever pour le seul bénéfice de vaincre également le premier joueur. Bien sûr, Sébrier avait peut-être autant d'audace que de chance, mais celle-ci semblait lui sourire toujours. Autre possibilité: il *savait* qu'il allait tirer un 3 parce qu'il voyait les cartes...

Mais comment?

Griffont devait d'abord s'assurer que Sébrier utilisait la magie pour tricher. Discrètement, il lança un sortilège qui n'exigeait qu'un léger mouvement des doigts de la main gauche. Il s'agissait d'une

Détection mineure de l'Art. Son effet fut immédiat : aux yeux de Griffont, la silhouette du tricheur se nimba d'un mince halo bleuté. Il y avait bien anguille sous roche, et cette anguille était magique.

Fallait-il croire que Sébrier était magicien ? Non, car la *Détection mineure* aurait alors révélé une puissante aura. Bénéficiait-il d'un enchantement lancé sur lui par un mage complice ? Possible. Griffont ignorait de quel enchantement il pouvait s'agir, mais comme on en inventait d'inédits à longueur d'année... Dernière possibilité : Sébrier utilisait un accessoire magique.

En concentrant son attention sur le halo qui entourait toujours Sébrier, Griffont remarqua une plus forte brillance au niveau de la tête. Ce n'était pas grand-chose mais cela y était, et Griffont comprit qu'il avait trouvé.

Les lunettes.

Les lunettes rondes cerclées d'or de Sébrier étaient enchantées.

*

Sébrier quitta le *Cercle Richelieu* vers 1 heure. Griffont l'imita presque aussitôt. Tout juste prit-il le temps de récupérer ses effets au vestiaire et de rassurer le directeur Carrard : on pouvait d'ores et déjà considérer que le cas « Sébrier » était réglé.

La nuit était douce et paisible. Une lune presque blanche se découpait dans le ciel étoilé. Des réverbères à gaz, régulièrement espacés, éclairaient la rue déserte. Tout le quartier dormait.

Sébrier allait d'un pas guilleret en profitant d'un

dernier cigare. Sur ses talons, Griffont le vit tourner dans la rue Saint-Marc et marcher vers un fiacre en stationnement. Ce devait être celui du tricheur. Il semblait n'y avoir personne d'autre dans les parages. Griffont décida d'agir.

— Monsieur! appela-t-il doucement. Monsieur!

Sébrier se retourna, d'abord inquiet puis intrigué en reconnaissant un partenaire de jeu. Un partenaire qu'il avait délesté d'une petite fortune. Venait-il réclamer son argent? On avait déjà vu de mauvais perdants provoquer des duels.

— Oui? fit Sébrier sur la défensive.

Le magicien, cependant, était tout sourires. Il porta deux doigts au bord de son haut-de-forme et se présenta :

— Griffont. Nous étions à la même table, au *Richelieu*.

— Sébrier. Je vous reconnais, monsieur. Que puis-je pour vous?

— Il semble que nous allions dans la même direction...

Un fâcheux, songea Sébrier. *Peut-être un tapeur.*

Il se détendit et désigna l'attelage arrêté non loin.

— Mon fiacre est là qui m'attend. Pardonnez-moi, mais il est tard. Peut-être aurons-nous l'occasion de nous revoir au cercle...

Il fit mine de s'écarter mais Griffont le retint aimablement par le coude et dit :

— C'est une véritable leçon de jeu que vous nous avez donnée ce soir...

Flatté, l'autre esquissa un sourire.

— J'ai sans doute eu de la chance.

— Non, non, monsieur. Il y avait bien plus.

— Vous êtes trop aimable, monsieur.
— Pas du tout, pas du tout.
— Eh bien, c'est peut-être l'expérience qui m'a servi. Si comme moi vous jouiez depuis...
— Non, l'interrompit un Griffont qui n'avait jamais été plus affable. Je songeai à tout autre chose encore...

Sébrier crut qu'il allait être question de son talent et se rengorgea.

— Puis-je vous poser une question ? demanda innocemment Griffont.
— Mais certainement, monsieur.
— Je vais peut-être vous paraître indiscret...
— Nous sommes entre gens de bonne compagnie. Posez votre question, je vous en prie.
— Trop aimable. Alors je me lance : les lunettes que vous portez, vous permettent-elles de voir quelques secondes dans l'avenir ou, plus simplement, de lire les cartes tournées ?

L'autre en resta coi. Il pâlit, puis rougit, trouva enfin la ressource de balbutier :

— P... Pardon ?

Il lui sembla que Griffont avait beaucoup gagné en assurance. Et peut-être même – mais était-ce possible ? – quelques centimètres.

— Permettez-moi de me présenter mieux. Je me nomme Louis Denizart Hippolyte Griffont. Je suis mage du Cercle Cyan. Quant à vous, monsieur, vous êtes un tricheur. Donnez-moi vos lunettes, s'il vous plaît...

Le magicien tendit la main. Sébrier recula.

— Je ne vous permets pas, monsieur... Je...

— Allons, fit tranquillement Griffont. Ni vous ni moi ne voulons un scandale, n'est-ce pas?
— Mais de quel droit?...
— Vos lunettes, monsieur.

Sébrier reprit soudain contenance. Il bomba le torse, leva le menton, se campa sur ses ergots et, assez ridicule en définitive, lâcha :
— Je ne vous connais pas, monsieur!

Griffont soupira.

L'œil las, il claqua des doigts et, dans un scintillement, les lunettes voletèrent jusqu'à sa main.

Effrayé, le tricheur voulut décamper. Mais il n'avait pas plus tôt tourné les talons que Griffont bondit pour le saisir par le col. Une brusque traction, et Sébrier chuta lourdement sur le dos.

— Nous n'en avons pas fini, Sébrier. Je veux savoir d'où vous viennent ces lunettes.

Le magicien ne plaisantait pas. Le sourcil froncé, il tenait sa canne à la manière d'un gourdin. Le cristal bleu du pommeau luisait faiblement, comme éclairé de l'intérieur.

— Eh! fit quelqu'un.

Griffont se retourna pour voir un cocher en manteau noir et haut-de-forme qui approchait. Sans doute conduisait-il le fiacre de Sébrier. En serviteur dévoué, il venait au secours de son maître.

— Écartez-vous, monsieur, dit-il à Griffont.

Il était grand, massif, avait le front bas et des mains énormes. Il rendait bien une tête au magicien qui, cependant, ne cilla pas.

— Ne vous mêlez pas de ça, mon brave.

Le cocher serra les poings et fit jouer les muscles de ses épaules.

— Encore une fois, monsieur : écartez-vous. C'est un conseil.

— Je vous en donne un autre : ne faites rien que vous regretteriez aussitôt...

— Vous l'aurez voulu !

Le cocher frappa du poing. Mais il ignorait qu'il avait affaire à un expert en boxe française d'une part, à un escrimeur de l'autre, à un magicien enfin. Le boxeur esquiva et percuta du bout de la bottine le tibia de son adversaire. L'escrimeur lui cingla l'épaule avec sa canne. Quant au mage, il accompagna le coup de canne d'une brève décharge d'énergie qui secoua le malheureux des pieds à la tête et l'abandonna inconscient sur le pavé.

Remettant son haut-de-forme d'aplomb, Griffont aperçut Sébrier qui se relevait péniblement et, paniqué, tentait de fuir en s'aidant des mains. Les lèvres du magicien bougèrent à peine ; sa main droite esquissa un geste fugitif. Aussitôt, les bretelles du tricheur lâchèrent tandis qu'il entamait sa course. Il se prit les chevilles dans son pantalon tire-bouchonné et trébucha encore.

Griffont marcha jusqu'à lui.

— AU SEC... !

— Appelle seulement à l'aide et je te fracasse le crâne !

— Je vous en prie, gémit Sébrier, ne me faites pas de mal...

— Je vais te répéter ma question pour la dernière fois. Tu répondras, n'est-ce pas ?

L'autre acquiesça, les traits défaits par la peur.

— D'où viennent les lunettes ? articula Griffont d'une voix froide.

7

Le lendemain matin, Griffont fut réveillé par la vive et soudaine lumière qui emplit sa chambre quand Étienne écarta les rideaux.

— Bonjour, Monsieur, dit le domestique en ouvrant la fenêtre.

Il avait une voix très grave, à la fois mélodieuse et sépulcrale, une voix de basse faite pour les églises et les requiems.

La moustache broussailleuse et la paupière lourde, Griffont se redressa avec peine. Une mèche blanche lui tomba sur l'œil. Il ne la chassa pas.

— Bonjour, Étienne.

— Il fait un temps splendide, Monsieur. La journée promet d'être belle.

Longiligne, les yeux noirs et le teint crayeux, Étienne se tenait déjà près du lit, une robe de chambre pliée sur le bras. Ses cheveux d'un roux vif épousaient au plus près la forme de son crâne, plaqués en arrière depuis un front haut et bombé. En costume sombre et plastron blanc, il était l'image même de la rigueur et de la sobriété. Comme toujours, son visage sans âge n'exprimait rien.

Griffont se leva et enfila sa robe de chambre.
— Quelle heure est-il?
— Il est 10 heures, Monsieur.
— Je ne trouve pas mes pantoufles.
— Les voici, Monsieur.
— Merci.
— Puis-je demander à Monsieur si Monsieur a passé une agréable soirée?
— Excellente, Étienne. La soirée fut excellente.
— Monsieur est rentré tard...
— Je vous ai réveillé?
— Je lisais, Monsieur. Monsieur sait que je dors très peu.
— C'est vrai.

Griffont s'enferma dans le cabinet de toilette attenant tandis qu'Étienne sortait et revenait presque aussitôt avec un petit déjeuner. Le domestique posa le plateau sur un guéridon près de la fenêtre. Il s'assurait que rien ne manquait quand Griffont demanda à travers la porte :

— Azincourt est à la maison?
— M. Azincourt dort dans le salon. Il a réclamé les journaux du matin.
— Parfait. Préparez mon costume beige, voulez-vous?
— Bien, Monsieur.
— Et prenez donc votre après-midi. Je n'ai plus besoin de vous.

*

Habillé, coiffé et rasé de frais, Griffont descendit dans le salon côté jardin. Les volets étaient entrouverts pour laisser passer le jour mais garder un peu de la fraîcheur nocturne. Parce qu'il ne voyait le chat-ailé nulle part, Griffont appela doucement :

— Azincourt ?

Une tête féline et renfrognée apparut de derrière un accoudoir, paupières mi-closes, front plissé et oreilles froissées.

— Mmmh ?

— Bonjour, Azincourt.

— *Good morning*, Griffont.

— Belle journée, n'est-ce pas ?

— Vous ne diriez pas ça si vous deviez porter un manteau de fourrure par 27° à l'ombre.

La tête disparut.

— Bien sûr..., reconnut Griffont. Cependant, il y a un service que vous pourriez me rendre.

— Quand ça ?

Le magicien se gratta la tempe de l'index.

— Maintenant, à vrai dire.

— C'est aujourd'hui dimanche, Griffont...

— Et alors ?

Pas de réponse. Griffont réfléchit et reprit :

— J'ignorais que les chats avaient des semaines de fonctionnaire...

Toujours caché au creux de son fauteuil, Azincourt répondit d'une voix lasse, où pointait cependant l'agacement :

— D'une, nous n'aurions pas cette conversation si j'appartenais au règne animal, comme vous l'avez maladroitement laissé entendre. De deux, il me semble que vous avez un domestique pour faire vos commissions. Et de trois, vous savez que j'ai un déjeuner tous les dimanches. Sur ce...

— Entendu, fit candidement Griffont. Voyez-vous, je dois rencontrer le doyen Delveccio de toute urgence et j'avais pensé que peut-être...

La tête d'Azincourt refit soudain surface. Très attentif, le chat-ailé s'était dressé assis, les pattes avant bien droites et les oreilles aux aguets.

— Le doyen?

Il en avait oublié de prendre l'accent anglais.

À cet instant, Étienne parut dans l'encadrement de la porte du couloir, un canotier à la main.

— Je m'en vais, Monsieur.

— Bon après-midi, Étienne.

Tout à son affaire, Azincourt bondit sur un meuble près de Griffont.

— Vous disiez?

Mais le magicien fit mine de ne rien entendre et s'adressa encore à Étienne :

— Savez-vous ce que vous allez faire?

— Oui, Monsieur. Je songe à faire une promenade sur les bords de Marne.

— Vous parliez du doyen, je crois..., fit Azincourt.

— Très bonne idée, dit Griffont. Amusez-vous bien, Étienne.

— Hep!

— Merci, Monsieur. Au revoir, Monsieur.

— Au revoir, Étienne.

Le domestique s'en fut et, cette fois, le chat-ailé parvint à se faire entendre.

— Griffont?

— Oui?

— À quel sujet voulez-vous rencontrer Delveccio?

L'accent anglais pointait à nouveau. Griffont sourit en coin.

— Cela vous intéresse ?

— C'est-à-dire que, puisque ce sera pour moi l'occasion de vous rendre service...

— Je vous promets de tout vous dire, Azincourt. Mais le temps presse. Pourriez-vous avertir le doyen que...

— Mais certainement !

La perspective de faire une visite à l'un des meilleurs mages de la capitale enchantait Azincourt.

*

Le rendez-vous eut lieu l'après-midi même au *Premier*. Si Griffont avait appartenu au Cercle Incarnat, les choses n'auraient pu se faire aussi rapidement. Mais les Cyan se moquaient du protocole, ne respectaient aucune procédure interne, et n'avaient que de vagues notions des rapports hiérarchiques. Ainsi, dire que le doyen Delveccio était le chef des mages cyan parisiens serait beaucoup dire. Tous respectaient cependant ses avis et les décisions d'importance ne se prenaient pas sans lui.

Arrivé tôt, Patri Delveccio trouva Griffont qui patientait déjà au bar.

— Bonjour, Griffont. Comment allez-vous ?

— Bonjour, doyen. Je vais bien, merci. Et vous-même ?

Delveccio haussa les épaules.

— Ma santé est aussi bonne que je peux l'espérer. Vous verrez quand vous aurez mon âge...

— Vous voulez dire quand j'aurai neuf cents ans ?

— Je n'en ai que huit cent soixante-dix-neuf, paltoquet… Mais dites-moi, il faut que l'affaire soit grave pour que vous m'obligiez à renoncer à ma sieste dominicale…

Griffont doutait qu'une sieste, même dominicale, soit jamais entrée dans les projets de Delveccio.

— Je ne dirais pas que l'affaire est grave. Elle est urgente.

— Bien. Vous allez nous expliquer tout cela…

— Nous ?

— J'ai pris la liberté d'amener quelqu'un que j'aimerais vous présenter, expliqua le doyen en entraînant Griffont vers l'escalier.

Patri Delveccio était grand. Bien que mince, il avait à l'approche de la soixantaine apparente cette bedaine ronde qui vient avec l'âge et le goût des bonnes choses. Barbu, légèrement dégarni mais le cheveu long, gris et broussailleux, il avait l'air d'un gentil druide qui aurait naguère fumé son gui. Dans ses yeux rieurs brillait un éclat malin, presque enfantin. Plutôt distrait, il était connu pour entreprendre dix choses à la fois et achever tout par petits bouts. On aurait eu tort, cependant, de sous-estimer sa science ou l'étendue de ses pouvoirs. Il portait ce jour-là un costume froissé et avait mal boutonné son gilet. Le pommeau de sa canne était une tête de lion en argent tenant dans sa gueule un cristal bleu façonné.

Au premier étage, Griffont et Delveccio gagnèrent un salon privé où les attendait un homme portant un costume brun de coupe anglaise. Il se leva à leur entrée et serra la main de Griffont tandis que le doyen faisait les présentations.

— Lord Dunsany, permettez-moi de vous présenter M. Louis Griffont. Griffont, lord Edward John Moreton Drax Plunkett Dunsany, dix-huitième du nom.

— Je suis enchanté de faire enfin votre connaissance, dit Dunsany avec un fort accent britannique.

— Je le suis tout autant, milord.

— Nous sommes entre nous, monsieur. Appelez-moi Dunsany, je vous en prie.

— Entendu. Mais il faudra renoncer au « monsieur » et m'appeler Griffont.

Né en 1878, lord Dunsany avait la cinquantaine. Du moins était-ce ce que disait l'état civil. Car Dunsany était un mage attaché à la loge londonienne du Cercle Cyan depuis 1756. Il était connu du grand public en tant que poète, nouvelliste et romancier mais n'avait pas encore publié son chef-d'œuvre : *La Fille du roi des elfes.* Les magiciens de tous bords admiraient sa connaissance de l'Outre-Monde. Il était une véritable encyclopédie du merveilleux vivante.

De passage à Paris pour quelques jours, Dunsany déjeunait chez Delveccio quand Azincourt, porteur du message de Griffont, avait pointé le bout de son museau.

— Je ne veux surtout pas être indiscret, dit Dunsany. Si vous désirez que je me retire, je le comprendrai très bien.

— Restez, s'il vous plaît, répondit Griffont. Votre avis pourra nous être utile.

Les trois hommes prirent place dans de confortables fauteuils, autour d'une table basse. Delveccio jeta un œil vers la porte dont la serrure se verrouilla, puis il lâcha :

— Nous vous écoutons, Louis. De quoi est-il question ?

Griffont raconta alors comment, à la demande du directeur du *Cercle Richelieu*, il avait été amené à démasquer un tricheur qui utilisait une paire de lunettes magique pour voir les cartes. Il passa sous silence sa rixe nocturne et se contenta de déclarer qu'il avait mis la main sur les fameuses lunettes.

— Les avez-vous ? demanda Delveccio.

— Les voici, dit Griffont en joignant le geste à la parole.

Le doyen observa les lunettes puis les passa à Dunsany pour qu'il les étudie à son tour.

— Elles sont de facture récente, fit l'Anglais.

— C'est aussi mon avis, confirma Griffont.

Delveccio reprit les lunettes et les manipula délicatement.

— Un enchantement superficiel, dit-il.

Les lunettes, en effet, avaient subi un traitement de second ordre. Car pour enchanter un objet, deux procédés sont possibles. Le premier exige un long et délicat travail sur l'objet afin d'en bouleverser la matière jusqu'à lui attribuer des vertus magiques durables. On peut sinon se contenter de lier un sortilège à l'objet qui, dès lors, gagne un pouvoir éphémère. C'est toute la différence qu'il y a entre l'or massif et le plaqué.

— Le tricheur a-t-il dit d'où lui venaient ces lunettes ? demanda Dunsany à Griffont.

— Oui. Un antiquaire parisien les lui aurait vendues. Un certain Isidore Alandrin, rue Jacob.

— Vous le connaissez ?
— Non.

Du regard, Dunsany interrogea également Delveccio.

— Non plus, dit le doyen... Il n'empêche, Griffont, tout porte à croire que vous venez de lever une partie du voile sur un trafic d'objets enchantés dont on soupçonne l'existence à Paris depuis quelque temps. Mes félicitations.

— J'ai eu de la chance.

— De la chance et le nez creux ! Maintenant, il faut battre le fer tant qu'il est chaud. Que proposez-vous ?

Griffont se frotta le menton. Il y avait déjà réfléchi.

— Avec votre permission, j'aimerais enquêter. Aller voir l'antiquaire incognito. Peut-être me faire passer pour un amateur d'objets enchantés et voir où cela mène.

— C'est votre affaire. Menez-la comme bon vous semble.

— Prévient-on la police ?

— Il est encore trop tôt. Attendons de voir ce que vous allez découvrir.

— Et les Incarnat ?

La question de Griffont était toute rhétorique.

— Non ! fit le doyen. Surtout pas ! Dieu sait ce qu'ils iraient encore inventer !... Et puis je ne serais pas fâché d'apprendre que nous leur avons damé le pion...

Entre le Cercle Incarnat et le Cercle Cyan, les philosophies divergeaient. Les mages incarnat considéraient qu'il était de leur devoir de se mêler activement de la vie civile, judiciaire, politique et diplomatique des nations. Quant aux membres du Cercle Cyan, ils étaient partisans du « vivre et laisser vivre ». Ils ne s'estimaient pas supérieurs au reste de l'humanité ; ils ne croyaient pas avoir une mission. Tout juste intervenaient-ils pour combattre les injustices et rétablir le droit. Des principes moraux et généreux les dirigeaient. Ils étaient les discrets garants d'une liberté qui leur était chère.

Comme tout avait été dit, les trois magiciens se levèrent.

— Nous avons prévu d'aller finir l'après-midi à Auteuil, dit Delveccio. Vous nous accompagnez, Griffont ?

— Mais très volontiers.

Lord Dunsany semblait néanmoins soucieux. Dans l'escalier, il prit Griffont par le coude et lui dit :

— Rappelez-moi le nom de votre tricheur...

— Sébrier. Jérôme Sébrier.

— Vous ne craignez pas qu'il prévienne ses complices ?

— Non, non, répondit Griffont sur le ton de la conversation. Je l'ai convaincu d'aller passer quelques semaines en province. Et peut-être même à l'étranger.

Delveccio sourit sous cape. Il connaissait son Griffont et ne doutait pas que Sébrier ait quitté la capitale pour un moment.

8

Le lundi en début de matinée, Griffont sonna chez Edmond Falissière. L'ancien diplomate habitait un bel hôtel particulier du faubourg Saint-Germain, l'un des plus élégants quartiers de Paris. C'était encore une superbe journée d'été. Pas un nuage n'encombrait un ciel si clair qu'il tirait sur le blanc. Le soleil énorme semblait briller plus que d'ordinaire.

Parce qu'il faisait partie du cercle des intimes, on fit entrer Griffont sans l'annoncer. Il laissa sa canne et son chapeau à un domestique avant de se diriger, à l'étage, vers la bibliothèque. Il frappa au chambranle de la porte entrouverte, risqua un œil à l'intérieur et surprit Falissière en curieuse posture. Absorbé par la lecture comparée de deux volumes, le vieil homme était à quatre pattes sur le tapis. Un chaos de livres, manuscrits et notes de travail jonchait le tapis autour de lui.

La pièce, toute en longueur, sentait la cire et le vieux papier. Un large secrétaire, plusieurs consoles et une double enfilade de vitrines la meublaient tandis que, du sol au plafond, ses murs disparaissaient derrière des rayonnages combles. Une unique fenêtre se découpait au fond. Des rideaux l'occultaient à moitié pour garantir les livres de leur pire ennemie : la lumière du jour.

Griffont se racla la gorge. Falissière leva enfin le nez.

— Griffont !
— Bonjour, Edmond. Je vous dérange ?

Joyeux, Falissière se mit debout – non sans peine – et enjamba la paperasse.

— Mais non ! Entrez, que je vous serre la main...

Bibliophile averti et fortuné, Falissière avait amassé au cours de sa carrière une impressionnante documentation consacrée à l'OutreMonde, ses peuples, son histoire et tout ce qui touchait au merveilleux de près ou de loin. Il employait désormais sa retraite à classer et exploiter ce trésor qu'il enrichissait sans cesse. Son ambition était de rédiger une *Encyclopédie féerique* qui ferait date.

À l'invite de Falissière, les deux hommes s'assirent près de la fenêtre. Comme ils étaient au premier étage, côté jardin, ils avaient ainsi vue sur la véranda et un petit parc arboré.

— À présent, proposa l'ancien diplomate, dites-moi ce qui vous amène.
— Je suis venu vous demander de me rendre un service.
— Accordé !
— Attendez de savoir de quoi il retourne...

Griffont expliqua alors quelles circonstances l'avaient amené à s'intéresser à un antiquaire soupçonné de se livrer à un trafic d'objets magiques.

— Mon idée, précisa-t-il, est d'aller chez cet antiquaire et de lui laisser entendre que je suis à la recherche d'objets enchantés. Le problème est qu'Alandrin – c'est le nom de l'antiquaire – pourrait me reconnaître et, sachant qui je suis...

— Vous avez donc pensé que je pourrais y aller à votre place, l'interrompit Falissière. Mon cher Louis, donnez-moi seulement le temps de passer une veste et...

Le magicien sourit aimablement.

— Non, Edmond. Votre offre me touche, mais ce n'est pas ce que j'ai en tête.

— Ah bon?

— Vraiment.

— Alors en quoi puis-je vous être utile?

— J'aimerais usurper votre identité.

— Et c'est tout.

— Oui. J'aimerais, avec votre permission, me faire passer pour vous.

— Bon. Puisque c'est pour la bonne cause...

— Je peux vous l'assurer.

Falissière était déçu mais il fit contre mauvaise fortune bon cœur. Il marcha vers son secrétaire, ouvrit un tiroir, fouilla dedans et revint près de Griffont.

— Vous aurez besoin de ceci. Je ne doute pas que vous puissiez en contrefaire certaines grâce à votre magie, mais le vrai est toujours préférable au faux, n'est-ce pas? Celles-ci sont toutes neuves. Elles sortent de chez l'imprimeur.

Griffont regarda ce que lui tendait Falissière. Il s'agissait d'une dizaine de cartes de visite. Outre les coordonnées d'usage, on y lisait:

« Monsieur Edmond, Pierre, Octave Falissière
Diplomate à la retraite
Membre honoraire du Cercle Cyan
Bibliophile et historien de l'OutreMonde »

— Si vous le permettez, dit Griffont, je ferai disparaître la mention du Cercle Cyan.
— Soit.

*

Griffont se fit déposer en fiacre à l'angle de la rue Jacob et de la rue des Saints-Pères. Il accomplit le reste du chemin à pied, au pas du promeneur, et poussa enfin la porte du magasin d'antiquités. L'homme qui entra, cependant, n'était plus le même. Le temps de franchir le seuil, Griffont avait perdu une dizaine de centimètres, gagné le double de kilos. Sa moustache avait disparu au profit de larges favoris. Et comme son poil avait blanchi tandis que son visage s'arrondissait, le magicien n'était pas devenu à proprement parler le portrait craché de Falissière, mais la ressemblance s'avérait troublante. Derniers détails : le pommeau de sa canne avait pris une apparence anodine et sa chevalière était invisible.

La boutique était sombre, fraîche et bien tenue. On y circulait à son aise parmi les meubles anciens, les objets d'art, les bronzes, les tapis roulés et les tableaux de maître. Griffont faisait mine de s'intéresser à un service en porcelaine quand une coquette et très jolie demoiselle vint à lui.

— Bonjour, monsieur. Puis-je vous être utile ?

— Peut-être bien, charmante enfant. Peut-être bien, répondit Griffont en s'amusant à jouer au vieil original. Me serait-il possible de rencontrer M. Alandrin, je vous prie ?

— Puis-je vous demander à quel sujet ?

— Je suis à la recherche de pièces particulières... De pièces d'un genre que l'on ne trouve pas partout mais qu'à ce qu'on m'a dit l'on trouve chez vous. Voici ma carte.

— Un instant, monsieur.

Le bristol en main, la demoiselle s'en fut par une porte derrière la caisse. Griffont musarda le temps qu'elle revienne. Ce ne fut l'affaire que d'une minute ou deux.

— M. Alandrin est en rendez-vous, dit-elle. Il vous prie de bien vouloir l'attendre.

— Eh bien, soit, j'attendrai.

— Mais si vous me disiez ce que vous cherchez, peut-être pourrais-je...

— Non merci, mon enfant. Vous êtes très aimable, mais je préférerais m'en entretenir avec M. Alandrin.

— Certainement, monsieur.

L'air bonhomme, les mains réunies dans le dos et la canne tenue à l'horizontale, Griffont se pencha sur une vitrine.

— C'est une bien belle bague que vous avez là...

— N'est-ce pas ?... Désirez-vous la voir ?

— Bah ! cela nous occupera.

La demoiselle sortit le bijou et le confia au magicien.

— Superbe, lâcha Griffont en levant la bague à la lumière. Véritablement superbe.

— Elle est XVIIIe, comme vous le constatez. Or,

diamants et rubis. Et il y a à l'intérieur de l'anneau une inscription qui…

— Permettez-moi de vous l'offrir.
— Monsieur !
— J'insiste.
— Vous n'y pensez pas !
— Mais si, j'y pense. Mieux : je le fais. Combien vaut-elle ?
— Allons…
— À moins qu'un fiancé ou un galant puisse se fâcher de voir cette bague à votre doigt. Avez-vous un fiancé ou un galant qui pourrait se fâcher de voir cette bague à votre doigt ?

La demoiselle rougit un peu.

— Non, monsieur. Il ne s'agit pas de cela.
— En ce cas, acceptez.
— Mais que dira-t-on ?
— On dira ce que l'on voudra. Ou plutôt on ne dira rien, car ce sera notre secret. Faites donc plaisir au vieil homme que je suis, mademoiselle. Acceptez cet innocent cadeau…

La jeune fille n'était pas assez naïve pour ignorer que les cadeaux offerts par les vieux messieurs aux demoiselles de son âge sont rarement innocents. Confuse, elle ne savait plus que dire ni que faire quand la porte du fond s'ouvrit.

Une dame en noir parut alors.

Elle était grande, mince, élégante, coiffée d'un large chapeau et voilée. Méconnaissable donc, comme le sont souvent les dames du monde venues vendre chez un antiquaire quelques biens de famille, dans le but de conserver un train de vie compromis par une conjoncture mauvaise, un revers de fortune, des placements désastreux. Du moins est-ce ce que le magicien imagina. Ce désir d'incognito était en fait motivé par tout autre chose.

Griffont salua galamment l'inconnue qui lui répondit par un discret signe de tête. Il résista à la tentation de se retourner pour la regarder s'éloigner tandis qu'elle sortait et, troublé, n'entendit pas aussitôt la demoiselle qui s'adressait à lui.

— Monsieur.

Un délicieux parfum flottait dans l'air.

— Monsieur ?

Comme un parfum de nostalgie.

— Monsieur !

— Hein ?... Je vous demande pardon ?

— M. Alandrin va vous recevoir, monsieur. Si vous voulez bien me suivre.

— Ah oui !... Oui, je vous suis...

Que dire de l'entretien que l'antiquaire accorda à Griffont, sinon qu'il se déroula au mieux ? Le magicien joua parfaitement son rôle : à mots couverts, il prétendit être fortuné et désirer acquérir des objets de l'OutreMonde, ou qui auraient appartenu à des magiciens, voire qui conserveraient certaines « vertus » extraordinaires. Alandrin comprit très bien. S'il ne promit pas grand-chose, il laissa entendre que rien n'était impossible et accepta de garder la carte de son visiteur. C'était très bon signe.

Laissons donc Griffont à ses intrigues, convenons de le retrouver plus tard, et intéressons-nous plutôt à la belle inconnue qui l'émut tant.

Sans doute avez-vous deviné de qui il s'agit.

*

Au sortir du magasin, Isabel de Saint-Gil marcha d'un pas vif. Elle remonta le trottoir jusqu'à un carrefour et ne releva son voile qu'une fois assise dans son fiacre. Lucien Labricole, qui lui avait ouvert la portière, grimpa sur le marchepied et demanda, étonné :

— Vous n'êtes pas tombée sur Griffont ?
— Qui ?
— Griffont ! Je l'ai vu qui entrait dans la boutique, un peu avant que vous en partiez !

La baronne sourit.

— C'était donc lui...

Elle comprenait à présent pourquoi elle avait trouvé un vague air de connaissance au vieil homme qui contait fleurette à la vendeuse.

— Il t'a vu ? fit-elle.
— Non. J'étais en train de m'en jeter un au bistrot du coin quand je l'ai vu par la fenêtre.
— Tiens donc ! Au bistrot du coin...

Le gnome parut gêné. Il releva du pouce le bord de son melon.

— Ben c'est qu'il fait chaud sous le soleil et puis...
— Aucune importance.
— Et vous ?
— Quoi, moi ?
— Il vous a vue ?
— Il ne m'a pas reconnue.
— C'est aussi bien.
— Je crois, oui...

Isabel de Saint-Gil ôta son chapeau et défit son chignon qui lui tenait si chaud. Un gracieux mouvement de tête, et ses cheveux roux et blond cascadèrent.

— Et maintenant ? s'enquit Lucien.

— J'ai donné la broche de l'ambassadeur à l'antiquaire. Il passera la rendre demain après l'avoir authentifiée. Mais il y a dans cette histoire quelque chose qui me déplaît... J'ai l'impression que Ruycours veut nous jouer un mauvais tour.

— Quel genre ?

— Je ne sais pas.

— Alors on attend de voir ?

— Non. Dès cet après-midi, nous irons nous faire payer les lettres. Mais comme il vaut mieux être prudents, nous y enverrons Léonie... la maison, Lucien.

— Bien, patronne.

9

François Ruycours habitait tout le second étage d'un bel immeuble de la rue Hamelin, dans le XVIe arrondissement. L'appartement était immense, luxueux, décoré avec goût. C'était l'intérieur d'un homme raffiné, fortuné, et qui souhaite le montrer. Un rien d'ostentation se devinait en effet dans le choix des meubles et des bibelots précieux, des gravures et des tableaux ornant les murs, des tapis d'Orient sur les parquets cirés.

Ce lundi après-midi, Ruycours portait une veste d'intérieur en soie. Il s'était levé tard et n'était pas encore sorti. Assis à son bureau en pantoufles, il rédigeait une lettre quand le majordome vint annoncer la visite de M. Alandrin.

— Qu'il entre, dit-il.

Isidore Alandrin poussa bientôt la porte. C'était un gros homme chauve, au visage glabre et rose, habillé en bourgeois. Il avait trente-cinq à quarante ans et transpirait beaucoup. Débordant de chair flasque, son col amidonné le gênait. Son ventre énorme était barré par une chaîne de montre sur le gilet.

— Bonjour, fit Ruycours sans cesser d'écrire.

Comme je suis un peu pressé, je n'ai guère de temps à vous accorder. Que désirez-vous ?

L'antiquaire nota sans s'offusquer que son hôte ne s'était pas levé pour l'accueillir. Entre les deux hommes, il n'était pas question d'amitié, ni même de respect réciproque. Ils étaient en affaires et tant que celles-ci marcheraient, il importait peu à Alandrin que l'autre passe outre les convenances.

— Eh bien ? s'impatienta Ruycours en paraphant sa lettre.

— Il en est venu un autre ce matin.

— Un autre ?

— Un autre client en quête d'objets enchantés…

— Et ?

À présent, Ruycours feuilletait un calepin à la recherche d'une adresse.

— Est-ce vous qui me l'avez envoyé ? demanda Alandrin.

— Son nom ?

— Edmond Falissière.

— Cela me dit quelque chose…

— Un diplomate à la retraite, d'après lui.

Le doigt sur une ligne du calepin, Ruycours recopia l'adresse voulue avant de cacheter l'enveloppe.

— Oui, oui, lâcha-t-il distraitement. Je l'ai déjà croisé à l'occasion d'une ou deux réceptions au Quai d'Orsay. Un vieux monsieur, larges favoris, bouille ronde, brave homme, plutôt original…

L'antiquaire acquiesça et tendit la carte de visite que lui avait laissée Griffont.

— C'est bien lui, confirma-t-il… Alors ? C'est vous qui l'avez dirigé chez moi ?

Ruycours jeta ostensiblement un œil à la pendulette

posée sur son bureau. Puis il prit la carte et, se renfonçant dans son fauteuil, dévisagea Alandrin. Il ne fit aucun effort pour dissimuler une pointe d'agacement.

— Pas que je sache…, soupira-t-il. Pourquoi ?

— Parce que ce Falissière n'est pas le premier à s'adresser à moi sur ouï-dire ! Ces derniers temps, pas une semaine ne passe sans que deux ou trois clients du même genre frappent à ma porte. Pas une semaine !

— Il me semble que vous y trouvez votre compte, souligna calmement Ruycours.

— La belle affaire quand je serai arrêté !… Car si l'un de nous doit aller en prison le premier, ce sera moi, n'est-ce pas ?

— Est-ce une manière de me dire que je serai le second ?

L'antiquaire haussa les épaules. De sa manche, il tira un grand mouchoir pour s'éponger le front. C'était bien une menace qu'il avait lancée à demi-mot et sa propre audace l'étonnait. Il regarda ailleurs, embarrassé, silencieux.

Les doigts réunis en clocher devant la bouche, Ruycours réfléchit. Depuis qu'ils collaboraient au trafic d'objets enchantés que lui, Ruycours, avait imaginé, Alandrin n'avait jamais paru aussi nerveux. Peut-être fallait-il lui lâcher un peu la bride… D'un autre côté, le commerce, pour être illégal, s'avérait juteux. Très juteux. Et Ruycours avait trop besoin d'argent en ce moment. En bon diplomate, il décida donc de composer.

Un sourire aux lèvres, il fit le tour de son bureau et prit amicalement l'antiquaire par le coude.

— Réfléchissons, voulez-vous ?... Vous souhaitez mettre un frein à notre affaire ? Soit.

— Ce serait plus prudent, s'excusa presque Alandrin. Cela commence à se savoir et si cela arrivait aux oreilles du Cercle Incarnat, ou de la police...

— Je comprends, je comprends... Cependant, avez-vous de bonnes raisons de vous méfier de ce Falissière ?

— Non, reconnut l'autre.

— Alors voyez si vous pouvez le satisfaire et empocher un coquet bénéfice au passage. Ensuite, nous aviserons. Qu'en pensez-vous ?

— Oui, peut-être...

— À la bonne heure !

Ruycours avait ramené Alandrin près de la porte. Il tira un cordon de sonnette et le majordome apparut.

— Maurice, raccompagnez monsieur. Pardonnez-moi, Alandrin, mais je vous ai dit tout à l'heure que j'étais pressé. Il y a à Drouot une vente que je ne peux manquer sous aucun prétexte.

— Je comprends, dit l'antiquaire en passant dans le couloir. Au revoir.

— Au revoir.

Mais le majordome, lui, resta.

— Une jeune femme attend d'être reçue dans le vestibule, Monsieur. Une certaine Léonie Molin.

— Connais pas. Renvoyez-la.

— C'est qu'elle dit venir de la part de Mme de Saint-Gil...

Résigné, Ruycours lâcha un soupir las.

— Quelle heure est-il ?

— Il est presque 3 heures, Monsieur.

— Bon, j'ai encore le temps... Autant en finir. Faites-la entrer, ça ne sera pas long.
— Bien, Monsieur.

*

Ruycours fit venir Léonie dans son bureau mais la reçut bien mal.

Poursuivi par son domestique qui l'aidait à se préparer, il ne cessait d'aller et venir, entrer et sortir, et surgissait chaque fois un peu mieux apprêté. Entre deux portes, il lançait quelques mots à la jeune femme et disparaissait sans attendre. Pour lui répondre, il aurait fallu qu'elle l'interpelle, ce qu'elle hésitait à faire. Et plus il passait en donnant les signes d'une grande activité, moins elle osait.

En Léonie Molin, tout indiquait une fille du peuple. Ses vêtements de confection d'abord, certes propres et repassés, mais de coupe mauvaise et de drap grossier. Son attitude ensuite, pleine d'une timidité anxieuse dans ce cadre luxueux, face à un « monsieur » si occupé. Assise sur le bord de sa chaise, Léonie se tenait les épaules rentrées et tenait ferme son sac sur ses genoux serrés. Ses mains surtout, des mains de travailleuse, trahissaient sa condition : les mains des femmes doivent rester oisives pour rester belles.

Léonie était donc de celles que les hommes du monde ne considèrent que lorsqu'elles sont jolies. La pauvre ne l'était guère. Boulotte et rougeaude, elle avait un visage sans grâce sous un canotier défraîchi auquel elle avait mis un ruban neuf. Son embarras n'arrangeait rien en la faisant sembler plus pataude encore.

Enfin, quand il ne lui resta qu'à coiffer son chapeau et prendre sa canne avant de sortir, Ruycours se consacra à Léonie.

— Voilà, dit-il. Je suis tout à vous pour une ou deux minutes. De quoi s'agit-il, mademoiselle ?

— C'est Mme de Saint-Gil qui m'envoie, monsieur...

— Mais je le sais ça, je le sais. Pressons, voulez-vous ?

Ruycours se demanda où la baronne avait déniché cette perle. Une domestique peut-être. Ou une ouvrière en maison comme Paris en comptait des milliers, une petite main qui arrondissait son maigre salaire en faisant une commission pour une riche cliente. Quoi qu'il en soit, Ruycours se réjouissait d'avoir affaire à une employée, et si peu dégourdie de surcroît. Il entrevoyait l'occasion de réaliser une économie provisoire sans doute, mais fort bienvenue. La chose se serait avérée impossible si Isabel de Saint-Gil avait fait le déplacement.

— Je vous écoute, mon petit...

— Mme de Saint-Gil m'a chargée de vous apporter ceci, commença Léonie en ouvrant son sac.

— Un instant !

Dans la cour, deux étages plus bas, un chanteur itinérant avait entamé *a cappella* une complainte réaliste. Il chantait fort et sa voix portait loin.

Agacé, Ruycours alla fermer la fenêtre. Quand il revint vers Léonie, elle lui tendit un paquet de lettres. Il s'agissait – vous l'avez compris – du courrier que le diplomate français avait adressé à sa maîtresse et courtisane russe, le courrier qu'Isabel de Saint-Gil avait rapporté de Saint-Pétersbourg au péril de sa vie.

Ruycours prit le paquet avec désinvolture.

— Mme de Saint-Gil m'a dit que vous me remettriez une enveloppe pour elle...

— Une enveloppe ?

— Avec... de l'argent..., fit Léonie en baissant les yeux.

Ruycours eut un petit sourire méprisant.

Il marcha vers un tableau qu'il fit pivoter sur des gonds invisibles. À l'abri, crut-il, du regard de Léonie, il manipula les molettes d'un coffre blindé, l'ouvrit, y rangea les lettres et prit une liasse de billets avant de refermer. Il y avait cependant, sur le rebord de la cheminée, un miroir qui permettait de tout voir, et en particulier que le coffre contenait une pile de billets cinq à six fois plus haute que la liasse prélevée par Ruycours.

— Il n'y a que la moitié de la somme, dit-il tandis que Léonie s'empressait de ranger l'argent dans son sac. Vous direz à Mme de Saint-Gil que je n'ai pas encore reçu tous les crédits affectés à son affaire, et vous lui transmettrez mes excuses.

La jeune femme afficha une mine étonnée et confuse.

— Mais...

— Je discuterai bientôt de tout cela avec Mme de Saint-Gil. Au revoir, mademoiselle.

Chassée, Léonie réunit tout son courage en marchant vers la porte. Elle se retourna et lança :

— Mais, monsieur, que dira Madame quand... ?

— Au revoir, mademoiselle.

Il ne s'intéressait déjà plus à elle.

Dans la cour, le chanteur s'interrompit et quelques applaudissements retentirent aux fenêtres. Des pièces de monnaie furent jetées. Certaines tintèrent, d'autres non. Ces dernières étaient entourées de papier journal pour ne pas rebondir n'importe où sur le pavé.

— Au revoir, monsieur, dit poliment Léonie en sortant.

Et peut-être Ruycours se serait-il inquiété s'il avait surpris l'œillade assassine qu'elle lui adressa.

*

Léonie Molin remonta la rue Hamelin et tourna à l'angle d'une discrète impasse. Le passage menait à une arrière-cour lépreuse où s'entassaient des piles de caisses et de vieux bois. Un matelas pourrissait dans un angle que la lumière n'atteignait jamais. Une odeur d'eau croupie, de crépi humide et de terre boueuse régnait. La plupart des fenêtres donnant sur l'endroit étaient condamnées.

Il y avait là, garé, un fiacre sans cocher dans lequel Léonie embarqua. Lucien l'y attendait. Pour tuer le temps, il passait un revolver désarmé à la peau de chamois.

— Ça s'est bien passé ? demanda le gnome.

— C'est une crapule, décréta Léonie en s'asseyant sur la banquette d'en face. J'avais raison de me méfier.

Elle lança l'enveloppe pleine de billets sur les cuisses de Lucien. Il l'ouvrit et un coup d'œil expert lui suffit.

— Y a pas le compte..., dit-il.

Il battit des paupières. En l'espace d'une seconde, Léonie était devenue Isabel de Saint-Gil. Elle portait encore les mêmes vêtements, mais les portait bien mieux.

— On est même très loin du compte! fit-elle. Il y a à peine la moitié de la somme convenue pour les lettres. Et je suis prête à parier gros que Ruycours tentera le même coup avec la broche...

— Faut peut-être se dire qu'il est pas en fonds. La République est pas toujours aussi reconnaissante qu'on pourrait l'espérer. Je vous l'avais dit, patronne: y a pas plus canaille que le gouvernement.

— Ce n'est pas ça. Il a largement de quoi payer et les lettres, et la broche.

— Il essaie de nous doubler, alors?

La baronne se fit songeuse.

— Je ne sais ce que Ruycours manigance, mais il ne joue pas franc jeu avec nous. J'ai l'impression qu'il s'efforce de gagner du temps.

— C'est peut-être qu'il a besoin de notre argent pour autre chose. C'est un margoulin fini, ce gars-là. Du genre à courir plusieurs lièvres à la fois avec l'argent des autres.

Une lueur amusée brilla dans l'œil d'Isabel de Saint-Gil tandis qu'elle appréciait la formule à sa juste mesure. Chasser le lièvre avec des billets de banque, il fallait y songer. N'empêche, l'hypothèse du gnome n'était pas idiote.

— Oui, reconnut la baronne. Peut-être...

Lucien chargea son revolver avec six cartouches

qu'il tira une à une de sa poche de veston. Puis, d'un geste sec du poignet, il fit rentrer le barillet.

— Mais vous êtes sûre qu'il a notre pactole ? demanda-t-il.

— J'ai vu l'argent. Dans son coffre. Ruycours a pris Léonie pour une cruche et il a eu tort.

— Et z-avez vu comment qu'on l'ouvre, la boîte à trésor ?

Isabel de Saint-Gil sourit.

— Oui. Cela aussi, je l'ai vu.

On frappa à la portière du fiacre et la tête d'Auguste apparut.

— Ça roule ? fit-il.

— Jolie voix, dit la baronne. J'ignorais.

Ce faisant, elle s'adressait autant à Auguste qu'au chanteur de rue qui avait obligé Ruycours à fermer sa fenêtre.

— Merci, patronne.

Aurait-il rougi ?

— T'as du neuf, Caruso ? demanda le gnome.

— Ouaip !

Car ce n'était pas pour le seul plaisir que le colosse, vêtu du costume adéquat, avait poussé la chansonnette dans la cour de Ruycours. C'était, en acceptant le traditionnel verre de vin offert par la concierge à l'issue de son récital, pour avoir l'occasion d'en apprendre long sur l'immeuble, ses occupants, et l'un d'eux en particulier. On aura deviné lequel.

— Alors ? s'enquit Isabel de Saint-Gil. Ton avis ?

— C'est possible, dit Auguste.

Il était en gilet, bretelles et bras de chemise. Tout en ôtant sa casquette et le foulard rouge qu'il avait noué autour du cou, il ajouta :

— Ça peut même se faire ce soir.

La baronne réfléchit quelques secondes. Enfin, joyeuse et impatiente, elle annonça :

— Nous sortons ce soir, messieurs. Et nous prenons l'automobile.

— Je conduis ! s'exclama Lucien en levant le bras tel un écolier.

Auguste, lui, pesta.

10

Une silhouette se découpa sur fond de nuit étoilée avec, loin derrière, la tour Eiffel nimbée de blancheur. Une silhouette charmante, féminine, toute gainée de noir. Souple et fine, elle allait sur les toits d'un pas vif et sûr, prudent néanmoins, et parfaitement silencieux.

C'était Isabel de Saint-Gil.

Des chaussons de gymnaste aux pieds, elle avait enfilé une combinaison moulante qui ne laissait rien ignorer de ses formes mais n'entravait pas ses mouvements. Un loup sombre masquait le haut de son visage ; ses longs cheveux étaient nattés dans un fourreau de tissu protecteur. Une besace en bandoulière pendait sur sa hanche gauche.

D'un saut, elle franchit le fossé d'une ruelle. Elle trotta le long d'une gouttière, bondit encore, se reçut en roulant sur une terrasse. Elle se redressa aussitôt, tendit l'oreille, guetta les alentours. Rien. Elle escalada une échelle scellée, gagna le faîte aigu d'une toiture qu'elle franchit tel un équilibriste sur un câble, le corps bien droit, les bras écartés à l'horizontale et posant soigneusement un pied juste devant l'autre. Enfin, elle agrippa une corniche, se hissa avec aisance et rejoignit le toit d'un immeuble bourgeois.

Elle y était.

De son sac, elle tira une corde qu'elle accrocha à une cheminée et déroula dans le vide. Un coup d'œil en dessous. Parfait. Elle agrippa la corde de ses mains gantées avant de se laisser glisser. Le chanvre siffla contre le cuir en chauffant et, quatre étages plus bas, Isabel se posa sans bruit sur le balcon de François Ruycours.

Si les renseignements qu'Auguste avait obtenus de la concierge étaient exacts, l'appartement devait s'avérer désert. On était lundi, or Ruycours dînait en ville tous les lundis pour ne rentrer qu'à 2 ou 3 heures du matin, tandis que son personnel prenait sa soirée. Les domestiques, d'ailleurs, logeaient sous les combles.

N'empêche, mieux valait être prudente. Comme les volets n'étaient pas tirés, Isabel put observer tout à loisir l'intérieur obscur. Quand elle fut rassurée, elle prit dans sa besace un outil de cambrioleur – un diamant – avec lequel elle entreprit de découper un carreau de la porte-fenêtre. Ce n'était pas la première fois qu'elle se livrait à cet exercice. Moins d'une demi-minute plus tard, elle était entrée.

Le parquet grinçait un peu sous ses pas. Par habitude, elle fit d'abord le tour du propriétaire afin de se familiariser avec les lieux. Ce fut également l'occasion d'admirer les meubles de prix, les tableaux, les bronzes, les vases et autres objets précieux.

— Cet appartement est une véritable caverne d'Ali Baba, apprécia la baronne en connaisseuse.

Mais elle n'était pas venue pour ça.

Dans le bureau, elle adressa un sourire au miroir qui lui avait si bien rendu service et fit pivoter le tableau cachant le coffre. Trois molettes et, heureusement, pas de serrure. Trois chiffres à connaître, donc. Isabel avait vu Ruycours composer le premier : un 8. Pour le second, elle hésitait entre 1 et 7. Quant au dernier, l'épaule de Ruycours l'avait caché. Le 8 étant sûr, cela ne faisait jamais qu'une vingtaine de combinaisons à essayer. 8-1-3 était la bonne. Le coffre s'ouvrit.

Vide.

Ou presque.

La baronne pesta en découvrant que l'argent avait disparu – ainsi, d'ailleurs, que les fameuses lettres, mais elle s'en moquait bien. Ne restaient que des papiers personnels, un rouleau de vingt napoléons, une petite boîte marquetée, deux grosses clefs rouillées à un anneau, une statuette grecque et quelques actions et obligations. Elle enfourna le tout dans sa besace sans discernement.

— Qu'as-tu fait de mon argent, crapule ? murmura-t-elle entre ses dents.

Elle se souvint alors qu'elle avait entendu Ruycours dire, tandis qu'il raccompagnait Alandrin, qu'il lui fallait se rendre à une vente à Drouot.

— Est-ce à ça que tu as employé mon salaire ? Mais qu'as-tu acheté ?

Par acquit de conscience, elle examina le contenu de son sac. Rien de ce qu'elle avait sorti du coffre ne valait cependant une fortune. Songeuse, elle balaya la pièce du regard puis dit :

— Bien. Je me paierai autrement et cela te coûtera bien plus cher...

Elle referma le coffre et quitta le bureau.

Elle franchit un couloir et entra dans un salon où elle avait remarqué un Fragonard d'excellente facture. Elle sourit en admirant le tableau, le décrocha et allait le découper au stylet quand un doute lui vint. Elle retourna le cadre et vit qu'un inconnu avait signé la toile au dos.

— Une copie?

Intriguée, elle passa en revue les tableaux du salon et des pièces voisines pour ne découvrir que d'autres copies. Puis elle inspecta rapidement les bronzes, les porcelaines et tout ce qui semblait être précieux ou ancien. Rien ne l'était, en fait. Et les seules pièces authentiques ne valaient pas un liard.

— Mais tu es sans le sou, mon brave Ruycours!... Sous tes grands airs, tu es fauché, ruiné, pauvre comme Job!...

Isabel de Saint-Gil, stupéfaite, en riait presque.

C'est alors qu'il y eut un bruit de clef dans la serrure de la porte d'entrée.

*

François Ruycours passa le premier et s'effaça pour laisser passer Charles Maupuis. Celui-ci était le sinistre individu que Ruycours avait rencontré dans sa loge, lors de la soirée de gala à l'Opéra Garnier. Coiffé d'un haut-de-forme et tout vêtu de noir, le sorcier avait sur les épaules une grande cape qui lui battait les mollets.

— Je vous débarrasse? proposa Ruycours en

posant chapeau, gants et canne sur un meuble du vestibule.

— Non.

Maupuis dirigea un regard méfiant autour de lui. Il lâcha :

— Les domestiques ?

— C'est leur soirée.

— Nous sommes seuls, alors.

— Mais oui. N'ayez crainte.

— Pressons.

Ils remontèrent un couloir.

— Des problèmes à Drouot ? demanda Maupuis.

— Aucun. En définitive, le colonel n'est pas venu. Vous savez, celui dont je craignais qu'il ne fît trop monter les enchères…

— Oui, je me souviens… Une chance que le colonel ait renoncé, n'est-ce pas ? ajouta l'homme en noir avec un sourire cynique.

— Plutôt ! fit Ruycours sans s'apercevoir de rien.

Ils entrèrent dans le bureau.

— C'est là, dit Ruycours.

Maupuis sur les talons, il alluma le gaz et traversa la pièce désormais éclairée. Il écarta le fameux tableau, fit cliqueter les molettes et ouvrit le coffre.

Un air de terreur incrédule s'afficha sur son visage.

Mais ce n'était pas le spectacle du coffre vide qui avait provoqué cette réaction, c'était une lame qui, entrée sous l'omoplate, lui avait transpercé la poitrine et saillait à travers le plastron. Ruycours baissa les yeux en crachant le sang. Il vit la pointe d'acier disparaître tandis que Maupuis, d'un geste vif, arrachait aux chairs son kriss – longue dague épousant la forme d'une flamme ondulante.

Ruycours se retourna lentement. Il articula un « Pourquoi ? » et s'écroula mort.

— Parce que tu ne peux plus nous servir, répondit Maupuis. Parce que tu ne peux plus que nous nuire.

Avec un plaisir insane, il regarda la lame du kriss absorber le sang qui la maculait. Il la rengaina sous son manteau, enjamba le cadavre et, à son tour, découvrit le coffre vide.

— Que... ?

Une latte de parquet grinça.

Le sorcier fit aussitôt volte-face pour surprendre une silhouette s'esquivant de derrière la porte entrebâillée. Il s'élança, franchit le bureau. À l'autre extrémité du couloir, quelqu'un fuyait. Maupuis tendit le bras, prononça une brève incantation...

— *Del'tRah!*

... et de ses doigts jaillirent cinq billes de lave incandescente.

Les projectiles sifflèrent et s'écrasèrent contre une porte que la baronne, à l'ultime seconde, avait refermée derrière elle. Maupuis se précipita à sa suite. Il ouvrit la porte qu'ornaient cinq flammèches mourantes et s'arrêta sur le seuil d'un boudoir. Il n'y avait pas d'autre issue. La pièce était obscure, silencieuse et – semblait-il – déserte.

— Vous êtes pris, dit le sorcier en dégainant sa canne-épée.

Il n'avait qu'entraperçu son adversaire et ignorait encore qu'il avait affaire à une femme.

Il entra, prudent, fit un pas, deux, trois enfin, tous les sens aux aguets.

— Vous avez volé quelque chose qui m'appartient... Donnez-le-moi et vous aurez la vie sauve.

Seule cachette possible, un petit lit à baldaquin occupait une alcôve. Maupuis s'en approcha à pas de loup. Puis, d'un geste vif, il écarta le rideau et brandit son épée...

Personne.

Alors il leva les yeux vers le ciel du lit. Un sourire cruel plissa ses lèvres.

— Dernière chance..., dit-il.

Et parce qu'on ne lui répondait pas, il déchira le dais d'un coup terrible.

Au même instant, le tapis qu'il foulait fut brusquement tiré. Déséquilibré, il chuta tandis que la baronne jaillissait comme propulsée de sous le lit en glissant sur le parquet ciré. Maupuis voulut se relever; sa lame cingla le vide. Agrippant un pan du baldaquin, Isabel de Saint-Gil tira et laissa tomber la lourde étoffe sur le sorcier. Aveuglé, empêtré, celui-ci jura et se débattit. Par la bandoulière, la baronne fit tournoyer sa besace dans l'air et frappa à la tête.

Sans attendre, elle s'échappa. Elle remonta le couloir à toutes jambes, poussa une porte, maudit le ciel en découvrant une cuisine. Brusque demi-tour. De nouveau le couloir, une porte entre toutes, une chambre qu'elle franchit en trois bonds pour débouler dans une autre et, enfin, un terrain de connaissance. Elle était de retour dans le grand salon et voyait sa corde pendre sur le balcon. Dans son dos, une porte claqua : Maupuis l'avait rattrapée.

— *Del'tRah!*

La baronne s'élança pour courir à travers la pièce tandis que des projectiles de lave crépitaient à ses trousses et détruisaient tout ce qu'ils frappaient. *In extremis* elle bondit, fit un tremplin d'un large fauteuil et se jeta contre la porte-fenêtre entrouverte. En s'écartant, les battants percutèrent les murs et brisèrent leurs carreaux. Isabel agrippa la corde au vol. Emportée par son élan, elle se balança dangereusement dans le vide mais tint bon. Le mouvement de balancier la ramena vers le balcon et Maupuis qui s'était trop approché. Elle le percuta à pieds joints sans lâcher la corde. Le sorcier tomba à la renverse. Appuyé sur un coude, les yeux étincelant de fureur, il tendit le bras et cracha :

— *Del'tRah !*

Isabel était dans sa ligne de mire. Il ne pouvait la manquer et elle crut mourir quand les billes incandescentes filèrent vers elle. Mais quelqu'un tira soudain sur la corde et la baronne disparut par le haut de l'encadrement de la porte-fenêtre. Les projectiles lui frôlèrent les semelles. Incrédule, elle leva les yeux et vit Auguste qui continuait de la hisser énergiquement. Elle l'aida en grimpant aussi vite que possible.

Cela, cependant, pouvait ne pas suffire. Maupuis était sorti sur le balcon et, pour lui, elle faisait encore une cible de choix. Les doigts rougeoyant, il leva le bras. Un coup de feu claqua aussitôt. Touché à l'épaule, le sorcier gémit de rage plus que de douleur et battit en retraite. Il jeta un œil au-dehors, aperçut un gnome qui, depuis un toit de l'autre côté de la cour, visait dans sa direction avec un fusil. Une seconde détonation retentit et, comme un avertissement, un éclat de pierre fut arraché à quelques centimètres de la tête de Maupuis.

Cette fois le sorcier renonça. La main crispée sur son épaule ensanglantée, il disparut dans les ténèbres de l'appartement.

*

Sur le toit, Auguste souleva sans effort la baronne et la posa près de lui.

— Vous êtes blessée ?

— Non. Enfin, je ne crois pas.

— Quand on a vu que quelqu'un allumait la lumière, Lucien et moi on s'est dit que vous auriez peut-être besoin d'aide... Il est plutôt bon tireur, le gaillard, pas vrai ?

— Merci. Sans vous...

Essoufflée, épuisée, Isabel de Saint-Gil se pencha pour s'appuyer sur ses genoux. Elle se redressa après quelques grandes respirations et dit :

— Il ne faut pas rester ici.

— Lucien fait signe que ça va. Le temps qu'on le rejoigne en bas, il aura déjà fait démarrer l'auto.

— Alors ne le faisons pas attendre.

*

Auguste et la baronne purent s'éloigner sans être inquiétés. La scène, cependant, eut deux témoins qu'il nous faut décrire.

Le premier fut un chat-ailé blanc et compagnon de la reine Méliane. Placidement assis sur un angle de toit, il disparut soudain dans un « pouf ! » et un scintillement éphémère.

Le second était une gargouille, monstre de pierre

vivante caché dans un coin d'ombre et qui attendit un peu avant de se manifester. Écartant ses ailes, la gargouille vola à la suite des fuyards et ne fut remarquée de personne.

11

La promesse de l'aube faisait déjà pâlir l'horizon. Mais Paris dormait encore et la nuit n'était nulle part ailleurs plus souveraine que dans le grand cimetière du Père-Lachaise. Là régnait une obscurité silencieuse et immobile qui semblait ne jamais devoir finir. Caressés par la lueur des étoiles, les tombeaux et caveaux dessinaient un désordre de silhouettes ténébreuses livrées aux ronces, aux lierres, aux mousses, aux herbes folles. Des arbres nombreux dominaient ce dédale, des arbres dont les racines avaient au fil des ans bousculé les croix, incliné les stèles et fendu la pierre de monuments oubliés. Très mal entretenu, le cimetière de l'Est – c'est le nom officiel du Père-Lachaise – devenait dès le soir un royaume funèbre et désolé dont la quiétude apaisait moins qu'elle n'oppressait.

Une femme flânait au hasard des allées désertes.

Vêtue de soie noire, une étole lie-de-vin sur les épaules, elle ne s'éloignait guère cependant du fiacre qui l'attendait sous un cyprès centenaire. Comment ce fiacre avait-il pu passer les grilles du cimetière à pareille heure ? La question mérite d'être posée mais nous ne lui apporterons qu'un début de réponse en indiquant que les chevaux de l'attelage, gris de robe et des plus ordinaires à première vue, avaient des yeux comme des rubis lumineux d'où s'échappaient des volutes rouges à chaque battement de paupières.

Voilà pour les chevaux. Passons sur le cocher semblable à tant d'autres avec son manteau à pèlerine et son haut-de-forme, et revenons à la femme.

Elle semblait avoir quarante à quarante-cinq ans, ce qui n'était qu'apparence. Grande et mince, le port noble, elle avait de la superbe et de l'élégance. Elle était belle surtout, belle d'une beauté froide, sévère et hautaine qui frappait les sens mais donnait plus à craindre qu'à aimer. La pâleur extrême, presque morbide de son teint contrastait avec le noir profond de sa longue chevelure où, parfois, passaient des reflets bleutés. De la turquoise, ses yeux avaient à la fois la couleur et l'éclat tranchant. Ils posaient sur les êtres et les choses un regard impitoyable dont le souvenir restait longtemps à la mémoire, comme une blessure.

À voir cette femme déambuler ainsi parmi les tombes, l'idée pouvait venir que l'on surprenait quelque divinité nocturne en son domaine. Il y avait là du vrai. Car celle qui, en cette nuit d'été 1909, goûtait la sérénité lugubre du Père-Lachaise, celle-ci n'était autre que la Reine Noire. Fée renégate et ennemie déclarée du trône d'Ambremer, jamais plus puissante enchanteresse ne fut chassée de l'Outre-Monde.

Près d'elle, une forme longtemps immobile bougea. Il s'agissait d'une gargouille, statue vivante et maléfique qui, depuis le toit d'un monument funéraire, veillait sur sa maîtresse tout en guettant le ciel étoilé. Chacun de ses mouvements crissait. Craquelée telle une coulée de lave qui refroidit en surface, sa peau de pierre laissait voir par les interstices une masse rougeoyante. Hirsute, cornu et grimaçant, ses ailes repliées dans le dos, le monstre était armé de griffes immenses et de crocs saillants. Un souffle rauque animait son torse.

— Ta sœur sera bientôt revenue, dit la Reine Noire qui avait deviné les affres de sa créature. Et il y a encore une bonne heure avant l'aube.

Attiré par la magie comme les insectes le sont par la lumière, un petit dragon – un dragonet, en fait – approcha en volant. La Reine Noire tendit le bras et le dragonet se posa sur sa main. C'était un animal bien inoffensif. Il était à peu près aussi grand qu'un lézard commun, mais avait un très long cou et une tête gracile rappelant celle des caïmans. Ses ailes membraneuses s'ornaient d'un arc-en-ciel de couleurs en dégradé ; son corps souple était couvert d'écailles irisées.

Les dragonets sont d'ordinaire farouches. Celui-ci, cependant, n'avait pu résister à la formidable aura de la Reine Noire. Les paupières closes, il se laissait gratter le front et s'abandonnait à l'extase. L'enchanteresse, elle, souriait en voyant les vives couleurs du petit animal s'assombrir. Quand elle en eut fini, le dragonet était devenu noir comme l'obsidienne et ses yeux brillaient d'un éclat insane et furieux. Satisfaite, elle le lança en l'air avant de le regarder disparaître dans la nuit. Nul doute qu'il irait se jeter à la gorge du premier chat venu. Ou d'un enfant.

— Madame..., dit alors Maupuis.

Le sorcier se tenait respectueusement incliné près d'elle. Elle l'avait bien sûr entendu venir mais n'avait pas encore daigné s'intéresser à lui.

— Je suis à vos ordres, ma reine.

Toujours un genou à terre et la tête basse, le sorcier avait l'arcade sourcilière fendue, là où la lourde besace de la baronne l'avait frappé. Le sang avait coulé, séché et maculé le col de chemise. Sa blessure à l'épaule, superficielle, avait également cessé de suinter.

— Tu as échoué, n'est-ce pas ?
— Oui, ma reine.
— Relève-toi.

Il obéit, sans pourtant oser croiser le regard de l'enchanteresse. Il serrait nerveusement, à deux mains, le pommeau d'onyx de sa canne.

— Je t'écoute.

Maupuis prit une inspiration et dit :

— Cet après-midi, comme convenu, Ruycours a acheté la boîte à l'hôtel Drouot. Mais ce soir, quand nous sommes allés la chercher chez lui, le coffre était vide. Ruycours venait d'être cambriolé.

La Reine Noire soupira.

— Tu l'as tué ?
— Oui, ma reine.
— Et c'est lui qui t'a blessé ?
— Non...

L'enchanteresse attendit. Mais comme le sorcier n'ajoutait rien, elle s'impatienta. Le ton monta :

— Vas-tu m'obliger à te tirer les vers du nez ?
— Non, ma reine !... C'est le cambrioleur, le voleur. Il était encore dans l'appartement quand

Ruycours et moi sommes rentrés. Ou plutôt, *elle* y était encore...

La Reine Noire ne put contenir son étonnement.

— Une femme ?

— Oui.

— Tu l'as vue ?

— Oui.

— Et tu pourrais la reconnaître ?

— Elle était masquée, ma reine.

L'enchanteresse réfléchit en balayant le décor d'un regard circulaire. Puis, revenant à Maupuis :

— Et c'est donc une femme qui t'a mis en échec...

— Elle avait des complices.

— Tiens donc...

— Un homme et un gnome.

— Et tu trouves véritablement plus glorieux d'avoir échoué face à un homme, une femme et un gnome ?

Le sorcier accusa le coup en pâlissant.

— Non, reconnut-il.

— Idiot. Incapable.

Humilié, Maupuis se laissa à nouveau tomber sur un genou tandis que la Reine Noire dirigeait ses regards vers l'ouest. Dans le même temps, la gargouille sur son toit se dressait pour épier dans la même direction. Elle feula.

Très vite, une seconde gargouille en tout point similaire à la première arriva en volant. Elle se posa près de l'enchanteresse qui, avec des gestes tendres, lui caressa le crâne et approcha l'oreille.

— Raconte-moi, murmura-t-elle.

Alors la gargouille émit une série de doux grognements qui devaient être un langage. Cela dura une trentaine de secondes puis, tandis que la créature allait d'un battement d'ailes se poser près de sa sœur jumelle, la Reine Noire dit à Maupuis :

— Tu n'as pas à en être fier, mais Talyx t'a sauvé la mise.

Le sorcier leva la tête sans comprendre :

— Ma reine ?

— Je l'avais, à tout hasard, chargée de surveiller l'appartement de Ruycours cette nuit. Talyx a eu la bonne idée de suivre ceux que tu n'as pas réussi à arrêter. Nous ne savons toujours pas qui est ta cambrioleuse, mais nous savons désormais où elle se cache...

— Dites-le-moi, ma reine ! Et je vous promets de...

— Non. Tu en as bien assez fait...

Maupuis se leva, penaud.

— Es-tu seulement sûr que la voleuse a l'objet ?

— Je le crois.

— Tu le crois..., soupira l'enchanteresse. Et ce n'est certes pas Ruycours qui pourra le confirmer, maintenant que tu l'as tué...

Le sorcier ne trouva rien à répondre.

— Car il ne t'est pas venu à l'idée, poursuivit la Reine Noire, que Ruycours pourrait avoir essayé de nous jouer un mauvais tour ? qu'il pourrait être de mèche avec la voleuse ?... Ne trouves-tu pas que ce cambriolage tombe à point nommé ?

Elle marcha vers son fiacre. Déjà, d'un bond, les deux gargouilles étaient venues s'accroupir sur le toit de la voiture dont les essieux grincèrent.

En embarquant, l'enchanteresse ajouta :

— Il est trop tard pour agir aujourd'hui : le jour

ne va pas tarder à se lever. Mais cette nuit, Talyx et Styla se chargeront de ta voleuse, Maupuis. Quant à toi, repose-toi et guéris tes blessures. Je te veux au meilleur de ta forme bientôt. Et je ne tolérerai plus aucune erreur.

Sur ces mots, la portière de la cabine claqua. Le cocher joua du fouet et le fiacre s'ébranla. Devant lui, une brume épaisse, pourpre et noir s'était levée.

Il y disparut tout entier et n'en resurgit pas en ce monde.

12

Le lendemain de sa visite à l'antiquaire, Griffont
– redevenu Griffont – passa la matinée à travailler
sur la *Pétulante*.

Il fit si bien que le fonctionnement de la motocyclette lui donna bientôt tous les motifs de satisfaction. Ce faisant, un long et dur labeur touchait à son terme, et Griffont se réjouissait déjà de montrer l'engin aux plus sceptiques de ses détracteurs. Ceux-ci, nombreux dès les origines, n'avaient guère désarmé malgré les succès régulièrement enregistrés au fil des mois. Car le moteur à lumière étrange d'abord imaginé puis réalisé par Griffont était une petite révolution, de celles que l'on croit toujours impossibles. Jamais, en effet, on n'avait jusqu'alors associé aussi étroitement la magie et la technologie pour créer une machine hybride dont le genre, d'ailleurs, restait à définir.

Cependant, ce n'était pas dans l'espoir de briller à la prochaine Exposition universelle que Griffont avait conçu son moteur à lumière étrange. Lui n'avait qu'un but : faire un moteur à explosion qui ne polluait ni n'empuantissait. « Vous verrez, disait-il, combien on appréciera ce double avantage quand tout un chacun aura son automobile. » On se contentait alors, au mieux, de lui sourire. Que l'automobile soit un jour un bien de grande consommation était inimaginable. Et tant qu'à faire œuvre de salubrité publique, mieux valait s'attaquer au grave problème des déjections chevalines dans les cités. Ne disait-on pas qu'à New York les flots d'urine répandus quotidiennement menaçaient déjà la pureté des nappes phréatiques où la métropole puisait son eau potable ?

Ravi, Griffont déjeuna d'excellent appétit en abreuvant Étienne de considérations technico-magiques auxquelles le domestique ne comprenait rien. Son intention était de consacrer l'après-midi à d'ultimes réglages et peut-être même à un essai en ville. Mais le téléphone sonna tandis qu'il se levait de table. Étienne alla décrocher et revint bientôt, l'air grave.

— M. Falissière au téléphone, Monsieur.

Griffont passa dans le vestibule. Il souleva d'une main l'appareil jusqu'à sa bouche et, collant de l'autre le cornet récepteur à son oreille, dit :

— Allô ?

— Bonjour, cher ami, répondit la voix déformée de Falissière. Excusez-moi de vous déranger.

— Mais je vous en prie. Que puis-je pour vous ?

— Seriez-vous assez aimable pour passer chez moi maintenant ? Vous me rendriez un grand service.

— Un problème ?

— Venez donc. Je vous expliquerai tout.

— J'arrive. Donnez-moi seulement le temps de trouver un fiacre et...

— Inutile. J'ai pris la liberté de vous envoyer le

mien. Il est déjà en route et ne devrait pas tarder à vous attendre devant chez vous.

— Alors à tout de suite.

Griffont raccrocha. Se croyant seul, il lança d'une voix forte :

— ÉTIENNE ! JE SORS !

... et sursauta quand son domestique, tout près de lui dans son dos, répondit :

— Je suis là, Monsieur. Votre canne et votre chapeau, Monsieur.

— Ah !... Euh, oui. Très bien... Merci, Étienne.

— Bon après-midi, Monsieur.

*

Chez Falissière, un domestique conduisit Griffont sous la véranda inondée de lumière. Le maître des lieux s'y trouvait en compagnie d'un homme âgé d'une trentaine d'années.

— Merci d'avoir fait si vite, dit Falissière en se levant. Mon ami, permettez-moi de vous présenter l'inspecteur Farroux, de la police judiciaire. Inspecteur, M. Griffont.

Ils échangèrent une poignée de main.

— Bonjour, monsieur.

— Bonjour, monsieur l'inspecteur.

Le policier était grand, brun, athlétique, bel homme. Il avait les yeux verts et la mâchoire volontaire. Une élégante moustache – qui lui demandait sans doute beaucoup de soin et constituait la seule touche de coquetterie qu'on lui reconnaissait – ornait sa lèvre supérieure. Il portait un costume de confection en drap gris. Des guêtres immaculées couvraient ses chaussures noires.

— Asseyons-nous, messieurs, proposa Falissière.

Les portes et fenêtres de la véranda étaient maintenues grandes ouvertes sur le jardin pour permettre à un agréable courant d'air de circuler. Parmi les plantes immenses et les fleurs en pot, quelques chaises blanches étaient réunies autour d'une table basse. Sur un plateau d'argent ciselé, des verres et une carafe de citronnade attendaient. Falissière fit le service.

— Alors de quoi s'agit-il ? demanda Griffont après avoir bu une gorgée par politesse.

— J'enquête, dit Farroux, sur un meurtre commis cette nuit. La victime est un certain Louis Ruycours. Le connaissez-vous, monsieur Griffont ?

— De nom, reconnut le magicien sans hésiter.

Mais il fronça aussitôt le sourcil.

Quiconque s'intéressait un tant soit peu à la vie mondaine parisienne avait entendu parler de Ruycours. C'était le cas de Griffont, d'où sa réponse rapide. Cependant naissait en lui l'impression trouble que quelqu'un avait évoqué Ruycours en sa présence dernièrement.

— Vous semblez songeur..., nota l'inspecteur.

Griffont acquiesça vaguement... et le souvenir lui revint. Quand le directeur du *Cercle Richelieu* était venu lui soumettre le cas « Sébrier », Griffont avait demandé qui avait recommandé le tricheur : c'était Ruycours. Si vous en doutez, relisez le premier chapitre de ce livre. Vous gagneriez cependant du temps en me faisant confiance. Vous ai-je déjà menti ?

— Monsieur Griffont ? insista Farroux.

— Excusez-moi, monsieur l'inspecteur. C'est juste que le nom de Ruycours est venu au hasard d'une conversation que j'ai eue récemment.

— Avec qui, cette conversation ?

— Avec M. Carrard, le directeur du *Cercle Richelieu*, rue de Richelieu. Mais il doit s'agir d'une coïncidence...

Le policier nota néanmoins le nom dans un carnet.

— Cependant, dit Griffont, je serais sans doute plus à même de vous aider si vous me disiez de quoi il retourne exactement...

— J'y viens, monsieur.

Farroux tira une carte de visite de sa poche de gilet. Il s'agissait de l'une des cartes que Falissière avait confiées la veille au magicien.

— Reconnaissez-vous cette carte, monsieur Griffont ?

— Je le crois, oui.

— Nous l'avons trouvée ce matin sur le bureau de M. Ruycours, à son domicile. Pourriez-vous me dire comment elle est arrivée là ?

Soucieux, Griffont se laissa aller contre le dossier de sa chaise. Affichant une mine désolée, Falissière lui dit :

— Il ne fait malheureusement aucun doute que cette carte est l'une de celles que je vous ai données hier matin. Voyez, il y manque la mention à mon appartenance au Cercle Cyan que vous vouliez faire disparaître afin de ne pas provoquer les soupçons de l'antiquaire...

— En effet, reconnut le magicien.

— J'espère ne pas vous avoir mis dans une situation délicate, Louis. Mais quand monsieur l'inspecteur est venu me trouver avec cette carte, je n'ai pu que...

— Ne vous inquiétez pas, mon ami. Vous avez bien fait.

Griffont se tourna alors vers le policier pour lui expliquer comment Carrard l'avait prié de s'intéresser à un membre du *Richelieu* qu'il soupçonnait de tricher en recourant à la magie.

— M. Carrard a-t-il prévenu la police ? l'interrompit Farroux.

— Non, je ne crois pas. M. Carrard n'était sûr de rien et, quoi qu'il en soit, il préférait que cette affaire soit réglée à l'amiable, sans scandale.

L'inspecteur opina, songeur, sans qu'il soit possible de deviner ce qu'il pensait. Il ne s'était jusqu'à présent pas départi d'une respectueuse et prudente réserve.

— Je vous en prie, monsieur. Poursuivez.

Griffont reprit le fil de son récit. Passant sous silence la réunion du Conseil Cyan, il dit en quoi les aveux de Sébrier l'avaient amené à soupçonner un certain antiquaire – Alandrin – de participer à un trafic d'objets enchantés. Décidé à mener sa propre enquête, il avait usurpé l'identité de Falissière avec son accord.

— Je note, fit Farroux, que l'idée ne vous est pas venue, à vous non plus, d'avertir les autorités.

— Je l'aurais fait, monsieur l'inspecteur.

Ce n'était pas exactement un mensonge.

— Mais seulement sur la foi des preuves indiscutables que j'espérais réunir. Hier encore, je n'avais que le témoignage d'un tricheur...

— Et aujourd'hui ?
— Rien de mieux, j'en ai peur.
— Je vois...

Le policier finit son verre de citronnade avant de le reposer sur le plateau.

— Cela, fit-il, n'explique pas comment l'une des cartes que vous confia M. Falissière est arrivée en possession de la victime...

— Je n'ai donné qu'une seule de ces cartes. À M. Alandrin. C'est donc lui, et lui seul, qui pourra vous répondre.

— En effet.

L'inspecteur de la police judiciaire se leva, aussitôt imité par les deux autres.

— Je vous serais reconnaissant, messieurs, de vous tenir à la disposition de la justice.

— Certainement, dit Falissière.

Griffont, lui, se contenta d'acquiescer tandis que l'ancien diplomate raccompagnait Farroux. Mais le policier se ravisa :

— Monsieur Griffont...
— Oui ?
— Je vais de ce pas trouver M. Alandrin. Voudriez-vous m'accompagner ? Vous me montrerez le chemin et, si nécessaire, je pourrai confronter vos témoignages.

— Rappelez-vous que M. Alandrin ne pourra pas me reconnaître.

— Venez tout de même, s'il vous plaît.

— Entendu, si vous pensez que je vous serai utile...

Griffont se doutait bien que ce n'était là, pour Farroux, qu'un prétexte à garder un suspect sous la main. Il était néanmoins ravi de l'aubaine, car les derniers développements de l'affaire l'encourageaient plus que jamais à la tirer au clair. Il avait d'abord craint que la police – en la personne de Farroux – ne lui fasse obstacle en voulant tenir un civil à l'écart d'une enquête criminelle.

Mais suspect ou pas, puisqu'on l'y invitait...

*

Ils prirent le fiacre de la préfecture qui avait amené Farroux et, Falissière habitant le faubourg Saint-Germain, ils n'eurent pas à aller loin jusqu'à la rue Jacob, où l'antiquaire avait sa boutique. Malheureusement, un embouteillage les arrêta à l'angle de la rue du Bac et de la rue de l'Université. Des travaux de voirie aggravaient la cohue provoquée par un chariot de livraison Félix Potin renversé.

Dans le fiacre immobile, le silence entre les deux hommes devint bientôt gênant. Griffont allait proposer de continuer à pied quand Farroux passa la tête par la portière et lança au cocher :

— Il y en a encore pour longtemps ?

— Pas trop, monsieur. À ce que je vois, ça se libère...

— Quand on pense que l'on reprochait au préfet Haussmann d'avoir vu trop grand avec ses boulevards ! lâcha le policier en se rasseyant.

— C'est Paris..., fit Griffont en haussant les épaules.

Ils sourirent et cet échange complice, pour anodin qu'il paraisse, suffit à briser la glace.

— Ainsi, si j'en crois M. Falissière, vous êtes magicien...

— Du Cercle Cyan, en effet.

— De sorte que vous pouvez... enfin que vous savez...

Griffont vint volontiers au secours du policier.

— Lancer des sorts, oui... Et des enchantements.

— Ce n'est pas la même chose ?

Puisqu'il fallait bien passer le temps en attendant, le magicien expliqua :

— Un sort produit un effet, souvent immédiat. Un enchantement, lui, modifie plus ou moins longtemps la nature d'un être ou d'un objet. Si je génère un souffle d'air pour fermer une porte, par exemple, je provoque un effet : c'est un sort. Mais si je change par magie la couleur d'un objet, ou si je le rends plus léger, je le modifie.

— C'est donc un enchantement.

— Voilà. Les sorts agissent sur le monde et les enchantements tentent de le changer. Et j'ajouterai que les enchantements les plus puissants le changent à jamais.

— Et qu'est-ce qu'un sortilège ?

— Nous entrons là dans des détails de vocabulaire. Nous autres magiciens, nous appelons sortilèges les sorts et les enchantements sans distinction. Les livres de sortilèges regroupent indifféremment les uns et les autres.

— Et les envoûtements ?

— Ils relèvent pour la plupart de la magie noire. Techniquement, les envoûtements sont des enchantements lancés sur des personnes afin de modifier leur psyché. Pour le pire, le plus souvent... Mais vous n'ignorez pas que certains mages s'essaient à guérir la folie par des envoûtements. Appliqués à des personnes saines d'esprit, ces envoûtements auraient des effets destructeurs, mais ils peuvent s'avérer bénéfiques aux aliénés. C'est du moins ce que l'on espère.

Farroux acquiesça, songeur et visiblement intéressé.

Cette curiosité n'étonnait pas Griffont. De même que l'on parle toujours de maladie aux médecins et de maux de bouche aux dentistes, on parle toujours de magie aux magiciens. L'âme humaine est ainsi faite.

Le plus étrange, cependant, était de constater à quel point les Parisiens – une population pourtant accoutumée aux merveilles de l'OutreMonde – savaient peu de choses des mages. Cela tenait d'abord au goût du secret que développaient certains de ces derniers – les plus anciens surtout, c'est-à-dire ceux qui avaient longtemps vécu sous la menace du bûcher. Cela tenait également au faible nombre des magiciennes et magiciens : ils n'étaient qu'une centaine recensée à Paris et l'on n'en rencontrait donc pas à tous les coins de rue ni à chaque dîner.

Mais il fallait aussi compter avec la frilosité craintive et parfois hostile que le *vulgus pecum* manifestait à l'égard des mages. Car si M. Tout-le-Monde considérait d'un œil désormais presque indifférent les peuples et créatures de l'OutreMonde, il persistait à froncer le sourcil sur ces magiciens qui étaient un peu plus que des êtres humains sans être tout à fait autre chose. De sorte qu'un cercle vicieux bien connu, source de tous les racismes, avait survécu aux siècles.

On évitait les mages parce qu'on les redoutait ; on les connaissait mal puisqu'on ne les fréquentait guère ; et de l'ignorance naissait la crainte et les plus folles rumeurs.

— J'imagine que tout le monde vous pose les mêmes questions, s'excusa Farroux tandis que le fiacre s'ébranlait enfin.

— C'est vrai, reconnut Griffont avec un sourire conciliant... Mais nous, les magiciens, ne pouvons à la fois nous plaindre d'être mal connus et refuser d'expliquer qui nous sommes quand on nous le demande.

Ils devaient à présent parler fort pour se faire entendre malgré les bruits de la rue, les grincements du fiacre et le martèlement des sabots sur le pavé. Ils étaient également passablement chahutés, le cocher allant bon train pour rattraper le temps perdu.

— À ce sujet, reprit l'inspecteur, comment devient-on mage ? D'ailleurs, le devient-on vraiment ?

Griffont eut une moue vague.

— Je vous avouerai que le débat est loin d'être clos... Il semble cependant que l'on naisse avec ce talent comme d'autres viennent au monde avec celui des chiffres ou de la peinture. Mais il faut ensuite travailler, étudier. La magie est un art complexe qui exige beaucoup de ses praticiens. Il y a tout un savoir livresque à assimiler, un savoir essentiel, indispensable, et qui pourtant n'est pas tout. Au risque de vous paraître bien prétentieux, je dirai que les mages sont des érudits de talent. Il ne suffit pas de mémoriser et répéter une formule magique pour lancer un sortilège efficace...

— En somme, la magie s'étudie mais ne s'apprend pas, conclut Farroux.

Griffont lui adressa un regard admiratif et ravi.

— Mais, oui !... C'est exactement ça !

*

Rue Jacob, ils apprirent de la jeune et jolie employée que Griffont-Falissière avait courtisée la veille que son patron n'était pas venu travailler aujourd'hui. Farroux obtint l'adresse d'Alandrin et ils s'y rendirent aussitôt.

Là, ils trouvèrent un agent en tenue gardant la porte.

Selon les premiers éléments de l'enquête, l'antiquaire avait été enlevé en début de matinée.

13

En caleçon, maillot de corps et chaussettes, Isidore Alandrin tremblait de peur. Il avait les chevilles attachées aux pieds de la chaise sur laquelle il était assis, les bras ramenés autour du dossier et les poignets tenus par une paire de menottes. Un premier bandeau de tissu le bâillonnait ; un second l'aveuglait. Un mal de tête l'assommait depuis qu'il avait repris conscience – le chiffon imbibé de chloroforme qu'on lui avait collé au visage y était certainement pour quelque chose.

Il n'avait pas vu ses agresseurs. Ce matin, vers 8 h 30, il faisait sa toilette quand ils l'avaient surpris, saisi et endormi. Quelle heure pouvait-il être à présent ? Combien de temps était-il resté inconscient ? Il l'ignorait, tout comme il ignorait où il se trouvait. Il n'entendait aucun bruit si ce n'est quelques trottinements furtifs et précipités à l'occasion. Et des couinements. Des couinements de rats. Il devait être dans une cave et appréhendait de sentir bientôt de petites pattes griffues grimper à ses jambes.

Alandrin se demandait si l'on avait déjà constaté sa disparition. Il était célibataire et n'avait aucun rendez-vous prévu aujourd'hui. À la boutique, ses employés ne s'inquiéteraient pas de son absence avant longtemps, car il lui arrivait de rendre visite à des clients. Chez lui, sa cuisinière n'arrivait que vers 10 heures après avoir fait le marché. Si elle ne le voyait pas à midi, elle imaginerait un déjeuner en ville improvisé et ne s'en étonnerait pas. Restait la femme de ménage. Elle, à coup sûr, s'alarmerait en découvrant les vêtements abandonnés et les traces de lutte dans la chambre. Malheureusement, elle ne prenait son service qu'en début d'après-midi.

Tout dépendait donc de l'heure. L'antiquaire songeait qu'il était très possible que son entourage ne se doute encore de rien, ce qui retardait d'autant le moment où – peut-être – on viendrait le secourir.

Mais le secourir où ?

Et, surtout, de qui ?

Avant de perdre conscience, les sens saturés par les vapeurs du chloroforme qu'on l'obligeait à respirer, il lui avait semblé entendre quelques mots de russe. Ou d'une langue s'en approchant. Ses souvenirs étaient cependant confus et, de toute manière, il désespérait d'imaginer ce que des étrangers, slaves de surcroît, pouvaient lui vouloir, à lui, Isidore Alandrin, antiquaire parisien.

Une vive douleur au pied le surprit. Il sursauta tandis que le bâillon étouffait un cri. On l'avait mordu. Un rat, l'avait mordu. Ce qu'il craignait depuis le début était en train de se produire. Les rats qu'il entendait vivre et courir autour de lui s'enhardissaient. L'un d'eux venait de l'attaquer. En tressaillant, il avait effrayé l'animal qui, aussitôt, avait battu en retraite. Mais un autre viendrait. D'autres viendraient. Les rats sont intelligents. Ils comprendraient bientôt que leur proie était impuissante. On parlait, dans les taudis des mauvais quartiers, de nouveau-nés dévorés vivants par des rats affamés, d'ivrognes mutilés, de clochards défigurés durant leur sommeil.

Alandrin gémit et se débattit. La peur le faisait transpirer. Il étouffait, oppressé, les tempes luisantes, la bouche déformée par le bâillon trempé de salive. Il songeait aux rats, aux rats innombrables et voraces. Il imaginait une horde qui guettait, attendait. Il voyait des yeux rouges, des dents aiguës et jaunes, des museaux frémissants, des babines gourmandes. Il imaginait l'entourant comme une houle vivante des dos ronds, couverts de poils luisants, graisseux, encroûtés de pus, d'ordure et de sang séché.

À plusieurs reprises, il se cambra de toutes ses forces. En vain. Les liens tenaient bon et la chaise semblait rivée au sol. Il tenta de la briser en sautant sur place, en pesant sur le dossier, en se penchant à droite, à gauche, à droite, à gauche et encore. Les menottes meurtrissaient ses poignets. Les cordes lui sciaient les chevilles, usaient la peau, creusaient les chairs. Il lui faudrait se rompre les membres avant que de se libérer. Il était prêt à faire ce sacrifice.

Quand il sentit un poids sur sa cuisse, la peur devint panique. Et il crut perdre l'esprit quand des griffes agiles, agrippées au maillot, escaladèrent sa poitrine. Il se débattit en damné et souilla son caleçon. Sa respiration devint frénétique. Elle lui fit venir aux narines des bulles gluantes. Le bâillon étouffa des pleurs hystériques, et Alandrin poussa enfin une longue plainte qui était une supplique adressée aux hommes, au monde, à Dieu pour que cesse cette épreuve, ce supplice, ce cauchemar, même au prix de la vie, la sienne ou celle de l'humanité tout entière. Il ne voulait pas que cela arrive. Il ne voulait pas que cela *lui* arrive. Il voulait que cela arrive à n'importe qui plutôt qu'à lui. Il...

Il se figea soudain, haletant, le cœur battant et les muscles tendus.

Il sentait sous le menton le chatouillement d'un museau humide et curieux.

*

En entrant, une lampe à pétrole allumée à la main, le colonel Oulissienko surprit les rats qui se précipitèrent vers les murs et disparurent.

Au milieu de la cave, Alandrin semblait inconscient. Il était toujours attaché à sa chaise, le menton sur la poitrine, et ne bougeait pas. Son gros ventre pesait contre ses cuisses ; sa couronne de cheveux était trempée de sueur autour d'un crâne luisant. Il avait les jambes et le torse griffés. Son pied gauche saignait. Une odeur d'urine et de diarrhée l'entourait.

Il respirait, cependant. Et réagit en entendant qu'on approchait.

Oulissienko prit un tabouret qu'il plaça devant le prisonnier. Il était vêtu en civil, pour autant que la chose lui soit possible. Roide, tiré à quatre épingles et rasé de près, il ne faisait guère illusion dans son costume gris perle. On l'imaginait volontiers portant l'uniforme et passant ses troupes en revue d'un œil sévère, la bouche méprisante et la badine à la main.

Le colonel de la police secrète du tsar alluma une lampe qui pendait au plafond et éteignit la sienne. Il s'assit sur le tabouret, prit le temps d'observer l'antiquaire, puis se pencha pour dénouer le bandeau qui aveuglait le malheureux. Alandrin avait les yeux rougis et encroûtés de larmes. D'abord ébloui, il adressa à son vis-à-vis un regard suppliant où se mêlaient l'espoir et la peur.

Libérateur ou tortionnaire ?

— Bonjour, monsieur Alandrin, dit Oulissienko avec un fort accent russe. Nous en savons beaucoup sur vous...

Incapable de se détourner du regard gris acier qui le transperçait, l'antiquaire opina sans comprendre.

— ... Mais nous ignorons encore certaines choses que vous pouvez nous apprendre... Commençons par ce que nous savons. Vous avez en votre possession une broche ancienne. Une broche qu'une femme vous a confiée à fin d'expertise... Cette broche est la première chose que nous voulons. Il faudra donc nous dire où la trouver...

Alandrin acquiesça, et l'énergie qu'il mit à le faire indiquait qu'il était disposé à offrir bien plus.

Oulissienko esquissa un sourire supérieur et glacial. De sa poche de gilet, il tira un pendule doré. Un pendule d'hypnotiseur.

— Je n'ai pas fini, monsieur Alandrin... Nous savons également que vous deviez, bientôt, aller rendre la broche à la femme dont je vous parle. Vous connaissez donc son adresse, et c'est cette adresse que je veux connaître à mon tour. Elle et moi avons, voyez-vous, un compte à régler...

Oulissienko faisait distraitement tournoyer le pendule qui décrivait des cercles de plus en plus serrés tandis que la chaînette s'enroulait autour de son index tendu, dans un sens, puis dans l'autre.

Alandrin dévisageait le colonel. Maintenant que les rats n'étaient plus là et qu'il savait ce qu'on lui voulait, il trouvait un certain réconfort. Mais une question le taraudait encore, capitale : lui laisserait-on la vie sauve ?

— Maintenant, dit le Russe, je vais ôter votre bâillon. Vous ne crierez pas, n'est-ce pas ?

Éperdu et suppliant, l'antiquaire fit « non » de la tête.

— Très bien. Je vous fais confiance.

Sans dégoût, Oulissienko dénoua le tissu imprégné de salive, de sang et de glaire. Aussitôt, l'autre prit une grande inspiration en se cambrant, tel un noyé qui remonte brusquement à la surface.

— Voilà... N'êtes-vous pas mieux ainsi, monsieur Alandrin ?... Je vous en prie, remettez-vous. Prenez tout le temps qu'il vous faudra...

Le gros antiquaire toussa, cracha, et finit par recouvrer une respiration normale. Des filaments luisants coulaient de son menton sur son maillot de corps déchiré.

— À présent, mon cher ami, j'imagine que vous vous demandez si l'on vous laissera vivre quand vous m'aurez répondu. J'ai raison, n'est-ce pas ?

Alandrin baissa les yeux.

— Oui, murmura-t-il d'une voix enrouée.

— Vous vivrez, monsieur Alandrin. Je peux même vous promettre que vous serez bientôt libéré. Et j'hésiterai d'autant moins à vous relâcher, que vous ne vous souviendrez de rien. Regardez-moi, monsieur Alandrin. Regardez-moi bien…

Alors Oulissienko commença à faire osciller son pendule devant le regard incrédule de l'antiquaire.

*

Une demi-heure plus tard, Oulissienko remonta le petit escalier de la cave et, après un couloir dont le papier pendait en lambeaux, il entra dans une pièce poussiéreuse, sans meubles ni lumière, aux volets clos.

Plusieurs hommes l'y attendaient. Parmi eux se trouvait un personnage que nous avons déjà rencontré mais à qui, sans doute, vous n'aviez guère prêté attention. Il s'agissait de Maurice, le discret et zélé majordome de François Ruycours.

— L'ambassade vous a fourni l'argent et votre nouveau passeport ? lui demanda le colonel en français.

— Oui.

— Tout est en ordre, donc.

— Oui.

— Alors quittez Paris au plus tôt. À quelle heure votre train ?

— À 5 heures, ce soir. Je serai à Berlin demain. Ensuite…

— Ne commettez pas l'erreur de repasser par chez vous. D'ailleurs, vous n'êtes plus chez vous nulle part en France... Vous verrez, la Russie est un grand et beau pays.

L'homme s'en fut sans répondre. Puis Oulissienko s'adressa aux autres, tous au garde-à-vous.

— Messieurs, dit-il en russe, nous agirons ce soir.

14

En voyant la médaille de police judiciaire que brandit Farroux, l'agent en faction devant chez Alandrin se mit au garde-à-vous et fit le salut militaire.

— Inspecteur Farroux. Que se passe-t-il, ici ?

Non sans jeter des coups d'œil curieux à Griffont, l'agent expliqua qu'il patrouillait avec son collègue quand, vers 2 heures de l'après-midi, une femme affolée avait couru vers eux. Il s'avéra que cette femme était employée de maison et que son inquiétude était provoquée par la disparition de son patron, un certain Isidore Alandrin. « On a enlevé Monsieur, répétait-elle. On a enlevé Monsieur ! » Les agents s'efforcèrent de la calmer avant de la raccompagner. Sur place, ils recueillirent le témoignage d'une cuisinière et se livrèrent aux premières constatations d'usage. Ils en virent assez pour décider que l'un d'eux resterait tandis que l'autre conduirait les deux femmes au commissariat d'arrondissement afin d'enregistrer les dépositions et signaler un possible enlèvement.

— Vous avez fait vite, monsieur l'inspecteur,

conclut l'agent, un grand maigre dont l'impressionnante moustache en guidon de vélo venait lui chatouiller les ailes du nez.

Farroux expliqua qu'une affaire différente l'amenait. Il doutait, cependant, que la disparition de l'antiquaire, si elle était avérée, soit une coïncidence.

— Nous entrons, dit-il. Quant à vous, montez discrètement la garde dans le vestibule et gardez un œil sur la rue. Avertissez-moi si quelqu'un se présente.

— À vos ordres.

Alandrin habitait une maison de la rue du Montparnasse. Accolée à ses voisines, elle avait un jardin à l'arrière et ne comptait qu'un étage sous le grenier. L'intérieur était plutôt modeste, propre mais dénué de caractère. L'intérieur d'un célibataire qui ne fait guère que dormir et prendre quelques repas chez lui.

— Veillez à ne toucher à rien, monsieur Griffont. Nos techniciens n'ont pas encore passé les lieux au peigne fin.

— Entendu.

La police scientifique n'en était qu'à ses débuts. Néanmoins, le service de l'Identité judiciaire, fondé par Bertillon en 1887, savait déjà relever des empreintes ou déceler d'infimes traces de sang invisibles à l'œil nu. Chaque scène d'un crime était désormais rigoureusement examinée. Les indices étaient collectés pour étude. Parfois, des spécialistes tiraient des plans et prenaient des photographies.

Griffont sur les talons, Farroux passa le rez-de-chaussée en revue. Rien n'y retint son attention avant qu'il n'inspecte la porte de service donnant sur le jardin.

— On a crocheté cette serrure, déclara-t-il en se redressant. Du bon travail. Et les intrus ont pris la peine de verrouiller en sortant. Du bon travail, vraiment.

— Cela ne ressemble pas à des malfrats ordinaires, nota Griffont.

— En effet.

— Mais comment le savez-vous?

— Quoi donc?

— Que les cambrioleurs ont refermé derrière eux.

— Oh!... Je ne fais que le supposer. La cuisinière est certainement entrée par là, n'est-ce pas? Par l'entrée de service. Or comme elle ne s'est aperçue de rien...

— Elle pourrait être complice.

— Alors pourquoi prendre la peine de forcer la serrure?

— C'est juste, reconnut Griffont en réalisant que l'on ne s'improvise pas policier.

Farroux balaya les lieux d'un dernier regard circulaire, puis proposa :

— Montons, voulez-vous?

Au premier, ils trouvèrent la chambre d'Alandrin dans le même état que la femme de chambre l'avait découverte, une heure plus tôt. Le lit était défait. Un costume et une chemise blanche amidonnée attendaient sur une commode. Des meubles avaient été renversés ou déplacés. Quelques gouttes de sang bruni maculaient le tapis.

— On s'est battu, ici, fit Farroux.

Il gagna le cabinet de toilette attenant tandis que Griffont restait dans le couloir. Une bassine en porcelaine gisait brisée au milieu d'une flaque d'eau mousseuse que le plancher achevait d'absorber.

— Je pense, dit le policier en revenant dans la chambre, qu'Alandrin a été surpris par ses agresseurs pendant ses ablutions. On l'a traîné ici pour le maîtriser, l'assommer et peut-être le ligoter. Sur le lit, sans doute. Regardez : le matelas est de guingois. Et puis sentez-vous cette odeur ?... On dirait... (Il approcha le nez d'une tache sur le couvre-lit.) Oui, c'est bien du chloroforme...

Tout à ses investigations et déductions, Farroux s'aperçut soudain qu'il était seul.

— Griffont ?... Griffont !

*

Il y avait, au fond du couloir, un petit escalier de bois menant à la porte du grenier. Guidé par son instinct, Griffont la trouva fermée à clef mais une passe magique fit cliqueter la serrure. Une légère poussée, et le battant s'écarta en grinçant...

Un œil-de-bœuf éclairait la pièce par un côté. Des particules dansaient dans l'air au milieu d'un bric-à-brac ordinaire de cartons et objets oubliés. On distinguait même, en vertu d'une loi cosmique régissant l'ordonnance de tous les greniers d'antan, un mannequin de couturière trônant en piteux état dans un angle obscur.

Des traces de semelle sur le plancher poussiéreux allaient de la porte à une armoire. Griffont les suivit et ouvrit le meuble.

— Vous n'êtes pas très discipliné, dit Farroux depuis le seuil.

— J'ai tout de même pris soin de ne pas marcher sur les empreintes de pas...

— C'est moindre mal. Je peux savoir ce que vous faites ici ?

— Vous devriez venir voir.

Le policier rejoignit Griffont qui tenait toujours les battants de l'armoire béants et regardait à l'intérieur. Sur les étagères se trouvaient diverses reliques : une chevalière, une broche, un heaume, une dague, des dés à jouer et leur gobelet, un peigne, une épingle à chapeau et d'autres choses encore.

— Qu'est-ce que c'est ? demanda Farroux.

— À moins qu'il ne s'agisse d'une collection particulière, nous avons la preuve que notre antiquaire participe bel et bien à un trafic d'objets magiques.

— Vous voulez dire que...

— Oui, tous ces objets sont enchantés. Ces dés, par exemple, sont des *dés de Mulvert*, du nom de leur inventeur : ils donnent à tout coup le résultat auquel pense celui qui les lance. La chevalière est un *anneau tharsique* : il confère à son porteur une grande éloquence. Et j'en passe. Un *peigne sage*, un *casque de clairvoyance*...

— Anciens ?

— Certains le sont, oui. Cette dague, par exemple.

— Je vous crois... Il n'empêche que vous ne devriez pas être ici.

— Ne m'en veuillez pas, dit Griffont en refermant l'armoire. J'ai perçu l'aura magique de ces objets depuis le couloir. Vous n'auriez pas agi autrement si vous aviez senti une odeur de sang ou de poudre.

— C'est vrai. Mais je suis policier et mon métier

est d'enquêter. Rappelez-vous que vous n'êtes qu'un observateur.

— Et moi qui croyais être un suspect...

— Ne dites pas de bêtises et venez, Griffont. Vous permettez que je vous appelle Griffont ?

— Je vous en prie.

Ils quittèrent le grenier et descendirent jusqu'au rez-de-chaussée. Farroux ouvrait la marche.

— Avez-vous une idée de l'identité des agresseurs ? s'enquit Griffont dans l'escalier.

— Pas la moindre. Mais ils avaient bien préparé leur coup et connaissaient les habitudes de la maison.

— Comment cela ?

— S'ils ont pris la peine de refermer la porte du jardin, c'est pour ne pas alarmer la cuisinière. Pourquoi cette précaution ?...

— J'allais vous le demander.

— Parce qu'ils savaient que si rien ne venait l'inquiéter, la cuisinière n'avait aucune raison d'aller dans la chambre d'Alandrin. De sorte que la première à donner l'alerte serait la femme de ménage qui ne prend son service que l'après-midi. Tout indique qu'Alandrin a été enlevé en début de matinée. En évitant les soupçons de la cuisinière, les ravisseurs gagnaient donc de précieuses heures. Or pour faire ce calcul, il leur fallait connaître les horaires du personnel...

— *Quid erat demonstrandum*, lâcha Griffont en traversant le vestibule.

L'inspecteur, qui n'était pas latiniste, lui adressa un regard interrogatif.

— Ce qu'il fallait démontrer, précisa le mage.

Ils saluèrent l'agent en sortant. Sur le trottoir, Farroux parut hésiter devant le fiacre.

— Êtes-vous pressé, Griffont ?

— Non. Pas vraiment.

— En ce cas, accompagnez-moi chez Louis Ruycours. Il y a là-bas des éléments étranges qui trouveront peut-être un sens à vos yeux de mage...

*

Dans le fiacre qui les emmenait rue Hamelin, Griffont se fit expliquer l'affaire en détail.

Le cadavre de Ruycours avait été découvert au matin par une domestique. Les premiers policiers arrivés étaient des gardiens de la paix qui, aussitôt, avertirent le commissariat d'arrondissement, lequel appela la brigade criminelle au 36, quai des Orfèvres. L'enquête échut à Farroux. Accompagné d'un dessinateur, d'un photographe et d'un spécialiste du relevé des empreintes digitales, il se rendit sur les lieux. Ruycours gisait en habit de soirée dans son bureau, devant un coffre ouvert et vide. Il avait été poignardé par-derrière. On pouvait donc imaginer que des cambrioleurs l'avaient obligé à ouvrir le coffre avant de l'assassiner. Pour voler quoi ? On l'ignorait. Il y avait également des traces de lutte dans plusieurs pièces de l'appartement, à croire que l'on s'y était poursuivi. Peut-être Ruycours avait-il donné du fil à retordre à ses agresseurs avant qu'ils ne se saisissent de lui.

— A-t-on idée de l'heure de la mort ? demanda Griffont tandis qu'ils arrivaient à destination.

— Sans doute après minuit.

— Et les domestiques n'ont rien entendu ?

— Ils ont leur soirée le lundi et, de toute manière, ils logent sous les combles quelques étages plus haut. En outre, nous n'avons encore recueilli que le témoignage de la concierge et de la bonne.

— Ruycours n'avait pas de majordome ? s'étonna Griffont.

— Si, un certain Maurice Hanriot. Mais il est introuvable.

Ils descendirent du fiacre et entrèrent dans le bel immeuble bourgeois où logeait Ruycours. Un tapis tenu par des barres en laiton recouvrait les marches du grand escalier. Sur le palier du premier, un gardien de la paix en faction salua son supérieur et ouvrit la porte de l'appartement sans poser de questions.

Farroux fit faire à Griffont le tour des lieux en commençant par le boudoir dévasté. Puis il l'entraîna dans le salon.

— Et vous m'affirmez que personne n'a rien entendu ? s'exclama le magicien.

Plusieurs meubles étaient renversés. Le mur du fond était criblé d'impacts noircis là où les projectiles incandescents de Maupuis avaient frappé. Les battants de la porte-fenêtre béaient sur le balcon, tous leurs carreaux brisés.

— L'appartement en dessous est inoccupé depuis un mois et les voisins du dessus étaient sortis, expliqua l'inspecteur. Naturellement, nous avons interrogé les habitants des immeubles mitoyens.

— Et ?

— Certains, dont les chambres donnent sur la cour, disent avoir entendu des bris de vitre après minuit. Et peut-être un ou deux coups de feu qu'ils ont pris pour les ratés d'un moteur.

— À l'évidence, il en faut beaucoup pour inquiéter le voisinage, n'est-ce pas ?

Farroux haussa les épaules, résigné.

— Nous sommes dans les beaux quartiers, dit-il. Les gens d'ici comptent rarement parmi les plus solidaires et s'inquiètent surtout de se tenir à l'écart des problèmes des autres. Ne rien dire, ne rien voir, ne rien entendre. Vous savez, comme ces petits singes orientaux…

— Oui, je vois… Vous parliez de coups de feu ?

Le policier approcha du balcon.

— Il y a dans cet angle de mur un impact récent, vous voyez ? Et nous avons relevé des traces de sang tout près. Le tireur pourrait avoir fait feu depuis un toit, en face. Ou depuis une fenêtre.

Griffont regarda dans la direction indiquée et demanda :

— Ruycours a-t-il été blessé par balle ?

— Non.

— Mais alors sur qui tirait-on ?

— Mystère.

Le magicien s'intéressa alors aux traces carbonisées distribuées en rafale sur le mur.

— Cela, dit Farroux, nous ignorons ce que c'est. Il y a des marques identiques sur l'une des portes du couloir.

— Des *fulgurations magmatiques d'Antyll*, lâcha Griffont en connaisseur.

— Pardon ?

— Un sort qui génère la projection de billes de

lave. Très dangereux. Mortel, même. Mais quoi qu'il en soit, seul un mage peut les lancer...

— Un mage? Ruycours était-il mage?

— Pas à ma connaissance.

— C'est à n'y rien comprendre!

Griffont sourit:

— C'est vous le policier. À vous de me dire ce que tous ces indices signifient. Après tout, je ne suis qu'un observateur...

— Mouais...

— Où était le corps?

Ils passèrent dans le bureau. Tout y semblait à sa place. Une grande flaque de sang séché maculait le parquet près du coffre mural ouvert.

— C'est ici que Ruycours est mort..., constata le mage.

— Oui. Frappé dans le dos avec une arme blanche.

— Sait-on ce que contenait le coffre?

— Non.

Griffont balaya la pièce d'un long regard circulaire. Il remarqua un grand nombre de surfaces réfléchissantes: miroirs, cuivres, objets en verre ou cristal, bibelots en argent.

— Je peux peut-être vous aider, dit-il.

— Comment?

— Mais il faudra me faire confiance. Et ne pas espérer de miracle. Je suis un magicien, pas un thaumaturge...

— Bah! au point où j'en suis...

— Alors c'est entendu. Notez au passage que votre enthousiasme me transporte...

Farroux préféra ne pas répondre.

Griffont s'assit au secrétaire et griffonna quelques mots au dos d'une de ses cartes de visite.

— Voilà, fit-il. Dites au planton sur le palier d'aller chez moi, de montrer cette carte à mon domestique et de revenir avec lui au plus vite.

— Peut-être que si vous m'expliquiez...

— Je ne veux rien vous promettre, Farroux. Mais il me faut mon sacramentaire.

— Votre quoi ?

*

Son sacramentaire est sans doute le bien le plus précieux d'un mage après sa vie. Et encore. Il est des magiciens qui préférèrent mourir pour sauver le leur ou éviter qu'il ne tombe en de mauvaises mains.

Un sacramentaire est le livre où un mage note tout ce qui concerne sa vie et son art. Ses sortilèges, ses pensées, ses rêves, le résultat de ses recherches, des fragments biographiques, etc. Ainsi, un sacramentaire bien tenu est toujours l'œuvre et le reflet d'une existence. Certains, qui ont appartenu à de grands mages, ont une valeur inestimable tant pour les trésors qu'ils contiennent que pour le témoignage qu'ils apportent sur un être et son époque.

Étienne arriva moins d'une heure plus tard avec le sacramentaire de Griffont. Il s'agissait d'un lourd et antique grimoire à fermoirs d'argent contenu dans une vieille sacoche en cuir. L'ouvrage avait vécu et souffert. Son épaisse couverture était tachée, brunie, roussie, écornée. Ses pages manuscrites, ornées dans le texte de symboles et dessins abscons, avaient jauni. Quelques-unes menaçaient de se détacher et toutes n'étaient pas du même papier.

Après avoir remercié et renvoyé son domestique, Griffont s'installa dans le bureau sous les regards curieux de Farroux.

— Allez-vous enfin me dire ce que vous comptez faire ?

— Je vais tenter un *Réveil d'images reflétées*, expliqua Griffont.

Il s'accroupit et ouvrit le sacramentaire par terre devant lui.

— C'est-à-dire ?

— C'est-à-dire que je vais contraindre tous les objets réfléchissants de cette pièce à rendre les images qu'ils ont reflétées. De sorte que nous serons comme au spectacle.

— Alors nous allons voir ce qui s'est déroulé ici cette nuit ?

Griffont esquissa une moue prudente.

— Ce n'est pas aussi simple. La mémoire des miroirs, si je puis dire, est limitée. Chaque nouvelle image qu'ils reflètent recouvre la précédente, et ainsi de suite. De sorte que plus l'image est ancienne, plus elle est confuse, embrouillée et fugitive. Et à mesure que de nouvelles images s'incrustent, les plus vieilles s'effacent... Mais pour répondre à votre question, j'ignore si les images que je vais révéler iront aussi loin dans le temps. Et si c'est le cas, j'ignore ce qu'il nous sera donné de voir. Ce sera peut-être parfaitement inintelligible. Je vous l'ai dit, n'espérez pas de miracle.

Ayant trouvé la page qu'il cherchait, Griffont cessa de feuilleter son sacramentaire.

— Voilà, j'y suis. Je vais commencer, si vous le voulez bien.

— Que dois-je faire ?

— Rien. Placez-vous dans un recoin et n'en bougez plus.

— Ici ?

— Ce sera parfait... Ah ! une dernière chose. Il faudra être particulièrement attentif, car une fois que les miroirs ont rendu leurs images, celles-ci sont perdues à jamais. Je ne pourrai donc pas recommencer.

— J'ai compris.

— À présent, je vous demanderai de ne pas faire de bruit. Je dois me concentrer...

Réfugié dans un angle, immobile et silencieux, Farroux observa Griffont qui, d'abord, ne fit rien, ou si peu : il lisait.

Puis, après quelques longues minutes, le magicien se leva en tenant son sacramentaire ouvert devant lui. Le livre était posé sur ses avant-bras, à plat, agrippé par le haut à deux mains et bien calé contre la poitrine. Griffont pointa ainsi le grimoire vers l'est et prononça une formule rituelle qu'il répéta ensuite face à l'ouest, au nord, puis au sud. Il s'exprimait en un idiome secret où se mêlent l'araméen, l'hébreu, le grec ancien, le latin classique et naturellement l'ambromérien, qui est la langue des fées et de l'OutreMonde. Cela dura un bon quart d'heure. Peu à peu, l'atmosphère prit une qualité particulière. Il fit chaud ; des scintillements apparurent çà et là ; le silence parut habité.

Enfin Griffont referma son sacramentaire. Il alla se placer à côté de l'inspecteur. Il lui adressa un clin d'œil confiant et lui fit signe de se taire.

De se taire et regarder...

Ce qu'ils virent ressemblait à des photographies

en trois dimensions. Légèrement translucides, elles se superposaient au décor qu'elles représentaient. Là où rien n'avait bougé, le calque était parfait, imperceptible : l'image de la chose était projetée sur la chose. Mais des décalages fantomatiques se créaient ailleurs, quand ce n'étaient pas des êtres ou des objets absents qui se manifestaient, tels des spectres.

D'autres distorsions gênaient la perception, car chaque surface réfléchissante rendait selon son angle propre ce qu'elle avait perçu – les images de l'une, dès lors, croisaient celles des autres. En outre, les miroirs n'étaient pas assez nombreux – ni idéalement placés – pour tout capturer, et donc tout montrer. Il y avait ainsi des zones aveugles, de sorte qu'un individu se déplaçant n'apparaissait que lorsqu'il passait dans le champ de tel ou tel « œil » immobile.

Pour ne rien arranger, les scènes montrées remontaient le temps. Les plus jeunes étaient à la fois les plus précises et les plus nombreuses. Elles se suivaient comme un film syncopé défilant à rebours et permettaient de reconstituer assez facilement les faits. Mais les ellipses se multiplièrent à mesure que l'on reculait dans le passé. Entre chaque scène, les écarts chronologiques augmentaient tandis que les images se succédaient selon un rythme toujours plus rapide. Un rythme bientôt frénétique. À la fin, avant que tout cesse, le spectacle de trois heures écoulées se résumait à une rafale de quelques instantanés fugaces et troubles.

Griffont savait ce qui l'attendait. Farroux, lui, se laissa d'abord surprendre et dut fournir un grand effort mental pour ne pas perdre le fil. L'épreuve l'épuisa.

— Alors ? fit un Griffont ravi et tout fiérot.

— J'ai... J'ai l'impression d'avoir le cerveau en compote...

La pièce avait retrouvé son aspect normal. L'après-midi finissait.

— Voulez-vous vous asseoir ?

— Non, non... Ça va.

L'inspecteur se massa les tempes en tentant de rassembler ses pensées. Qu'avait-il vu ? D'abord les scènes que lui et Griffont venaient de vivre entre ces quatre murs. Puis le bureau longtemps désert, depuis le moment de leur arrivée jusqu'au départ des derniers enquêteurs et des infirmiers emportant le cadavre. Ensuite...

— Si je puis me permettre, dit Griffont, vous devriez tenter de reconstituer les événements selon leur chronologie normale. Asseyez-vous et détendez-vous.

— Soit.

Farroux prit une chaise, ferma les yeux, et se laissa guider dans le fatras de ses souvenirs par la voix du magicien.

— Qu'avons-nous vu en dernier ?

— C'était si rapide, si confus...

— Rappelez-vous.

— Ce bureau. C'est la nuit... Une silhouette noire qui passe...

— Peut-être notre cambrioleur...

— Puis deux hommes. L'un d'eux est Ruycours...

— Oui...

— L'instant d'après, Ruycours gît là où il fut trouvé. L'autre homme a disparu.

— Très bien... À présent, il fait presque jour, vous vous souvenez ?

— Oui, c'est déjà plus clair... Un homme est entré. Il porte une veste à queue. C'est le majordome !

— Que fait-il ?

— Je le revois qui se penche sur le corps et regarde le coffre ouvert.

Farroux ouvrit les yeux.

— Puis il parle dans ce téléphone, ajouta l'inspecteur en désignant l'appareil posé sur le secrétaire. Ensuite, la pièce reste vide...

— ... jusqu'au matin et à l'arrivée de la bonne qui découvre le cadavre, conclut Griffont. La suite n'a guère d'intérêt puisque vous en avez été l'un des acteurs principaux. C'est toujours curieux de se voir vivre, n'est-ce pas ?

Mais Farroux n'écoutait pas. Sans répondre, il se leva et marcha jusqu'au téléphone.

— Il a téléphoné ! dit-il. Hanriot, le majordome. Il a téléphoné !

— C'est juste.

— Mais à qui, puisque c'est la bonne qui a donné l'alerte une ou deux heures plus tard ?

— Bonne question.

— Oui... À qui ? Pourquoi ? Et où est-il à présent, ce diable de majordome ?

Griffont haussa les épaules et rangea soigneusement son sacramentaire dans l'étui de cuir tandis que Farroux arpentait le bureau sous le coup de l'excitation. Le policier regardait partout en marchant, comme pour s'approprier la pièce et y trouver le fin mot de l'histoire.

— Et puis il y a ce cambrioleur, lâcha-t-il, cette ombre que nous avons pu seulement entrapercevoir...

Griffont acquiesça distraitement.

Farroux cessa soudain ses va-et-vient. Ses yeux brillaient.

— Imaginez, Griffont. Imaginez...

Il réfléchissait tout haut.

— Oui ? l'encouragea le mage.

— Non. Rien... C'est encore trop flou dans ma tête.

— Tant pis.

— Mais je trouverai. Je vous jure que je trouverai !

— Je n'en doute pas... Dites, je ne voudrais pas paraître impoli, mais avez-vous encore besoin de moi ?

Farroux rêvassait toujours.

— Hein ? Quoi ?

— Parce que si vous n'y voyez pas d'inconvénient...

— Non, non. Je vous en prie, Griffont. Allez-y...

— Trop aimable.

Son sacramentaire sous le bras, Griffont abandonna le policier à ses cogitations et se retira discrètement. Il prit même soin de ne pas faire claquer la porte de l'appartement en sortant.

Il était arrivé en bas de l'escalier de l'immeuble quand Farroux passa la tête par-dessus la rambarde pour lui lancer :

— ET MERCI, GRIFFONT ! MERCI BEAUCOUP !

Le magicien sourit.

— Ah ! murmura-t-il. Tout de même...

15

Une nuit tiède et claire était tombée sur Paris quand, vers 11 heures, Lucien Labricole quitta un bistrot enfumé pour rejoindre une Spyker bleu indigo garée à l'écart de la lumière des réverbères. Auguste attendait au volant.

— Alors? demanda-t-il une fois que le gnome se fut assis à côté de lui.
— Rien.
— Rien de rien?
— Si je te le dis...
— Merde! C'est pas possible que personne sache que dalle!

Lucien se retourna sur son siège vers Isabel de Saint-Gil. Installée à l'arrière, l'air grave, elle fixait un point situé loin devant l'automobile.

— Qu'est-ce qu'on fait, patronne? On essaie ailleurs?
— Non, soupira la baronne. Ça suffit, on a assez perdu de temps comme ça.
— Faut croire que ceux qui ont fait le coup sont pas d'ici...
— Oui. À la maison, Auguste.

Tandis que la voiture roulait, Isabel de Saint-Gil songea que Lucien avait probablement raison. Cela ne l'enchantait guère mais il fallait se rendre à l'évidence : les ravisseurs d'Isidore Alandrin n'appartenaient pas à la pègre parisienne. Profitant des contacts que le gnome entretenait avec le milieu, ils avaient passé la soirée à le vérifier de bar louche en tripot clandestin.

La journée avait déjà mal commencé puisque la baronne, à peine reposée d'une nuit plus que mouvementée, avait perdu sa matinée et le début d'après-midi à attendre que l'antiquaire lui rapporte, comme convenu, la fameuse broche dûment authentifiée. Lassée de patienter, elle était allée faire un saut à la boutique, rue Jacob. Et comme Alandrin n'y était pas, elle avait résolu de passer chez lui.

Elle faillit alors tomber sur Griffont. Celui-ci, en effet, quittait la maison de l'antiquaire au moment où Auguste ralentissait pour garer la voiture.

— N'arrête pas ! Roule, roule !

Il s'en était fallu de peu. La capote était heureusement relevée, et Isabel de Saint-Gil put observer sans être vue, depuis la Spyker qui l'emportait, Griffont embarquant dans un fiacre en compagnie d'un homme qu'elle ne connaissait pas.

— Un flic, avait lâché Lucien.

— Tu en es sûr ?

— Je les renifle à cent mètres. Et y en a un autre à l'intérieur. En uniforme, celui-là.

— Ouais, confirma Auguste. Je l'ai vu, moi aussi.

Ils se stationnèrent deux rues plus loin avant d'envoyer le gnome aux nouvelles et, dès qu'ils eurent eu vent du kidnapping, la baronne décida qu'ils mèneraient leur propre enquête. Il n'y avait guère plus de trois ou quatre bandes pratiquant l'enlèvement contre rançon à Paris, et ils avaient donc bon espoir – en graissant quelques pattes et en laissant traîner leurs oreilles ici ou là – d'apprendre laquelle avait sévi. Or comme nous l'avons dit, ils acquirent seulement la conviction que les truands locaux n'étaient pour rien dans la disparition de l'antiquaire.

Mais alors qui a fait le coup? ne cessait de se demander la baronne tandis qu'ils traversaient la capitale endormie. *Qui? Et pourquoi?*

— Je suis vraiment désolé, dit Lucien par-dessus son épaule.

— Désolé? Désolé de quoi? demanda Isabel en se penchant pour mieux entendre malgré les bruits du moteur.

— Ben... D'avoir fait chou blanc.

— Tu n'as pas à t'en faire. Si tu n'as rien appris, c'est qu'il n'y avait rien à apprendre.

— N'empêche, c'est vexant. Faudrait peut-être que je me replonge plus souvent dans le bain. C'est pas pour vous faire reproche, patronne, mais depuis que je travaille pour vous, j'ai plus eu souvent l'occasion de fréquenter mes anciens collègues.

— Me dis pas que ça te manque! intervint Auguste.

— Non... Mais à la longue, je vais me retrouver sur la touche.

— Ça vaut mieux que sur le carreau avec un surin dans le buffet.

— C'est sûr.

— Ou avec une praline dans le crâne...

— Je suis d'accord.

— Ou enchristé par les condés...

— Mais puisque je te dis que je suis d'accord !

— Ou vérolé à mort par une courtisane tragique...

— Dis, tu serais pas en train de te payer ma fiole, par hasard ?

— Ça va, mon Lulu ! T'énerve pas ! Je disais ça, c'était juste histoire de causer...

L'échange amusa la baronne, car le bon sens d'Auguste Magne, pour pesant qu'il soit parfois, avait quelque chose de rafraîchissant. L'homme était d'ailleurs moins bête qu'il voulait le paraître et le sourire ravi qu'il affichait en la circonstance ne laissait aucune place au doute : c'est volontairement qu'il avait taquiné la patience de Lucien. L'autre, qui le surveillait du coin de l'œil, comprit qu'il s'était fait avoir. Il sourit à son tour et, un rien boudeur mais beau joueur, lâcha :

— Grand crétin, va !

Ils arrivèrent bientôt non loin du parc Monceau, rue de Lisbonne. Isabel de Saint-Gil y avait dernièrement élu domicile dans une belle maison bourgeoise refaite à neuf avec un grand jardin tout autour. Ce n'était là que l'un des points de chute qu'elle possédait à Paris sous différents noms d'emprunt. Mais celui-ci avait sa préférence pour une raison que vous ne tarderez pas à découvrir.

— Dépose-nous à l'entrée et va attendre derrière, Auguste. Nous ne serons pas longs.

— On reste pas ? s'étonna Lucien.

— Non. Toute cette histoire m'inquiète : la mort de Ruycours, la disparition d'Alandrin... Je pense qu'il est plus prudent de se faire oublier quelque temps.

— Alors on se met au vert ?

— Faute de savoir de quoi il retourne, oui. Et une semaine ou deux à la campagne nous feront le plus grand bien, ne crois-tu pas ?

Parisien de naissance et viscéralement citadin, le gnome fit la moue.

— Ben la campagne, c'est bien quand on est paysan. Ou convalescent...

— Ou en cavale, conclut Auguste en s'arrêtant sans couper le moteur. Moi, je suis d'accord avec vous, patronne.

La baronne et Lucien descendirent de l'auto qui repartit aussitôt et tourna au coin. Ils poussèrent la grille, foulèrent dans le noir le gravier de l'allée et gravirent en silence les marches du perron.

— C'est quand même dommage de repartir déjà, fit Lucien. Après tous les travaux que vous avez fait faire... On n'a même pas eu le temps d'engager des domestiques.

— Au vu des circonstances, ce n'est pas plus mal. Et puis nous serons bientôt revenus. Je te l'ai dit : il ne s'agit que d'attendre que les choses se tassent.

— N'empêche... La campagne, c'est sévère.

Il entra le premier et alluma l'éclairage au gaz dans le vestibule.

— Arrête de bouder, veux-tu ? lâcha la baronne tandis qu'il refermait à clef derrière eux. Toute cette affaire ne m'amuse pas plus que toi.

Elle gagna le grand salon enténébré. Un luxueux jardin d'hiver prolongeait la pièce vers le parc et un rien de lueur nocturne entré par la verrière découpait les ombres encore peu familières d'une nouvelle demeure.

Quelque chose, cependant, n'allait pas.

Avertie par son instinct, la baronne se figea sur le seuil et tâtonna le mur en aveugle à la recherche de l'interrupteur. La lumière se fit sans qu'elle trouve le bouton et plusieurs hommes apparurent soudain, immobiles, sinistres et le pistolet à la main.

Sans se détourner, elle lança par-dessus son épaule :

— Lucien ?

— Je suis là, patronne... J'ai rien pu faire.

Le gnome arrivait dans son dos. Tenu en respect par un colosse qui lui rendait bien trois têtes, il avait le canon de son propre revolver collé à la tempe.

— Qui êtes-vous ? demanda, impassible, Isabel de Saint-Gil. Que voulez-vous ?

On les dirigea vers le milieu du salon, tournés vers la véranda. La baronne fusilla du regard le premier qui prétendit la pousser et avança seule. C'est alors qu'elle vit le colonel Oulissienko confortablement assis dans un fauteuil en osier blanc du jardin d'hiver.

— Vous !?

— Approchez, madame. Approchez. Après tout, vous êtes ici chez vous.

— J'en reviens à ma seconde question : Que voulez-vous ? Si ce sont les lettres du diplomate et sa broche de famille, je ne les ai plus.

Le Russe sourit. Sur son visage maigre et austère, c'était à peine un rictus. Un rictus sans joie.

— Vous parlez de ceci ? fit-il en tirant la broche

de sa poche de gilet. M. Alandrin a été assez aimable pour nous la confier...

Sans prévenir, il la lança au gnome qui l'attrapa au vol d'un geste réflexe. Tout surpris, Lucien observa le bijou dans sa paume puis leva un regard d'incompréhension absolue vers Isabel de Saint-Gil.

Elle, cependant, ne quittait pas Oulissienko des yeux.

— C'est donc vous qui avez enlevé ce pauvre homme. Est-il mort?

Le destin de l'antiquaire l'intéressait peu mais elle voulait savoir jusqu'où le colonel était prêt à aller.

— Mort? Mais bien sûr que non. Nous ne sommes pas des barbares...

— Alors qu'avez-vous fait de lui?

— Mais il est libre, madame. Libre comme l'air.

— Il parlera. Vous serez reconnu, accusé, poursuivi.

— Cela, j'en doute...

La baronne n'insista pas. Elle ne cherchait d'ailleurs qu'à gagner du temps jusqu'à la venue d'Auguste qui s'inquiéterait bientôt de ne pas les voir arriver, elle et Lucien.

— Négocions, proposa-t-elle.

— Négocier? Pensez-vous être en situation de le faire?

— Il y a toujours un biais. Il me suffit de savoir ce que vous voulez.

Ils étaient cinq en plus d'Oulissienko. Cinq hommes armés qui les menaçaient à bonne distance, répartis en arc de cercle derrière eux. Au moindre geste qu'Isabel ou Lucien tenteraient, ils seraient abattus.

— Alors ? renchérit la baronne. Que voulez-vous, colonel ?

— Je voudrais d'abord savoir à qui j'ai l'honneur de parler. À Saint-Pétersbourg, vous étiez Clara Fornizzi-Cavale. Alandrin vous appelle la baronne de Saint-Gil et vous avez acheté cette maison sous le nom de lady Griffins, veuve de lord Griffins, lequel n'a jamais existé. Nous avons trouvé ici des passeports établis sous d'autres noms encore. Les passeports sont authentiques, mais les noms sont faux. Je sais que vous parlez couramment le français, l'italien, le russe et je suis convaincu que nous pourrions avoir cette conversation en anglais. D'ailleurs, ce don pour les langues n'est sans doute que le moindre de vos talents. Vous êtes belle...

— Trop aimable.

— ... intelligente et téméraire. En un mot : dangereuse.

— Vraiment, vous me flattez.

— Nos services affirment que vous ne travaillez pas pour le gouvernement français. Pas officiellement, en tout cas. Tout cela m'amène donc à vous poser une question simple : qui êtes-vous et qui vous paie ?

La baronne dévisagea le colonel un long moment.

— Posez vos questions, lâcha-t-elle enfin sans ciller. J'y répondrai si je peux...

Oulissienko eut un autre de ses sinistres sourires. Il émit même un petit rire de gorge, un gloussement sec et forcé. Mais le regard restait glacial.

— Je sais ce que vous avez en tête, madame.

— Ah oui ?

— Vous jouez... Comment dites-vous en français ? Il y a une expression pour cela... Ah! cela me revient, reprit Oulissienko avec son fort accent russe... Vous jouez la montre. C'est bien ce que l'on dit, n'est-ce pas?

Isabel de Saint-Gil ne répondit pas.

— Et pourquoi jouez-vous la montre?

— Je vous pose la question.

— Parce que vous espérez encore que votre complice vienne à votre secours. Malheureusement, j'ai peur que vos espoirs ne soient bientôt déçus.

Une porte s'ouvrit et deux hommes – deux de plus! – poussèrent Auguste à l'intérieur. Il était débraillé, avait l'arcade sourcilière fendue. Du sang lui coulait sur l'œil, la joue, le col, le plastron de chemise. *Groggy* et malmené, il trébucha aux pieds de la baronne. Avec Lucien, elle s'empressa de l'aider à se relever et en profita pour lui glisser à l'oreille :

— Il y en a d'autres?

— Crois pas.

— Ton arme?

— Ils l'ont.

Isabel de Saint-Gil se redressa alors et, d'une voix blanche, décréta :

— Ce petit jeu a assez duré, Oulissienko. Laissez mes hommes partir et dites-moi enfin ce que vous voulez. Vous aurez ce que vous voudrez si vous leur garantissez la vie sauve. Ils ne savent rien qui pourrait vous intéresser.

— Non, patronne! s'exclama Lucien.

— Pas question, grommela Auguste en dodelinant un peu.

— Touchant tableau, s'amusa le Russe. Et quelle loyauté!

Il se leva de son fauteuil. Dans son dos, par la verrière, on voyait le ciel nocturne étoilé et les silhouettes sombres des arbres du jardin.

— Vous m'avez couvert de ridicule par deux fois, madame. La première à Saint-Pétersbourg, la seconde dans le train qui vous ramenait à Varsovie... C'est beaucoup.

— Ne me dites pas que vous avez fait tout ce chemin pour m'en faire reproche.

— Non. Je suis venu me venger.

Et il ajouta, lugubre :

— Je suis venu vous tuer.

Cette révélation n'eut pas l'effet escompté.

Oulissienko avait ménagé ses effets dans le but de créer la stupéfaction et l'effroi. Il espérait tirer une joie sadique du spectacle de la peur. Il comptait que la baronne de Saint-Gil perde de sa superbe, que son beau visage se décompose, qu'une terreur incrédule voile son regard. Et peut-être le supplierait-elle de l'épargner. En vain, bien sûr. Cela et cela seul pourrait effacer l'humiliation de la défaite chez l'orgueilleux officier russe...

Mais Isabel ne l'avait pas écouté. Elle fixait, sidérée, un point situé en hauteur quelque part derrière lui. Il crut d'abord à une ruse, à une diversion pour l'obliger à se retourner. Puis il remarqua que tous regardaient dans la même direction.

Dans la même direction, et avec la même surprise affichée.

— Mais qu'est-ce que... ?

Oulissienko n'eut pas le temps d'en dire plus. Dans un grand fracas de verre et de bois brisés, deux gargouilles traversèrent la véranda pour se poser à ses côtés. Les monstres hurlèrent, le torse bombé, les bras levés et les ailes écartées. Leur cri saisit l'assistance de stupeur tandis que des éclats cristallins achevaient de tomber tout autour. C'était un cri rauque et bestial, un cri de défi guerrier qui coupait le souffle, ébranlait l'âme, fouillait les entrailles. Et il dura longtemps, ce cri. Si longtemps que lorsque les gargouilles se turent, il parut résonner encore dans les êtres et les pierres comme se prolonge, au-delà de l'audible, la vibration du bronze après le dernier coup de glas.

Alors vint un moment de silence immobile.

Et ce fut la curée.

L'une des créatures bondit à la gorge d'Oulissienko. La seconde, d'un battement d'ailes, fonça vers les autres. Des hommes firent feu. D'autres voulurent fuir. Auguste frappa le premier à sa portée pour lui prendre son pistolet. Lucien lança son coude dans l'entrejambe du plus proche.

— PAR LÀ ! s'exclama Isabel de Saint-Gil.

Ses complices sur les talons, elle franchit une porte qu'Auguste referma sans pitié au nez d'un Russe. Essoufflé, ahuri, il se colla au battant qu'on martelait ; le gnome tourna la clef.

— La commode, vite ! fit la baronne.

Elle courut vers un tableau pendant que Lucien et Auguste poussaient le meuble contre la porte. Il y avait un coffre derrière le tableau. Elle se hâta d'en composer la combinaison. Sa main ne tremblait pas.

L'ignoble vacarme d'un massacre emplissait la maison. On hurlait, on gémissait, on suppliait. Les gargouilles poussaient des rugissements terribles. Des coups de feu claquaient. Des meubles étaient renversés, retournés, détruits. Projetés dans les airs, des corps désarticulés faisaient des chocs sourds en heurtant les murs. Il y avait des éclaboussures poisseuses et des craquements d'os.

Soudain, un poing de pierre ensanglanté traversa la porte.

— PATRONNE! cria Lucien tandis qu'Auguste s'arc-boutait contre la commode.

La baronne finissait tout juste de vider le coffre dans une nappe arrachée à un guéridon.

— Au passage, vite! lança-t-elle en emportant son ballot de fortune.

Ils gagnèrent en hâte la pièce voisine, un petit bureau aveugle dont les murs disparaissaient sous des rayonnages de livres. Alors qu'Auguste et Lucien barricadaient la porte comme ils pouvaient, Isabel de Saint-Gil coucha deux volumes d'apparence anodine et pressa un bouton dissimulé. Un pan de la bibliothèque pivota pour révéler une volée de marches.

— Allez!

La baronne passa la première et tous trois disparurent par le passage qui se referma aussitôt sur eux, indécelable.

— Ça les retiendra pas longtemps! avertit Auguste.

— Cela durera ce que cela durera.

Lorsqu'elle avait fait aménager cette issue secrète à grands frais, Isabel de Saint-Gil prévoyait de l'emprunter au cas où la police cernerait la maison. Elle n'avait pas songé une seconde qu'elle lui permettrait d'échapper à une mort certaine.

— Nous serons à la voiture dans une minute, dit-elle. Les gargouilles ne nous poursuivront pas en pleine ville, même à la nuit.

Lucien ouvrait la marche dans un étroit corridor souterrain, une lanterne à la main.

— Peut-être que c'est pas après nous qu'elles en avaient, supposa-t-il.

— Tu y crois vraiment ? lâcha la baronne.

— Non… Mais ce que je crois, pour le coup, c'est qu'il y a pas un coin assez sûr pour nous, maintenant. Même à la campagne. Si ces sales bestioles nous ont trouvés ici, elles nous trouveront ailleurs. Et puis faudrait encore savoir ce qu'elles nous veulent…

La baronne acquiesça en silence.

À l'évidence, ils allaient devoir trouver un refuge et – ce qui revenait presque au même – des alliés.

16

En costume clair dans son jardin, Griffont lisait sous la tonnelle où grimpaient les rosiers, confortablement installé sur une chaise longue et quelques coussins, un verre et une carafe de limonade à portée de main. Un brûlant soleil montait au zénith d'un ciel lumineux que traversaient des nuages maigres, déchirés, paresseux. La matinée s'achevait et l'inspecteur Farroux n'avait pas donné de nouvelles depuis la veille. En donnerait-il ? Rien n'était moins sûr.

Sans bruit, Azincourt vint se poser mollement sur les jambes de Griffont. Le chat-ailé s'assit, les pattes avant bien droites et la tête haute. Durant un long moment, il ne fit rien d'autre sinon dévisager le mage à travers le livre dressé entre eux comme un rempart. Un rempart derrière lequel Griffont se croyait à l'abri. Mais Azincourt était patient et connaissait le poids d'un regard : Griffont finit par coucher le livre sur sa poitrine en contenant un soupir.

— Dites-moi, Griffont...
— Mmmh ?
— Avez-vous lu la presse de ce matin ?

— Pas encore.

— Vous devriez peut-être vous pencher sur *Le Petit Journal.*

— Vraiment?

— Page 4.

Les journaux étaient empilés dans le salon, sur une table basse où Azincourt n'avait pas manqué de piquer un somme. L'idée de se lever pour aller les chercher n'enchantait pas Griffont.

— Ce que je suis déjà en train de lire, voyez-vous...

— Je vois. *Les Trois Mousquetaires.* Encore.

— Oui, encore...

— Où en êtes-vous?

— Au bastion Saint-Gervais.

— C'est l'un des passages que je préfère.

— Moi aussi.

Par conséquent, Griffont espérait qu'Azincourt comprendrait l'envie qu'il avait de poursuivre sa lecture. Il releva le livre.

Peine perdue.

— Vous avez connu Dumas, bien sûr.

— Oui.

— Et d'Artagnan.

— Nous nous sommes croisés.

— Cependant...

— Cependant?

— Vous devriez vraiment consulter *Le Petit Journal* d'aujourd'hui. Après tout, le bastion Saint-Gervais sera encore là ce soir.

Cette fois, Griffont referma son roman en adressant une œillade noire à l'animal. Cela n'impressionna nullement Azincourt qui ne cilla pas.

— Et si vous me disiez de quoi il retourne ? proposa le mage.

Si un chat, même ailé, peut sourire, Azincourt le fit. Il espérait bien qu'on en viendrait là.

— Voilà. Cette nuit, une maison de la rue de Lisbonne, près du parc Monceau, fut le théâtre de terribles événements. On s'y est battu, des coups de feu furent tirés, des hommes y furent horriblement massacrés, et des témoins affirment avoir vu d'étranges silhouettes ailées quitter les lieux après le drame. Pour l'heure, on n'en sait guère plus. *Le Petit Journal* a retardé sa parution pour annoncer la nouvelle le premier – j'ai d'ailleurs cru qu'il n'arriverait jamais. Mais les journaux du soir seront sans doute plus complets.

— C'est curieux, en effet. Mais en quoi est-ce que cela me concerne ?

— J'y viens… La propriétaire de cette maison sanglante serait une Française, veuve d'un lord anglais. Une certaine lady Audrey Griffins que la police recherche activement à l'heure où nous parlons.

— Quoi ?!?

Sans égard pour Azincourt qui n'évita le déshonneur d'une chute qu'au prix d'un battement d'ailes désespéré, Griffont se leva d'un bond. Il courut dans le salon et fouilla les journaux à la recherche du fameux article. Quand il l'eut trouvé, il le lut à la hâte, debout, tandis que le chat-ailé le rejoignait.

— Alors ? fit Azincourt.

— Alors vous auriez pu m'annoncer la nouvelle sans tout ce préambule…

— Mais vous ne vouliez pas écouter ! se défendit l'animal.

Cette remarque lui valut un autre regard assassin. C'était le second en moins d'un quart d'heure et Azincourt sentit qu'il valait mieux s'abstenir de faire le malin.

— Falissière avait raison, dit Griffont en songeant tout haut.

— Pardon ?

— Falissière m'a dit que la baronne était de retour à Paris. Et il avait raison, à l'évidence !

Griffont montra le journal avant de le jeter en désordre sur le guéridon. Il semblait en colère mais, à y bien regarder, était dévoré d'inquiétude.

— Le journal ne dit pas si la baronne compte parmi les victimes...

— Mais puisque la police la recherche, tempéra Azincourt.

— Le journaliste peut s'être trompé ! Ou ne pas tout savoir ! Ou mentir à la demande de la police pour faciliter l'enquête, qu'est-ce que j'en sais, moi ?

Griffont quitta le salon en trombe.

— Où est Étienne ? lança-t-il depuis le vestibule.

— Chez votre bottier.

— Vous lui direz que je suis sorti et que je rentrerai sans doute tard.

Au bottier ? voulut répliquer Azincourt. Il eut cependant le bon goût d'hésiter et, presque aussitôt, la porte d'entrée claqua...

... pour se rouvrir peu après.

De retour dans le salon, son chapeau sur la tête et sa canne à la main, Griffont empoigna vivement *Le Petit Journal*.

— J'ai oublié l'adresse, avoua-t-il avant de ressortir vivement.

Tu perds la tête, Louis, songea Azincourt avec compassion.

Peut-être est-il nécessaire de préciser qu'en anglais *griffin* signifie « griffon ». Et que durant les quelques années qu'il avait passées à Londres ou à New York, au lendemain de la guerre d'Indépendance, Griffont se faisait appeler Griffins. Lord Griffins.

À l'époque, il était marié.

Il l'était d'ailleurs toujours.

*

Martelant le trottoir du bout de sa canne à pommeau bleu, Griffont remontait sa rue d'un pas vif quand une De Dion-Bouton rutilante s'arrêta à sa hauteur.

— Griffont ! appela Farroux en laissant tourner le moteur. Griffont !

L'intéressé s'immobilisa, la mine sombre.

— Bonjour, inspecteur.

— Bonjour. J'allais justement chez vous, Griffont. Montez, j'ai encore besoin de vos services.

— Je suis désolé, mais j'ai à faire. Repassez demain, si vous le voulez bien.

— Vous semblez soucieux. Un problème ? Je peux vous être utile ?

Le mage hésita et dévisagea Farroux : il semblait se demander s'il pouvait lui faire confiance.

— Dites-moi au moins où vous allez, que je vous dépose...

— Je vais rue de Lisbonne.

L'inspecteur comprit aussitôt ce que cela signifiait.

— On ne vous laissera pas passer.

— Je trouverai bien un moyen.

— Le moyen, vous l'avez sans doute. Mais le droit ?

Griffont haussa les épaules.

— Comptez-vous m'en empêcher, inspecteur ?

— Je vous dois une fière chandelle pour hier. Montez, je vous emmène.

— Merci.

Griffont s'installa à l'avant, sur l'unique banquette du tacot décapoté.

— Puis-je au moins vous demander ce qui vous intéresse là-bas ? fit Farroux en amorçant un demi-tour pétaradant.

— Je préférerais que vous vous en dispensiez. Affaire personnelle.

Ils prirent par la rue de Rivoli puis le boulevard Malesherbes, et roulèrent en silence jusqu'à la rue de Lisbonne.

Une foule de curieux et de journalistes était agglutinée devant la maison sanglante. Farroux joua de l'avertisseur et força le passage jusqu'au cordon de police. Il se fit reconnaître des plantons, franchit les grilles au volant de son automobile et se gara au bas des marches du perron. Des policiers, certains en uniforme, d'autres en civil, s'affairaient alentour. Ils allaient et venaient, fouillaient le jardin, prenaient des notes, inspectaient les murs, les fenêtres, les massifs de fleurs. Quelques-uns saluèrent l'inspecteur tandis qu'il entrait dans la maison, Griffont sur les talons.

L'ambiance s'avéra plus calme à l'intérieur. La maison était pour ainsi dire déserte, car les enquêteurs avaient eu toute la matinée pour la passer au peigne fin. S'il restait quelque chose à découvrir, ce devait être dehors, désormais.

Dans le vestibule, un solide gaillard moustachu descendait souplement le grand escalier. Farroux sourit en le reconnaissant.

— Les Brigades mobiles sont sur l'affaire, glissa-t-il à Griffont.

— C'est un problème ?

— Je ne crois pas.

Les Brigades mobiles furent instituées en 1907 par Georges Clemenceau, alors chef du gouvernement, pour faire face à une criminalité galopante. Constituées de policiers d'élite, elles avaient droit d'enquête et de poursuite sur tout le territoire français, contrairement aux autres forces de maintien de l'ordre. Les Brigades mobiles devaient passer à la postérité sous le nom de « Brigades du Tigre », d'après le sobriquet que gagna leur célèbre créateur.

— Salut, Terrasson !

— Farroux ! répliqua joyeusement l'autre avec l'accent du Sud-Ouest. Qu'est-ce que tu fiches ici ?

Ils échangèrent une chaleureuse poignée de main.

— Je suis sur une affaire qui pourrait avoir un rapport avec ce qui s'est passé ici cette nuit, mentit Farroux.

— Ah bon ?

— Je suis sûr de rien, note bien... (Il se tourna vers Griffont.) Permets-moi de te présenter M. Griffont, qui a la gentillesse de m'aider dans mon enquête à titre officieux. Griffont, l'inspecteur Terrasson.

— Bonjour, inspecteur.

— Bonjour, monsieur.

— Alors ? reprit Farroux. Vous avez trouvé du neuf depuis ce matin ?

— Pas franchement.

— Raconte quand même.

— Viens plutôt voir...

Ils passèrent dans le salon et, depuis le seuil, sans voix, restèrent un moment à contempler le spectacle d'une pièce dévastée. La plupart des meubles étaient renversés ou brisés. Au fond, le toit de la véranda était fracassé ; des éclats de verre et de bois jonchaient le sol. Une odeur de sang flottait dans l'air, ce même sang qui maculait les murs, les tapis, les parquets, en souillures et flaques immondes. Les cadavres avaient déjà été emportés à la morgue, pour examen et identification. Mais on devinait sans mal où certains s'étaient vidés. Des éclaboussures sur les parois indiquaient que des corps y avaient été projetés avec une violence inouïe. Ailleurs, d'épaisses traînées brunâtres laissaient imaginer des hommes à l'agonie rampant pour fuir. Des débris humains attendaient encore d'être prélevés : fragments de chair, touffes de cheveux empoissées, lambeaux d'entrailles.

Au milieu du salon, la casquette à l'envers, un petit homme était penché derrière un appareil photographique sur trépied.

— Pujol ! appela Terrasson.

Le photographe se redressa puis vint saluer les nouveaux venus en remettant son couvre-chef à l'endroit. Petit, fluet, il avait la moustache fine et l'œil malin. Même avec le costume d'honnête homme qu'il portait, on lui trouvait encore des allures de titi parisien. Son parler gouailleur confirmait d'ailleurs cette impression.

— Cercle Cyan ? demanda-t-il quand il fut présenté à Griffont.

Le mage comprit vite que sa chevalière et le pommeau de sa canne l'avaient trahi. Apparemment, Pujol remarquait tout : l'intelligence qui brillait dans son regard n'était pas feinte.

— Vous êtes magicien ? s'étonna Terrasson.

— Oui. Et cela fait un moment que cela dure... Vous ne voyez pas d'inconvénient à ma présence, j'espère ?

— Du tout, du tout ! fit Pujol en entraînant Griffont par le bras. Puisque Farroux se porte garant de vous, vous allez même pouvoir nous aider. Farroux, tu ne te fâcheras pas si nous t'empruntons M. Griffont, n'est-ce pas ?

Le principal intéressé, lui, n'eut pas voix au chapitre.

Ils franchirent une porte réduite à l'état de petit bois, traversèrent une pièce où quelqu'un s'était visiblement barricadé et, après une dernière porte elle aussi défoncée, arrivèrent dans une bibliothèque sans fenêtres.

Parmi les rayonnages saccagés, le commissaire Valentin était assis à une table. Grand, mince, élégant et bel homme, il était penché sur une abondante paperasse et plusieurs clichés photographiques. Dans son dos béait l'entrée d'un escalier dérobé. Ceux qui avaient découvert le passage n'y étaient pas allés de main morte : le panneau pivotant censé le dissimuler était tout bonnement pulvérisé.

Les présentations faites, Griffont fut rapidement

mis à contribution. À l'évidence, il avait affaire à des policiers pragmatiques qui ne s'embarrassaient pas de procédure quand les circonstances l'exigeaient. On lui soumit de nombreuses photographies prises dans le salon avant la levée des corps. L'une d'elles, en particulier, intriguait le trio – l'empreinte sanglante d'un pied à trois doigts et un ergot griffus.

— Nous avons relevé des traces du même genre un peu partout, précisa Valentin. Dans le salon, et jusqu'ici.

— Gargouille, lâcha Griffont sans hésiter. C'est une gargouille qui a laissé cette empreinte.

— Vous voulez dire comme celles des cathédrales ? dit Terrasson.

— Oui.

— Bigre !

— Des érudits affirment que certaines gargouilles ont une âme. Et il existe un sortilège qui permet de leur donner vie et de les asservir.

— Des témoins disent avoir vu deux formes ailées s'éloigner, rappela Pujol.

— Cela expliquerait l'état de la véranda…, dit Terrasson.

— … puisque les gargouilles ont dû entrer par là, conclut le commissaire.

Les trois policiers échangèrent un regard d'intelligence tandis que Griffont passait en revue les photos des cadavres. Il s'arrêta un moment sur celle d'Oulissienko mais fut surtout soulagé de ne pas trouver de victime féminine. Farroux, qui ne s'intéressait qu'au magicien, nota qu'il parut soudain plus détendu.

— Deux gargouilles auraient pu commettre un pareil massacre ? s'enquit Valentin.

— Oui, répondit Griffont. Combien de morts ?
— Neuf, indiqua Pujol. Et ils étaient armés.
— Les balles ne peuvent rien contre ces créatures. Elles vivent, mais sont faites de pierre, n'oubliez pas.
— Pute borgne..., lâcha Terrasson.
— Comme tu dis, fit Pujol.

Farroux feuilleta à son tour les portraits des victimes.

— Vous avez pu identifier les cadavres ?
— Pas encore, avoua Valentin. Mais les étiquettes de leurs vêtements sont écrites en cyrillique.
— Des Russes ?
— Il faut croire...

Valentin se leva et désigna l'entrée de l'escalier secret.

— La bonne nouvelle, c'est que nous pensons que quelqu'un a pu s'échapper, dit-il. Quelqu'un qui s'est d'abord barricadé dans la pièce voisine, puis ici. Et comme on n'a pas trouvé de cadavre, ni de sang, l'individu s'est sans doute enfui par là. Ce qui indique qu'il connaissait les lieux, à la différence des gargouilles qui ont mis la pièce à sac avant de trouver l'issue...

— Où mène-t-elle, cette issue ? demanda Farroux.
— À un petit pavillon avec garage, à deux rues d'ici.
— Un passage secret..., soupira Pujol. On se croirait dans un roman d'Arsène Lupin !

Griffont esquissa un sourire.

— Un survivant, lâcha Terrasson, c'est plutôt bon pour nous, ça. Ça fait un témoin et un suspect en un. Reste plus qu'à le trouver.

Son optimisme faisait plaisir à voir.

Comme on ne s'occupait plus de lui, Griffont fouillait en toute liberté la paperasse amassée sur la table. La police l'avait sans doute récoltée un peu partout dans l'appartement. Il s'y trouvait des documents officiels, des papiers d'identité, des passeports, des déclarations d'état civil. Tous faux, sans doute. Tous établis à des noms différents, en tout cas.

Des noms différents, mais toujours féminins.

— Votre survivant est une survivante, déclara soudain Griffont. Une aventurière, cambrioleuse à ses heures, qui se fait le plus souvent appeler la baronne de Saint-Gil. Isabel de Saint-Gil.

— Ce nom me dit quelque chose, songea tout haut Pujol.

— Cela ne m'étonne pas. Je ne serais pas surpris que vous ayez quelque part un dossier la concernant. Voire plusieurs, sans que vos services aient fait le rapprochement. Mais elle n'a jamais été prise.

— Vous la connaissez ? demanda le commissaire Valentin.

— Un peu, oui.

Charmant euphémisme.

17

Au volant de la De Dion-Bouton, Farroux attendit qu'ils se soient engagés dans la rue de Lisbonne pour demander à Griffont :

— Vous aviez peur que Mme de Saint-Gil soit au nombre des victimes, n'est-ce pas ?

— Oui.

— Vous êtes proches ?

— On peut le dire ainsi. Elle est ma femme.

L'inspecteur adressa un bref coup d'œil à Griffont.

— C'est un détail que vous vous êtes abstenu de mentionner tout à l'heure…

— Cela aurait été inutile. Vos collègues des Brigades mobiles m'auraient pressé de questions auxquelles je n'aurais pas su répondre.

— Pas su ? Ou pas pu ?

— Pas su, je vous l'assure. Il y a des années que mon épouse et moi ne nous sommes vus. Il y a quelques jours encore, j'ignorais même qu'elle était à Paris. Et je n'en ai eu la confirmation qu'aujourd'hui, en lisant le journal.

— Vous êtes séparés.

— Oui.

— Mais pas au point que vous vous désintéressiez de son sort.

Griffont hésita, puis lâcha :
— Non. En effet.

Mais il ne le réalisa pleinement qu'en le disant.

Parce qu'il avait l'intuition d'avoir touché un point sensible, Farroux n'insista pas et ils roulèrent en silence jusqu'à la place de la Concorde. Le trafic y était dense. Malgré l'agent qui, au carrefour, jouait du sifflet et du bâton blanc, les piétons peinaient à traverser parmi les fiacres, les charrettes, les omnibus et les cyclistes s'entrecroisant.

— Vous me ramenez chez moi ? demanda soudain Griffont au sortir d'une rêverie mélancolique et soucieuse.

— Pas directement.
— Où allons-nous ?
— À Sainte-Anne.
— À Sainte-Anne ? Mais pour quoi faire ?
— Il y a là-bas quelqu'un que j'aimerais vous montrer.
— Qui ça ?
— Isidore Alandrin.
— L'antiquaire ? Que fait-il là-bas ?
— Vous comprendrez bientôt.

Ils passèrent la Seine et, prenant par le boulevard des Invalides et l'avenue du Maine, ils gagnèrent le XIVe arrondissement. Ils remontèrent la rue d'Alésia puis bifurquèrent dans la rue de la Santé où la clinique Sainte-Anne avait son entrée principale.

*

Sainte-Anne était une clinique d'aliénés, sans doute la plus célèbre de Paris. Elle accueillait, au milieu d'un parc clôturé, un millier de patients des deux sexes dans de grands bâtiments blancs et espacés. Chaque pavillon avait son promenoir couvert, son réfectoire, ses dortoirs, ses locaux administratifs. Hommes et femmes étaient admis séparément dans différents quartiers : celui des « tranquilles » qui ne représentaient aucun danger ni pour eux-mêmes ni pour les autres, déments séniles pour la plupart ou malades convalescents ; celui des « demi-tranquilles », c'est-à-dire des mégalomanes délirants, des hallucinés, des malheureux souffrant de dédoublement de la personnalité ; celui des « agités », comprenez des fous furieux et des forcenés, tous exigeant une surveillance constante ; et enfin l'infirmerie où l'on s'efforçait de soigner les corps en plus des esprits, où l'on pansait les plaies des suicidaires, où l'on nourrissait à la sonde ceux qui refusaient de s'alimenter.

— Alandrin a été retrouvé tôt ce matin par une patrouille, dit Farroux tandis qu'ils traversaient la pelouse arborée. Il errait hagard et en chemise de nuit à deux rues d'ici, si bien que les agents crurent qu'il était échappé de Sainte-Anne et l'y ramenèrent. Cela provoqua un début de panique, le temps qu'on comprenne qu'Alandrin ne manquait pas à l'appel. Il n'empêche qu'il resta et fut interné d'office.

— Pourquoi ? demanda Griffont.

— Parce que Alandrin est amnésique et mutique. On n'a pas encore pu lui arracher un mot, mais il semble qu'il ne sache même pas qui il est. Je l'ai vu et je peux vous assurer qu'il ne joue pas la comédie.

— Le malheureux.

— Par chance, Alandrin fut assez vite identifié. De retour au commissariat pour faire leur rapport, les agents qui l'avaient trouvé sont tombés sur un avis de recherche que j'ai fait distribuer hier soir. Ils ont immédiatement fait le rapprochement et j'ai été prévenu.

Farroux passant le premier, ils entrèrent dans l'un des pavillons de l'asile. On les fit attendre à l'accueil après que l'inspecteur eut échangé deux mots avec un infirmier en blouse et calot blancs.

— Mais qu'attendez-vous de moi, au juste? demanda Griffont.

Farroux eut une moue vague.

— Je n'en sais trop rien, à vrai dire... Vous m'avez été d'une grande aide, hier. Alors j'ai pensé que, peut-être...

— Je ne suis pas aliéniste.

— Non, bien sûr. Mais vous êtes mage.

— J'ai peur que vous ne vous fassiez des illusions concernant mes pouvoirs, inspecteur.

Arriva un petit homme maigre dont le col dur cravaté dépassait de sa blouse. Il portait un collier de barbe, avait la cinquantaine et souffrait d'une calvitie prononcée. Le pli aigu de ses jambes de pantalon tombait sur des souliers vernis et des guêtres impeccables.

L'inspecteur fit les présentations et Griffont put ainsi serrer la main du professeur Davout.

— Dans le cadre de mon enquête, dit Farroux, j'aimerais que M. Griffont voie Alandrin. Son état s'est-il amélioré depuis?

— Aucunement.

— Votre diagnostic?

— Il est encore trop tôt pour le dire. Je vous ferai parvenir mes conclusions après quelques jours d'observation, mais je ne vous cache pas que je suis pessimiste...

Le professeur s'adressa à Griffont :

— Êtes-vous médecin, monsieur ?

— Non, monsieur. Je suis mage. J'appartiens au Cercle Cyan.

Davout se raidit tandis qu'une lueur soupçonneuse envahissait son regard.

— J'ose espérer que vous ne comptez pas...

— N'ayez crainte, l'interrompit Griffont. Je ne tenterai pas de guérir votre patient par la magie. Je n'ai aucune compétence dans ce domaine, et je doute d'ailleurs que quiconque en ait.

Cela parut rassurer le petit homme.

— Suivez-moi, messieurs.

Davout montra le chemin par un escalier et quelques couloirs où il fut respectueusement salué par chaque membre du personnel rencontré. Ils étaient dans le quartier des « tranquilles » et l'ambiance – paisible, ouatée, un rien morbide – ne différait pas de celle des hôpitaux traditionnels.

Enfin, le professeur s'arrêta devant la porte d'une chambre individuelle et dit :

— Ne soyez pas trop longs. Appelez l'infirmière si vous avez besoin de quoi que ce soit, mais efforcez-vous de ne pas fatiguer le malade.

— C'est entendu, monsieur le professeur, dit Farroux.

— J'ai à faire, je vous laisse. Je me tiens cependant à votre disposition. Au revoir, messieurs.

Ils le regardèrent s'éloigner puis, ouvrant la porte, le policier invita Griffont à entrer.

— Après vous.

La pièce était petite, blanche et propre. Une fenêtre entrouverte donnait sur le toit du promenoir couvert et, plus loin, sur le parc, sa pelouse, ses arbres et les potagers que cultivaient les malades. Isidore Alandrin était couché dans un lit en fer peint en vert. Le drap remonté sur la poitrine, il fixait le plafond et cillait à peine. Il était pâle, inexpressif, les yeux cernés et les joues creuses.

— Bonjour, monsieur, dit doucement Griffont en s'asseyant à côté sur un tabouret. Je suis venu vous apporter mon aide.

Il n'obtint pas de réponse et se tourna vers Farroux qui haussa les épaules. Il réfléchit un instant, se frotta le menton, observa longtemps l'antiquaire puis, sans mot dire, se pencha sur lui, prit son visage à deux mains et plongea son regard dans le sien.

— Laissez-nous, dit-il.

— Vous voulez que…, s'étonna Farroux.

— Oui. Sortez et attendez-moi. Ce ne sera pas long.

— Mais…

— Faites ce que je vous dis, s'il vous plaît.

Encore hésitant, le policier quitta la chambre et resta, dans le couloir, à garder la porte. Il patienta, faillit rentrer quand il sentit des picotements légers le long de l'épine dorsale et comprit que la magie était à l'œuvre. Il se retint cependant et, dix minutes plus tard, Griffont reparut.

Farroux le dévisagea et lui trouva les traits tirés.

— Vous allez bien ?

— Oui. Un peu de fatigue, c'est tout.
— Et Alandrin ?
— Toujours le même.
— Qu'avez-vous fait, Griffont ?
— J'ai tenté de découvrir ce qui est arrivé à ce malheureux.
— Et vous avez réussi ?
— En partie, oui...

Farroux voulut répliquer mais Griffont l'arrêta en levant la main.

— Je vous dirai tout, inspecteur. Mais il me faut d'abord manger un morceau si je ne veux pas défaillir. L'après-midi s'achève et vous m'avez fait sauter le déjeuner...

Le policier se fit alors la réflexion que lui non plus n'avait rien avalé depuis le matin.

*

En sortant de la clinique, Griffont et Farroux n'eurent que la rue à traverser pour trouver un bougnat qui servait encore, ou déjà. Attablés autour d'une omelette aux champignons pantagruélique, ils firent honneur au plat et sifflèrent quelques verres de gros rouge avant que le mage, enfin repu et revigoré, n'accepte de parler.

— Alandrin a subi une hypnose magique, dit-il.
— Qu'est-ce que c'est ?
— Une hypnose dont les effets sont décuplés par les effets de la magie. On a effacé sa mémoire comme on passe une éponge mouillée sur un tableau noir.
— C'est donc un mage qui a fait ça.
— Non.

Griffont se tordit sur sa chaise pour commander un second pichet.

— Non ? insista Farroux.

— Non. Du moins, ce n'est pas certain.

— Mais vous venez de parler de magie. Qui d'autre qu'un magicien a pu... ?

— Il existe différentes sortes de magie, l'interrompit Griffont.

— Expliquez-moi.

— C'est un peu compliqué.

— Essayez tout de même.

Le mage remercia le patron qui revenait avec un pichet plein. Il remplit son verre et se laissa aller contre le dossier de sa chaise.

— Sans entrer dans les détails, il y a trois sortes de magie. La magie instinctive, la magie innée et la magie initiatique, ou Haute Magie. Commençons, si vous le voulez bien, par la magie instinctive.

— Soit.

— Sans la magie instinctive, les petits dragons du Luxembourg ne pourraient voler malgré leurs ailes de cuir, et les chats-ailés seraient incapables de parler faute de posséder les organes idoines. C'est la magie des animaux fabuleux, une magie qu'ils emploient le plus naturellement du monde et sans même y penser. Elle consiste en des capacités extraordinaires, en des *dons magiques* propres à chaque espèce. La magie instinctive est courante dans l'OutreMonde. Elle y est presque la règle.

— J'ai compris.

— La magie innée est plus complexe. Elle consiste également en des *dons magiques*, mais elle est utilisée consciemment. Si elle ne s'enseigne pas, elle se travaille. Les fées, par exemple, sont douées de pouvoirs magiques innés comme celui de changer d'apparence ou de deviner le mensonge. Pour y parvenir, elles doivent le vouloir. Ce ne sont pas des actes aussi naturels que respirer ; il ne s'agit donc pas de magie instinctive. Mais les fées naissent avec ces aptitudes qu'elles pourront développer, comme les êtres humains naissent avec le sens de l'équilibre qui leur permettra de marcher.

Farroux acquiesça pour indiquer qu'il suivait. Griffont reprit :

— Quant à la magie initiatique, elle résulte d'une initiation, comme son nom l'indique. C'est celle que je pratique et que pratiquent tous les mages. Elle consiste en des sortilèges que l'on étudie, apprend et reproduit. Je vous accorde qu'il faut un certain talent pour y parvenir, mais ce talent n'a rien de magique...

Griffont sécha son verre.

— Pour finir, sachez que la magie initiatique n'est pas inconciliable avec la magie instinctive ou la magie innée. Quiconque est assez intelligent et doué pour cela peut apprendre et pratiquer la Haute Magie. Il y a des fées magiciennes. On prétend même qu'il existe quelques chênes savants thaumaturges et des chats-ailés pratiquant la magie noire...

Farroux prit le temps d'assimiler ces connaissances avant de dire :

— Donc, d'après vous, celui qui a hypnotisé Alandrin ne pratique peut-être pas la Haute Magie. Comment est-ce possible ?

— Sans être un secret, ce que je vais vous révéler est confidentiel et doit le rester...

— Je vous écoute.

— Eh bien, il semble que, depuis que l'Outre-Monde est attaché à notre monde, certains êtres humains développent des talents magiques. On ignore comment ou pourquoi. Mais le fait est là : quelques rares hommes et femmes sont doués de magie instinctive. La plupart, d'ailleurs, l'ignorent totalement.

— Vous voulez dire que ces gens ont des pouvoirs magiques innés ? s'étonna l'inspecteur.

— En quelque sorte, oui.

— Et Alandrin serait tombé aux mains de l'un de ceux-là ?

— Oui. Pour son malheur.

Ce fut au tour de Farroux de se resservir un verre. Puis de le boire d'un trait.

— Et j'ai vu l'homme, lâcha le mage.

— Qui ça ? demanda le policier en craignant de comprendre.

— L'homme qui a hypnotisé Alandrin. Je l'ai vu.

— Comment ?

— Disons que j'ai un peu fait avec le regard d'Alandrin ce que j'ai fait avec les miroirs de Ruycours. Cela m'a permis de voir la dernière chose qu'Alandrin ait vue avant de perdre la mémoire. Le visage d'un homme. Et tenez-vous bien, cet homme est au nombre des victimes de la rue de Lisbonne.

L'inspecteur en resta un instant bouche bée.

— Vous... Vous en êtes sûr ?

— Certain. Je l'ai reconnu d'après une photographie prise par vos services. Un homme d'une cinquantaine d'années, les traits maigres, les cheveux courts et gris.

— Je me souviens de lui... Mais qu'est-ce que c'est que cet embrouillamini ?

— Étonnant, non ?

Griffont semblait presque s'amuser. Mais Farroux, lui, ne riait pas.

— Plus encore que vous ne l'imaginez, dit-il.

— Comment cela ?

Le policier prit une inspiration.

— Vous souvenez-vous de Hanriot, Griffont ?

— Le majordome de Ruycours ? Celui qui a donné un coup de téléphone après avoir découvert le cadavre et qui a disparu ensuite ?

— C'est bien lui.

— Vous l'avez retrouvé ?

— Non. Et comme tout porte à croire qu'il a quitté Paris, si ce n'est la France, nous n'avons guère d'espoir de lui mettre la main au collet... Mais nous avons découvert qu'avant le drame Hanriot n'était au service de Ruycours que depuis quelques semaines. Il a d'ailleurs fourni de faux certificats et de fausses recommandations pour se faire embaucher.

— Et que faisait-il avant ça ?

— Il était domestique à l'ambassade de Russie.

— Un Russe ? s'étonna Griffont. Encore ?

Après les malheureux massacrés rue de Lisbonne, il semblait y avoir beaucoup de Russes à Paris ces derniers temps...

— Non, indiqua l'inspecteur. Hanriot est français. Mais tout de même, c'est étrange.

— En effet.

— Mais le plus étrange est que Hanriot a fourni des certificats falsifiés à Ruycours. D'ordinaire, le personnel d'ambassade est apprécié et n'a aucun mal à trouver un emploi chez des particuliers. Dès lors, pourquoi Hanriot a-t-il menti et caché ce qui pouvait constituer un avantage ?

— Sans doute Ruycours avait-il des raisons de se méfier d'un ancien employé de l'ambassade de Russie.

— Tout juste. Restait à découvrir pourquoi en s'intéressant de près aux affaires secrètes de Ruycours...

Griffont tiqua.

— Des affaires secrètes ? fit-il en fronçant le sourcil. Comme ce trafic d'objets magiques auquel on le soupçonne de s'être livré avec la complicité d'Alandrin ?

— Non. Il s'agit de tout autre chose... Vous savez peut-être que Ruycours travaillait au Quai d'Orsay...

— En effet.

— J'ai la chance d'avoir un ami bien placé aux Renseignements généraux qui, sous le sceau du secret, a bien voulu me confier certaines informations. Il semble que Ruycours, sous couvert d'activités mondaines et vaguement diplomatiques, rendait quelques discrets services au gouvernement français.

— Un agent secret ?

— Pas exactement. Plutôt, un intrigant, un homme d'influence et de réseaux. Je n'en sais pas plus. Il a d'ailleurs suffi que j'évoque la Russie pour que mon ami se ferme comme une huître et me conseille de chercher dans une autre direction...

— La mort de Ruycours pourrait donc n'avoir

aucun rapport avec la contrebande d'objets enchantés que j'ai découverte ?

— C'est très possible. Notez au passage que l'on n'a encore rien trouvé qui atteste que Ruycours collaborait de près ou de loin aux trafics d'Alandrin.

— Il y a tout de même la carte que j'ai confiée à l'antiquaire et que l'on a retrouvée chez Ruycours, protesta Griffont.

— Cette carte prouve que ces deux-là se connaissaient. Rien de plus.

Le mage acquiesça, songeur et résigné.

— Bien! lâcha Farroux en se levant de table. Je retourne au Quai des Orfèvres. On en sait peut-être un peu plus au sujet des morts de la rue de Lisbonne. Ou de Ruycours.

— Puis-je vous accompagner ?

— Il faudra être sage.

— Promis.

18

Le soir venu, Griffont eut l'idée de faire une visite à Balthazar avant de rentrer. Le petit square était aussi désert et paisible que d'habitude. On n'y voyait guère, de grands nuages obscurcissant le ciel crépusculaire incendié.

— Bonsoir, Balthazar, fit Griffont en s'asseyant sur le banc qu'abritait la ramure du vieux chêne savant.

— Bonsoir, Louis. Comment allez-vous ?

— Assez bien, merci. Et vous ?

— Ma foi, tant qu'il ne vient à personne l'idée de m'abattre et de me débiter en bois de chauffage...

— La triste idée !

— Je ne serais pas le premier à qui cela arrive.

— Vous feriez un combustible déplorable.

— Croyez-moi, j'y mettrai toute la mauvaise volonté possible !

Griffont sourit. Il posa son chapeau et sa canne à côté de lui, déboutonna son veston et se mit à l'aise pour allumer une cigarette.

— Je vous sens soucieux, dit Balthazar tandis que

les premières volutes de tabac montaient dans ses branches.

— Si vous saviez ce qui m'arrive...

— Mais je ne demande que ça, Louis!

Griffont raconta alors les événements des jours passés. Il le fit autant pour distraire son ami que pour se mettre les idées au clair, et ne négligea aucun détail.

— Bigre! conclut le chêne. Que de mystères!... Un antiquaire malhonnête que l'on rend amnésique, un diplomate mondain assassiné, des Russes massacrés, des gargouilles sanguinaires! Quelle affiche!

La voix tombée de la ramure s'était animée.

— N'est-ce pas? fit Griffont.

— Mais êtes-vous bien sûr que la tuerie de la rue de Lisbonne et l'assassinat de François Ruycours sont liés? Et si oui, comment?

— Comment, je l'ignore. Cependant, trois éléments semblent relier ces affaires. Il y a d'abord Hanriot, le majordome de Ruycours, dont le comportement est plus que suspect et dont on pense qu'il a des accointances avec la Russie, ou du moins avec son ambassade à Paris. C'est maigre, je vous l'accorde, mais ne s'agit-il que d'une coïncidence?... Ensuite, il y a l'homme qui hypnotisa Alandrin et que l'on retrouve parmi les victimes des gargouilles. Or nous savons que l'antiquaire connaissait Ruycours et qu'ils étaient probablement en affaires... Voilà pour les indices. Quant aux causes...

Il faisait presque nuit, à présent. Une délicate odeur de terre, de pierre et de verdure imprégnait l'air. Griffont s'accorda une dernière cigarette.

— Vous parliez de trois éléments rapprochant ces deux affaires, nota Balthazar. Vous n'en avez pourtant évoqué que deux.

— C'est vrai. Le troisième est ma femme, Aurélia. Ou la baronne Isabel de Saint-Gil. Ou lady Audrey Griffins. Ou quel que soit le nom qu'elle se donne à présent...

Avec un geste d'humeur, Griffont écrasa sous le talon sa cigarette à peine entamée.

— D'une part, reprit-il, c'est chez elle que les Russes ont été massacrés. D'autre part, vous vous souvenez que l'on suppose que Ruycours fut cambriolé avant d'être assassiné ? et que ce cambrioleur assista sans doute au crime avant d'échapper au meurtrier ?... Mon intuition est que ce cambrioleur était une cambrioleuse. Mon intuition est que ce cambrioleur était Aurélia...

Résigné et, peut-être, peiné, Griffont se tut, penché en avant, les mains jointes et les coudes sur les cuisses.

— Si vous dites vrai, avança le chêne après un moment, Aurélia est en danger. En très grave danger. Et où qu'elle soit.

Griffont opina gravement. Il était arrivé à la même conclusion mais laissa à Balthazar le soin de la développer.

— Car ce doit être après elle que les gargouilles en avaient la nuit dernière. Et si elle leur a échappé une fois, ces créatures n'ont probablement pas renoncé pour autant. Vous connaissez les gargouilles animées mieux que moi, Louis. Vous savez que dès l'instant où une proie leur a été désignée, plus rien ne peut les en détourner.

— Oui, mon ami. Je sais.
Et Griffont ajouta, sinistre :
— Je sais, et je n'y peux rien...

*

De retour chez lui, Griffont eut la surprise de trouver la lumière allumée dans le vestibule. En outre son domestique l'y attendait, ce qui constituait un deuxième motif d'étonnement.
— Mais quel jour sommes-nous donc, Étienne ?
— Nous sommes mercredi, Monsieur.
— Alors que faites-vous là ? Vous ne prenez plus votre soirée les mercredis ?
— Si, Monsieur. Cependant, je devais vous dire quelque chose...
Griffont se débarrassa de sa canne, de son chapeau et de son veston dans les bras du majordome.
— Il vous suffisait de me laisser un mot en évidence, dit-il en enfilant une veste d'intérieur. Il était vraiment inutile de m'attendre.
Occupé à ranger les effets de son maître, Étienne se laissa distancer par Griffont qui passa dans le salon. Azincourt s'y tenait en embuscade et brûlant d'annoncer la nouvelle. Il sauta sur l'occasion en même temps que dans les bras du mage.
— La baronne de Saint-Gil est passée ! dit-il tout de go. Aujourd'hui !
Étonné, Griffont se tourna vers Étienne qui les rejoignait.
— C'est ce que je tenais à vous dire, Monsieur.
— Vous étiez là, Azincourt ?
— Non, malheureusement. J'étais sorti.

Griffont déposa le chat-ailé sur le dossier d'un fauteuil. Puis il encouragea son domestique à tout lui raconter.

Ainsi, une dame était venue en début d'après-midi. Grande, belle, élégante. Elle dit être la baronne de Saint-Gil et voulait rencontrer Griffont. Non, elle n'avait pas rendez-vous. Mais elle ne voyait pas d'inconvénient à attendre dans le salon. Le comble fut qu'Étienne n'y trouva rien à redire non plus. En toute confiance, il vaqua à ses occupations et laissa donc une parfaite inconnue sans surveillance. Ce n'est qu'après quelques heures qu'il réalisa son imprudence. La dame, cependant, était déjà repartie.

— Vraiment, Monsieur, je ne m'explique pas mon inconséquence... Je... Je vous assure que sur l'instant, il m'a semblé qu'ouvrir votre porte à cette dame était des plus naturels... En fait, il ne m'a rien semblé du tout... Je... Je l'ai fait. C'est tout...

Étienne était à la fois abasourdi et catastrophé. Abasourdi parce qu'il ne s'expliquait pas comment il avait pu commettre cette faute, et catastrophé parce qu'il l'avait bel et bien commise.

Griffont, lui, ne semblait pas prendre la chose au tragique.

— Depuis combien de temps êtes-vous à mon service, Étienne ?

— Cinq ans, Monsieur.

— Alors vous ne pouviez pas savoir.

— Quoi donc, Monsieur ?

— D'abord que la baronne de Saint-Gil est mon épouse.

— Madame la baronne est... *Madame* ?

— Oui. Par conséquent, vous n'avez pas à vous

reprocher de l'avoir fait entrer... Ensuite, l'auriez-vous voulu que vous n'y seriez pas parvenu. Pour arriver à ses fins, Madame sait se faire particulièrement... Comment dire ?... Charmante.

— Je dirai même enchanteresse, glissa le chat-ailé.

— Très drôle, Azincourt...

Le majordome regarda le mage et l'animal sans comprendre.

— Néanmoins, Monsieur. Je vous prie de...

— Ne vous mettez pas martel en tête, Étienne. Vous n'avez pas manqué à vos devoirs et, de toute façon, vous n'étiez pas de taille contre Madame. Pris au dépourvu, pas un homme ne l'est. Je dis bien : pas un... Croyez-moi, je sais de quoi je parle.

Mais comme Étienne restait penaud, Griffont le prit aimablement par le bras et le raccompagna jusqu'au vestibule.

— Oubliez toute cette histoire et profitez de ce qui vous reste de la soirée. Amusez-vous et découchez si bon vous semble. Vous avez fait l'expérience d'un charme qui en a laissé plus d'un pantois. Vous verrez, on s'y fait... À demain, Étienne.

— À demain, Monsieur. Merci, Monsieur.

De retour dans le salon, le mage se laissa tomber dans un fauteuil avec un soupir d'aise et déplia un journal. Azincourt était toujours là.

— Savez-vous ce que la baronne vous voulait ?

— Je n'en ai pas la moindre idée, lâcha Griffont en tournant une page.

C'était un mensonge qu'il ne prit même pas la peine de masquer. Pas dupe, et par conséquent vexé, Azincourt décida qu'il passerait la nuit ailleurs. Sans un mot, il sortit d'un pas digne en méditant sur l'ingratitude des humains en général et de Louis Denizart Hippolyte Griffont en particulier.

Enfin seul, songea le mage.

Il avait l'assurance que la baronne était en vie et, pour l'heure, il ne pouvait exiger mieux.

*

Un bruit réveilla Griffont.

Un bruit, ou plutôt le sentiment confus d'une anomalie, d'un élément quelconque ne cadrant pas avec le décor, d'un phénomène étranger à ce que doit être une tranquille nuit d'été dans l'île Saint-Louis – même chez un mage.

Griffont s'était assoupi dans son fauteuil, son journal ouvert sur la poitrine. Tous les sens aux aguets, hésitant encore à se lever et bougeant le moins possible, il plia soigneusement le canard et le posa à côté. Il tendit l'oreille, scruta les alentours sans remuer la tête.

Rien. La pièce était plongée dans la pénombre, les flammes des lampes à gaz murales brûlant en veilleuse.

Rien et pourtant son intuition lui hurlait qu'il y avait quelque chose. Un danger ? Peut-être. Un intrus ? Sans doute. Une présence ?

Oui. Une présence.

Griffont quitta son fauteuil sans bruit et resta un instant debout, parfaitement immobile. Il se comportait comme un homme qui se sait dans la ligne de mire d'un tueur expert et qui craint d'être abattu au premier mouvement déplacé. Chaque geste pouvait être le geste de trop. Pour se rassurer, probablement, le mage caressa le saphir de sa chevalière du Cercle Cyan.

Un grincement de parquet à l'étage lui fit aussitôt lever la tête. Cela le décida à gagner le couloir puis le vestibule en catimini. Il épia l'escalier avant de l'emprunter à grandes et lentes enjambées, plusieurs marches à la fois.

Le corridor du premier était sombre, désert et menaçant. Saisi d'un mauvais pressentiment, Griffont se maudit de ne pas avoir pris sa canne au passage, dans l'entrée. Se tournant à demi, il la vit en bas de l'escalier, posée sur le guéridon. Il se concentra, ferma les yeux une brève seconde et les rouvrit en prononçant à voix basse :

— *El'hT !*

Le pommeau d'or et cristal bleu étincela, et la canne vola dans les airs jusqu'au mage qui l'attrapa. Alors, muni de son bâton de pouvoir, Griffont avança. Étienne ne rentrerait qu'au matin, Azincourt était sorti : il était donc seul à son domicile et ne pouvait compter sur aucun autre secours que sa magie.

Sans s'exposer, Griffont entreprit d'ouvrir une à une les portes du couloir et de jeter un œil par l'embrasure. Il n'advint rien avec les premières, ni les suivantes. Ne resta bientôt, au fond du couloir, près de la fenêtre, que la porte de sa chambre. Griffont s'en approcha à pas de loup, posa la main sur la poignée, retint son souffle et, là, se figea.

Quelqu'un se tenait à l'autre bout du couloir, sur sa gauche.

Quelqu'un ou plutôt quelque chose, une gargouille massive et musculeuse qui laissait paraître une palpitation rougeoyante par les craquelures de sa peau granitique.

Griffont pivota pour faire face tandis que la créature s'élançait. Il frappa le plancher du fer de sa canne et s'exclama :

— *Ta'aR AsKa Tar !*

Un écran bleuté s'éleva devant lui. La gargouille bondit pour franchir le bouclier magique dans une gerbe d'étincelles et un crissement de craie contre l'ardoise. Elle gémit mais ralentit à peine et percuta Griffont de plein fouet en le saisissant à bras-le-corps. Emportés par l'élan, ils traversèrent ensemble la fenêtre à laquelle le mage tournait le dos. D'instinct, la gargouille écarta ses ailes membraneuses alors qu'ils basculaient dans le vide depuis le premier étage. Cela ralentit la chute et pourtant le choc fut rude. Il sépara les adversaires qui roulèrent chacun de leur côté.

Plus souple, Griffont se releva le premier. Il tenait toujours sa canne qu'il empoigna à deux mains par la pointe, comme une masse d'armes. La gargouille chargea. Il l'esquiva et riposta par un coup à la nuque qui crépita quand le pommeau rencontra la pierre. Le monstre hurla de douleur avant de faire volte-face. Griffont l'attendait de pied ferme mais dut céder du terrain sous la violence de l'assaut. À plusieurs reprises, les griffes acérées faillirent le défigurer, l'égorger, le décapiter peut-être.

Griffont reculant toujours, le combat les ramena dans le salon par la porte du jardin restée ouverte. Le mage ne faisait que se défendre et s'épuisait. Ses chevilles butèrent soudain contre un repose-pied. Déséquilibré, il chuta en arrière sur un canapé. La gargouille lui sauta dessus et lui agrippa le cou. Elle voulut mordre. En catastrophe, la glotte écrasée par deux pouces en granit, Griffont interposa sa canne. Les terribles mâchoires se refermèrent sur la tige en bois laqué. Il y eut une explosion de lumière bleue et la créature s'écarta d'un bond en poussant un cri plaintif. La douleur l'estourbit. La gorge incendiée, Griffont en profita pour se redresser. D'un premier coup de pommeau, il percuta au ventre la gargouille qui se plia en deux. Puis, tel un golfeur, il la frappa sous le menton au terme d'un *swing* assassin. Le monstre bascula à la renverse en gémissant.

Griffont savait qu'il n'avait pas gagné. Il savait qu'il ne *pouvait pas* gagner. Tout juste bénéficiait-il d'un répit. Son seul salut était dans la fuite, et c'est en se précipitant tête baissée vers le couloir qu'il faillit se cogner à l'ogre campé devant la porte.

Il n'en crut d'abord pas ses yeux, mais c'était bien un ogre qui l'empêchait de passer.

Trop grand d'une tête pour la hauteur du plafond, celui-ci se tenait courbé. La largeur de ses épaules était telle qu'il ne pouvait franchir les portes que de profil. Il avait la tête ronde, glabre et chauve de tous ses frères de race. Une large bouche révélait en souriant deux rangées de dents innombrables et pointues. Il portait un complet veston noir et étriqué. Les manches lui arrivaient aux poignets; les jambes de pantalon montraient des chevilles nues. Il n'avait pas de chemise ni de plastron et pourtant son cou musculeux était serré dans un col dur. Entre des pectoraux énormes, une cravate ridiculement petite pendait sur sa poitrine vers un ventre obèse.

Dernier détail : l'ogre avait sur l'épaule un minuscule singe savant coiffé d'un képi militaire et revêtu d'une veste d'uniforme à épaulettes frangées dorées.

Le singe hurla soudain en pointant le doigt.

Griffont pivota à temps pour voir la gargouille se ruer vers lui. Pris au dépourvu, il n'eut que le réflexe de se recroqueviller et se cacher le visage du coude. Mais plusieurs détonations claquèrent et, avant d'avoir atteint le mage, la gargouille explosa en une myriade d'éclats de pierre incandescents qui, s'ils provoquèrent quelques dégâts au mobilier, ne blessèrent heureusement personne.

Incrédule et exténué, de la cendre fumante sur le costume et des scories aux cheveux, Griffont regarda vers la porte du jardin, d'où les coups de feu étaient partis. Un dandy se tenait dans l'embrasure, un revolver dont le canon fumait encore à la main. Un panama à bandeau noir le coiffait. Élégant et longiligne, parfaitement cintré dans un costume crème du meilleur goût, il avait une fleur inconnue à la boutonnière. Il était d'une beauté extraordinaire, presque malsaine, inhumaine. Une beauté du diable, pourrait-on dire.

De fait, ce dandy n'était pas un homme.

Ce dandy était un elfe.

— Où est le coffre, monsieur Griffont ? demanda-t-il d'une voix à la fois mélodieuse et autoritaire.

Le coffre ?

19

C'est un abîme, une nuit éternelle où flottent, lointaines, d'immenses nébuleuses pourpres et bleu. Parfois, on croit deviner des parcelles de paysages, des décors dont les perspectives torturées gênent l'œil et provoquent un léger sentiment de vertige. Apparaissent des villes idylliques, des châteaux étranges, des landes désolées, des forêts tourmentées, des grèves interminables, des monts déchirés, des régions souterraines pleines d'échos mystérieux. Mais ces visions – comme empruntées à l'imagination d'un ivrogne ou d'un fou – restent rares et fugitives. Il n'y a qu'un grand vide sinon, une infinité sans loi ni temps offerte à tous les possibles, et qui attendait d'être traversée, habitée, façonnée par les chimères des vivants, leurs souvenirs, leurs hantises et leurs espoirs.

Telle est l'Onirie, le Troisième Monde, celui des Rêves et des Cauchemars.

On conteste encore son existence et pourtant les hommes visitent l'Onirie depuis toujours. La plupart dans leur sommeil, emportés par les songes vers des contrées, des êtres et des phénomènes qu'ils supposent nés de divagations intimes. Certains en proie aux hallucinations de l'alcool, des drogues ou de la démence. Quelques-uns, artistes de génie, arrachés au réel par le délire créatif. Et enfin les mages parmi les plus sages. Eux seuls peuvent, grâce au Grand Art, se transporter physiquement en Onirie, quand le reste de l'humanité ne s'y aventure qu'en esprit, souvent sans le savoir ni le vouloir.

Un train roulait aux marges de ce monde. Il franchissait le néant sur des rails qui naissaient sous ses roues et s'évanouissaient dans son sillage. Sa locomotive était en tout point semblable à celles du vieux Far West, avec son déblaie-voie en biseau, sa grosse lanterne ronde fichée comme un œil à l'avant du cylindre, sa cheminée joufflue et son chariot à charbon. Elle crachait un panache scintillant qui s'effilait au long des wagons comme une crête. Les voitures, nombreuses et colorées, étaient décorées dans un style rococo d'un goût discutable et farfelu, riche en motifs tarabiscotés, en dorures rutilantes, en angelots ravis. De la lumière brillait aux fenêtres, parfois derrière des volets clos. On devinait des ombres mouvantes à l'intérieur.

Ce train, qui ne ressemblait à nul autre, avait un nom. C'était le « Train-Entre-les-Mondes ».

Le « Petit Maître des Rêves » y avait sa cour.

*

Griffont se réveilla en chemise mais sans pantalon, dans le lit de ce qui ressemblait trop à un compartiment couchette pour être autre chose. Le décor tanguait un peu ; le bruit des roues sur les rails et celui

– lointain – d'une locomotive passaient les cloisons. Aucun doute : il était dans un train. L'éclairage venait d'une lampe à pétrole dont on avait réduit la mèche pour entretenir une paisible pénombre.

Un reliquat de migraine lui serrant les tempes, Griffont se dressa sur un coude et tenta de se souvenir comment il était arrivé là. Il s'occuperait ensuite de savoir qui lui avait enlevé son pantalon.

Voyons, quels avaient été les premiers mots de ce dandy elfe, alors qu'il venait tout juste de lui sauver la vie ?

Ah ! oui…

*

— Où est le coffre, monsieur Griffont ?

Au sol, les restes fumants de la gargouille achevaient de ruiner les tapis du salon.

Encore sous le coup de l'émotion, le mage ne répondit pas aussitôt. À vrai dire, il lui fallut même quelques secondes pour rassembler ses esprits et, faisant fi de la question, lâcher :

— Qui êtes-vous ?

— Nous n'avons pas le temps pour cela, répliqua l'elfe.

Alors Griffont se tourna vers l'ogre et son singe savant – un capucin, sans doute.

— Qui êtes-vous et que voulez-vous ?

L'ogre resta silencieux tandis que l'elfe, en empochant son pistolet, disait :

— Il y a une autre gargouille, monsieur Griffont. Elle est dans les parages. Pour l'instant, elle hésite encore à intervenir mais elle se décidera peut-être. Je n'ai plus que deux cartouches enchantées dans mon revolver. Cela peut ne pas suffire à l'abattre.

— Commencez par me dire qui vous êtes et ce que vous voulez.

— Nous voulons savoir où est le coffre.

— Le coffre ?

L'étonnement du mage n'était pas feint. Il y avait bien un coffre – ici même, dans le salon – mais nul autre que lui n'en connaissait l'existence hors Étienne et, peut-être, Azincourt. Avaient-ils trahi le secret ?

— Le temps presse, insista l'elfe de sa voix envoûtante. Voulez-vous nous obliger à chercher ? Nous finirons bien par trouver, vous savez...

— Je ne vois pas de quoi vous parlez, décréta Griffont en se raidissant.

De fait, il n'était pas question qu'il indique l'emplacement du coffre à des inconnus, car son précieux sacramentaire s'y trouvait. Si nécessaire, il se battrait.

Sans y paraître, il commença à mobiliser l'énergie nécessaire à un sortilège offensif.

— Maréchal ? fit l'elfe à l'intention du singe.

L'animal, toujours juché sur l'épaule de l'ogre, désigna un tableau. C'était précisément celui qui cachait le coffre.

— Tu es sûr ? Derrière ce tableau ?

Maréchal, le capucin, confirma d'un cri.

— Je vous interdis ! s'exclama Griffont avant de sentir qu'on lui tirait la manche.

Il se retourna d'instinct vers l'ogre, ce qui fut une erreur, car le singe déguisé lui jeta aussitôt une poudre multicolore au visage.

Il en inhala une bonne partie et s'évanouit...

*

Et voilà comment on se réveille sans le vouloir dans un train que l'on ne connaît pas et qui roule vers une destination que l'on ignore dans un but mystérieux, songea Griffont en quittant la couchette.

On lui accordera un certain sens de la formule.

Ses vêtements étaient pliés sur une tablette escamotable. Son premier soin fut de les enfiler, car rien n'est plus ridicule qu'un homme en caleçon et fixe-chaussettes – excepté un homme en fixe-chaussettes sans caleçon. Griffont n'envisageant pas cette dernière possibilité dans l'immédiat, il s'habilla, arrangea sa mise au mieux dans le miroir du cabinet de toilette et, enfin, se trouva prêt à affronter tous les mystères que l'on voudrait.

À vrai dire, il se trouva surtout prêt à engloutir un solide repas. Il avait faim, très faim, ce qui tendait à démontrer que plusieurs heures avaient passé depuis qu'il avait perdu conscience.

Jour ou nuit? se demanda-t-il en s'apercevant qu'il était rasé de frais.

Il écarta les rideaux à pompons de la fenêtre pour découvrir que les volets étaient tirés.

Des volets sur un train?

Mais il n'eut pas l'occasion de s'interroger plus avant sur cette bizarrerie, car quelqu'un, dans son dos, ouvrit la porte du compartiment. Il se retourna et afficha la mine du *gentleman* à qui on vient de faire un canular déplorable, du genre coussin péteur ou seau d'eau sur la porte.

— Bonjour, Louis, fit Isabel de Saint-Gil, radieuse.

Elle portait une robe dont le vert sombre soulignait l'éclat de sa chevelure roux et doré. Un décolleté charmant attirait l'œil.

Elle ajouta :

— Bien dormi ?

— C'est le réveil qui est plutôt pénible. Où sommes-nous ?

— À bord du Train-Entre-les-Mondes.

— Ah.

— Ça n'a pas l'air de vous faire plaisir.

— Ça devrait ?

— De me revoir, je veux dire.

— J'avais compris.

La baronne eut un sourire désarmant.

— Vous ne m'invitez pas à entrer ?

— Je suis surpris que vous demandiez la permission... Je vous en prie.

Laissant la porte entrouverte, elle pénétra dans le compartiment et, sans respect des convenances, s'assit sur la couchette encore chaude de Griffont.

Adossé à la fenêtre comme s'il tenait à garder ses distances, les bras croisés contre la poitrine, il l'observa un moment.

— J'imagine que c'est à vous que je dois d'être ici, dit-il.

— C'est surtout au Petit Maître des Rêves que vous le devez. C'est lui qui a décidé de vous envoyer du secours quand nous avons compris que vous pouviez être en danger. Gdorl et le sieur Erelan vous ont sauvé la vie, vous savez... Gdorl, c'est l'ogre.

— J'avais deviné. Et le singe s'appelle Maréchal.

— N'est-il pas adorable ?
— C'est un point de vue discutable.

Après tout, c'était bien le capucin qui lui avait jeté une poudre soporifique au visage.

— La vraie question est de savoir pourquoi j'étais en danger... Je ne sais trop comment, mais j'ai le sentiment que vous avez la réponse. Auriez-vous idée de ce que me voulait cette gargouille ? Mmmh ?
— Il se trouve que j'ai un début de réponse.
— Un début seulement ?
— Il ne va pas vous plaire.
— J'aimerais quand même l'entendre.
— Eh bien, il est possible, je dis bien : possible, que la gargouille soit venue chercher chez vous quelque chose que j'y ai laissé.
— Tiens donc...
— Je vous avais dit que cela ne vous plairait pas.
— En effet.

Griffont laissait paraître un calme d'une rare perfection mais une menace sourdait. On songeait à une digue sur le point de céder sous la crue. Isabel n'était pas dupe et un observateur attentif aurait pu déceler chez elle quelques signes d'une inquiétude habilement contenue. Elle lissa les draps d'une main distraite.

Le mage reprit :

— L'objet dont vous parlez, vous l'avez laissé dans mon coffre à l'occasion de votre visite d'hier après-midi...
— En fait, c'était avant-hier. Vous n'avez dormi que quelques heures mais vous savez ce que c'est que le temps... Entre ici et là-bas...

— Oui, je sais. N'empêche, c'est bien lors de cette visite que…

— Oui, oui. C'est cela, s'empressa de répondre la baronne. Mais vous tenez vraiment à en parler maintenant ?

— J'y tiens, fit Griffont d'un ton badin. J'y tiens même énormément. Étonnant, n'est-ce pas ?

— Je sens bien que vous êtes en colère.

— Du tout.

— Mais si.

— Et si vous me disiez quel est cet objet pour lequel une gargouille de cauchemar a failli me tuer ?

— De cauchemar, vous ne croyez pas si bien dire.

— Nous y reviendrons plus tard. Répondez plutôt.

— Je ne peux pas.

— Vous ne pouvez pas.

Isabel sentit venir l'orage.

— Je ne peux pas, parce que je l'ignore.

Incrédule, le mage ouvrit des yeux ronds.

— Vous êtes en train de me dire que vous ne savez pas ce que vous avez caché dans mon coffre ?

— Pas vraiment. En fait, j'ignore quel est précisément l'objet que voulait la gargouille.

Griffont agrippa les accoudoirs de son fauteuil.

— Parce que vous en avez laissé plusieurs chez moi ?

La baronne acquiesça avec un regard plein d'innocence et de regret.

— Désolée.

— Mais pourquoi ? Pourquoi moi après toutes ces années ?

— Parce que je n'avais personne d'autre vers qui

me tourner avant de me réfugier ici. J'ai frappé à votre porte en espérant trouver un allié. Mais vous n'étiez pas là et je ne savais plus que faire. J'avais peur, je ne pouvais pas rester longtemps. Alors j'ai songé que ce que veulent les gargouilles serait en sécurité chez vous. Je connaissais l'existence du coffre, j'en avais encore la clef, et je n'ai pas cru une seconde que mes ennemis iraient jusqu'à...

Elle se tut, émue, et reprit :

— J'ai commis une erreur et je le regrette.

Griffont dévisagea longtemps Isabel et comprit qu'elle était sincère. Embarrassé, il passa ses doigts dans ses cheveux blancs puis, devenu grave et inquiet, il demanda d'une voix douce :

— Dans quelle affaire vous êtes-vous encore fourrée, Aurélia ?... Vous ne comprendrez donc jamais ? (Il faillit lui prendre la main.) Souvenez-vous de Constantinople. Ou de votre aventure hongroise. Ou encore de ce triste épisode à Madrid...

— Cette fois-ci, ce n'est pas vraiment ma faute, Louis. Je vous assure que...

— Mais ce n'est jamais vraiment votre faute ! l'interrompit-il sur le ton du tendre reproche.

— Vous aussi vous avez remarqué ?

Griffont retint un juron en surprenant une étincelle moqueuse dans l'œil ambré de la baronne. Heureusement pour elle, quelqu'un frappa au chambranle à cet instant précis et poussa la porte.

C'était le dandy elfe, toujours aussi élégamment vêtu.

— Le Petit Maître des Rêves vous attend, annonça-t-il.

*

Sans un mot superflu, l'elfe précéda Isabel et Griffont jusqu'à un wagon entièrement aménagé en salon, ou plutôt en salle du trône. Là encore, la décoration intérieure était à la mesure des ornements extérieurs. Un opiomane fanatique du style rococo – et de surcroît hanté par des rêveries byzantines – semblait y avoir sévi en bénéficiant de crédits illimités. Où qu'on regarde, il était difficile de ne pas être ébloui par les ors, les miroirs et les turquoises.

Au plafond, trois lustres en cristal de Bohême oscillaient et cliquetaient. Ils éclairaient une étrange assistance réunie derrière un trône hideux constellé de pierreries. Parmi ces quinze à vingt personnages, il ne s'en trouvait pas deux pour appartenir à la même espèce, au même monde, voire à la même époque. Étaient du nombre : l'ogre au singe dans son costume étriqué ; un petit gros vêtu comme un marchand florentin de la Renaissance ; un gnome en smoking et chapeau claque fumant un cigare ; deux jolies demoiselles jumelles (l'une à la peau blanche et aux cheveux noirs, l'autre à la peau noire et aux cheveux blancs) ; un homme hiératique aux yeux reptiliens – un dragon, donc – drapé dans une robe de bure à capuche pourpre ; un individu longiligne, sans bouche ni nez, glabre et chauve, à l'épiderme violet ; une vieille édentée et échevelée tenant un balai de branchages, véritable caricature de sorcière de conte de fées ; un colonel de l'armée anglaise en grand uniforme que rien ne distinguait sinon qu'il avait une tête de lion ; une autruche conversant avec un gladiateur en armes; et encore quelques autres tout aussi bizarres et colorés.

Des fées-lucioles chahutaient dans les airs.

— Approchez! se réjouit le Petit Maître des Rêves depuis son trône. Approchez!

La baronne et Griffont obéirent. Elle fit une révérence; lui s'inclina respectueusement. Ils savaient qu'ils avaient affaire à l'une des plus puissantes entités d'Onirie.

— Sire.

Blond, les cheveux frisés et épais, l'œil sombre, le Petit Maître des Rêves était, ou paraissait être, un garçon d'une dizaine d'années dont le visage aurait prématurément vieilli. Un enfant vieillard, en quelque sorte. Coiffé d'un canotier incrusté d'éclats miroitant, il portait un costume bleu électrique à revers jaune et boutons rouges. Il était pieds nus dans des sandalettes. Ses semelles ne touchaient pas le plancher.

— Je suis ravi de vous revoir, dit-il. Non seulement l'un et l'autre, mais enfin réunis.

— Ce sont seulement les circonstances qui..., commença Griffont en se redressant.

— Allons, allons. C'est toujours agréable de voir un vieux couple se rabibocher.

— Mais sire, je vous assure que...

— J'ai dit que c'était toujours agréable!

Griffont céda au caprice:

— Ce sera comme il plaira à Votre Majesté.

— Très bien! Parfait! Asseyez-vous.

Il y avait deux fauteuils vides devant le trône. Griffont et Isabel y prirent place.

— Gdorl! Messire Erelan! ordonna le monarque. Vous restez.

Les autres comprirent et se retirèrent docilement dans un wagon voisin.

— Et vous aussi, dehors! lança-t-il à l'intention des fées-lucioles qui – si l'on peut dire – traînaient les pieds pour sortir.

Enfin, quand ils se retrouvèrent en petit comité avec l'elfe dandy, l'ogre et son capucin, le Petit Maître des Rêves annonça :

— Je ne sais pas si madame la baronne vous l'a dit mais...

— Sire, intervint Isabel, je supplie Votre Majesté de m'appeler par mon prénom.

Cela parut plaire à l'intéressé qui sourit et reprit :

— Donc, j'ignore si Isabel vous l'a dit, Griffont, mais vous avez la Reine Noire sur le paletot.

— La Reine Noire?

— Voui. Les gargouilles que vous avez aux trousses ne sont autres que les tristement célèbres Talyx et Styla. Messire Erelan en a heureusement détruit une. Il importe peu de savoir laquelle...

Le mage tiqua. Issues des régions cauchemardesques de l'Onirie, Talyx et Styla avaient toujours servi la Reine Noire. Rien ne ressemble autant à une gargouille qu'une autre gargouille, mais il s'en voulait à présent de ne pas y avoir songé seul.

— Que veut la Reine Noire? demanda-t-il.

— Ça!... Cela fait quelque temps qu'elle et ses sbires s'agitent dans les Trois Mondes. Nous ignorons pourquoi, mais c'est un fait... À mon avis, si elle en a après vous, ou plutôt après Isabel, c'est parce que vous possédez quelque chose qui l'intéresse.

— Mais quoi?

Griffont se tourna vers la baronne qui haussa les épaules.

Le Petit Maître intervint :

— Isabel a récemment hérité du contenu d'un coffre...

— Hérité! murmura le mage en hochant la tête et levant les yeux au plafond.

— ... et parmi ce contenu se trouve sans doute ce que veut la Reine Noire. Reste à savoir quoi.

Le Petit Maître des Rêves claqua des doigts. Sans effort, l'ogre posa une table basse entre eux et vida une sacoche dessus. Plusieurs objets dégringolèrent.

— C'est ce que vous avez pris dans le coffre de Ruycours ? s'enquit Griffont.

— Oui, Louis, répondit la baronne.

— Et c'est, sire, ce que vos hommes sont venus y récupérer chez moi...

Le monarque acquiesça.

— Ils n'ont touché ni à votre sacramentaire, ni à vos effets personnels, précisa-t-il.

Griffont ne répondit pas et passa lentement la main, paume ouverte et en dessous, sur les objets.

— Aucun n'est magique, comme vous le saviez sans doute déjà.

— En effet, confirma le Petit Maître des Rêves. Nous les avons tous étudiés durant votre sommeil. En vain. Mais un objet peut paraître anodin tant que l'on ignore sa destination.

Étaient amassées des lettres, une vingtaine de napoléons, une petite boîte marquetée, deux grosses clefs, une statuette grecque et quelques actions et obligations.

— J'ai lu et relu le courrier, dit Isabel de Saint-Gil. Il n'a aucun intérêt.

Griffont l'écarta donc, de même que les pièces d'or et les documents financiers. Il prit la figurine antique.

— Elle est authentique, indiqua la baronne. IVe siècle avant Jésus-Christ. Mais elle ne vaut que ce qu'elle vaut. Hormis sur le plan artistique et archéologique, elle n'a rien d'extraordinaire.

Confiant, le mage reposa la statuette.

— Restent donc cette boîte et ces deux clefs.

Tous opinèrent en silence. Ils étaient, eux aussi, arrivés à cette conclusion.

La boîte, joliment marquetée, contenait un écusson de bois peint et sculpté grand comme la main.

— On dirait qu'il a été découpé sur une porte, remarqua Griffont.

— Oui, confirma la baronne. Ou sur le panneau d'un meuble ancien. Peut-être sur le couvercle d'un coffre.

— Je ne connais pas ces armoiries.

Le blason était divisé en quatre parties égales, ou quartiers. Dans le premier et le quatrième quartier figurait une licorne cabrée, blanche sur fond bleu; dans le second et le troisième quartier était une tour noire stylisée sur fond or. Une couronne comtale surmontait le blason.

— Ce ne sont pas des armoiries de l'OutreMonde, indiqua l'elfe Erelan.

— Vous en êtes sûr? demanda innocemment Griffont.

Il avait oublié l'excès d'orgueil légendaire des elfes. Le dandy se raidit et lâcha d'une voix blanche:

— J'en suis certain.

Le mage haussa les épaules.

— En ce cas, ces armes sont celles d'une famille d'Europe.

Il rangea l'écusson dans sa boîte et s'intéressa aux clefs. Reliées par un anneau, elles étaient identiques, grosses, rouillées, semblaient fort vieilles.

— Elles sont en fer, dit Isabel. Je dirais qu'elles datent du XVIe ou XVIIe siècle.

— Mais que peuvent-elles ouvrir ? rêvassa Griffont.

— Grosses clefs, grosse serrure, décréta une voix rocailleuse.

Et tous se tournèrent vers l'ogre Gdorl tandis que le capucin en uniforme montrait les dents en confirmant d'un mouvement de tête l'opinion de son maître.

— Certes, fit Griffont. Certes...

20

Dans le wagon-restaurant désert, Griffont déjeunait, dînait, soupait peut-être. Faute de savoir l'heure qu'il était sur Terre ou dans l'OutreMonde (en Onirie, la question ne se posait même pas), il avait opté pour un copieux *breakfast* – œufs, bacon, saucisses, toasts et marmelade. Assise en face, la baronne lui tenait compagnie. Elle sirotait un thé – du Kenilworth, comme Griffont – et faisait seule la conversation en racontant toute son histoire depuis le moment où Ruycours l'avait chargée d'une mission de confiance à Saint-Pétersbourg pour le compte du gouvernement français.

Plus attentif qu'il ne semblait l'être, Griffont s'arrêta entre deux coups de fourchette.

— Nous nous sommes croisés dans la boutique d'antiquités, n'est-ce pas ?

— La boutique d'antiquités ?

Ce qu'elle pouvait l'agacer quand elle jouait les ravissantes idiotes !

Il prit sur lui et précisa :

— La boutique d'Alandrin. La dame en noir, c'était vous.

— Ah! oui... Vous m'aviez reconnue?
— Pas exactement. Juste une intuition.
— Vous contiez fleurette à une ravissante personne, je crois...
— C'était bien innocent.
— Mais personne ne vous le reproche, Louis, fit-elle d'un ton pincé.

Il eut soudain la prunelle rieuse :
— Personne, vraiment?
— Personne.
— En ce cas poursuivez, je vous en prie.

La baronne en vint au cambriolage, au meurtre de François Ruycours et au sorcier qui avait manqué la tuer.

— Avez-vous reconnu ce sorcier? s'enquit Griffont.
— Non. Mais d'après le Petit Maître des Rêves, puisque la Reine Noire tire les ficelles de cette affaire, ce sorcier est sans doute Charles Maupuis.
— Si le Petit Maître a raison, et je n'en doute pas, cela ne présage rien de bon.
— Vous connaissez Maupuis?
— Oui, dit-il en posant ses couverts. Maupuis appartient au Cercle Noir. Il est dévoué corps et âme à la Reine Noire. Son âme damnée, comme on dit dans les romans populaires. Il est puissant, dénué de scrupules, il vous aurait assassinée sans rechigner.
— Ça, j'ai eu tout le loisir de m'en rendre compte. Sans Auguste et Lucien...
— Je me souviens de Labricole. Qui est Auguste?
— Je l'ai recruté il y a trois ou quatre ans. Il avait d'excellentes références.

Le mage devina en quoi ces références étaient

excellentes, mais il préféra ne pas savoir qui les avait émises.

— J'ai fait la connaissance de votre nouveau majordome, enchaîna Isabel de Saint-Gil sur un ton badin.

— Étienne. Majordome, valet, cuisinier, jardinier à ses heures. Une perle... Il ne se pardonne pas de vous avoir ouvert ma porte en toute confiance. Surtout, il ne comprend pas comment il a pu faire une chose pareille...

— Le pauvre garçon.

En réalité, la baronne donnait à voir tous les signes d'une intense satisfaction.

— Vous l'avez littéralement enchanté.

— Enchanté ? Un jeu de mots ?... Seriez-vous devenu drôle, Louis ?

Cela avait été dit avec plus de tendresse que de moquerie.

— Ha, ha, ha ! fit Griffont sans y mettre le ton.

— Allons, vous savez bien que je vous taquine... Avez-vous dit qui je suis à Étienne ?

— Je lui en ai dit assez pour qu'il cesse de se tourmenter.

Après un silence et un long échange de regards, Isabel lâcha :

— À vous.

— À moi ?

— À vous de tout me dire, voyons !

Griffont leur servit du thé à tous deux, puis s'exécuta. Passant sous silence ses retrouvailles avec Cécile de Brescieux, il expliqua comment ses investigations au *Cercle Richelieu* l'avaient conduit à suspecter Alandrin et Ruycours de diriger un trafic d'objets magiques.

— On dirait, conclut Isabel de Saint-Gil, que le destin s'est amusé à croiser de nouveau nos routes. Qui l'eût cru ?

— Ce n'est pas le destin qui a voulu que vous cachiez votre butin chez moi...

— Vous m'en voulez ?

— Il y a longtemps que j'ai renoncé à vous en vouloir. Pour quoi que ce soit.

Elle esquissa une moue attristée.

— C'est un peu comme si vous vous efforciez de m'oublier...

— Je doute que quiconque en soit capable.

Elle sourit et il y eut encore un silence, complice cette fois.

Le roulement du train les balançait doucement dans le grand wagon désert où régnait une pénombre paisible, entretenue par des lampes à pétrole dont la lumière ocrée lançait des feux blonds sur les cheveux roux et soyeux de la baronne.

Elle ne lui avait jamais paru plus belle qu'en cet instant.

— Quand était-ce ? demanda-t-elle soudain.

— Quoi donc ?

— Que nous nous sommes vus pour la dernière fois.

Griffont réfléchit en finissant son verre de jus d'orange.

— Il y a cinq ou six ans, je crois. À Florence.

— Mais oui, c'est bien ça ! s'amusa Isabel. À Florence !... Vous aviez donc quitté Paris ? Quel exploit !

Un peu boudeur, le mage haussa les épaules.

— Cela m'arrive... Parfois.

— Depuis que vous m'avez quittée ? J'en doute.

— Parce que *je* vous ai quittée ?

— N'ergotons pas.

Griffont s'anima.

— Non, non, non. Si nous devons parler de ça, Aurélia, parlons-en. Et je crois bien me souvenir que...

— C'est la deuxième fois que vous m'appelez Aurélia, aujourd'hui.

Coupé dans son élan, il hésita :

— Et... Et alors ?

— Alors cela me plaît. Il n'y a plus que toi qui m'appelles ainsi. C'est délicieux.

Elle lui adressa un regard aimable et tendre qui lui fit perdre et le fil, et ses moyens.

— Vous n'avez pas beaucoup changé, dit-elle pour l'épargner. Physiquement, je veux dire...

Flatté, il voulut jouer les modestes.

— Oh, j'ai pris un peu de ventre, tout de même...

— Non, non. Vous l'aviez déjà.

Et vlan, songea Griffont. *Voilà pour ma pomme.*

L'œil noir, il gonfla sa joue de la langue et se le tint pour dit.

— Mouais..., marmonna-t-il. Toujours aussi aimable.

— Allons, nous nous connaissons depuis assez longtemps. Nous pouvons bien nous dire ces choses.

— Il est vrai que nous en avons échangé de plus salées. D'ailleurs, quelques-unes me reviennent en mémoire et qui me semblent toujours d'actualité.

Voulez-vous les entendre ? Je serais ravi de vous satisfaire.

— Mauvaise tête. Alors qu'il vous suffirait de faire un peu de sport...

Griffont se renfonça dans son siège.

— Vous voulez dire comme ces gens qui s'habillent en blanc pour courir derrière une balle ou frapper dans un volant avec une raquette ?

— Par exemple.

— Pas question. D'abord, c'est aussi grotesque que fatigant. Ensuite, le blanc me grossit. Sans parler de cette promiscuité déplorable dans les vestiaires et des commentaires qu'elle engendre.

Pas dupe de lui-même, il peinait à conserver son sérieux. La baronne pouffa.

— Idiot.

C'est à cette seconde qu'une fenêtre vola en éclats et que le train tout entier bascula dans le délire.

*

Le wagon-restaurant remuait comme un navire dans la tempête. Entrés par la fenêtre brisée, des tourbillons rouges et verts se déchaînaient. On aurait dit des tentacules vaporeux animés d'une vie propre. Ils soulevaient les rideaux, faisaient voler les nappes, fouettaient les visages. Ils eurent tôt fait de balayer la vaisselle sur les tables et de souffler les flammes des lampes. Un son strident vrillait les tempes tel le cri d'un millier d'âmes torturées. Les meubles bousculés s'entrechoquaient, glissaient sur le parquet, se renversaient.

La stupeur passée, Griffont donna de la voix pour se faire entendre de la baronne :

— ÇA VA ? VOUS N'ÊTES PAS BLESSÉE ?

Le chignon déjà défait, elle s'était agrippée à une banquette.

— NON, répondit-elle les cheveux au vent. MAIS QU'EST-CE QUI SE PASSE ?

— JE N'EN SAIS RIEN. ON DIRAIT QUE NOUS...

— REGARDEZ ! s'exclama-t-elle soudain en pointant le doigt.

Griffont se retourna.

Porté par un tourbillon, un être avait jailli de la fenêtre. Il avait la taille d'un enfant de six ans. Il était nu, le ventre creux, les côtes saillantes, les membres grêles et les doigts griffus. Parcourue de veines saillantes, sa peau avait le gris de l'ardoise. Deux yeux globuleux, sans paupières ni iris, ornaient une tête ronde et chauve. Un sourire carnassier barrait un visage contrefait.

— UN CAUCHEMAR ! lâcha Griffont. PRENEZ GARDE !

En Onirie, les cauchemars sont des créatures bien vivantes. D'ordinaire, ils n'ont affaire qu'aux esprits vulnérables des dormeurs et des délirants qu'ils martyrisent en prenant l'apparence de leurs peurs et tourments les plus intimes. Mais même confrontés physiquement, ils restent redoutables. Et là encore, chacun trouve en eux le reflet de ses propres démons.

Pour Isabel de Saint-Gil, le cauchemar devint bientôt un homoncule arachnoïde tandis qu'il les observait, menaçant. Ses bras et jambes se muèrent en pattes agiles et velues. Les bosses de son crâne imitèrent de nouvelles paires d'yeux. De sa bouche pointèrent des crocs à venin comme des pinces.

Griffont, lui, vit se dessiner le visage grimaçant d'un homme qu'il avait tué jadis et dont le souvenir le hantait toujours...

Le cauchemar bondit. Griffont le cueillit au vol d'un revers de canne qui le projeta dans un angle. La créature voulut se relever en feulant. Mais le mage avait brandi vers elle le pommeau de sa canne. Du cristal bleu jaillit un rayon d'énergie qui frappa le cauchemar à la poitrine et le vaporisa.

D'autres, cependant, allaient entrer par la fenêtre.

— FUYEZ! hurla un Griffont héroïque.

Et pour aller où? songea la baronne en levant, résignée, les yeux au plafond.

Retroussant sa robe, elle trouva un pistolet chromé dans les secrets froufrous de ses jupons. Elle visa d'une main sûre et fit exploser le crâne du premier cauchemar à pointer son nez. L'être disparut en un nuage verdâtre.

Griffont adressa à la jeune femme un regard aussi surpris qu'admiratif... avant d'être saisi à la gorge par une créature furieuse. Il se débattit, réussit à se défaire de son adversaire et lui brisa l'échine en le projetant contre une table.

De son côté, Isabel avait contenu l'invasion en quelques tirs précis. Des cauchemars hésitants s'amassaient désormais à la fenêtre, ce qui lui donna le temps de recharger. Griffont profita également de ce répit. Tenant sa canne à deux mains, il imprima une légère torsion à la poignée et, d'un geste vif, dégaina une longue lame. Il jeta le fourreau de bois avant de fouetter l'air par deux fois. L'acier étincela d'un éclat surnaturel en sifflant.

La lumière avait effrayé les cauchemars. Plutôt fier de son effet, Griffont gratifia la baronne d'une œillade complice.

— C'est nouveau, fit-elle. Mes compliments.

Mais l'attaque reprit à la seconde. Griffont trancha un bras, un cou, un torse, fit un massacre contre la meute déchaînée. Isabel ne fut pas en reste. Plusieurs cauchemars se désintégrèrent sous ses balles avant que l'un ne réussisse à se ruer sur elle.

Elle tira à bout portant.

« Clic. »

Toutes griffes et dents dehors, le cauchemar lui sauta au visage. Elle esquiva, reçut une estafilade à la poitrine, fit volte-face. Griffont qui s'escrimait ne s'était aperçu de rien et la créature revenait à la charge. Abandonnant son pistolet vide, la baronne saisit un plateau dont elle fit un bouclier. Le cauchemar, emporté par son élan, percuta le métal de plein fouet mais s'agrippa au plateau. Sans lâcher prise, Isabel plaqua au sol le monstre gesticulant et pesa de toutes ses forces sur le plateau. La créature hurlait. Ses bras et jambes qui dépassaient fouettaient l'air. Les griffes frôlaient frénétiquement la baronne.

Elle se sentait faiblir.

— GRIFFONT !

Le mage avait repoussé l'assaut. Il se précipita et, d'un coup d'épée terrible, transperça le plateau et cloua au plancher le cauchemar qui se volatilisa.

— IL EN VIENT D'AUTRES ! s'écria Isabel en désignant la fenêtre.

Plusieurs faces ignobles, en effet, se montraient.

— Nous n'en viendrons jamais à bout, prédit Griffont.

Deux détonations claquèrent et autant de cauchemars périrent avant d'entrer. Le tireur était Erelan, l'elfe au panama blanc, qui arrivait à la rescousse d'un wagon voisin.

— LES VOLETS! lança-t-il en courant vers eux. IL FAUT FERMER LES VOLETS!

Il fit encore feu tandis que Griffont affrontait la tourmente pour approcher de la fenêtre. Faisant fi des cauchemars agglutinés qui, sous les balles du dandy, lui meurtrissaient les poignets et les mains, il saisit les anneaux des volets et tira. Les battants écrasèrent un boisseau de bras maigres. Aidé de la baronne, Griffont dut repousser les derniers cauchemars avant de parvenir, enfin, à mettre le loquet.

Les tourbillons cessèrent.

Le vacarme se tut.

Tout devint calme dans le wagon dévasté. Le train avait cessé de tanguer et roulait paisiblement.

— C'est fini, décréta l'elfe en glissant des balles dorées dans le barillet de son revolver. Les autres voitures sont sûres. Celle-ci était la dernière à nettoyer. Mais nous avons eu chaud.

Griffont n'écoutait pas. Il redressa une chaise et y fit asseoir la baronne.

— Vous êtes blessée, dit-il.

Épuisée, les cheveux en désordre et les manches déchirées, elle tenait une serviette rougie contre sa poitrine.

— Ce n'est rien, Louis. Demandez plutôt ce qui s'est passé.

Il se tourna vers l'elfe pour l'interroger du regard.

D'autres passagers du Train-Entre-les-Mondes arrivaient en armes pour s'assurer que tout allait bien ici et passer le restant des wagons au peigne fin.

*

Le Petit Maître des Rêves et sa cour étaient réunis dans la voiture du trône. D'autres personnages tout aussi pittoresques, que ni Griffont ni la baronne n'avaient encore vus, les y avaient rejoints. Tous ou presque avaient combattu et la plupart étaient décoiffés, débraillés, salis, voire blessés. On discutait beaucoup, on s'interrogeait, on s'inquiétait. Quelques-uns rangeaient la voiture en désordre.

Le Petit Maître portait le casque et l'uniforme bleu horizon que l'armée française n'adopterait que des années plus tard, lors d'une guerre qui restait à déclarer.

— Sire, que s'est-il passé ? demanda Griffont en surveillant, du coin de l'œil, Isabel que pansaient les jumelles noir et blanc.

Elle s'efforçait de faire bonne figure mais souffrait et ne demandait qu'à se coucher pour dormir. Lui-même n'était pas très beau à voir. Les manches de son veston et de sa chemise étaient en lambeaux ; son gilet pendait ouvert, les boutons arrachés ; un coup de griffes avait lacéré son plastron et égratigné sa poitrine. Une mèche de ses cheveux blancs faisait une lourde virgule devant son œil. Il avait la flemme de la repousser sans cesse.

— Nous avons traversé une nébuleuse de terreur, expliqua le Petit Maître des Rêves. Les cauchemars y pullulent.

— Mais pourquoi ne pas l'avoir évitée ?

— C'est elle qui est venue à nous telle une tempête, Griffont.

— Ça arrive souvent ?

— Ça n'arrive jamais.

Erelan et Gdorl s'en revinrent alors de leur inspection des wagons de tête.

— Tout va bien, annonça l'elfe. Il n'y a plus de danger.

Sur l'épaule de l'ogre, le singe capucin confirma d'un ricanement.

— C'est signé, lança Isabel de Saint-Gil depuis la banquette où elle se reposait. Cette nébuleuse de terreur qui vient à nous, cela ne peut être que l'œuvre de la Reine Noire.

— En a-t-elle le pouvoir ? s'étonna Griffont.

La baronne et le monarque du Train-Entre-les-Mondes échangèrent un regard.

— Oui, dirent-ils ensemble.

Le mage secoua la tête, songeur et résigné.

— Tout de même, dit le Petit Maître en ôtant son casque, c'est étrange. Les cauchemars auraient dû, auraient pu nous submerger...

— Une chance qu'ils n'aient pris d'assaut que les premiers wagons, souligna l'elfe dandy.

Griffont tiqua.

— Les wagons de queue n'ont pas été attaqués ?

— Non.

— Par les pierres de Karnak !

Laissant tout le monde en plan, il se précipita et disparut par la porte arrière de la voiture.

— Il fait souvent cela ? demanda calmement le Petit Maître des Rêves après un temps.

— Oui, fit la baronne.
— Et qu'est-ce qui lui a pris ?
— Il a deviné ce que je viens de comprendre, sire.
— À savoir ?
— À savoir que nous nous sommes fait avoir.
— Et pourquoi ne faites-vous rien, vous ?
— Parce qu'il est déjà trop tard.
— Ah !... En ce cas, que diriez-vous d'un thé ?
— Je n'en dirais que du bien, sire.

21

Vu du ciel, le parc des Buttes-Chaumont évoque une tête de rapace dont l'œil est dessiné par le lac artificiel qu'y alimente le canal Saint-Martin, et dont le bec crochu pointe à la rencontre de la rue Bolivar et de la rue Botzaris. Il est situé dans le XIXe arrondissement, sur l'emplacement d'anciennes carrières de plâtre. La butte accidentée et dénudée de Chaumont – par «Chaumont», il faut comprendre «mont chauve» – resta longtemps un lieu désolé, avant que Napoléon III et Haussmann n'en fassent le parc pittoresque et verdoyant que nous connaissons. En 1909, une ligne de chemin de fer le traversait déjà au débouché d'un tunnel dissimulé par les arbres.

Ce matin-là, il faisait encore frisquet lorsque le sifflet d'une locomotive résonna sous la voûte de ce tunnel. Aucun train, cependant, ne surgit pour troubler la sérénité du parc désert. Rien n'advint durant de longues minutes puis, enfin, deux silhouettes solitaires se découpèrent dans le flou d'une aube brumeuse. Depuis le tréfonds du tunnel, un dernier coup de sifflet retentit comme un au revoir avant que l'on entende les ronflements et lâchés de vapeur d'une locomotive sur le départ.

— Le jour se lève à peine, dit Isabel de Saint-Gil en serrant d'une main gantée le col d'un grand manteau rouille.

— Reste à savoir de quel jour il s'agit, fit Griffont.

Il s'était changé depuis le combat contre les cauchemars. Il était à présent vêtu d'un costume sombre que lui avait offert le Petit Maître des Rêves et qui, malgré tout, lui allait parfaitement. La baronne, elle, avait puisé dans le sac de voyage avec lequel elle avait pris soin d'embarquer à bord du Train-Entre-les-Mondes. Pour l'heure, c'était Griffont qui portait le bagage.

— Je crois que c'est par là, dit-il en désignant une direction à travers les arbres qui longeaient la voie ferrée.

Ils rejoignirent les allées du parc, contournèrent le lac et son îlot rocheux, gagnèrent une sortie donnant sur la rue Manin. La grille était close à cette heure matinale. Griffont fit cliqueter la serrure en la heurtant légèrement du pommeau de sa canne.

Paris s'animait doucement. À un carrefour, ils furent les premiers clients d'un crieur de journaux.

— Nous sommes vendredi, annonça Griffont après avoir consulté la date du quotidien. Moins de deux jours ont passé depuis mon départ.

— Ma foi, je m'attendais à pire. Quelles sont les nouvelles ?

Il ne releva pas.

— Tout de même, allez savoir ce qui s'est passé entre-temps à Paris…

— Alors que proposez-vous ?

Griffont réfléchit.

Comme il l'avait compris, l'attaque des cauchemars n'avait été qu'un leurre. En prenant d'assaut seulement les premiers wagons du Train-Entre-les-Mondes, ils étaient parvenus à détourner l'attention des wagons de queue, et plus particulièrement de celui où étaient rangés les objets volés chez Ruycours. Il était déjà trop tard quand le mage avait fait irruption dans son compartiment couchette. La fenêtre, fracturée de l'extérieur, était entrouverte. Sur le sol gisait l'essentiel du butin, si bien que Griffont crut d'abord que rien ne manquait. Puis il remarqua la boîte du blason en bois peint. L'écusson était encore là, mais un double-fond béait, vide.

Qu'avait-il pu contenir ?

— Eh bien ? fit la baronne qui s'impatientait sur le trottoir.

— Il nous faut un fiacre.

Il y en avait un, arrêté non loin devant un café qui venait d'ouvrir. Ils trouvèrent le cocher à l'intérieur, l'obligèrent à finir son verre de blanc et, contre la promesse d'un joli pourboire, se firent conduire au 12, boulevard des Capucines. C'est Griffont qui donna l'adresse.

— Qu'allons-nous faire au Grand Hôtel ? demanda Isabel de Saint-Gil en grimpant dans le fiacre.

Elle connaissait tous les palaces de la capitale.

— Y trouver lord Dunsany, répondit Griffont tandis que le cocher lançait les chevaux. Je l'ai croisé au *Premier* dimanche dernier. Il m'a dit qu'il était descendu au Grand Hôtel et j'espère qu'il y est encore. Rien n'est moins sûr, car il n'était que de passage à Paris... Vous le connaissez ?

— De nom et de réputation seulement. Vous croyez qu'il peut nous aider ?

— Je veux lui montrer l'écusson peint. Je sais bien que ce n'est pas ça que voulait la Reine Noire. Mais quel que soit l'objet que contenait le double-fond, je suis convaincu que ce blason ne se trouvait pas dans la même boîte par hasard. Il doit y avoir un rapport.

— Qui sait ?

— Dunsany est un spécialiste de l'Histoire Merveilleuse. J'ai bon espoir qu'il reconnaîtra les armoiries.

— Rappelez-vous qu'Erelan a dit qu'elles n'étaient pas de l'OutreMonde.

— Je sais... Quoi qu'il en dise, le motif de la licorne que l'on retrouve sur ce blason est peu fréquent. Surtout, il est rarement innocent : sa valeur symbolique est forte. Et puis sachant que Lyssandre est impliquée, je doute que cette affaire soit sans rapport aucun avec l'OutreMonde...

— C'est assez bien pensé.

Lyssandre était le nom véritable de la Reine Noire. Sœur jumelle de la reine Méliane, elle était son aînée de quelques minutes et aurait dû hériter du trône d'Ambremer. Mais la légendaire reine Titania en décida autrement. Sur son lit de mort, elle transmit la couronne à Méliane et fit promettre à Lyssandre qu'elle aiderait fidèlement sa sœur de ses conseils. Est-ce cela qui fit naître chez Lyssandre un ressentiment qui se mua bientôt en haine et corrompit son âme ? Ou la vieille reine avait-elle résolu d'éloigner son aînée du pouvoir parce qu'elle avait deviné en elle les germes de mauvais penchants qui l'inquiétaient ?

Quoi qu'il en soit, Lyssandre jalousa Méliane avant de la détester, et ne cessa de lui nuire. Le pire fut atteint lorsque Lyssandre séduisit Tarquin, l'époux qu'avait choisi sa sœur. Tarquin, de son vrai nom Tser-Shaad'Y, n'était pas n'importe qui. C'était un dragon de haut lignage et son mariage avec Méliane scellait l'alliance de deux puissants peuples : les dragons et les fées. Lyssandre usa de charmes, de philtres, de maléfices. Elle enseigna la magie à Tarquin et en fit son amant en même temps qu'un redoutable sorcier qui lui était tout entier dévoué.

Cette liaison adultère et incestueuse fut découverte, sans doute à l'initiative de Lyssandre. Les dernières réticences que Méliane avait à blâmer ouvertement sa sœur aînée cédèrent. Chassée d'OutreMonde avec quelques partisans, Lyssandre gagna en puissance et vilenie au fil des siècles. Elle devint la Reine Noire et ne cessa jamais d'intriguer contre Méliane et le trône d'Ambremer. Quant à Tarquin, il fut répudié et condamné à un emprisonnement éternel hors des Trois Mondes. Les dragons, qui avaient jadis régné sans partage sur l'OutreMonde, réclamèrent de pouvoir juger l'un des leurs. Devant le refus de Méliane qui ordonna l'exécution immédiate de la sentence, une guerre éclata entre les dragons et les fées.

*

Au Grand Hôtel, après les portes à tambour, Griffont et Isabel traversèrent le hall immense pour s'adresser à la réception. Ils apprirent que Dunsany était sur le départ, que ses malles étaient déjà descendues, et qu'il prenait son petit déjeuner au restaurant. Ils l'y retrouvèrent avec soulagement et, les présentations faites, acceptèrent de bon cœur son invitation à partager son repas. On commanda des toasts et du thé en suffisance. Dunsany buvait un délicieux Earl Grey qu'il sucrait à peine. Par politesse, la baronne et Griffont firent une infidélité à leur cher Kenilworth.

— Mon train pour Calais part dans moins de deux heures, dit Dunsany dans un français impeccable mais avec une pointe d'accent anglais. Mais je prendrai volontiers le suivant pour vous servir.

— Je ne crois pas que cela sera nécessaire, le rassura Griffont.

Parce qu'ils pouvaient être entendus des tables voisines, ils poursuivirent la conversation dans la langue de Shakespeare. En s'efforçant d'aller à l'essentiel sans compromettre la réputation d'Isabel, Griffont expliqua ce qui les amenait et ce qu'ils attendaient du mage et encyclopédiste anglais. Celui-ci posa quelques questions brèves, précises et pertinentes. Enfin, il proposa :

— Montrez-moi donc ce blason.

Isabel de Saint-Gil tira l'écusson de son sac à main. Elle le tendit à Dunsany qui remercia et s'essuya les mains à sa serviette avant de s'en saisir. Il étudia les armoiries, puis dit :

— Si je ne me trompe pas, ce sont les armes d'une vieille famille française qui eut fort à souffrir de votre Révolution. Les LaTour-Fondval. Mais sans vouloir vous offenser, Griffont, je suis surpris que vous n'ayez pas reconnu ce blason.

— Pourquoi ?

— Parce que l'un des nôtres, je veux dire un mage, et des plus célèbres, fut un LaTour-Fondval.

— Qui ?

— Anselme-le-Sage.

Griffont passa une main dans ses épais cheveux blancs et prolongea le geste pour, songeur, le regard vague, se masser la nuque.

— Anselme..., lâcha-t-il.

— Mais qui est cet Anselme ? s'enquit la baronne.

Elle détestait ne pas savoir ce que les autres savent, et les hommes, à son goût, avaient une trop forte tendance à tenir les femmes à l'écart.

— Cela remonte à loin, dit Griffont. Au XIIe ou XIIIe siècle, je crois...

— XIIIe, glissa l'Anglais.

— Les Cercles de Mages n'existaient pas alors. À l'exception peut-être du Cercle Blanc, et encore...

— Soit, fit la baronne. Et alors ?

— Anselme-le-Sage vivait à cette époque, expliqua Griffont. Il passe pour avoir été l'un des plus puissants mages de notre ère. Son histoire, d'ailleurs, se confond avec la légende, si bien que certains doutent qu'il existât jamais ou supposent que les souvenirs de plusieurs mages se mêlent en cette figure mythique. L'un des titres de gloire d'Anselme est d'avoir, le premier, réuni autour de lui un convent de magiciens, une assemblée qui fit florès et qui est sans doute à l'origine des Cercles de Magie que nous connaissons aujourd'hui. Rien que pour cela, toute la communauté des mages lui est redevable...

— Et qu'advint-il de lui ?

Attendant de voir si Griffont voulait répondre, lord Dunsany prit le relais :

— À vrai dire, les historiens du merveilleux perdent très vite la trace d'Anselme. Mais pas avant que ses disciples et lui n'eurent accompli un dernier exploit.

— Lequel ?

— Ils affrontèrent et vainquirent Tarquin, dit Griffont.

Cette histoire, la baronne la connaissait dans les grandes lignes. Elle ignorait simplement qu'Anselme-le-Sage en avait été l'un des protagonistes.

Tarquin, l'époux infidèle de la reine Méliane, avait donc été condamné à un éternel exil. Hors du temps et de l'espace, sa geôle magique n'appartenait à aucun des Trois Mondes. Mais on pouvait néanmoins l'atteindre par une « porte », un passage que de rares conjonctions astrales rendaient accessible. Il aboutissait sur Terre, en un lieu que les druides de l'ancienne Gaule avaient appris à respecter. Y était érigé un cercle de menhirs dont Méliane, par prudence, avait confié la garde à la Mère des Licornes. Cette créature quasi divine était la licorne originelle, celle qui avait engendré toute sa race.

— Or, reprit Griffont, il advint, sans que l'on sache comment, que Tarquin réussit à échapper à sa prison. Aussitôt, la Mère des Licornes intervint selon son devoir. Elle livra au dragon un combat terrible mais Tarquin brisa sa corne et la tua.

— Appelés au secours de la Mère des Licornes, enchaîna la baronne pour elle-même, Anselme et ses disciples arrivèrent trop tard pour la sauver. En revanche, ils purent venger sa mort en tuant Tarquin...

— Oui, fit Dunsany. Mais cette tragédie fut lourde de conséquences. À l'époque, la guerre entre les fées et les dragons faisait rage dans l'Outre-Monde, et ces derniers l'emportaient. Cependant, quand les licornes apprirent qu'un dragon était responsable de la mort de leur mère, elles renoncèrent à la neutralité qu'elles avaient respectée jusque-là et s'allièrent aux fées. Dès lors, les dragons ne pouvaient plus espérer la victoire. Cela prit le temps que l'on sait, mais ils furent finalement vaincus.

Songeuse, Isabel de Saint-Gil finit sa tasse de thé, la reposa dans la soucoupe, et demanda :

— Que devint Anselme ?

— On l'ignore, expliqua le magicien anglais. Certaines sources affirment que lui et la plupart de ses disciples donnèrent leur vie pour battre Tarquin. C'est très possible. N'oublions pas, madame, que Tarquin était non seulement un grand dragon, mais un puissant sorcier...

— Tout cela, lâcha Griffont après un silence, ne nous dit pas ce que trame la Reine Noire, ni ce que contenait l'écrin de l'écusson.

— Non, lui accorda Dunsany avec un sourire désolé. Je crains de ne pas vous avoir été d'une grande aide.

— Détrompez-vous. Grâce à vous, je crois que nous tenons enfin une piste.

22

L'un des portiers du Grand Hôtel héla pour eux un fiacre découvert. C'était maintenant le milieu de matinée. Tout Paris s'activait sous un soleil radieux.

— Avez-vous un endroit où aller ? s'enquit Griffont en aidant la baronne à monter dans le landau.

Lui resta sur le trottoir et ne semblait pas décidé à embarquer.

— Je vous demande pardon ? fit-elle, le sourcil froncé.

— Connaissez-vous un endroit où vous serez en sécurité ? Parce que sinon, faites-vous conduire chez moi. Je doute que la Reine Noire fasse prendre ma maison d'assaut deux fois.

— Et vous ? Où allez-vous pendant que je m'occuperai de votre intérieur ?

Elle maniait l'ironie. L'affaire s'engageait mal.

— J'ai à faire, mais je vous rejoindrai bientôt.
— Pas question.
— Allons !
— Pas question. Pour le cas où vous l'auriez oublié, je n'excelle pas dans le rôle de l'épouse docile

qui fait ce qu'on lui dit et que l'on tient à l'écart des choses importantes. Montez. J'irai où vous irez.

Griffont remit de l'argent au cocher.

— Au 17, impasse du Vieux-Square, lui dit-il. C'est dans l'île Saint-Louis.

— Avancez seulement d'un mètre et je jure de vous faire avaler votre fouet!

— Madame?

— Elle ne le fera pas, promit le mage avec une moue rassurante. Je la connais. Roulez.

— Vous feriez bien de me croire, cocher!

Le pauvre homme les considérait l'un et l'autre avec un regard de plus en plus inquiet.

— Isabel! souffla Griffont en surveillant les alentours. On nous regarde!

— Et on va bientôt nous entendre si vous persistez.

— Soyez raisonnable.

— Ce n'est pas ma qualité première...

— Ça!...

— ... et je vous interdis de me traiter comme une petite chose fragile. Soit vous montez, soit je descends.

Elle s'était déjà levée.

— C'est bon, soupira Griffont. C'est bon...

Il grimpa dans le landau tandis qu'elle se rasseyait, et s'installa en face d'elle. Il était mécontent; elle ne l'était pas moins.

Durant un moment, ils restèrent sans parler ni bouger. Leurs regards ne se croisaient pas. De la semelle de sa bottine, la baronne heurtait nerveusement le plancher. Griffont tapotait d'un ongle agacé le pommeau de sa canne.

— Eh bien, cocher ! s'emporta-t-il enfin. Roulez !

L'homme se racla la gorge et fit d'une voix hésitante :

— C'est toujours impasse du Vieux-Square ?

— Mais non, voyons ! s'exclama le mage comme si c'était l'évidence. Rue Saint-Claude !

Puis, parce qu'il lui fallait bien passer ses nerfs sur quelqu'un, il ajouta :

— ET VITE !... Vous nous avez fait perdre assez de temps comme ça !

*

Ils roulaient dans Paris en direction du IIIe arrondissement. Le cocher avait pris par les Boulevards et, malgré les consignes de Griffont, n'allait pas grand train. Après tout, il préférait déplaire à deux clients – passablement soupe au lait, de surcroît – que verser dans le caniveau, renverser un piéton, ou emboutir un véhicule.

Quand Griffont parut calmé, la baronne, qui avait déjà recouvré toute sa bonne humeur, demanda sur le ton de la conversation :

— Nous allons au *Premier Cyan*, n'est-ce pas ?

Il grommela quelque chose qui ressemblait à un « oui ».

— Est-ce là que mène la piste que lord Dunsany vous a inspirée ?

Un autre « oui », presque articulé, lui répondit.

— Comptez-vous bouder encore longtemps ?

Il la gratifia d'un regard, d'abord embarrassé, puis tendre. Elle souriait, charmante.

— Non, bien sûr...

— Alors si vous me parliez de cette fameuse piste ?

Il changea de place afin de s'asseoir à ses côtés, dans le sens de la marche. Ils étaient assez proches pour que l'on devine une certaine intimité entre eux, mais ne se touchaient pas. Quoi qu'ils fassent, deux anciens amants qui ne se détestent pas conservent une complicité des corps et des attitudes qui s'exprime malgré eux. C'est surtout vrai lorsque tout sentiment n'est pas mort.

— Vous vous souvenez que Dunsany a reconnu le blason comme étant celui d'une vieille famille française...

— Les LaTour-Fondval, oui.

— Il y a quelques jours, j'ai eu entre les mains une chronique de cette famille. J'ai laissé le livre au *Premier* et j'espère qu'il y est encore.

— Vous l'avez lu ?

— Non. Je n'ai fait que l'emprunter à la Bibliothèque Royale d'Ambremer.

Isabel de Saint-Gil, fine mouche, décela un rien d'embarras dans le ton de Griffont.

— Pourquoi avoir emprunté ce livre si vous ne comptiez pas le lire ?

— Ce... Ce n'est pas pour moi que je l'ai emprunté.

— Pour qui alors ?

Il se lança :

— Pour Cécile de Brescieux. C'est à son intention que j'ai laissé la chronique au *Premier Cyan*...

Il guetta la baronne, ne sachant trop à quoi s'attendre. Mais elle fit seulement :

— Ah.

Et se tut, impassible, en fixant sans le voir le dos du cocher.

C'était court, très court. En fait, c'était même trop court. Elle ne pouvait en rester là et ajouta bientôt :
— C'était donc ça.
— Quoi donc ?
— La raison pour laquelle vous ne vouliez pas m'emmener... Vous ne vouliez pas m'avouer que vous voyez encore la Brescieux. C'est tout bonnement ridicule... Que voulez-vous que ça me fasse ?

Il existe des régions polaires moins froides en hiver que ne l'était la baronne à cet instant. Griffont regretta d'avoir changé de banquette.

— D'une, dit-il, *avouer* n'est pas le terme puisque je n'ai pas le sentiment d'avoir commis une faute en retrouvant Cécile...
— Vous l'appelez Cécile, à présent ?
— Je l'ai toujours appelée Cécile. De deux, Cécile et moi ne nous *voyons* pas, comme vous dites en cultivant les sous-entendus. Nous nous rencontrons à l'occasion...
— Par hasard, j'imagine.
— Non. Elle m'avait donné rendez-vous.
— Vous voyez bien...
— De trois, enfin, il semble que j'avais de bonnes raisons de vouloir vous le cacher, au vu de votre réaction.
— Et qu'a-t-elle, ma réaction ?
— Elle fleure la jalousie à plein nez.
— Grotesque.

Il venait de marquer un point et elle le savait, ce qui ne lui plut guère. Néanmoins, il n'était pas question qu'elle désarme.

— C'est juste que je n'ai aucun plaisir à savoir que vous vous compromettez avec cette intrigante.

— Je ne me compromets en rien et Cécile n'est pas une intrigante.

— Elle a toujours voulu vous séduire. J'imagine que la nouvelle de notre séparation l'a enchantée. Cela dit, elle ne s'est jamais embarrassée de scrupules pour vous faire du charme, même lorsque nous étions ensemble.

— Vous divaguez.

— D'ailleurs comment lui en vouloir puisque vous n'avez jamais rien fait pour la décourager ?

— Quoi ?

— Et ce bal à Vienne, où je vous avais accompagné ?

— Quel bal ?

— Pour le couronnement de l'archiduc. Vous n'avez dansé qu'avec la Brescieux.

— Je lui ai seulement accordé une danse ! Une !... Et cessez de l'appeler *la* Brescieux, à la fin !

Il s'animait. La baronne comprit qu'elle pouvait l'emporter et porta l'estocade.

— Vraiment ? Et comment devrais-je l'appeler ? Cécile ? Et nous deviendrions les meilleures amies du monde ? Et nous papoterions autour d'un thé en mangeant des petits gâteaux ? Dites donc, Griffont, vous m'imaginez échangeant poliment des mondanités avec cette grue qui se donne des airs ? Mais vous rêvez, mon pauvre ami !

Devant pareille mauvaise foi, Griffont perdit ses moyens. Il s'exclama :

— Aurélia, tu dis n'importe quoi !

— *Tu ?...* On se tutoie, à présent ?

— TOUJOURS QUAND ON S'ENGUEULE !... ARRÊTEZ, COCHER ! JE DESCENDS !

Il s'aperçut alors que le fiacre était garé, sans doute depuis quelque temps.

— Nous sommes arrivés, monsieur.

*

Griffont bouillait encore de rage quand ils franchirent les portes du *Premier Cyan*.

Il dut cependant se contenir pour faire bonne figure aux membres et habitués qui le saluèrent. N'empêche, c'est d'une main un peu trop lourde qu'il écrasa la sonnette sur le comptoir de la réception. Il attendit tandis que la baronne se tenait à l'écart en adressant des sourires ravageurs et moqueurs à tous ceux qui s'étonnaient de voir une dame en ces murs. Elle avait l'air de dire : « Mais non, vous ne rêvez pas, je suis bien une femme. Surprenant, n'est-ce pas ? Enchantée de vous avoir rencontré. À bientôt, j'espère. » Griffont préféra regarder ailleurs.

André, le très stylé concierge du club, ne tarda guère à arriver après le coup de sonnette.

— Bonjour, monsieur. Ravi de vous revoir.
— Bonjour, André.
— Que puis-je pour vous ?
— Je vous ai dernièrement confié un paquet à l'intention de Mme de Brescieux. Est-elle passée le prendre ?
— Oui.

Griffont pesta. D'un coup d'œil, il vérifia qu'Isabel de Saint-Gil ne perdait rien de la conversation.

— Cette dame vous accompagne, monsieur ?
— Oui.
— Un problème, monsieur ?

— Non. Quand Mme de Brescieux est-elle passée ?

— Le lendemain même.

— Je lui avais aussi écrit un mot pour qu'elle me contacte au plus tôt. Vous le lui avez remis ?

— Certainement, monsieur. Elle l'a lu aussitôt.

— Aucun message pour moi depuis ?

— Non.

Il ne restait plus qu'à espérer que Cécile avait écrit ou appelé chez lui.

— Cependant, reprit le concierge, un inspecteur de police vous a demandé.

— L'inspecteur Farroux ?

— Oui.

— A-t-il dit ce qu'il me voulait ?

— Non, monsieur. Mais le voilà qui arrive, monsieur.

Griffont se retourna pour, d'une part, remarquer que la baronne n'était plus là et, d'autre part, voir Farroux qui passait la porte du grand salon dans sa direction.

— Griffont ! Je vous cherchais, justement.

Le ton n'avait rien d'aimable.

— Bonjour, inspecteur, fit le mage sur la défensive. Vous me cherchiez ? Pourquoi donc ?

— Parce que c'est mon métier.

— Dois-je comprendre que j'ai cessé d'être un observateur pour redevenir un suspect ?

— *A priori*, non.

— Alors quoi ?

— Et si nous allions discuter de tout ça au Quai des Orfèvres ?

Farroux y mettait les formes, mais c'était un peu

plus qu'une invitation. Il prit d'ailleurs par le coude Griffont qui, pour éviter d'embarrassantes explications en public, voire un scandale, se laissa faire.

*

Depuis le box du vestiaire où elle avait trouvé refuge dès que Farroux avait paru, Isabel de Saint-Gil regarda Griffont et l'inspecteur quitter le *Premier*. Griffont était-il en état d'arrestation ? Cela y ressemblait beaucoup. Elle ne doutait pas, cependant, qu'il serait bientôt libre.

Armée de son plus beau sourire, elle alla trouver André à la réception.

— Bonjour, madame.

— Bonjour. M. Griffont et moi-même cherchons une amie, Mme de Brescieux.

— Mme de Brescieux n'est pas là, madame. Je suis d'ailleurs au regret de vous informer que les dames ne sont pas admises au *Premier Cyan* et que...

— Je sais, je sais... Mme de Brescieux a-t-elle dit quelque chose avant d'emporter le livre laissé par M. Griffont ?

— Je... Je ne crois pas, madame.

— Plus vite vous me le direz, plus vite je serai partie. Sans compter que vous me rendriez un grand service.

— Il me semble me souvenir que Mme de Brescieux, en s'excusant de mal connaître Paris et ses environs, m'a demandé comment aller au Refuge des Sources.

— Les Sources ? En êtes-vous sûr ?

— Oui, madame.

La baronne songea un moment en pianotant des ongles contre le comptoir en acajou.

— Me serait-il possible de téléphoner ?

— Par ici, madame, répondit André en désignant la porte vitrée d'une cabine.

Elle s'y enferma, donna deux coups de manivelle, décrocha l'écouteur, attendit d'obtenir le standard urbain.

— J'écoute, fit la voix métallique de la téléphoniste.

— Camelot 12-78, je vous prie.

— Un instant.

Le cornet récepteur collé à l'oreille, la baronne entendit un vibrato régulier dont le rythme accompagnait celui des sonneries chez le correspondant.

Il y eut un déclic.

— Lucien ? C'est moi... Non, ça va. Je vous expliquerai... Trouve Auguste et venez me chercher avec l'automobile au *Premier Cyan*... Rue Saint-Claude, oui... Non, sans les bagages. Mais soyez armés, on ne sait jamais... À tout de suite.

23

Le Refuge des Sources était ce qu'il était encore convenu d'appeler, à l'époque, un asile d'aliénés. Pourtant, il ne s'agissait pas de l'une de ces sinistres prisons – le mot n'est pas trop fort – où l'on prétendait soigner les déments par des moyens souvent barbares, quand on ne se contentait pas, tout simplement, de les battre pour les obliger au silence et de les enfermer le reste du temps. Ici, pas de cachot, pas d'électrochoc, pas de bain glacé infligé des heures durant à de pauvres bougres sous camisole.

Isolées au sein de la campagne versaillaise, les Sources étaient autant un lieu de repos que de cure. Le domaine consistait en un vaste parc, un lac, un coin de forêt et d'immenses pelouses entourant un château du XVIIIe siècle et ses dépendances. On y était loin de tout et l'on comptait que la quiétude de l'endroit, associée à des soins patients, aidait à trouver le chemin de la paix intérieure. Ne serait-ce qu'en cela, le Refuge était un établissement hors norme. Mais un rigoureux critère de sélection achevait de le rendre unique : il était exclusivement réservé aux malades originaires de l'OutreMonde.

Au terme d'une route cahoteuse et poussiéreuse que rien n'indiquait, Auguste dut arrêter la Spyker bleue décapotée devant la grille du Refuge des Sources. Ils étaient en plein soleil, lequel tapait dur. À l'arrière, Isabel de Saint-Gil tenait une ombrelle de dentelle qui protégeait la pâleur de son teint. Elle portait une robe blanche et, sur le chignon de ses cheveux roux et or, un large chapeau en paille qu'un châle vaporeux retenait, noué sous le menton.

— Que se passe-t-il ? demanda-t-elle en tendant le cou pour voir.

— Je vais voir, dit Lucien.

Les grilles étaient ouvertes mais une charrette, attelée à deux chevaux, empêchait le passage. Elle transportait un jeune saule – la baronne reconnut un saule rieur – fiché dans un énorme fût plein de terre. Des cordes tendues le faisaient tenir droit. L'arbre, cependant, était trop haut : il ne pouvait franchir sans dommage le portail en fer forgé. Pouvait-on le pencher sans qu'il casse ou bascule ? Fallait-il le coucher au risque de le déraciner ? le descendre pour lui faire passer les grilles à bras d'homme ?

Quatre solides gaillards en casquette, la chemise imprégnée de sueur et le pantalon de drap bleu retenu par des bretelles boutonnées, discutaient ferme des avantages et inconvénients de ces différentes options. Après avoir échangé quelques mots avec eux, le gnome revint à la voiture nanti d'une conviction :

— Ce sera long, dit-il.

— Alors on continue à pied. Lucien, tu viens avec moi. Auguste, tu nous rejoins avec l'automobile dès que possible.

— D'accord, patronne, fit le chauffeur. Je vais peut-être faire le tour, au cas où y aurait une autre entrée.

— Ne te perds pas.

— Je vais tâcher.

Lucien ouvrit la portière à la baronne et tous deux approchèrent de la charrette et des quatre costauds. L'un d'eux porta deux doigts à sa casquette.

— Désolé, m'dame. Mais faut qu'on passe et on sait pas trop comment qu'on va s'y prendre...

— Je comprends.

— Mais vous avez pas loin à marcher. Le bâtiment principal est juste après les arbres, là. Vous serez à l'ombre tout du long.

— C'est un saule rieur que vous transportez, n'est-ce pas ?

— Tout juste.

— Vous allez le planter dans le parc ?

L'homme prit une mine de conspirateur et, levant sa main contre le coin de sa bouche, murmura :

— Ce serait plutôt un malade du ciboulot qu'un ornement de jardin, si vous voyez ce que je veux dire...

Isabel leva les yeux vers le jeune saule.

Issus de l'OutreMonde, les saules rieurs se manifestent d'ordinaire par des ricanements moqueurs et gloussements joyeux qui, très vite, deviennent irritants – au point qu'on les relègue d'ordinaire au fond du jardin. Celui-ci cependant, quand on lui prêtait une oreille attentive, faisait entendre des pleurs et gémissements en sourdine, tel un enfant puni dans son placard.

La baronne le considéra un moment. Aux Sources,

elle s'attendait à trouver des gnomes paranoïaques, des ogres maladivement timides, voire – on peut rêver – des chats-ailés mutiques. Mais un saule rieur frappé de mélancolie aiguë... Pourtant, à y bien songer, quoi de plus logique ? Tout être pensant est susceptible de manifester un jour des troubles mentaux. Sans doute existait-il des chênes savants mythomanes...

Après le portail, Isabel de Saint-Gil et le gnome empruntèrent une petite route creusée d'ornières qui traversait un bois en ligne droite. À l'ombre des grands feuillus régnait une fraîcheur apaisante qui invitait à la promenade. Des rayons dorés passaient les ramures et frappaient, obliques, le chemin de terre. On distinguait tout au bout, par la trouée au sortir des arbres, la façade blanche du château.

— Vous proposez quoi ? demanda Lucien tout à trac.

— Pardon ?

— C'est quoi, votre plan ? On frappe à la porte – *toc, toc, toc* – et on demande si, par hasard, il y aurait pas une magicienne du Cercle Incarnat dans les parages ?...

— Et pourquoi pas ?

— Non, sérieusement...

La baronne sourit. La tige de son ombrelle sur l'épaule, elle faisait tournoyer la corolle de dentelle en faisant rouler la poignée du bout des doigts.

— Eh bien, j'ai pensé que je pourrais être Mme Lebeau-Marin.

— Et d'où sort-elle, celle-là ?

— Elle sort de chez elle, motivée par le souci sincère que lui inspire la santé de son petit personnel. Car Mme Lebeau-Marin a bonne âme.

— Son petit personnel?..., répéta Lucien en se prenant au jeu.

— Et plus particulièrement son jardinier gnome qui souffre de terribles cauchemars. Qu'en dis-tu?

Il afficha un sourire radieux.

— J'en dis que j'ai le sommeil paisible mais que ça n'empêche pas d'avoir de l'imagination. Une préférence, pour les cauchemars?

— Non. Mais rien qui exigerait un internement immédiat.

— C'est gentil d'y avoir pensé, patronne.

— N'est-ce pas?

*

Ils étaient presque sortis du couvert des arbres. Après commençait une belle pelouse, et le chemin, jusqu'au perron du château, devenait une allée jalonnée de statues. Des jardiniers entretenaient d'élégants massifs. Une fontaine sculptée chantait au milieu d'un parterre de fleurs.

— Vous avez entendu? fit Lucien en s'arrêtant.

— Quoi?

— J'ai entendu quelque chose, moi. À notre gauche.

Il mit un genou à terre et fit mine de resserrer l'un de ses lacets de chaussure.

— Tu sais, ironisa Isabel de Saint-Gil, c'est la campagne, ici. Tu dois t'attendre à ce qu'il y ait des animaux dans les bois...

— Vous moquez pas, patronne. On nous observe.

Aussi discrètement que possible, la baronne scruta les arbres. Un bruit de branchages remués attira son regard vers les hauteurs.

— J'ai vu, dit-elle.

Un gnome était grimpé dans un arbre. Il portait un pyjama de grosse toile écrue et des chaussons en tissu. À califourchon sur une branche, il était très occupé à cacher, dans une cavité du tronc, de petits objets scintillants qu'il tirait d'un pan de chemise retroussé. Ses gestes étaient nerveux, empressés. Il s'immobilisait parfois pour guetter les alentours mais, prisonnier d'un monde intérieur tourmenté, il n'avait remarqué ni Lucien, ni la baronne pourtant distants de quelques mètres à peine.

— Il ne m'a pas l'air bien méchant, ton espion…

Plissant les yeux pour mieux voir, Lucien afficha bientôt une mine dégoûtée. L'envie lui vint de cracher par terre.

— Un crapulard, lâcha-t-il.

De fait, le gnome haut perché n'avait pas le teint beige de Lucien et de la plupart de ses congénères. Sa peau grise était comme l'ardoise. Il était de surcroît plus petit et maigre que la moyenne, ce qui faisait de lui un «gnome noir». Cette race cousine des gnomes ne suscitait que le mépris dans l'Outre-Monde, où elle vivait cachée pour avoir été longtemps persécutée. Les gnomes noirs n'étaient pas mieux aimés sur Terre. Était-ce justice? On les prétendait menteurs, voleurs, pleutres, cupides, volontiers cruels.

— Je crois qu'ils préfèrent qu'on dise *gnome noir*, indiqua Isabel de Saint-Gil.

— Un crapulard est un crapulard.

— Tu les détestes tant que ça ?

Lucien ne répondit pas tandis que le crapulard, redescendu de son arbre, approchait d'eux à pas feutrés. Ses membres grêles flottaient dans les vêtements mal coupés.

— Faudra pas le dire, murmura-t-il en jetant des regards en coin partout.

La baronne s'accroupit devant lui avec un froufrou d'étoffes et de jupons.

— Dire quoi, mon ami ?
— Ils me cherchent, vous savez ? Ils me cherchent.
— Qui donc ?
— C'est parce qu'ils veulent mon trésor... Mais j'ai une chouette cachette. Drôlement chouette, même... Une cachette chouette, vous comprenez ? Chouette !

Il ricana en désignant l'arbre et sa cavité naturelle.

— Mais c'est un secret, reprit-il, soudain sérieux. Un secret... Vous voulez connaître mon secret ?

La baronne hésita.

— Il faut pas ! s'anima le gnome fou. Il faut pas connaître mon secret !... Comme ça, vous risquez rien !... Mais moi, je le sais, mon secret ! Mon secret ! Et eux, ils veulent le savoir. Alors ils me cherchent...

Il s'interrompit, eut une absence. Une brume envahit ses yeux enfiévrés.

— C'est joli, ça..., dit-il en tendant la main vers le collier que portait la baronne.

Plusieurs petits diamants, enchâssés dans l'argent, y brillaient.

— Touche pas ! s'exclama Lucien en avançant.

Le gnome noir ramena la main et recula comme s'il s'était brûlé.

— Doucement, Lucien! reprocha Isabel de Saint-Gil.

Mais l'autre songeait déjà à autre chose. Un bruit anodin dans le sous-bois l'avait alarmé.

— Faut que je parte! Faut que je me cache!... Des fois, ils lancent la meute après moi.

La baronne eut un sourire plein de compassion. Elle doutait que l'on ait jamais lâché les chiens – à supposer qu'ils existent – sur quiconque aux Sources...

— Bonne chance, dit-elle.

Le crapulard s'en fut parmi les arbres sans répondre.

— Pauvre malheureux, conclut-elle en le voyant s'éloigner.

Elle se releva.

— Tu n'as pas un peu pitié? demanda-t-elle à Lucien.

Il hésita, puis avoua:

— Si. Un peu.

*

Sur les marches ensoleillées du perron, ils croisèrent trois infirmiers en blouse et calot blancs dont l'un s'arrêta, salua la baronne et demanda:

— Vous n'auriez pas vu un crapul... un gnome noir en pyjama, madame?

Elle allait répondre quand Lucien la prit de vitesse:

— Non.

Elle l'épaula aussitôt:

— Non, en effet. Pourquoi?

— Il s'est échappé, dit l'infirmier en lançant des regards inquiets vers le parc et les bois. Il va jamais bien loin mais...

— Est-il dangereux ?

— Arsène ? Oh ! non, madame. Il a juste la manie de faucher tout ce qui brille et de cacher son trésor un peu partout. Billes, éclats de verre, pièces de monnaie, tout lui est bon. Le seul problème, c'est qu'il avale parfois ses trouvailles pour pas qu'on les lui prenne. Et après, pour les récupérer, c'est toute une affaire... Faut être patient, voyez ?...

Isabel de Saint-Gil acquiesça.

— Je vois, oui. Ou plutôt non, je préfère ne pas voir... Bonne chance à vous.

— Merci, madame. Vous inquiétez pas, vous risquez rien avec Arsène. Et puis on va bientôt lui mettre la main dessus.

— Je n'en doute pas.

L'infirmier descendit les marches pour rejoindre ses collègues. Ils eurent un rapide conciliabule et se séparèrent.

— Pourquoi as-tu menti ? s'enquit la baronne en les observant.

— Crapulard ou pas, c'est un gnome. Et je suis pas une balance.

— Il n'est pas dit que tu lui aies rendu service.

— Bah ! ils ont dit qu'il était pas dangereux. Qu'il les fasse donc un peu cavaler... C'est leur boulot.

La baronne considéra Lucien du coin de l'œil. Il était, décidément, rétif à toute forme d'autorité, même hospitalière. Sans doute trouvait-il que ces infirmiers avaient des airs de matons. L'anarchiste qui dormait en lui avait le sommeil léger.

Ils entrèrent et, au comptoir de l'accueil, Isabel de Saint-Gil demanda à rencontrer le directeur. L'hôtesse voulut savoir si elle avait rendez-vous.

— Non, j'en ai peur.

— En ce cas, madame, je crains que monsieur le directeur ne puisse vous recevoir.

— Je suis venue tout exprès de Paris pour le rencontrer, mademoiselle...

— Je comprends, mais sans rendez-vous je...

— Je ne demande que quelques minutes de son temps.

— C'est impossible. Croyez bien que j'en suis désolée. Je vous invite cependant à prendre rendez-vous dès à présent. Je suis certaine qu'ainsi...

La baronne n'écoutait plus. Elle soupira, agacée, échangea un regard d'intelligence avec Lucien, puis s'intéressa de nouveau à l'hôtesse. Elle lui sourit, se fit charmante, très charmante.

Extrêmement charmante.

Tout en elle inspira soudain la sympathie. Son attitude, sa toilette, ses yeux d'ambre surtout. Son sourire était chaleureux, complice et tendre. Il portait jusqu'au cœur. Il inspirait la confiance, donnait des envies de confidence, d'abandon intime, de partage sincère. C'était le sourire d'une mère, d'une amie de toujours, d'une amante peut-être – un sourire à rendre amoureux...

C'était le sourire d'une âme sœur.

Dès lors, tout fut simple. L'hôtesse fit venir une infirmière qui conduisit Isabel et Lucien dans une salle d'attente. En montant les escaliers, le gnome dut fermer les paupières et secouer la tête pour chasser les reliquats d'un enchantement qu'il avait déjà vu à l'œuvre et qui ne l'épargnait toujours pas.

*

Pierre Monjardet, le directeur, ne fut pas long avant de les faire entrer.

Grand, le cheveu blanc et l'œil noir, il semblait avoir la soixantaine. Cet âge, cependant, pouvait être trompeur, car Monjardet passait pour être un ancien mage. Si cela était vrai, on ignorait ce qui l'avait fait renoncer à l'exercice de l'Art. Quoi qu'il en soit, il avait fondé le Refuge des Sources vingt ans plus tôt, à l'initiative du trône d'Ambremer. La reine Méliane, accompagnée de sa cour et des plus hauts dignitaires de l'État français, avait honoré l'inauguration de sa présence. Aujourd'hui encore, l'asile était entièrement financé par l'OutreMonde.

Aimable mais visiblement très occupé, Monjardet fit asseoir la baronne et Lucien avant de s'installer derrière son bureau. Il s'enquit de l'identité de la prétendue Mme Lebeau-Marin, prit des notes, en vint bientôt au vif du sujet. Isabel de Saint-Gil lui servit le conte qu'elle avait imaginé : Lucien, son jardinier, était hanté par des cauchemars terribles. En praticien sérieux, Monjardet demanda à s'entretenir en particulier avec le gnome et ils passèrent dans un cabinet voisin.

— Nous ne serons pas longs, madame.
— Prenez tout votre temps, docteur.

Et même plus, vous me rendriez service, songea la baronne.

Une fois seule, elle attendit un peu puis commença

à fureter. La pièce était meublée bourgeoisement, sans ostentation. Quelques bibelots, vases et bronzes trônaient çà et là. Des diplômes médicaux étaient accrochés aux murs. Rien ne trahissait un passé de magicien.

Isabel ouvrit des tiroirs, des meubles, fouilla des papiers en s'efforçant de ne rien déranger. Elle souleva des dossiers et feuilleta des livres. Elle ignorait de combien de temps elle disposait. Elle ignorait ce qu'elle cherchait. Elle ignorait même s'il y avait ici quelque chose à découvrir. Tout cela ne lui facilitait pas la tâche. Elle finit par se planter au milieu de la salle afin de la balayer d'un regard circulaire en se fiant à son instinct.

Lequel ne lui dit rien.

Elle considérait d'un œil critique une vitrine où étaient rangées des miniatures animales en cristal quand Monjardet revint, suivi de Lucien.

— L'état de monsieur ne m'inquiète pas outre mesure, annonça Monjardet en s'asseyant à son bureau. Je vais prescrire des calmants et un somnifère qui s'avéreront sans doute efficaces. Si les cauchemars devaient néanmoins persister, je vous conseille de consulter l'un de mes confrères, le docteur Pilière, rue Saint-Gilles à Paris.

Dans sa voix sonnait comme le reproche d'avoir dérangé un spécialiste pour rien. Il tendit l'ordonnance hâtivement griffonnée et ajouta :

— Puis-je vous demander pourquoi vous avez fait appel à moi ?

La baronne sauta sur l'occasion.

— C'est une amie qui vous a recommandé. Mme de Brescieux.

Monjardet suspendit son geste.

— Mme de... ?

— De Brescieux. Vous la connaissez, je crois. Elle s'apprêtait justement à vous rendre une visite quand je lui ai fait part des soucis de Lucien.

— Madame, je ne connais aucune Mme de Brescieux.

Il mentait et se raidit.

— Vraiment, docteur ?... Cécile de Brescieux.

— Je ne connais pas ce nom.

Il se leva pour accompagner d'autorité la baronne et Lucien jusqu'à la porte.

— Au revoir, madame.

— Au revoir, docteur. Je suis sincèrement désolée de vous avoir dérangé.

— Au plaisir, madame.

Il n'y avait rien d'aimable dans le ton, et c'est à peine si Monjardet y mit les formes. Il referma la porte sur ses visiteurs puis, soucieux, marcha jusqu'à son bureau. Il s'y appuya, prit une grande inspiration, regarda vers la fenêtre.

Un chat-ailé blanc s'était posé sur le rebord.

D'abord immobile, l'animal ferma les yeux et acquiesça en signe d'assentiment.

24

L'inspecteur Farroux retint Griffont durant tout l'après-midi. Il avait des questions à lui poser, des vérifications à faire, une multitude de points à préciser. Il ne se pressa pas pour prendre sa déposition. Souvent, Griffont resta seul dans un bureau lugubre à attendre le bon vouloir du policier. Il crut plusieurs fois qu'on l'avait oublié.
Pour Farroux, c'était une manière de faire une démonstration d'autorité. Il ne plaisantait pas et, s'il s'était montré conciliant jusqu'à présent, les choses pouvaient changer. Tout dépendrait de l'attitude que le mage choisirait d'adopter : un témoin peu coopératif a vite fait de devenir un suspect. Cela, bien sûr, l'inspecteur se garda bien de l'annoncer. Il le laissa seulement entendre en disposant librement du temps de Griffont. Il ne manifesta aucune animosité durant les auditions. Il resta courtois, prévenant, amical. Mais n'en fit qu'à sa tête et laissa s'écouler les heures.
Les prétextes ne lui manquaient d'ailleurs pas pour garder et interroger Griffont. Celui-ci était d'abord mêlé – plus ou moins directement, certes – à une affaire qui comptait déjà un cambriolage, un

enlèvement et un assassinat, voire un massacre si l'on considérait la tuerie de la rue de Lisbonne. Mais à cela s'ajoutait le fait que Griffont avait été récemment déclaré disparu. C'est Étienne qui, trouvant la maison en désordre et son maître nulle part, s'était résolu à prévenir la police. Comme il se doit, Farroux avait aussitôt hérité de l'enquête. Il s'y consacrait quand, ce matin, il avait eu la surprise de trouver Griffont au *Premier*.

Aux questions qu'on lui fit sur les dernières quarante-huit heures, Griffont répondit le plus souvent en mentant, parfois par omission. Il avoua cependant avoir été agressé par une gargouille chez lui cette fameuse nuit. Non, il ignorait pourquoi mais il avait la conviction qu'il n'y aurait pas survécu sans le secours du Petit Maître des Rêves. Ce dernier l'avait d'ailleurs accueilli à bord du Train-Entre-les-Mondes, d'où son absence ici-bas deux jours durant. Pour ne pas impliquer la baronne plus qu'elle ne l'était déjà, Griffont cacha leurs retrouvailles et ne dit rien du boîtier à l'écusson volé chez Ruycours. Il prétendit que, sitôt revenu sur Terre, il s'était rendu à son cercle.

L'inspecteur était trop intelligent pour prendre ce témoignage pour argent comptant. Mais il devinait en même temps que Griffont ne mentait pas dans le but de cacher une quelconque culpabilité. Protégeait-il quelqu'un ? Avait-il connaissance d'enjeux qui les dépassaient l'un et l'autre ? Peut-être... De toute manière, Farroux ne pouvait le garder plus longtemps sans l'arrêter.

Griffont put donc, le soir approchant, s'en retourner enfin chez lui.

*

Sitôt rentré, Griffont fut accueilli par Étienne qui lui manifesta – avec une extrême retenue – sa joie et son soulagement de le revoir.

— Merci, Étienne. J'espère que ma soudaine disparition ne vous a pas trop inquiété.

— Tout va bien puisque vous voilà revenu, Monsieur. Monsieur sait que j'ai dû avertir la police de la disparition de Monsieur...

— Oui. Vous avez bien fait. N'ayez aucune inquiétude.

Après s'être débarrassé de sa canne et de son chapeau melon, Griffont tendit l'oreille. Il lui semblait entendre une conversation dans le salon.

— C'est Madame qui reçoit M. Falissière, expliqua le domestique.

— Car Madame reçoit chez moi, à présent ?

— J'ai cru que Madame était ici chez elle puisque Madame est... Madame, si j'ai bien compris Monsieur.

Cela ne manquait pas de logique.

— En effet, reconnut Griffont. J'imagine que Madame s'est établie avec armes et bagages...

— Oui, Monsieur. Madame a pris la chambre qui, naguère, était la chambre de Madame. À ce que m'a dit Madame.

— Madame a dit vrai.

— Et j'ai installé les domestiques de Madame dans la petite chambre du haut, Monsieur.

— Les domestiques de Madame ?

— Lucien et Auguste, Monsieur.

— Ben voyons...

Griffont gagna le salon. Falissière et la baronne, assis près de la cheminée, bavardaient le plus agréablement du monde.

— Louis! se réjouit Isabel de Saint-Gil. Vous arrivez à point : nous allions dîner.

— Dîner ? Où ça ?

— Mais ici, voyons!

L'ancien diplomate se leva pour serrer la main de son ami en exprimant une joie sincère.

— Je suis ravi de vous revoir, Louis. Ravi, vraiment.

Il expliqua que, inquiété par l'étrange disparition de Griffont, il était passé au *Premier Cyan* en quête de nouvelles dans l'après-midi. On lui avait alors appris le retour du disparu et il était aussitôt venu ici, tandis que la baronne achevait de s'installer.

— Bien sûr, j'ai invité Edmond à dîner, fit Isabel.

— Bien sûr..., confirma le mage.

Il se laissa tomber dans un fauteuil et accepta le verre de porto que Falissière lui servit aimablement.

— J'ai repris ma chambre, dit la baronne. J'ai remarqué que vous n'y avez rien changé. C'est très délicat de votre part...

— Le temps m'a manqué plutôt que l'envie.

— En huit ans ?

Griffont haussa les épaules et changea de sujet.

— Ne m'en veuillez pas, Edmond, mais je suis épuisé et je ne rêve que de prendre un bain. Pourrez-vous attendre de dîner jusque-là ?

— Mais certainement. Je vous en prie, c'est tout naturel.

— Merci.

— C'est le dîner qui ne pourra sans doute pas attendre, souligna la baronne.
— Je suis sûr que si.
Griffont se leva et appela.
— Étienne !
Le domestique arriva sans tarder.
— Monsieur ?
— Faites-moi couler un bain, voulez-vous ?
— Bien, Monsieur. Et le dîner ?
— Plus tard, Étienne... Plus tard..., fit Griffont d'une voix lasse avant de sortir.

Quelques secondes passèrent, puis Isabel de Saint-Gil se tourna vers Falissière et demanda :
— Cette maison manque de gaieté, vous ne trouvez pas ?
— C'est l'évidence, répondit Azincourt en entrant par la fenêtre entrouverte du jardin. Mais rassurez-vous, j'arrive... Je suis enchanté de vous revoir, madame.

*

Le dîner fut servi dans le petit salon à la demande de la baronne. Griffont, assis en bout de table, avait Isabel à sa droite et Falissière à sa gauche ; Azincourt trônait en face sur un tabouret haut. Le vin aidant, une gaieté complice s'instaura. Comme souvent lors de retrouvailles cordiales, on commença par l'évocation d'anecdotes heureuses que chacun sait par cœur mais se réjouit d'entendre encore. La mémoire est un ciment solide. Si solide et durable que la nostalgie survit parfois longtemps à l'amitié. Elle peut même s'y substituer et nous tromper. Combien de fois nous sommes-nous aperçus trop tard que rien ne nous attachait désormais à tel ou telle, sinon le souvenir d'une époque évanouie ? Quand cette idée frappe, douloureuse, le temps paraît faire un bond et nous nous découvrons subitement face à un étranger que les hardes de sentiments défunts ont cessé de déguiser. Cela, plus que les ans, fait que l'on vieillit. L'âge est le catalogue de nos désenchantements intimes.

Rien de la sorte, cependant, n'existait entre Falissière, Griffont et Isabel. Ils restaient des amis sincères malgré les années. Falissière les avait rencontrés vingt ans plus tôt, alors que ses fonctions diplomatiques le menaient partout en Europe et, bien souvent, à Ambremer. La baronne et Griffont vivaient une passion qui les consumait autant qu'elle les exaltait. Ils s'adoraient et voyageaient beaucoup à l'époque. Ils passaient pour l'un des plus beaux couples de la haute société. L'un des plus romanesques et tourmentés, également. Toutes les cours, tous les salons bruissaient de leurs aventures, disputes, bouderies, réconciliations et caprices. Les gazettes mondaines se délectaient ; les rumeurs enflaient ; un roman à clef leur fut même consacré. Amoureux fous mais incapables de s'entendre, ils n'étaient pas l'eau et le feu : ils étaient l'huile et le feu, et les flammes, dévorantes, brûlaient toujours plus vives.

Depuis combien de temps s'aimaient-ils ainsi ? Falissière l'ignorait au juste. Assez, en tout cas, pour que la nouvelle de leur séparation le désole. Après tant d'orages et d'idylles ressuscitées, on doutait que la rupture soit définitive. Mais le diplomate les connaissait bien déjà. Il savait qu'un phénix ne renaît pas toujours des cendres, si chaudes qu'elles soient. Par discrétion, il n'essaya pas de connaître le fin mot de l'histoire. Il ne força pas les confidences et n'en reçut aucune sur ce sujet. Il lui fut seulement permis de deviner que Griffont et Isabel souffraient. Ils avaient fui la caresse d'un feu trop longtemps côtoyé. Ils découvraient la nuit et, solitaires, grelottaient en gardant un œil attristé sur la lueur lointaine.

Ce soir-là, chez Griffont, Falissière revoyait Isabel de Saint-Gil pour la première fois depuis près de dix ans. Elle n'avait pas changé et le vieil homme ressentit au cœur un pincement ancien. Comme elle et Griffont n'avaient rien à lui cacher, ils contèrent leurs récentes aventures. Ils parlaient d'une seule voix, reprenaient une phrase là où l'autre l'achevait, précisaient ce que l'un oubliait, s'adressaient des piques, y répondaient volontiers, riaient souvent, ménageaient des silences lourds de sous-entendus et, ce faisant, montraient à quel point ils étaient proches.

Fasciné et ravi, Falissière écoutait surtout. Il ne se permit d'intervenir, au risque de rompre le charme, que lorsqu'ils évoquèrent ce que Dunsany avait dit de Tarquin, d'Anselme-le-Sage et de la mort de la Mère des Licornes.

— J'hésite à contredire un historien du Merveilleux aussi savant que lord Dunsany. Néanmoins...

— Oui ? fit Griffont.

— Rien n'est sûr, cependant, hésita encore Falissière. Et notez bien que la plupart des sources se contredisent...

— Allons, Edmond! le rudoya gentiment la baronne. Parlez donc!

— L'Histoire a retenu qu'Anselme et son couvent affrontèrent Tarquin pour venger la Mère des Licornes, n'est-ce pas?

Tous acquiescèrent, y compris Azincourt.

— Eh bien, certains textes que j'ai pu consulter, poursuivit Falissière, prétendent qu'Anselme ne fonda ce qui devait être le premier cercle de magiciens qu'après le combat contre Tarquin... Ce serait cette épreuve qui les aurait réunis.

— Et alors? lâcha Isabel.

— Cela prouverait qu'Anselme a survécu à l'affrontement, nota Griffont.

— Mais surtout, précisa l'ancien diplomate, cela pose une question... Si Anselme et ses mages ne constituaient pas déjà un couvent, que faisaient-ils ensemble, au même moment, sur les lieux où la Mère des Licornes affronta Tarquin?

— Mais c'est très juste, ça! dit la baronne au grand plaisir de Falissière. Une idée, Louis?

On en était au dessert et, sans y songer, elle picorait les amandes effilées que Griffont avait abandonnées sur le bord de son assiette. Lui laissait faire. Il poussa même, tout naturellement, son assiette vers elle.

Le mage secoua la tête avec une moue vague:

— Aucune.

— Et ce n'est pas tout! ajouta Falissière qui se sentait pousser des ailes. On évoque aussi une femme.

— Une femme? s'étonna Griffont.

— Il y a toujours une femme, souligna la baronne.

Et comme par hasard, elle a toujours le mauvais rôle…

— En fait, on n'en sait rien. Il semble juste qu'une femme assista ou participa au drame. Mais dans quel camp? On l'ignore. Peut-être épaulait-elle Anselme. Peut-être appartenait-elle au convent…

— J'en doute, dit Griffont. N'oublions pas que nous étions alors au XIIIe siècle. À l'époque, on ne parlait pas de magiciennes. Seulement de sorcières…

— Qu'est-ce que je disais? ironisa Isabel en sourdine.

— … et je serais surpris d'apprendre qu'Anselme en fréquentait une. Si sage qu'il pût être.

— A-t-elle un nom, cette femme? demanda la baronne.

Falissière, le poing devant la bouche, se racla la gorge

— Pas à ma connaissance, avoua-t-il. Mais un texte méconnu du XVIe siècle, citant un manuscrit du XIVe aujourd'hui perdu, affirme qu'elle n'était autre que la Reine Noire.

Azincourt, qui s'assoupissait lentement, se redressa et manqua tomber du tabouret.

— Évidemment, comme toujours, rien n'est moins sûr, tempéra le vieil homme en lissant ses larges favoris blancs.

Il n'était pas mécontent de son petit effet.

*

On passa dans le salon pour le café. La baronne ne prit rien mais trempa, d'autorité, un sucre dans la tasse de Griffont. Elle grignota la friandise, pincée entre deux doigts précieux, en écoutant Griffont raconter son morne après-midi au Quai des Orfèvres.

— Farroux n'est pas idiot. Il se doute que je ne lui dis pas tout. Cela me désole, d'ailleurs. J'aimerais pouvoir jouer cartes sur table avec lui. Mais tant que nous ne connaîtrons pas tous les tenants et aboutissants de cette affaire…

— Farroux est bon prince, dit Falissière. Il aurait pu vous causer plus d'embarras qu'un après-midi gâché.

— C'est vrai… Et par chance, je n'ai pas été fouillé.

— Pourquoi ?

Le mage tira de sa poche un petit revolver à crosse d'ivoire.

— C'est le sieur Erelan qui me l'a confié avant qu'Isabel et moi ne débarquions du Train-Entre-les-Mondes. Il est chargé de balles enchantées souveraines contre les gargouilles pourvu que l'on vise au cœur.

Cela raviva le souvenir de la menace qui, peut-être, pesait encore sur eux. Falissière eut un regard vers les fenêtres entrouvertes en cette soirée d'été. La silhouette rassurante d'Auguste s'y découpait en passant ; on entendait son pas régulier sur le gravier. Armé d'un fusil de chasse, il montait la garde dans le jardin tandis que Lucien dormait en attendant son tour.

— Quant à moi, fit Isabel de Saint-Gil, je n'ai pas perdu ma journée.

Elle expliqua, en deux mots, pourquoi et comment elle s'était rendue au Refuge des Sources.

— Et alors ? s'enquit Griffont.

— Et alors rien. Si ce n'est que Monjardet, le directeur, cache quelque chose. Il m'a menti en m'affirmant qu'il ne connaissait pas la Brescieux.

— Cécile de Brescieux ? hasarda Falissière.

— Oui. Une excellente amie de Louis, à ce qu'il paraît.

La baronne gratifia l'intéressé d'une œillade moqueuse. Griffont leva fugitivement les yeux au plafond et passa outre :

— Il faudrait savoir ce que Cécile est allée faire aux Sources. À supposer qu'elle s'y soit effectivement rendue...

— Le mieux serait de le lui demander, vous ne pensez pas ? fit Isabel.

— J'ignore où la joindre.

— Vraiment ?... Demandez au Cercle Incarnat. Ils doivent savoir, eux...

Azincourt était venu se lover contre les genoux d'Isabel. Il ronronnait sous la caresse.

— Je ne crois pas que cela soit une bonne idée. Si Cécile m'a envoyé à sa place à la bibliothèque d'Ambremer, c'est parce qu'elle ne voulait pas attirer l'attention du Cercle Incarnat sur elle.

— Allons, Griffont..., le raisonna Falissière. Les Cyan n'aiment guère les Incarnat et *vice versa*, certes. Mais de là à les considérer comme des ennemis dans cette affaire...

— Non, bien sûr... Mais Cécile menait une enquête en marge de sa confrérie. Il est même possible qu'elle lui désobéissait... Je préfère donc être prudent.

— En ce cas, c'est l'impasse.

— Pas sûr.

Griffont reposa sa tasse de café et expliqua :

— L'une des clefs de ce mystère réside sans doute dans cette chronique familiale des LaTour-Fondval. Nous devons nous la procurer et la lire.

— Mais puisque Cécile a le livre ! fit Isabel de Saint-Gil.

— Il y a une autre solution. Quand je me suis rendu à la Bibliothèque Royale d'Ambremer, son conservateur m'a incidemment révélé qu'il possédait un second exemplaire de la fameuse chronique.

— Excellent ! se réjouit Falissière. Il ne vous reste plus qu'à vous rendre ensemble à Ambremer !

— J'irai seul, décréta le mage.

Et un silence se fit.

L'ancien diplomate considéra d'abord Griffont avec étonnement, puis la baronne avec curiosité. D'ordinaire, elle n'appréciait pas qu'on la tienne à l'écart, et encore moins qu'on lui dicte sa conduite.

Là, cependant, elle se tut et baissa les yeux.

Le silence devint malaise.

— Vous n'irez pas ? insista Falissière.

Elle eut un doux sourire attristé.

— Vous ignorez encore qui je suis, n'est-ce pas ? Ou plutôt, vous ignorez ce que je suis...

Falissière ne comprenait pas. Depuis trente ans qu'il la connaissait, il ne l'avait pas vue vieillir. Et comme elle était l'épouse d'un magicien, il s'était figuré que...

— Vous pensiez que j'étais magicienne. Une magicienne certes originale, et qui n'appartient à aucun cercle comme certaines, mais une magicienne tout de même...

Il acquiesça sans conviction.

— Aurélia, fit Griffont sur le ton du doux reproche. Tu ne devrais pas.

— Aurélia ? murmura Falissière pour lui-même.

— Edmond a le droit de savoir, Louis.

Azincourt s'assit, attentif, la tête et les oreilles tournées vers Isabel. À l'instar de Griffont, il savait ce qu'elle allait révéler.

— Je ne suis pas une magicienne, Edmond. Je ne suis pas née sur Terre. Je suis ce qu'il est convenu d'appeler une enchanteresse.

— Une enchanteresse ?... Alors vous êtes... ?

— Une fée, oui. Une fée qui a vécu si longtemps loin de l'OutreMonde et de ses sœurs que...

Émue, elle reprit :

— Vous avez entendu Louis m'appeler Aurélia. C'est mon véritable prénom, celui que me donna la reine Méliane lorsque j'étais l'une de ses dames d'atour.

Elle échangea un long regard avec Griffont à l'évocation de cette époque.

— Avez-vous... ? hésita Falissière. Je veux dire : puisque vous ne voulez pas, ou ne pouvez pas retourner à Ambremer... Avez-vous été... ?

— Bannie ?... Non, ce n'est pas le terme. Mais je n'y suis pas désirée... Et puis malgré les années, ce serait encore trop douloureux, vous comprenez ?

— Oui. Je... Je suis désolé... Je ne savais pas.

— Ce n'est rien.

Elle se força à sourire et se leva. Les hommes, par galanterie, l'imitèrent aussitôt.

— Il est tard, dit-elle. Et je suis certaine que vous mourez d'envie d'allumer ces cigares dont l'odeur m'est odieuse... Je vais me coucher. Bonne nuit, Louis.

— Bonne nuit, Isabel. À demain.

— Bonne nuit, Edmond.

— Bonne nuit. Vraiment, je...

— Ne dites rien, Edmond. Je suis contente que vous partagiez désormais ce petit secret.

Elle quitta le salon en emportant Azincourt dans ses bras.

*

Quand ils furent seuls, Griffont alla chercher la boîte à cigares et la proposa ouverte à l'ancien diplomate. Qui refusa d'un geste vague.

— J'ai gaffé, lâcha-t-il, sincèrement désolé. Mais quel besoin avais-je de poser ces questions!

— Oubliez ça, Edmond. Rien n'obligeait Isabel à vous faire ces confidences, si pénibles qu'elles lui fussent. Voyez-y plutôt une belle preuve de confiance et d'amitié.

— Il n'empêche... Je ne suis qu'un vieil imbécile.

— Mais non... Que diriez-vous d'un cognac?

— Non, merci. Il vaut mieux que je rentre avant de commettre un autre impair.

— Asseyez-vous et acceptez ce verre de l'amitié.

Falissière se laissa faire, fâché contre lui-même.

Bientôt, le bouchon de liège gémit en quittant le goulot et Griffont les servit. Ils restèrent un moment songeurs à réchauffer l'alcool, le verre ventru tenu par en dessous dans le creux de la main.

— J'espère..., commença enfin Falissière.

— Oui?

— La raison qui fit qu'Isabel a dû quitter l'Outre-Monde...
— Eh bien ?
— J'espère que ce n'est pas grave...

C'était le souhait candide d'un vieil homme malheureux. Une bonne nouvelle l'aurait soulagé en atténuant sa faute et donc le poids du remords.

Griffont, cependant, ne put rien dire.

Il revenait à la baronne de faire, ou non, cet ultime aveu.

25

Le lendemain matin, Griffont retrouva la baronne au rez-de-chaussée pour le petit déjeuner. Elle ne l'avait pas attendu. En toilette de ville, elle achevait une tasse de chocolat chaud. Il restait surtout des miettes sur le plateau.

— Bonjour, Isabel. Vous êtes bien matinale.
— Bonjour, Louis. Bien dormi ?
— Assez.
— Toujours décidé à aller à Ambremer aujourd'hui, j'espère. Parce que j'ai décidé de vous y accompagner, finalement…
— Vraiment ?

Il parut inquiet.

— Vous n'imaginez pas, ironisa-t-elle, que je me suis levée aux aurores pour le seul plaisir de vous faire un brin de causette avant votre départ, n'est-ce pas ?

Griffont sourit en hochant la tête, blasé. À y bien songer, ce revirement ne l'étonnait pas tant.

— Rien ne vous fera changer d'avis, j'imagine.
— Non. Nous prendrons mon automobile. Lucien conduira.

— Et Auguste ?

— Il a veillé sur nous une bonne partie de la nuit et a besoin de se reposer. Mais Azincourt sera du voyage.

— M'accorderez-vous le temps de boire une tasse de thé et de grignoter quelque chose ?

— Bien sûr, voyons ! D'ailleurs, vous n'êtes jamais très agréable tant que vous avez le ventre vide...

Il s'assit en face d'elle et attendit d'être servi par Étienne. Ils ne dirent mot tandis que Griffont sucrait son thé et en buvait une première gorgée. Puis, beurrant un toast, il lâcha innocemment :

— Quelle espèce de défi comptez-vous relever en vous rendant à Ambremer après toutes ces années ?

Durant quelques secondes, on entendit seulement le raclement du couteau sur la tranche de pain grillée. Puis Isabel de Saint-Gil haussa les épaules et, pour une fois, mentit assez mal.

— Qu'allez-vous chercher là ?... Je vais à Ambremer parce que la chose m'amuse et que je pourrais peut-être vous y être utile... Si l'on ne souhaitait plus m'y voir, il fallait m'en bannir solennellement.

— On espérait sans doute que vous vous inclineriez sans qu'il soit nécessaire d'y mettre les formes. On espérait sans doute que vous seriez raisonnable.

— Eh bien, on a eu tort !... Et cessez de dire *on* puisque nous savons l'un et l'autre de qui nous parlons...

Quand elle avait ce petit air buté et, somme toute, charmant, il était toujours vain d'insister. Lui, pas dupe, s'attacha donc à finir son petit déjeuner.

Il la connaissait mieux qu'elle ne l'aurait souvent souhaité.

*

Pour gagner Ambremer depuis Paris, le plus simple est de prendre le fameux train au départ de la porte Maillot. Mais il existe d'autres routes, plus ou moins commodes.

L'une d'elles part d'une clairière ignorée du commun des mortels – et pour tout dire introuvable – où, vers 10 heures ce matin-là, la Spyker bleue de la baronne s'arrêta, le moteur tournant au ralenti. Nous avons dit que cette clairière était introuvable et le lecteur s'étonnera peut-être que Lucien Labricole, qui conduisait, l'ait justement trouvée. Fiez-vous à moi si je vous dis que cela arriva, et songez que l'automobile ne transportait jamais qu'un mage, une enchanteresse et un chat-ailé. Avouez, cher lecteur, que vous êtes parfois tatillon.

Griffont descendit seul de la voiture décapotée et approcha d'un grand dolmen trônant au milieu d'un cercle d'herbe rase. « Trônant » est le mot, car ce dolmen, accolé à un menhir colossal, avait justement des allures de siège. Campé devant ce monument, Griffont toussota comme quelqu'un qui cherche à manifester sa présence.

Le résultat ne se fit pas attendre. Lentement, dans un grand scintillement, une silhouette se dessina et prit corps. Alors apparut le gardien du lieu.

Ce gardien était un dragon.

On sait que les dragons adoptent souvent forme humaine. Certains, moins nombreux, se montrent tels qu'ils sont – à savoir d'énormes et terrifiants lézards ailés capables d'écraser une bâtisse sous leur poids. Celui-ci avait opté pour une solution intermédiaire. Il était, en quelque sorte, un dragon anthropomorphe. Haut de cinq à six mètres, ventru, les membres et le cou longs, il se manifesta assis sur le trône de pierre. Des lorgnons cuivrés, aux verres fumés, pinçant l'arête de son museau écailleux, il tenait un grimoire que Griffont n'aurait pu soulever. Il avait ramené une patte – une jambe? – griffue sur l'autre et lisait, l'air débonnaire.

— Tiens! dit-il en baissant le livre. Griffont.
— Je vous salue, Gardien.
— Gardien!... Pour vous, c'est Ihn'Irssar.

Souriant, le mage s'inclina afin de signifier qu'il était sensible à l'honneur qu'on lui faisait.

— En ce cas: bonjour, Ihn'Irssar.
— Bonjour, Griffont. Que me vaut le plaisir?
— Je viens solliciter la permission de rejoindre l'OutreMonde.
— Vous ne venez pas me faire la conversation.
— Une autre fois, peut-être...
— Qui vous accompagne?
— Voyez...

Le dragon tendit le cou vers la décapotable.

— Est-ce vous, Aurélia?

La baronne se leva dans l'auto et esquissa une révérence.

— C'est moi, Gardien.

Griffont anticipa un souci mais le dragon, après avoir hésité, dit simplement:

— C'est bien. Passez. Au plaisir.

Et il disparut tandis qu'à l'orée de la clairière la végétation laissait place à une route invisible jusque-là.

— Je m'attendais à plus de difficultés, marmonna le mage en regagnant la voiture.

— Oui, fit Isabel de Saint-Gil. Moi aussi... Néanmoins, pour une fois que tout s'arrange au mieux, nous n'allons pas nous plaindre.

Griffont ne répondit pas.

*

Lucien conduisant toujours, ils empruntèrent la route qui venait d'apparaître et ne quittèrent pas le couvert des arbres jusqu'à destination. En fait, ils passèrent insensiblement du bois de Boulogne à la forêt de Saint-Germain, puis de la forêt de Saint-Germain à celle qui, dans l'OutreMonde, entoure Ambremer. Moins d'une demi-heure plus tard, au mépris des règles les plus élémentaires du temps et de la géographie, ils passaient les portes de la fabuleuse cité sous les regards étonnés des passants. On n'avait pas tous les jours l'occasion de voir une automobile à essence dans les murs de la capitale des fées.

Ils se garèrent à l'ombre d'un marronnier qui fumait la pipe et laissèrent la Spyker sous la garde de Lucien. L'automobile, déjà, attirait des fées-lucioles curieuses et mutines. Isabel et Griffont continuèrent à pied, Azincourt trottant dans leurs jambes.

Digne et fière, la baronne était plus émue qu'il ne semblait. Après toutes ces années, arpenter les rues de sa ville natale ravivait le souvenir. Ses yeux d'ambre fauve où étincelaient des éclats d'émeraude s'embuèrent ; elle avait la gorge serrée. Lorsque l'on vit poindre, au hasard des rues étroites et pavées, les premières tours du palais au-dessus des toits d'ardoise, Isabel prit la main de Griffont et se raidit un peu. Lui, par pudeur, ne parla pas, de sorte qu'ils pénétrèrent en silence dans la magnifique bibliothèque envahie de lumière et de verdure. L'instant avait quelque chose d'à la fois intime et solennel, car c'était là, sous les hauts plafonds de cette cathédrale dédiée aux arts, au savoir et aux livres, c'était là que, véritablement, battait le cœur de l'OutreMonde.

Comme il l'avait fait une semaine plus tôt, Griffont s'adressa à l'accueil. En cette occasion, cependant, on ne le dirigea pas vers le département des Archives Historiques et Particulières Humaines. On le pria d'attendre, ce qu'il fit en rejoignant la baronne qui, assise sur un banc, caressait rêveusement Azincourt.

Un quart d'heure, vingt minutes passèrent bientôt.

— Quelque chose ne va pas ! s'impatienta Griffont.

— En effet, dit d'une voix calme Isabel de Saint-Gil.

— Je vais voir.

— Inutile. On vient à nous, annonça-t-elle en se levant, mais sans se retourner.

Dans son dos approchait le conservateur de la Bibliothèque Royale d'Ambremer. En digne enchanteresse, elle avait senti l'extraordinaire aura du dragon bien avant de pouvoir le voir. Les poils d'Azincourt se hérissèrent sur son dos.

— Dame Aurélia. Monsieur Griffont.

Distingué, la moustache noire et les tempes grisonnantes, Sah'arkar inclina le buste tandis que la baronne lui faisait face.

— Messire Sah'arkar.

— Bonjour, Sah'arkar, dit le mage plus aimablement.

Il remarqua que le dragon, cette fois-ci, était venu les mains vides. Des mains fines et blanches qu'il ne pouvait s'empêcher de frotter l'une contre l'autre.

— Monsieur Griffont, je suis au regret de vous annoncer que le livre que vous avez demandé n'est pas disponible.

L'enchanteresse sourit en coin.

— Vraiment ? lâcha Griffont.

— Rappelez-vous, vous l'avez vous-même retiré la semaine dernière.

— Je m'en souviens. Comme je me souviens que vous m'avez alors dit que vous possédiez un second exemplaire de cette chronique...

Les yeux reptiliens brillèrent d'intelligence derrière les petites lunettes rondes à monture d'argent.

— Sa Majesté désire vous rencontrer, dit Sah'arkar.

— Maintenant ? s'étonna Griffont.

— Oui. Sa Majesté la reine Méliane vous attend.

— Bien. Nous vous suivons.

— C'est-à-dire que...

Le dragon évitait de croiser le regard de la baronne.

— J'ai compris, dit-elle. Au plaisir, messire Sah'arkar.

— Madame, comprenez bien que...

— Ce n'est rien.

Et elle tourna les talons, Azincourt dans les bras.

— Un instant, Sah'arkar, souffla le mage avant de rattraper Isabel qui s'éloignait déjà.

Il l'attrapa par le coude et lui demanda à mi-voix :
— Qu'allez-vous faire ?
— Me promener, répliqua-t-elle d'un ton badin. Il y a longtemps qu'Azincourt et moi ne sommes venus.
— Ici ?
— Mais oui.
Griffont plissa les paupières et tenta de lire par-delà le masque d'indifférence qu'affichait la baronne.
— Qu'avez-vous en tête, Isabel ?
— Rien, je vous assure. Je ne vais quand même pas rester plantée là à vous attendre...
Il avait un doute mais dit :
— Soit... Retrouvons-nous à la voiture, voulez-vous ?
— À la voiture. Très bien... À tantôt, Louis. Amusez-vous bien.
Elle partit d'un pas tranquille en murmurant à l'oreille d'Azincourt.

*

Guidé par Sah'arkar, Griffont alla de la bibliothèque au palais sans – à proprement parler – sortir. Les deux bâtiments, en effet, ne partageaient pas seulement une même architecture lumineuse et aérée : ils étaient voisins. Entre eux, une mosaïque de cloîtres et jardins en terrasses épousait un versant de la butte où culminaient les tours et les remparts du palais. Des couloirs, des galeries d'arcades, des escaliers menaient à de discrètes poternes que gardaient des hallebardiers en livrée. Il fallait d'ordinaire montrer patte blanche pour passer, mais on ne fit aucune question au dragon ni à celui qui l'accompagnait.

La reine Méliane ne reçut pas Griffont seule. Belle et digne, le regard sévère, elle avait à ses côtés le doyen parisien du Cercle Incarnat, deux fées de son Haut Conseil et un seigneur elfe qui était son Grand Chambellan. Elle avait revêtu une robe en soie grise. Un filet de perles blanches tenait ses longs cheveux noirs en un chignon compliqué ; un collier d'argent ornait sa gorge pâle ; ses mains nues reposaient sur les accoudoirs d'un trône en velours et bois de rose.

Griffont fut entendu, avec plus de pompe que ne l'exigeait l'étiquette, dans une salle immense et blanche dont les voûtes en ogive, soutenues par des colonnes d'une minceur impossible, culminaient à trente mètres. La lumière, oblique, entrait par des fenêtres hautes et minces. À intervalles réguliers, des gardes immobiles se tenaient dos aux murs que décoraient des tapisseries colorées.

C'était ici que la Reine des Fées tenait son conseil. Mais c'était également ici qu'elle rendait ses jugements et, dès qu'il entra, Griffont comprit le message.

L'affaire s'engageait mal.

26

Lorsque Griffont les rejoignit, Isabel de Saint-Gil était assise à l'arrière de la Spyker décapotée ; elle somnolait à l'ombre dorée que prodiguait le marronnier sous lequel la voiture était garée. Lucien, lui, bavardait avec un groupe de gnomes passionnés de belle mécanique. Il cabotinait un peu et gardait un œil sur les fées-lucioles qui virevoltaient toujours autour de la Spyker, touchaient aux chromes et se glissaient partout. Ces petites créatures n'étaient, pour ainsi dire, que de la lumière vivante. Elles ne risquaient donc pas de faire grand mal. Mais un drame était possible si l'une d'elles avait la mauvaise idée de se trouver sous le capot au moment de démarrer.

Griffont approcha d'un pas vif, l'air soucieux, une cigarette aux lèvres. Il grimpa dans la décapotable et, en s'installant aux côtés de la baronne, manqua s'asseoir sur Azincourt qui dormait, roulé en boule. Le chat-ailé, somnolant et grincheux, se poussa à peine et chacun dut jouer des fesses pour ne pas l'écraser sans céder sa place.

Isabel remarqua que le mage avait sa tête des mauvais jours.

— En route, dit-il sèchement.

D'un regard, Lucien interrogea l'enchanteresse qui acquiesça discrètement. Le gnome serra alors quelques mains avant de se glisser au volant. Il appuya sur la poire de l'avertisseur pour effrayer les fées-lucioles et mit le contact.

*

— Alors ? demanda la baronne tandis que les toits d'Ambremer disparaissaient à l'horizon des arbres derrière eux. Que voulait la reine Méliane ?

D'une pichenette, Griffont jeta son mégot sur la route.

— Me poser des questions en ayant l'air de prendre de mes nouvelles tout en laissant clairement entendre que l'affaire était sérieuse...

Isabel de Saint-Gil esquissa un sourire à la fois blasé et admiratif.

— C'est bien dans la manière de Sa Majesté, dit-elle. Elle vous a reçu seule ?

— Non. Gélancourt était là.

— Le doyen Gélancourt ?

— Oui. Et l'on dira encore que le Cercle Incarnat ne prend pas ses ordres à Ambremer...

— Qui d'autre ?

— Sah'arkar, le Grand Chambellan – lequel ne m'a jamais porté dans son cœur, comme vous le savez – et deux dames du Haut Conseil.

— Sans doute dame Célyna et dame Mérédie.

— Peut-être, oui... Elles n'ont pas parlé. Pas plus que le Grand Chambellan qui s'est contenté de me fusiller du regard pendant toute l'audience.

— L'audience ?... Le terme a un petit air de tribunal, vous ne trouvez pas ?

— Il y avait de ça, je vous assure.

Las, Griffont ôta son melon, se frotta les paupières et se renfonça dans la banquette. La nuque bien calée, il rejeta la tête en arrière et, appréciant le courant d'air frais sur son visage, ferma les yeux.

— Que voulait savoir Méliane ? s'enquit l'enchanteresse.

Le mage répondit sans bouger.

— Elle voulait savoir pourquoi j'avais accepté de retirer la fameuse chronique pour le compte de Cécile de Brescieux...

— Mais voilà une excellente question !

— ... et pourquoi je venais aujourd'hui réclamer le même livre. À la première question j'ai répondu que je rendais service à une amie. J'ai dit que je n'y avais pas vu malice et que je pensais libérer Cécile d'une tâche subalterne.

— Ce en quoi vous avez menti.

— Oui, puisque je savais que j'évitais à Cécile de s'exposer. Elle ne voulait pas attirer l'attention du Cercle Incarnat.

— Et à la seconde question ?

Griffont se redressa, ramena en arrière une mèche argentée rebelle et coiffa son chapeau.

— J'ai dit que vous vouliez également lire la chronique et que j'ignorais pourquoi.

— Vous ne manquez pas de culot ! s'exclama la baronne.

Mais elle était plus amusée qu'offusquée. L'audace, voire l'effronterie, lui plaisait toujours.

— Ce n'était qu'un demi-mensonge... Et puis cela a provoqué l'effet que j'escomptais.

— À savoir ?

— Comme on rechigne toujours autant à prononcer votre nom à Ambremer, on a aussitôt cessé de m'interroger sur ce point.

— Bien joué.

— Merci.

Ils roulaient depuis un moment. Dans le ciel, les deux astres de l'OutreMonde – l'un gros et jaune, l'autre petit, bleuté et effacé – avaient laissé place au soleil. La Spyker avait regagné la Terre et traversait désormais la forêt de Saint-Germain.

— Et le doyen Gélancourt ? demanda bientôt la baronne. Que faisait-il là ?

— Les questions qu'il m'a posées étaient prudentes, allusives. À l'évidence, il avait peur de découvrir son jeu en étant trop précis. Mais j'ai compris que le Cercle Incarnat et Ambremer sont inquiets. Pour une bonne part, je pense que Cécile est responsable de cette inquiétude.

— Ils craignent pour elle ?

— Non... Ils ignorent ce qu'il est advenu d'elle, mais c'est elle qu'ils craignent. Ou plutôt les recherches qu'elle a entreprises. Et comme il semble que nous cherchions à présent dans la même direction qu'elle...

— J'imagine que l'on vous a poliment fait comprendre que vous auriez tout intérêt à regarder ailleurs.

— Oui.

— Et, accessoirement, à ne plus me fréquenter.

— Ce n'était pas une première. Pour la énième

fois, j'ai aimablement fait remarquer à Sa Majesté que je fréquente qui je veux.

— Quel courage ! ironisa la baronne.

— N'est-ce pas ?

Ils échangèrent un regard rieur qui en disait long sur leur complicité.

— C'est tout ? fit Isabel de Saint-Gil après un silence.

— À part qu'on m'a définitivement refusé la chronique des LaTour-Fondval et que nous ne savons donc toujours pas ce que nous cherchons ?... Oui, c'est tout.

— Alors à nous, se réjouit la baronne.

De l'index, elle gratta Azincourt entre les oreilles.

— Azincourt ? Réveillez-vous, Azincourt. C'est l'heure de conter vos exploits...

Le chat-ailé souleva une paupière, deux, soupira, se leva. Il s'étira longuement – d'abord dos rond, puis dos creux. Chaque fois, il tendit ses ailes duveteuses en grand. Enfin il s'assit, l'air fiérot.

— Qu'avez-vous inventé, vous deux ? fit Griffont.

Son regard soupçonneux allait de la baronne à l'animal sans discontinuer. Elle ne se démonta pas.

— Moi, rien. C'est Azincourt qu'il faut remercier.

— Le remercier ? Et le remercier de quoi ?

Azincourt n'aimait pas trop la tournure que prenaient les événements. Il pressentait une engueulade et, assez lâchement, se demandait comment y couper.

— Si c'est pour me faire remonter les bretelles..., murmura-t-il, déjà boudeur.

— Vous n'avez pas de pantalon.

— Mais j'ai ma dignité. Débrouillez-vous sans moi.

Il passa d'un bond sur la banquette avant. À tout prendre, il n'était pas mécontent de lui. Il avait transformé une déroute annoncée en retraite organisée. L'honneur était sauf.

— C'est malin ! reprocha Isabel.
— Mais qu'est-ce que j'ai dit ? s'étonna Griffont.
— L'important, c'est ce qu'Azincourt allait dire...
— Vous savez ce que c'est ?
— Oui.
— J'attends.
— Vous promettez de ne pas vous fâcher ?
— Non.

L'enchanteresse leva les yeux au ciel.

— Azincourt a piqué un somme dans la bibliothèque pendant que la reine vous recevait, dit-elle d'un trait.

Griffont haussa les épaules.

— Soit.
— Plus précisément, il a piqué un somme dans la réserve de la bibliothèque.

Elle insista sur le mot « réserve ».

— Et ? fit Griffont qui commençait à comprendre.
— Et il se trouve qu'il s'est endormi près d'une certaine chronique.

Griffont lâcha un soupir.

— L'idée, naturellement, lui en est venue toute seule...
— Parfaitement ! mentit effrontément Azincourt en passant, dressé dos à la marche, la tête au-dessus de la banquette avant.
— Louis, vous devriez cesser de faire votre

mauvaise tête et écouter Azincourt, conseilla Isabel de Saint-Gil.

— Pardonnez-moi, Azincourt. Je vous écoute.

Le chat-ailé, ravi, fit le récit d'une expédition héroïque, dangereuse et pleine de péripéties inventées dont, très vite, Griffont le pria de faire l'économie.

Azincourt s'était donc introduit dans les caves de la Bibliothèque Royale d'Ambremer. Il avait bientôt trouvé la *Chronique véridique de la famille de LaTour-Fondval* et, pour la lire, s'était endormi à proximité. À proximité et non dessus, car, malheureusement, le livre était serré dans un rayonnage inaccessible. Les rêves du chat-ailé, par conséquent, furent pollués par la masse énorme des textes environnants.

— C'était un peu comme essayer d'écouter une boîte à musique au milieu d'une fanfare, expliqua-t-il avec son accent anglais contrefait. J'ai fait ce que j'ai pu mais, malgré mes efforts, je garde un souvenir confus de la chronique. Et je ne vous parle pas du mal de crâne que me valut cette expérience...

— Un souvenir confus mais utile, souligna Isabel en passant outre la migraine d'Azincourt.

Le chat-ailé estima que l'on glissait un peu vite sur son esprit de sacrifice. Il allait y revenir quand Griffont le prit de vitesse :

— Que raconte-t-elle, cette chronique ?

— L'histoire d'une vieille famille aristocratique française, lâcha un Azincourt quelque peu vexé.

— Mais encore ? Y est-il question d'Anselme-le-Sage ?

— Oui. Deux chapitres lui sont consacrés.

Il en ressortait qu'Anselme avait effectivement réuni autour de lui plusieurs disciples – comme l'avait raconté lord Dunsany, ces mages avaient ensemble affronté et vaincu Tarquin, le dragon sorcier et époux infidèle de Méliane, après que celui-ci avait tué la Mère des Licornes en tentant d'échapper à son emprisonnement éternel.

— Rien de bien neuf donc, dit Griffont.

— Attendez plutôt, fit Isabel.

Azincourt reprit son récit.

D'après la chronique, après le combat contre Tarquin, Anselme et ses disciples avaient fondé une confrérie, la première en son genre. Ils la nommèrent la Confrérie de la Licorne et, pour chacun d'entre eux, firent sculpter une figurine représentant une licorne dans un cristal de roche d'une pureté unique. Par la suite, les membres de la confrérie vécurent leurs propres aventures. Mais chaque année, à la date anniversaire de la mort de la Mère des Licornes, ils se retrouvaient en un lieu secret sur les terres d'Anselme. Cette tradition – disait le texte – dura tant que vécurent les membres de la Confrérie de la Licorne.

— Voilà, conclut Azincourt avec fausse modestie. C'est tout ce dont je me souviens.

— En effet, reconnut Griffont, ce n'est pas rien... Peut-être devrions-nous aller faire un tour sur les terres d'Anselme dont il est question.

— Même s'il est abandonné, dit l'enchanteresse, le château de LaTour existe toujours dans les environs de Meudon. Mais nous avons mieux à faire...

Elle se tut, ménageant ses effets.

— Quoi donc? demanda le mage.

— Lorsque j'ai rendu visite au professeur Monjardet, le directeur du Refuge des Sources, j'ai vu un meuble vitrine plein de figurines animales en cristal. L'une d'elles était une licorne. Elle trônait au centre, sous une cloche en verre.

— La piste est maigre...

— Elle prend un peu d'épaisseur si l'on se souvient que Monjardet est un ancien mage. Et s'il était aussi un ancien disciple d'Anselme-le-Sage ? Un ancien membre de la Fraternité de la Licorne... Cela expliquerait pourquoi la Brescieux a voulu le rencontrer, non ?...

Griffont la regarda sans répondre.

— Vous ne croyez pas ? ajouta-t-elle avec un clin d'œil malin.

*

Ils roulèrent bien et arrivèrent au Refuge des Sources en milieu d'après-midi. Mais si vite qu'ils fissent, ils arrivèrent trop tard pour rencontrer Pierre Monjardet. Le directeur, en effet, avait été assassiné dans la nuit, comme l'expliquèrent les deux inflexibles gendarmes qui interdisaient l'accès au domaine. L'un d'eux, néanmoins, répondit plus que de raison aux innocentes questions que lui posa la baronne.

— C'est un infirmier de nuit qui a découvert la victime. Il faisait sa dernière ronde dans le parc, à l'aube, quand il a vu une silhouette ailée sortir par la fenêtre du bureau du directeur.

— Une silhouette ailée ? fit Isabel avec des yeux de petite fille fascinée.

— Un genre de gargouille, d'après le témoin.

— Mais c'est effrayant!

Elle jeta un regard en coin à Griffont qui, descendu de la Spyker, avait étalé une carte routière sur le capot. Il prétendait s'être perdu et occupait le second gendarme en discutant des meilleurs itinéraires pour rejoindre Versailles. Azincourt était roulé en boule sous la banquette arrière. Lucien, que la proximité des uniformes mettait mal à l'aise, serrait le volant et s'efforçait de prendre un air dégagé.

— Et que s'est-il passé ensuite? demanda l'enchanteresse.

— L'infirmier a couru jusqu'au bureau de M. Monjardet, lequel gisait égorgé sur le tapis.

— Égorgé!

Elle porta la main à sa bouche. Griffont se demanda si elle n'en faisait pas un peu trop. Il apparut que non.

— Faites excuses, madame. Je ne voulais pas vous effrayer.

— C'est que vous racontez cela avec un tel calme, une telle assurance. On sent bien que vous n'êtes pas homme à vous inquiéter d'un rien...

Le pandore se rengorgea. De rougeaud, son teint vira au bistre.

— Dans la gendarmerie, il est indispensable de garder son sang-froid en toute circonstance.

— Tout de même, un homme égorgé... Mais pourquoi a-t-on assassiné ce malheureux? J'imagine qu'il est encore trop tôt pour le dire...

Le gendarme haussa les épaules avec la mine de celui qui en sait long.

— Nous avons quelques pistes, dit-il.

— Déjà ? Vraiment ?... Lesquelles ?

Il hésita et lorgna vers son collègue.

— Oh! mais vous êtes naturellement tenu au secret, dit la baronne en affichant une immense déception. Je comprends cela très bien...

Elle eut un sourire contrit, ménagea un silence, attendit...

Gagné.

Le gendarme se pencha et, sur le ton de la confidence, dit:

— Le bureau du directeur a été vandalisé. Et selon les premiers éléments de l'enquête menée conjointement par nos services et les inspecteurs des Brigades mobiles dépêchés sur les lieux, il semble que le mobile du crime soit le vol.

— On peut donc tuer pour de l'argent...

Il sourit paternellement. Comme la plupart des hommes, il adorait savoir ce qu'une jolie femme ignore, pour avoir le plaisir de le lui dire.

— Ce n'est pas de l'argent qui manque, madame. Ni de l'or, ni des bijoux. C'est une petite licorne en cristal à laquelle la victime semblait, d'après plusieurs témoins, beaucoup tenir.

Elle ne parut pas surprise, ce qui l'étonna, lui, et le déçut beaucoup.

27

De retour chez Griffont, pendant que Lucien garait la voiture, ils trouvèrent Étienne et Auguste qui attendaient dans le vestibule et lâchèrent ensemble :

— Un flic est venu, patronne.

— L'inspecteur Farroux est passé, Monsieur.

Le mage et l'enchanteresse échangèrent un regard.

— Pas de panique, fit-elle.

— Merci, Étienne. A-t-il laissé un message ? demanda Griffont.

— Il a laissé sa carte, Monsieur.

Griffont prit le bristol. Au dos était écrit : « Appelez-moi. Urgent. » Suivaient la signature de Farroux et un numéro de téléphone.

Isabel de Saint-Gil prit la carte des mains de Griffont et lut à son tour.

— Farroux... C'est l'inspecteur chargé d'élucider le meurtre de Ruycours, n'est-ce pas ?

— Oui.

— Je vous ai vus ensemble.

— Quand ?

— Je vous l'ai déjà dit. Je passais en automobile

dans la rue au moment où vous sortiez tous les deux de chez cet antiquaire, Alandrin.

Griffont acquiesça distraitement.

— C'est vrai.

— Il est plutôt bel homme, non?

Mais Griffont n'était pas d'humeur à badiner.

— Sans doute, oui…

La baronne changea aussitôt de ton et se fit plus sérieuse :

— Qu'allez-vous faire?

— Appeler, pardi.

Auguste et Lucien les laissèrent tandis qu'il donnait quelques tours de manivelle au téléphone posé sur le guéridon et décrochait. Il transmit le numéro à l'opératrice, reposa le combiné sur sa fourche en laiton, attendit d'être rappelé.

— Farroux, fit bientôt la voix déformée de l'inspecteur au bout du fil.

— C'est Griffont.

Isabel se colla au magicien pour approcher l'oreille de l'écouteur. Il sentit son parfum et la caresse de ses cheveux.

L'inspecteur, qui croyait annoncer la nouvelle, raconta l'assassinat de Monjardet et le vol de la licorne en cristal. Pour faire l'économie d'explications laborieuses, Griffont ne dit pas qu'il savait. Farroux précisa que, comme une gargouille avait été vue quittant les lieux du drame, on avait naturellement fait le rapprochement avec le massacre de la rue de Lisbonne.

— Mes collègues des Brigades mobiles souhaiteraient vous rencontrer à ce sujet, Griffont.

— Je ne sais rien qui pourrait les intéresser.

— J'en doute, mais c'est à eux qu'il faudra l'expliquer.
— Quand ?
— Demain matin.
— Entendu. Au Quai des Orfèvres ?
— Oui.

Griffont allait raccrocher quand le policier l'interpella :
— Griffont !
— Mmmh ?
— Vous le saviez déjà, n'est-ce pas ?
— Quoi donc ?
— La mort de Monjardet, le vol de la figurine en cristal... Vous le saviez avant que je vous en parle.
— Pourquoi cette question ?
— Comme ça. Une intuition...

Il y eut un silence, puis le policier reprit :
— Je ne sais pas à quoi vous jouez mais... Ou plutôt si, je le sais. Vous jouez à être plus malin que la police. Je vous accorde que c'est souvent facile. Mais parfois, c'est surtout dangereux... Ne négligez pas mon aide, Griffont.
— D'accord.
— Rappelez-moi au même numéro si nécessaire. Je ne bouge pas du Quai de toute la nuit.
— Entendu, inspecteur. Merci.

Et cette fois, il raccrocha.
— On peut lui faire confiance ? demanda la baronne.
— Je crois, oui.
— Mais tu n'en es pas sûr.

Il la regarda et lâcha :
— Je n'en sais rien.

*

Après le dîner, Griffont, d'humeur maussade, resta longtemps dans le salon à fumer cigarette sur cigarette. La baronne, assise à une table, respectait son silence en dessinant. Il finit par quitter son fauteuil en quête d'allumettes et jeta, en passant, un œil aux croquis d'Isabel.

Il s'arrêta.

— Qu'est-ce que c'est ?

— La licorne en cristal que j'ai vue dans le bureau de Monjardet. Telle que je m'en souviens, du moins.

Griffont savait qu'elle avait une excellente mémoire visuelle et le coup de crayon sûr.

— C'est à l'échelle ? demanda-t-il.

— Oui.

— Avez-vous la boîte qui contenait l'écusson en bois ?

— Dans ma chambre, en haut.

— Allez la chercher, s'il vous plaît.

— Pourquoi ?

— S'il vous plaît.

Elle n'insista pas, quitta la pièce et revint vite avec la boîte marquetée. Dans l'intervalle, Griffont avait découpé aux ciseaux l'un des crayonnés représentant la figurine de profil. Il ouvrit la boîte et, dans le double-fond, plaça la forme. Elle s'y logeait parfaitement en épousant les creux de l'écrin.

— Alors ? fit le mage en retrouvant le sourire.

— C'est bien pensé.

— Plutôt, oui !... À présent, nous savons ce que cherche la Reine Noire !

L'enchanteresse sourit.

— D'accord, nous savons qu'elle est en quête des licornes en cristal des membres de la fraternité d'Anselme-le-Sage. Nous savons aussi qu'elle est prête à tuer pour les avoir... Mais pourquoi ?

— Ça...

— Et les a-t-elle toutes ?

Échaudé, presque grognon, Griffont ne répondit pas. Isabel s'apprêtait à le réconforter quand un bruit attira leur attention et celle d'un Azincourt somnolant.

Tous se tournèrent vers la fenêtre.

Un merle, de son bec argenté, donnait de petits coups au carreau.

Intrigué, Griffont marcha jusqu'à la fenêtre et l'ouvrit. L'oiseau s'était déjà envolé, mais il avait abandonné un mince rouleau de papier sur le rebord. Griffont revint avec à la lumière.

— Qu'est-ce que c'est ? fit la baronne.

Le papier, déchiré, arraché à un carton peut-être, était sale, jaune, froissé, cassant. Il pouvait avoir été ramassé n'importe où. S'y étalait, hésitante, une écriture en pattes de mouche brunâtres.

— On dirait du sang, dit Isabel de Saint-Gil.

— Et c'est sans doute écrit à l'ongle, renchérit Griffont.

— Qu'est-ce que ça dit ?

Il approcha le papier d'une lampe, plissa les paupières et lut :

— « Louis, je suis prisonnière de la Reine Noire au château de LaTour. Aidez-moi par pitié. Il sera trop tard demain. »

— Et c'est signé... ?

Ils le dirent ensemble, Isabel devinant et Griffont déchiffrant :

— Cécile de B.

Le mage resta un instant silencieux à lire et relire le message.

— C'est un piège, dit finalement l'enchanteresse.

— Peut-être.

— C'est sûr.

— Si je puis me permettre..., commença Azincourt.

— Non, l'interrompit Griffont. Vous ne pouvez pas.

Il ouvrit le tiroir d'une commode et en sortit une carte des environs de Paris qu'il déplia.

— Soyez raisonnable, fit la baronne. Et réfléchissez...

Il n'écoutait pas mais elle poursuivit tout de même.

— Rien ne prouve que Cécile est l'auteur de ce mot. Reconnaissez-vous seulement son écriture ?

— Je ne reconnaîtrais sans doute pas la mienne si j'avais écrit à la pointe de l'ongle trempée dans mon propre sang. Et vous non plus, d'ailleurs...

— C'est vrai, reconnut-elle à contrecœur. Mais...

— J'ai trouvé ! dit-il en pointant le doigt sur la carte.

— N'y allez pas, Louis.

Il la dévisagea, le regard dur.

— S'il ne s'agissait pas de Cécile, s'il s'agissait de n'importe qui, seriez-vous aussi prudente, Isabel ?

Elle ne cilla pas, pâlit un peu cependant.

— Tu deviens blessant, Louis.

Il la dépassa, gagna le couloir, s'arrêta dans l'embrasure de la porte et, après une hésitation, se retourna.

— Je suis désolé, Aurélia. Je sais que tu n'es pas ainsi.

— C'est oublié.

— Mais à mon tour de te demander de réfléchir. Tu crois à un piège, n'est-ce pas ? Un piège sans doute tendu par la Reine Noire...

— Oui.

— Dans quel but ? Pourquoi la Reine Noire me tendrait-elle un piège ?... Je ne sais rien, je ne possède rien qui peut l'intéresser. Et si elle ne veut que me tuer, pourquoi se donnerait-elle tout ce mal ?

Isabel ne trouva rien à répondre. Il s'en fut, monta à l'étage et s'enferma dans sa chambre.

*

À son retour dans le salon, Griffont portait des bottes, des culottes et une veste en cuir naturel. Un casque souple, en cuir également, était glissé à sa ceinture ; d'épaisses lunettes de pilote lui pendaient au cou.

La baronne faisait semblant de lire dans un fauteuil. Elle leva les yeux à son entrée et tenta un sourire.

— Le chevalier a revêtu son armure, ironisa-t-elle. Vous partez en biplan ?

— Ha, ha, ha ! fit-il en enfilant des gants épais.

Il passa et, avant de sortir dans le jardin, dit :

— Je prends la *Pétulante*. J'ai le pistolet d'Erelan.

— Bonne chance, Louis, murmura-t-elle alors qu'il ne pouvait déjà plus l'entendre.

La moto démarra bientôt, puis la pétarade s'éloigna dans la nuit.

28

Griffont avait quitté la route de Meudon pour s'enfoncer dans la forêt où était le château de LaTour. Un ruban de ciel nocturne, frangé de ramures, se déroulait au-dessus de lui.

Le mage roulait vite malgré l'obscurité et les cahots du chemin. La *Pétulante* était l'une des meilleures motos de l'époque, une Scott bicylindre à deux temps capable d'approcher, sur circuit, une vitesse horaire de cent kilomètres. Mais si le moteur à lumière étrange diminuait à peine les performances de l'engin, Griffont avait négligé d'y adapter un phare qui n'existait pas d'origine. En revanche, il avait fixé à la fourche un étui de cuir pour sa canne. Le cristal du pommeau projetait à l'avant un cône de lueur bleue qui n'éclairait pas bien loin. C'était mieux que rien, néanmoins.

Devinant qu'il arrivait à destination, Griffont songeait à s'arrêter afin de faire le point lorsqu'il aperçut une forme ailée qui fondait sur lui depuis les hauteurs. Il accéléra brusquement en se penchant sur le guidon. Des serres de pierre le frôlèrent dans un souffle… et manquèrent lui arracher la tête. Sans ralentir, il osa un coup d'œil par-dessus son épaule.

Styla, la dernière des gargouilles de la Reine Noire, fonçait vers lui.

*

— Vous croyez vraiment que Griffont se jette dans un piège ? demanda Azincourt en rompant un silence qui n'avait que trop duré.

Isabel de Saint-Gil s'aperçut qu'elle fixait toujours la porte par laquelle Griffont avait disparu dans la nuit. Depuis combien de temps songeait-elle, soucieuse ? Elle n'aurait su le dire.

— Vous croyez vraiment ? insista le chat-ailé.
— J'en suis même certaine.
— Et lui ?
— Il le sait aussi.
— Pourquoi ne l'avez-vous pas accompagné ?
— Cela aurait été la dernière chose à faire.
— Et pourquoi y va-t-il, lui ?
— Parce que les hommes sont ainsi. Ils adorent être héroïques et il faut les laisser faire.

L'explication, appliquée à Griffont, ne satisfit pas Azincourt.

— Il y a autre chose, dit-il.
— Tu as raison, bien sûr. Louis n'est pas homme à affronter la mort par bravade. Il est trop intelligent pour cela.
— Alors quoi ?
— Piège ou pas, il est très possible que Cécile de Brescieux soit en danger. Cette seule idée fait que Griffont ne peut rester les bras croisés, malgré les

risques… À ses yeux, une chance, même infime, de secourir autrui compte plus que la presque certitude de laisser sa peau dans l'entreprise. Il me semble que c'est une assez bonne définition du vrai courage.

*

Griffont fonçait tandis que Styla, à grands battements d'ailes, le rattrapait dans le nuage de poussière que soulevait la moto. De chaque côté de la route, les arbres défilaient à une vitesse folle. La gargouille prit un peu de hauteur puis piqua. Griffont fit un écart à l'ultime seconde mais garda le cap. La roue arrière de la *Pétulante* chassa. La créature ne saisit que le vide et continua sur sa lancée. Frustrée, elle hurla.

Griffont freina sèchement et immobilisa la moto au terme d'un dérapage contrôlé. Il vit la gargouille qui s'éloignait puis faisait une large boucle en planant pour revenir. Il trouva le pistolet d'Erelan dans la poche intérieure de sa veste. Styla volait déjà à sa rencontre dans l'axe de la route. Griffont brandit le pistolet à deux mains, bras tendus devant lui.

La gargouille était à quarante mètres.

Selon l'elfe, il fallait viser au cœur. Facile à dire…

Trente mètres.

Enfourchant toujours sa moto dont le moteur ronflait, Griffont prit posément la créature dans sa ligne de mire.

Vingt-cinq mètres.

Attendre. Ne pas paniquer.

Vingt mètres.

Attendre, viser et toucher juste.

Quinze mètres.

Griffont tira. Trois coups.

La créature cria en se cambrant. Emportée par son élan, elle cabriola dans les airs et faillit percuter Griffont de plein fouet. Il se recroquevilla et se retourna à temps pour voir la gargouille s'écraser plus loin. Le corps de granit empli de lave explosa sous le choc. Du magma jaillit dans un nuage de vapeur, de cendre ardente et de terre poudreuse.

Puis la nuit retourna au silence.

Essoufflé, soulagé, Griffont sourit. Mais il rempochait le pistolet et adressait un remerciement silencieux au sieur Erelan quand, du cratère encore fumant que Styla avait creusé, trois formes ailées, grotesques et terrifiantes apparurent.

Trois petites gargouilles nées de la matière incandescente de Styla, et qui couraient déjà, prenaient leur élan en grognant et s'envolaient vers Griffont.

Incrédule, il démarra en trombe.

*

Dans le salon où régnaient le calme et la pénombre, Isabel de Saint-Gil se leva de son fauteuil pour appeler Auguste et Lucien qui arrivèrent aussitôt. Elle dit au gnome :

— Va préparer la voiture.

— Bien, patronne.

— Toi, Auguste, prends ton fusil.

— On part, patronne ? demanda le colosse.

— Non. On attend.

Certaines fées, très rares, peuvent entrevoir l'avenir. Isabel, ou plutôt Aurélia, était naguère de celles-là. Elle avait perdu le don au fil des décennies passées hors de l'OutreMonde et, à présent, il ne lui restait que des intuitions vagues mais sincères qui la trompaient trop rarement pour qu'elle renonce à s'y fier.

L'une de ces intuitions commençait à obséder l'enchanteresse. Elle aurait bientôt l'occasion de la vérifier.

— Étienne! lança-t-elle à l'intention du domestique qui passait.

— Madame?

— Il y a quelque chose que vous pourriez faire pour moi.

*

Griffont allait aussi vite qu'il le pouvait. Les petites gargouilles qui le poursuivaient étaient moins puissantes que Styla et il pouvait les garder à distance à condition de rouler à fond. Mais leur taille et leur agilité leur permettaient de couper à travers les arbres. À chaque virage, le mage perdait du terrain.

L'une d'elles était d'ailleurs sur le point de l'atteindre lorsqu'il bifurqua pour s'engager dans un sentier de traverse. Le feuillage de branches basses lui cingla le visage. Le sol cahoteux malmenait la mécanique et l'obligeait à tenir ferme le guidon: à chaque trou, à chaque pierre, la roue avant de la moto ne demandait qu'à se mettre en travers. Dans son dos, Griffont devinait les gargouilles qui, un instant surprises par son brusque changement de direction, se précipitaient à ses trousses.

Le cerveau en ébullition, il tentait de comprendre ce qui les avait engendrées. Sans doute avait-il mal visé. Sans doute les balles enchantées, manquant le cœur, avaient certes eu raison de Styla mais sans la détruire tout à fait. Ou alors la Reine Noire avait tiré les enseignements de la mort de la première gargouille et avait gratifié la seconde d'un enchantement efficace contre les armes dont disposait désormais l'adversaire. Quoi qu'il en soit, il ne restait à Griffont que trois munitions dans le barillet.

Une pour chaque gargouille ressuscitée.

Aveuglé par les rideaux de branchages qu'il traversait, le mage découvrit trop tard un petit pont de bois enjambant un ru. Il le prit dans un rugissement de moteur et la moto décolla. L'atterrissage fut rude. Sous le choc, Griffont fut soulevé et resta un moment suspendu en l'air, agrippé au guidon. Il retomba lourdement sur la selle tandis que le sentier débouchait sur une route en terre battue. Il prit à gauche d'instinct, remit les gaz à plein. La plus proche gargouille continua tout droit et le manqua. Les deux autres virèrent sur l'aile à sa suite.

La route était plane. Griffont put enfin libérer toute la puissance de son moteur et prendre de la distance. Mais ce n'était, sans doute, qu'un répit. Les gargouilles n'abandonneraient pas et, tôt ou tard, il faudrait les affronter. Quand et comment ? Le mage n'eut pas le loisir de choisir.

Après un virage pris sur la corde, Griffont aperçut un portail qui enjambait la route une cinquantaine de mètres plus loin. La vitesse, l'obscurité, les verres épais de ses lunettes de protection firent qu'il distingua les grilles noires et closes au dernier moment. Il freina et mit la moto en travers. Presque couché, l'engin glissa en soulevant des tourbillons poussiéreux. Le moteur s'emballa puis cala. Les pneus vinrent mollement buter contre la porte en fer forgé dont les larges battants, tenus par une chaîne, s'entrouvrirent à peine.

Griffont se dégagea et regarda en direction de la route. Les gargouilles arrivaient à tire-d'aile. Bien campé sur ses jambes écartées, il visa, la crosse du revolver tenue dans la conque de sa main gauche. Il avait trois balles, pas une de plus. Autant dire qu'il n'avait pas droit à l'erreur.

Il attendit l'ultime seconde et fit feu. Les trois créatures se découpaient parfaitement sur fond de pleine lune.

« Blam ! »

Une gargouille vola en éclats fumants.

« Blam ! »

Une seconde se disloqua dans les airs.

« Blam ! »

La dernière devint cendres et braises alors qu'elle avait presque rejoint Griffont. Un souffle chaud lui caressa le visage et le laissa tout poudreux.

Quelques longues secondes s'écoulèrent...

Enfin, le mage baissa son arme et marcha vers les reliquats incandescents. Il lui fallait s'assurer qu'il ne restait rien des créatures maléfiques.

Mais il n'avait pas fait trois pas que les grilles grinçaient en s'ouvrant dans son dos. Il fit volte-face et comprit que le hasard ou la Providence l'avait conduit jusqu'au domaine oublié de LaTour. La Reine Noire, dans une robe de soie et velours sombre, l'observait depuis le portail. Charles Maupuis se tenait à ses côtés. Derrière eux se dressaient plusieurs silhouettes encapuchonnées de noir, silencieuses et immobiles.

La Reine Noire souriait.

— Mes félicitations, monsieur du Cercle Cyan.

Griffont eut un regard désespéré vers sa canne restée dans son étui sur la *Pétulante*. Mais au premier geste qu'il fit, la Reine Noire leva la main dans sa direction. Ce fut comme si un bélier de siège lui frappait la poitrine. L'impact le souleva du sol et le projeta quelques mètres plus loin. Le mage roula dans la poussière en lâchant un soupir douloureux. Il tenta de se relever avant de renoncer et de perdre conscience.

— Parfait, dit la Reine Noire. À toi de jouer, Maupuis. Tu sais ce que tu as à faire.

— Oui, ma reine.

Le sorcier s'inclina et disparut dans un bruit d'étoffe battue par le vent.

29

C'est le sentiment d'une présence qui fit qu'Isabel leva les yeux de son livre. Impassible, elle le referma. Grand, mince et pâle, Charles Maupuis venait d'apparaître dans le salon. Les flammes des lampes creusaient d'ombres son maigre visage.

— Bonsoir, dit-il.

Surpris, Azincourt bondit sur ses pattes. Il fit gros dos, le poil hérissé, et cracha en direction de l'intrus. Le sorcier adressa un regard méprisant à l'animal effrayé. Ses yeux étincelèrent et le chat-ailé, comme soulevé par une bourrasque soudaine, fut projeté contre un mur qu'il percuta avec un miaulement misérable.

La baronne fit un effort pour ne pas ciller.

— C'était nécessaire? demanda-t-elle d'une voix blanche.

— Non, bien sûr, répliqua Maupuis en souriant.

Sans se lever de son fauteuil, elle s'assura qu'Azincourt, bien qu'inconscient, respirait convenablement.

Badin, le sorcier enchaîna :

— Comment dois-je vous appeler ? Dame Aurélia ou madame la baronne de Saint-Gil ?

Elle ne répondit pas.

— À votre aise, Isabel...

— Que voulez-vous, Maupuis ?

— Vous ne me proposez pas un siège ?

— Non.

Il s'assit néanmoins dans un fauteuil et ramena la cheville droite sur le genou gauche en aiguisant, à deux doigts, le pli de sa jambe de pantalon. Tout vêtu de noir, il portait un manteau dont la pèlerine lui arrivait aux coudes. Il n'ôta pas son haut-de-forme lustré. Ses cheveux blonds lui frôlaient les épaules. Sa main gauche était négligemment appuyée sur le pommeau d'onyx de sa canne. Il avait à l'auriculaire la chevalière du Cercle Noir auquel il appartenait.

— Nous avons Griffont, fit-il.

Il n'en dit pas plus, obligeant la baronne à demander :

— Comment va-t-il ?

— Il vivait la dernière fois que je l'ai vu. C'était il y a quelques minutes à peine...

— Et Cécile de Brescieux ?

— Quelle importance ?

Ils se dévisagèrent sans rien trahir de leurs sentiments.

— Vous possédez quelque chose qui nous intéresse..., commença le sorcier.

— Nous ? l'interrompit Isabel.

— La Reine Noire et moi... Donnez-nous ce que nous voulons et Griffont aura la vie sauve.

— Suis-je censée vous faire confiance ?

— Mais oui! lâcha-t-il.

Cette idée, à l'évidence, l'amusait. Il reprit :

— De toute manière, je ne crois pas que vous ayez le choix…

— Qui me dit que Griffont est entre vos mains ?

— Moi. Et vous savez que je ne mens pas, n'est-ce pas ?

Elle dut lui concéder cette victoire :

— Soit… Que voulez-vous ? Qu'ai-je qui vous intéresse ?

Il la regarda fixement.

— Voulez-vous vraiment jouer à ce petit jeu? dit-il.

— Je ne comprends pas.

— Donnez-moi la licorne de cristal que vous avez trouvée.

— Vous l'avez déjà. Vous nous l'avez volée à bord du Train-Entre-les-Mondes.

— Je ne vous parle pas de celle-là.

— De laquelle, alors ?

— De celle que vous avez volée au Refuge des Sources, dans le bureau de Monjardet.

*

Griffont se réveilla dans un cachot aveugle, obscur et humide. Les poignets entravés devant lui, il se contorsionna pour se redresser et s'asseoir. Sa poitrine le faisait souffrir à chaque respiration. Ses menottes le démangeaient et il reconnut contre sa peau le contact du sélénium noir, le seul métal résistant à la magie. On lui avait ôté sa veste de cuir. Il avait encore sa chevalière à la main gauche mais doutait que sa canne soit dans les parages. Ses poches de pantalon étaient vides.

N'y voyant goutte, il se leva et suivit le mur de pierre jusqu'à trouver la porte. Une porte en bois enchanté qui lâcha une décharge électrique douloureuse dès qu'il la frôla des doigts.

— Karnak ! jura-t-il sous le coup de la surprise.
— Griffont ?... C'est vous, Griffont ? demanda une voix étouffée.

Il se figea et écouta. On l'appela encore.

— Griffont ?... Qui que vous soyez, répondez, je vous en prie.

Il colla aussitôt l'oreille contre le mur d'où venait la voix.

— Cécile ? fit-il.

*

— La licorne en cristal de Monjardet ? s'enquit Isabel de Saint-Gil. Elle manque à votre collection ?
— C'est la seule qui nous manque, répliqua Maupuis. Mais plus pour longtemps...
— Et que comptez-vous donc en faire ?
— Cela ne vous regarde pas. Où est-elle ?
— C'est une excellente question. Je croyais, moi, que vous l'aviez.
— Griffont ne l'avait pas sur lui. C'est donc vous qui...
— Non. Je ne l'ai pas non plus.

Le poing du sorcier se serra sur le pommeau d'onyx.

— Vous jouez un jeu dangereux, menaça-t-il. Dangereux pour Griffont...

— Je vous répète que je ne l'ai pas. J'ignore même à quoi elle peut servir.

La décontraction affichée de l'enchanteresse eut raison de la patience de Maupuis. Il s'emporta :

— Inutile de nier !... Nous savons que vous vous êtes rendue hier aux Sources ! Nous savons que vous y avez rencontré Monjardet sous un faux prétexte !...

— Et alors ?

— Et alors ? s'exaspéra Maupuis. Et alors ?... La nuit dernière, quelques heures à peine après votre visite, nous avons envoyé Styla chercher la dernière licorne chez Monjardet et...

— Et votre gargouille n'a rien trouvé, acheva posément la baronne.

Elle se souvint alors de ce qu'avait dit l'un des gendarmes en faction aux portes de l'asile : le bureau du directeur avait été mis à sac. Pourquoi cette violence puisque la figurine était bien en vue dans une vitrine ? C'est que la gargouille avait cherché en vain. À son arrivée, la licorne en cristal avait donc déjà disparu...

Mais qui pouvait l'avoir prise ?

Maupuis se troubla. En lui naissait l'idée que la baronne ne jouait pas la comédie.

— Vous... Vous ne l'avez pas ?... Vraiment ?...

Le regard perdu dans le vague, elle ne répondit pas. Elle réfléchit, puis sourit dès qu'elle eut deviné. Oui, c'était ça. Si la Reine Noire n'avait pas la figurine, ce ne pouvait être que parce que...

— Donnez-moi deux heures, dit subitement Isabel de Saint-Gil en se levant.

Le sorcier l'imita.

— Où allez-vous ?

— Chercher votre licorne.
— Je croyais que vous ne l'aviez pas.
— C'est exact. Mais je sais où elle se trouve.
— Je vous accompagne.
— Non.

Il ouvrit des yeux ronds. Le culot de la baronne le sidérait.

— Non ?
— Non.
— Et comment comptez-vous m'en empêcher ?
— Pas moi. Lui.

Elle désigna l'encadrement d'une porte. Auguste y apparut. Le doigt sur les détentes, il dirigeait le double canon d'un fusil de chasse vers le sorcier. Qui ricana :

— Il faut plus que du plomb pour m'arrêter. Vous oubliez qui je suis.

— C'est vous qui oubliez où vous êtes... Vous êtes dans la demeure d'un mage. Seule la magie de son légitime propriétaire peut s'y exercer.

Maupuis serra les mâchoires. La baronne enfonça le clou :

— Quels que soient les sortilèges et talismans que vous avez en réserve, ils ne seront d'aucun effet ici. Maintenant, libre à vous de croire qu'Auguste n'osera pas tirer... Oseras-tu, Auguste ?

— Sans sourciller.

— À vous de voir, Maupuis. Soyez sans crainte, je vous retrouverai, vous et Auguste, au château de LaTour dans deux heures. C'est bien là que Griffont est retenu prisonnier, non ?

— C'est là.

— Parfait... Auguste, attends ici une heure

environ, puis accompagne monsieur. Je suis sûre qu'il trouvera le moyen de t'emmener avec lui. C'est bien compris ?

— Oui, patronne.

Avant de sortir, elle adressa un clin d'œil moqueur au sorcier impuissant. Selon les ordres qu'elle avait donnés une heure plus tôt, Lucien Labricole l'attendait déjà au volant de la Spyker...

*

Griffont s'était assis sur les dalles nues, adossé au mur séparant les deux cachots. Il présumait que Cécile de Brescieux en avait fait autant de l'autre côté. Il leur suffisait de parler fort pour s'entendre.

— Où sommes-nous ? demanda-t-il après s'être assuré que la magicienne du Cercle Incarnat allait bien.

— Dans les caves du château de LaTour. Ou de ce qu'il en reste. Il est à l'abandon depuis un siècle environ. Depuis la Terreur, en fait.

— Qu'est-ce qui vous a amenée jusqu'ici ?

— Mes recherches. Et vous ?

— Je volais à votre secours.

— À mon secours ? Mais comment... ?

— J'ai donné à plein dans un piège tendu par la Reine Noire. Ridicule, n'est-ce pas ?

— Je suis désolée.

— Ne le soyez pas.

— Tout de même, c'est moi qui vous ai entraîné dans cette histoire.

— Pas vraiment, pour être franc...

Il songea à Isabel de Saint-Gil. Sans elle et sa manie de se fourrer dans tous les mauvais coups...

— Depuis combien de temps êtes-vous enfermée ?

— Je l'ignore au juste. Il y a longtemps que je n'ai pas vu le soleil. Quelques jours, sans doute.

— Savez-vous ce que manigance la Reine Noire ?

— Non. Et vous ?

— Je sais qu'elle collecte les licornes en cristal de la fraternité d'Anselme-le-Sage. Cela vous dit quelque chose ?

— Oui. C'est justement sur la Confrérie de la Licorne que j'enquêtais avant de tomber entre les griffes de la Reine Noire. Je ne m'attendais d'ailleurs pas du tout à croiser son chemin. Je savais qu'Ambremer et mon cercle m'avaient à l'œil. Mais que la Reine Noire soit de la partie, ça...

Elle fit une pause, puis reprit :

— Tout a commencé il y a quelques mois, quand j'ai entrepris de rassembler de la documentation et des témoignages sur Anselme, ses disciples et leur héroïque combat contre Tarquin.

— Le dragon sorcier, précisa Griffont. Celui que répudia Méliane quand elle apprit qu'il était l'amant de Lyssandre, sa propre sœur.

— Laquelle n'était pas encore appelée la Reine Noire, oui... Je ne sais comment cela arriva, mais les fées eurent vent de mes recherches et s'en inquiétèrent. Je n'ai pas besoin de vous rappeler les liens étroits qui unissent le Cercle Incarnat au trône d'Ambremer. Bref, on me fit bientôt comprendre qu'il valait mieux que je me trouve un autre sujet d'étude...

— Il n'y a pas si longtemps que la reine Méliane et le doyen Gélancourt m'ont fait le même conseil.

— Vous allez bientôt comprendre pourquoi... Que savez-vous d'Anselme et de la Confrérie de la Licorne ?

Griffont rapporta ce qu'il avait récemment appris, pour l'essentiel de la bouche de Falissière et de lord Dunsany. Il raconta comment Anselme et ses disciples, jadis, avaient empêché l'évasion de Tarquin, que Méliane avait condamné à un emprisonnement éternel et confié à la garde de la Mère des Licornes. Les mages eurent raison du dragon sorcier mais ne purent sauver la Licorne Primordiale que Tarquin avait mortellement blessée.

— Ça, dit Cécile de Brescieux, c'est la version officielle, celle que l'Histoire a plus ou moins retenue. La vérité est tout autre, comme je devais le découvrir peu à peu...

— La version officielle ?

Et voici ce qu'elle raconta :

« Il était une fois un jeune et brillant magicien avide de savoir. Il se nommait Anselme. Pour son malheur, il rencontra un jour une enchanteresse qui le séduisit et, sans qu'il s'en aperçût, étendit sur lui son empire. Cette enchanteresse maléfique, qui passait pour être une magicienne, avait une ambition : tirer Tarquin de la geôle magique où la Reine des Fées l'avait enfermé, à jamais croyait-on. L'enchanteresse ne pouvait cependant agir seule, et surtout pas au grand jour. À force de caresses et de mensonges, elle fit naître chez Anselme l'idée et l'envie de convoquer sur Terre l'âme immatérielle de Tarquin, afin de l'asservir et l'obliger à révéler tous les secrets de sa science. Il existait, disait l'enchanteresse, un puissant sortilège permettant ce prodige. Mais ce sortilège, qu'elle seule connaissait, exigeait le concours de plusieurs magiciens. Aussitôt, Anselme conçut de rassembler autour de lui des disciples qu'il forma. »

— Cette enchanteresse était la Reine Noire, supposa Griffont en se souvenant de l'hypothèse historique prudemment avancée par Falissière.

— Oui, fit la magicienne du Cercle Incarnat. C'était elle, Lyssandre, la sœur jumelle de la reine Méliane. Mais notez bien qu'Anselme et ses pairs ignoraient qui elle était, de même qu'ils ignoraient sans doute que Tarquin était un dragon en plus d'être un puissant sorcier... D'ailleurs, ils ne voulaient en aucun cas le libérer. Seulement lui voler ses pouvoirs...

« Au jour le plus propice selon les astres, l'enchanteresse guida Anselme et son convent à un cercle de pierres jadis vénéré par les druides mais déjà oublié des hommes. Placé sous la protection de la Mère des Licornes, ce lieu était l'une des rares "portes entre les mondes" menant à la prison de Tarquin. Les mages accomplirent le rituel. Mais ce ne fut pas le spectre du dragon sorcier qui se manifesta devant eux. Ce fut Tarquin. En chair, en os, et au faîte de sa puissance et de la colère après des siècles d'exil solitaire. »

— C'est alors que la Mère des Licornes intervint, proposa Griffont.

— Exécutant la mission que lui avait confiée la Reine des Fées, elle surgit d'Onirie afin d'arrêter Tarquin.

« Pour l'affronter, Tarquin prit sa forme véritable, celle d'un dragon. Sous les regards incrédules et effrayés des mages, le combat fut terrible. Il s'acheva lorsque la Mère des Licornes planta sa corne dans le cœur de Tarquin. Celui-ci mourut. Mais la corne se brisa et la Mère des Licornes ne survécut pas longtemps à son adversaire. Alertée à son tour, la reine Méliane arriva trop tard sur les lieux du drame. Tarquin n'était plus, la Mère des Licornes trépassait et la Reine Noire avait disparu. »

— Ne restaient qu'Anselme et ses six disciples, conclut Cécile de Brescieux.

— Et Méliane ne les punit pas ?

— Elle les punit à sa manière. Elle commença par feindre de pardonner, les força à lui prêter allégeance et leur fit jurer le secret. Tous acceptèrent, Anselme le premier. Rongés par la culpabilité, ils se savaient responsables de la mort de la Mère des Licornes. La Mère des Licornes, vous rendez-vous compte ? La Licorne Primordiale des flancs de laquelle est né tout un peuple !... Par leur faute, une créature de légende avait péri. Peut-on imaginer pire crime pour un mage ?

— Ce qui ne rend la mansuétude de la reine Méliane que plus étonnante...

— Détrompez-vous. Méliane fut tout sauf généreuse.

— Comment cela ?

— D'abord, en pardonnant, elle s'assurait les services de plusieurs mages, dont Anselme. Rien n'est mieux qu'un secret coupable partagé pour s'assurer la fidélité d'autrui. Soyez sûr que, par la suite, la Reine des Fées sut se rappeler aux bons souvenirs des mages pour les employer à ses propres fins...

— Et ensuite ?

— Ensuite, c'est là où Méliane fut des plus habiles... Car c'est elle qui inventa le mythe selon lequel Anselme et ses pairs avaient volé au secours de la Reine des Licornes. Trop tard pour la sauver, mais à temps pour vaincre Tarquin. Le but de Méliane n'était pas d'ériger les mages au rang de héros. Son but était de dégager leur responsabilité dans la mort de la Mère des Licornes, et de faire peser tout le poids de la faute sur Tarquin. C'est-à-dire sur un dragon…

Griffont acquiesça.

— À l'époque, dit-il, la guerre entre les dragons et les fées faisait encore rage dans l'OutreMonde. Et les dragons l'emportaient. Mais quand les licornes, qui s'étaient tenues à l'écart du conflit jusque-là, apprirent qu'un dragon avait assassiné leur mère, elles rejoignirent en masse les rangs des fées.

— Ce fut un tournant décisif dans la guerre, poursuivit la magicienne. Et comme on sait, les fées finirent par l'emporter.

Sans mot dire, Griffont réfléchit quelques instants.

— Cela explique pourquoi le trône d'Ambremer considérait vos recherches d'un mauvais œil, lâcha-t-il enfin. Cela explique également pourquoi on m'a mis des bâtons dans les roues quand je me suis rendu pour la seconde fois à la Bibliothèque Royale.

— Qu'adviendrait-il si l'on apprenait que la Reine des Fées a trompé le peuple licorne pour s'en faire un allié?

La question était toute rhétorique. Le mage y répondit néanmoins:

— Une grave crise éclaterait. Assez grave, en tout cas, pour faire dangereusement vaciller la couronne de Méliane…

30

Lucien arrêta la Spyker à distance des grilles du Refuge des Sources et coupa le moteur. Une lune bien ronde se découpait dans le ciel étoilé. La nuit silencieuse étendait ses ombres à perte de vue. Tout dormait. Le moindre bruit était un vacarme.

— Prends les pinces, dit Isabel de Saint-Gil en descendant de l'auto.

Le gnome sur les talons, elle marcha jusqu'au portail et désigna la chaîne cadenassée qui tenait les battants.

— Z-êtes sûre de vous, patronne ?
— Oui.
— Vous savez, si la gargouille n'a rien trouvé...
— Coupe donc cette chaîne.

Lucien s'exécuta mais laissa à la baronne le soin d'écarter les grilles. Elles ne grincèrent pas, ce qui le soulagea. Devant eux commençait l'allée qui traversait le petit bois jusqu'aux pelouses du château converti en hôpital psychiatrique. On devinait, tout au bout après les arbres, des lumières à quelques fenêtres.

— Y a du monde, murmura Lucien.

— Évidemment. Directeur ou pas, tu n'imaginais pas qu'ils allaient déménager tout l'asile.

— Non, mais...

— Suis-moi.

Elle pénétra dans le bois et suivit l'allée jusqu'à l'orée. Ils virent un infirmier qui, une lanterne à la main, sortit du bâtiment principal pour en faire le tour et inspecter les issues.

— Et maintenant ? fit le gnome qui se demandait comment traverser la pelouse sans être vu.

— Et maintenant tu grimpes.

— Quoi ?

— Tu te souviens d'Arsène ?

— Le crapulard ? Celui qui rafle tout ce qui brille ?

Isabel le regarda avec un sourire en lui laissant le temps de comprendre. Le visage de Lucien s'illumina bientôt.

— Vous croyez que...

— Oui.

— C'était quel arbre ?

— Celui-là, je crois.

Elle désigna le chêne au creux duquel, la veille, ils avaient vu que le crapulard kleptomane dissimulait ses trésors. Lucien l'escalada souplement, fouilla la cavité naturelle et revint vers la baronne.

— Y avait ça, fit-il en tendant un petit objet emballé dans un mouchoir noué.

L'enchanteresse défit le paquet et découvrit une gracieuse figurine représentant une licorne. Le cristal sculpté semblait luire de l'intérieur dans l'obscurité. Des feux multicolores l'habitaient, légèrement hypnotiques.

— Chapeau, patronne, souffla le gnome.

Sur son visage ravi dansaient des taches bigarrées.

— En effet, fit une voix élégante. Vous méritez d'être félicitée, dame Aurélia.

La baronne et Lucien se retournèrent pour voir un chat-ailé blanc assis au milieu du chemin. L'animal était fin et gracieux, avec une belle tête triangulaire et de grands yeux turquoise. Ses ailes étaient repliées contre ses flancs, la queue ramenée autour de ses pattes rassemblées.

— Lépante..., lâcha Isabel, impassible, en reconnaissant le messager et confident de la Reine des Fées.

Le chat-ailé ainsi nommé acquiesça et dit :

— Je suis sincèrement ravi de vous retrouver, dame Aurélia.

— Cessez de m'appeler ainsi, je vous prie. Vous savez que je n'ai plus le droit de porter ce nom.

— À votre aise. Mais il est fort possible que ce droit vous soit de nouveau accordé...

L'enchanteresse tiqua sans comprendre. Elle demanda :

— Et que me vaut le plaisir de vous rencontrer ici ?

— Sa Majesté souhaite que vous lui remettiez la figurine que vous venez de découvrir.

— Sa Majesté ? Comment la reine peut-elle savoir que... ?

— Elle ignore encore que vous possédez ce trésor. Néanmoins, Sa Majesté avait envisagé cette possibilité et donné des ordres très précis. Au cas où...

— Depuis combien de temps m'espionnez-vous ?

— Je n'espionne pas, madame. J'observe tout au plus.

— Vous observez et vous rapportez. Ne jouez pas sur les mots.

— En l'occurrence, c'est une licorne en cristal que j'aimerais rapporter...

— Pour en faire quoi ?

— Pour éviter qu'elle ne tombe en de mauvaises mains.

— Désolée. Je l'ai déjà promise à quelqu'un d'autre.

— À qui ?

Pourquoi mentir ? songea Isabel de Saint-Gil. *Il le sait sans doute déjà.*

— À la Reine Noire.

— À la Reine Noire ? s'offusqua Lépante. Vous ne pouvez avoir trahi le trône d'Ambremer à ce point !

— Je n'ai jamais trahi le trône ! répliqua la baronne en frémissant de colère. Jamais !

Le chat-ailé blanc comprit qu'il l'avait blessée. Une erreur qu'il tenta aussitôt de rattraper.

— Veuillez me pardonner. Mes mots ont dépassé ma pensée... Vous excuseriez sans mal ma conduite si vous saviez ce qui est en jeu.

— Je sais parfaitement ce qui est en jeu : la vie du meilleur des hommes, décréta Isabel.

Et elle ajouta à l'intention du gnome :

— On y va, Lucien.

Lépante les laissa le dépasser sans bouger. Mais ils le trouvèrent sur le capot en arrivant à la voiture.

— Si précieuse que soit la vie de Louis Griffont..., dit-il.

— N'envisagez même pas d'achever cette phrase ! le menaça la baronne en pointant le doigt sur lui.

— Donnez-nous la licorne et nous ferons notre possible pour sauver votre époux.

— Votre possible?... Méliane ne nous a guère aidés jusqu'à présent.

— Sa Majesté n'est pas libre d'agir au grand jour! Elle...

— Que craint-elle?

Le chat-ailé se tut.

— Et je devrais vous faire confiance! ironisa l'enchanteresse.

Elle grimpa à l'arrière de la décapotable. Lucien lança le moteur d'un tour de manivelle et se mit au volant. Lépante bondit du capot vibrant pour se poser à côté d'Isabel.

— Vous avez beaucoup à perdre..., dit-il sur le ton de la conspiration.

— Une menace?

— Non. Une promesse... Sa Majesté se montrerait sans doute très reconnaissante si vous lui manifestiez votre fidélité. Un retour en grâce est possible. Comprenez-vous ce que je dis?

Oui, elle comprenait. Elle ne comprenait même que trop. Cela signifiait être de nouveau acceptée à la cour d'Ambremer. Cela signifiait pouvoir vivre dans l'OutreMonde. Cela signifiait interrompre ce long déclin déjà bien amorcé et qui, irrémédiablement, ferait d'elle une humaine. Une humaine qui, un jour, viendrait à mourir de vieillesse.

Cela signifiait redevenir une fée et échapper au temps.

Troublée, Isabel baissa les yeux et murmura:

— Seule la reine Méliane peut prendre semblable décision...

— Je parlerai pour vous. Je dirai les sacrifices auxquels vous avez consenti. Je dirai à Sa Majesté que je vous ai fait cette promesse en son nom. Vous savez qu'elle ne me dédira pas.

Elle savait en effet. Il insista :

— Songez à tout ce que cela représente...

Redevenir Aurélia...

Elle fixa, sans le voir, l'horizon nocturne. Des larmes lui vinrent.

— Partez, fit-elle dans un souffle.

— Mais...

— Je vous ai dit de partir !

Le regard dur et embué, elle dévisagea le chat-ailé. Ses mains tremblaient.

— Votre offre est odieuse, dit-elle. Disparaissez de ma vue.

Elle se pencha pour secouer le dossier de la banquette avant.

— Démarre, Lucien. Démarre vite.

La voiture s'ébranla.

D'un coup d'ailes, Lépante alla s'asseoir sur une borne d'où, immobile, il regarda fixement la Spyker qui s'éloignait dans la nuit.

*

La gorge sèche, Griffont se contorsionna pour s'asseoir plus confortablement contre le mur de pierre. Il ignorait depuis combien de temps Cécile et lui conversaient de cachot à cachot. Une heure. Deux heures peut-être.

— Qu'est-il advenu d'Anselme et de ses disciples ? demanda-t-il.

— Anselme eut la carrière exemplaire que l'on sait et devint Anselme-le-Sage avant de disparaître sans laisser de traces, aux alentours du XVe siècle.

Griffont acquiesça pour lui-même.

Anselme était une légende, un exemple pour des générations de mages. Toutes sortes de rumeurs et de mythes couraient à son sujet. On lui prêtait de nombreux exploits mais personne ne savait au juste ce qu'il était devenu. Certains prétendaient qu'il vivait toujours, incognito parmi les hommes ou en ermite dans l'OutreMonde, l'Onirie peut-être.

— Les autres connurent des destins divers, continua la magicienne. La plupart se retirèrent du monde ou renoncèrent à la magie. Aujourd'hui, je doute que beaucoup soient encore en vie, excepté Pierre Monjardet qui dirige le Refuge des Sources. Comme vous voyez, il n'a pas cessé, à sa manière, de servir la reine Méliane puisque c'est Ambremer qui favorisa la création de cet hôpital et qui le finance toujours...

— Monjardet est mort, Cécile. La Reine Noire l'a fait assassiner... Je suis désolé de vous l'apprendre ainsi.

Il y eut un silence.

Griffont se massa les poignets. La morsure des menottes en sélénium noir était de plus en plus douloureuse.

— Parlez-moi de la Confrérie de la Licorne, proposa-t-il.

— Anselme et ses pairs la fondèrent. À l'insu de la reine Méliane, je crois. Chaque année, à la date anniversaire de la tragédie, ils se réunissaient dans un sanctuaire secret qui, s'il existe toujours, ne doit pas être situé loin d'ici. J'ignore ce qu'ils y faisaient. J'étais venue dans l'espoir d'en découvrir l'entrée lorsque je suis tombée aux mains de la Reine Noire et de ses sbires.

— Et les licornes en cristal?

— Taillées dans du cristal de roche de l'Outre-Monde. Chaque membre de la confrérie avait la sienne. Mes recherches, cependant, ne permettent pas d'affirmer que ces figurines étaient autre chose qu'un signe d'appartenance.

— Elles doivent pourtant bien avoir une utilité, puisque la Reine Noire les collecte. Mais que peut-elle vouloir en faire?

— Si l'on ne vient pas pour nous exécuter, je pense que nous allons bientôt comprendre, promit Cécile de Brescieux.

Des pas, en effet, s'étaient approchés dans le couloir.

Les serrures cliquetèrent.

31

Trois hommes encapuchonnés et drapés de noir conduisirent Griffont et Cécile dans la cour du château abandonné. La Reine Noire, Maupuis et Isabel de Saint-Gil les y attendaient en compagnie de six autres acolytes qui tenaient des torches embrasées. Auguste et Lucien étaient également là, légèrement à l'écart près de la Spyker à l'arrêt. Auguste avait toujours son fusil. Il le braquait en direction du groupe.

À leur arrivée, la baronne et le gnome avaient été accueillis par Maupuis et Auguste. Ils furent aussitôt conduits devant la Reine Noire. Avant de céder la dernière licorne en cristal, Isabel avait exigé de voir Griffont. Mais la Reine Noire ne l'avait pas entendu de cette oreille et ce fut seulement lorsque Maupuis eut rangé la précieuse figurine dans une boîte oblongue qui ne le quittait plus, que l'on alla chercher les deux prisonniers.

Inquiète, la baronne avança vers eux dès qu'ils parurent. Griffont, dont la chemise et les cheveux blancs accrochaient les rayons de lune, faisait bonne figure malgré les menottes. La magicienne, en revanche, était très affaiblie et peinait à marcher.

Elle aussi avait aux poignets des fers qui lui interdisaient de recourir à la magie. L'essentiel de sa longue et belle chevelure noire pendait de son chignon défait sur sa poitrine. Sa robe était froissée, tachée, déchirée par endroits.

En foulant le pavé irrégulier de la cour, elle trébucha et dut s'agripper au bras de Griffont. Isabel s'empressa de l'aider à se redresser.

— Ça va ? demanda-t-elle.

La magicienne acquiesça en respirant l'air nocturne à pleins poumons. De vagues couleurs lui revinrent au visage.

— Je crois que ça ira…, estima Griffont. Que fais-tu là ?

— Je te sauve la vie… Je suis venue rendre la dernière licorne en cristal. C'était ça ou…

— La dernière licorne ? Quelle dernière licorne ?

— Je t'expliquerai plus tard. Pour l'instant, tu dois savoir que la Reine Noire les a toutes… Sélénium noir ? ajouta la baronne en désignant les menottes du menton.

— Oui.

Elle grimaça et prit Cécile sous le bras tandis que Griffont se tournait vers la Reine Noire. Celle-ci, superbe et hautaine dans une robe de soie sombre lançant des reflets violets, dit :

— Nous allons poursuivre, si vous en avez fini avec les retrouvailles…

— Poursuivre ? s'insurgea Isabel. Vous aviez promis de nous relâcher sitôt que…

— Oui, bien sûr. J'ai promis… J'ai promis et je tiendrai… Vous aurez tous les cinq la vie sauve, rassurez-vous. Mais je ne peux me résoudre à vous laisser partir déjà... Qui sait ce que vous pourriez tenter de faire ? Et puis je tiens à ce que vous assistiez au dernier acte de cette pièce... En revanche, il n'est pas indispensable que la domesticité soit de la fête.

Elle montra Auguste et Lucien et ajouta :

— Ligotez-les.

Auguste affermit sa prise sur le fusil. Les acolytes hésitèrent.

— Souhaitez-vous vraiment un bain de sang ? demanda posément la Reine Noire à Griffont et Isabel.

Des acolytes tiraient déjà des revolvers de leurs robes à capuche. La tension monta d'un cran dans le grand silence de la nuit.

— Cède, Aurélia. Nous n'avons pas le choix, conseilla Griffont.

Impassible, la baronne réfléchit. Enfin, elle ordonna à ses complices :

— Laissez-vous faire. Lâche ce fusil, Auguste.

Ils obéirent à regret.

Tandis qu'on les attachait à la décapotable, Griffont chercha discrètement sa canne du regard. Il la vit à la main gantée de Maupuis.

C'était la première bonne nouvelle depuis longtemps.

*

La Reine Noire et Maupuis ouvrant la marche à la lueur des flambeaux, les acolytes encadrant de près Griffont, Isabel et Cécile, ils quittèrent la cour du château de LaTour, passèrent le pont-levis à jamais baissé, et s'enfoncèrent dans les bois par un sentier.

— Où allons-nous ? demanda la baronne à mi-voix.

— Sans doute au sanctuaire, répondit la magicienne.

— Le sanctuaire ?

— Celui de la Confrérie de la Licorne, précisa Griffont.

Ils arrivèrent en vue d'un étang dont les eaux calmes baignaient un îlot cerné de roseaux et coiffé de saules pleureurs. Sur la rive, derrière un rideau d'arbres, étaient les vestiges d'une tour. Ne subsistait – outre des gravats alentour – qu'un mur circulaire inégal envahi de buissons et d'herbes folles. Des acolytes entreprirent de nettoyer l'intérieur de la ruine. Comme le plus gros du travail avait déjà été fait, ils ne tardèrent pas à dégager une grande dalle hexagonale incrustée de lichen.

La Reine Noire approcha.

Elle tendit la main en direction de la dalle et se concentra. Le motif étincelant d'une licorne cabrée apparut sur la pierre qui trembla, s'entrebâilla, s'ouvrit enfin comme une trappe en révélant un mécanisme ancien.

Apparut une volée de marches s'enfonçant sous terre en direction de l'étang.

— Enfin ! murmura Maupuis.

La Reine Noire sourit et passa la première. En bas des marches, elle ouvrit une porte en bois sur laquelle était encore gravée une licorne cabrée. La procession, en file indienne, emprunta alors un long couloir maçonné où de l'eau stagnait en flaques éparses. Au bout, ils rencontrèrent une porte identique à la précédente. En l'atteignant, Griffont évalua qu'ils devaient être sous l'îlot. Quand il la franchit à son tour, cependant, un étrange frisson le prit.

Cécile et Isabel ressentirent la même chose au même moment. Et tandis qu'ils descendaient un mince escalier en colimaçon, la magicienne murmura :

— Nous avons quitté la Terre.

— Nous sommes dans l'OutreMonde, confirma la baronne.

Griffont se contenta d'acquiescer.

Après une cinquantaine de marches, il y eut un dernier couloir creusé à même la roche, puis une grille en fer forgé. Enfin, tous entrèrent en silence dans le sanctuaire de la Confrérie de la Licorne.

*

C'était une vaste caverne naturelle. Elle semblait se prolonger loin dans l'obscurité, là où clapotaient les eaux noires d'un lac souterrain. Près de la rive, un immense pentacle dont les motifs complexes creusaient le sol brut délimitait un espace circulaire. Au centre était un autel en pierre de taille. Autour, à la périphérie du pentacle, se dressaient sept pupitres en bois d'ébène. Des stalactites énormes saillaient du plafond ; des stalagmites, moins nombreuses, pointaient çà et là. Les flammes des torches coloraient les parois d'ambre et jetaient partout des ombres torturées.

— Soyez les bienvenus, dit la Reine Noire. Nul n'a pénétré ici depuis des générations et nul n'y retournera avant longtemps. C'est un rare privilège que je vous offre.

Sa voix résonna sous la voûte rocheuse.

— Que sommes-nous venus faire ici ? demanda Griffont.

— Vous allez comprendre, répondit-elle tandis que Maupuis lui donnait la boîte oblongue qu'il avait apportée.

Le sorcier s'occupa ensuite de Griffont, Cécile et Isabel. Il les fit reculer à l'écart et désigna deux acolytes armés de pistolets pour garder un œil sur eux.

— Pas un mot, dit-il en agitant la canne de Griffont. Ni un geste. Sinon...

Menottes aux poignets, le mage le fusilla du regard.

La Reine Noire ouvrit la boîte contenant les licornes en cristal et fit le tour des sept autres acolytes, qui avaient pris place derrière les pupitres. Chacun reçut sa figurine à deux mains, bras tendus et tête baissée en une posture respectueuse. Puis l'enchanteresse maléfique gagna l'autel, au centre. Elle attendit quelques longues secondes... Et dit :

— Il est temps.

Ensemble, les acolytes posèrent les licornes sur les pupitres, orientées vers l'autel, dans les petits logements ménagés à cet effet.

Il ne se passa d'abord rien, jusqu'au moment où les figurines s'illuminèrent par enchantement. Leur éclat grandit, devint d'une blancheur éblouissante, se concentra soudain. De chaque corne en cristal jaillit un rai qui rencontra les autres au-dessus de l'autel. Une colonne de lumière se créa à cet endroit, du sol au plafond. Noyé dans la brillance, l'autel disparut au regard. On entendit la pierre racler contre la pierre...

Puis tout cessa.

Devant la Reine Noire, le plateau de l'autel s'était soulevé pour révéler, posée sur un coussin de velours, une corne en ivoire torsadée longue comme l'avant-bras.

— Par les pierres dressées de Karnak! lâcha Griffont à mi-voix.

— C'est..., commença Cécile de Brescieux.

— ... la Grande Corne, acheva la baronne sans y croire. Celle de la Mère des Licornes...

— Celle qui tua Tarquin et se brisa en lui transperçant le cœur..., conclut le magicien.

Comment la Reine Noire avait-elle appris qu'Anselme et ses pairs avaient recueilli ce trésor? Comment avait-elle su où il était conservé? Qui lui avait révélé l'utilité des licornes en cristal? Griffont songea qu'il importait peu, désormais, de le savoir. En revanche, l'emploi que la Reine Noire comptait faire de la corne fabuleuse était clair à ses yeux...

Il réprima un mouvement quand la Reine Noire saisit la relique et la brandit haut. Triomphante, elle se tourna vers l'assistance:

— Savez-vous ce que je tiens?

Nul ne répondit.

— Rien de moins que la vie éternelle! proclama la Reine Noire.

Griffont et Isabel se regardèrent. Ils avaient compris, bien que trop tard.

L'ivoire des licornes ordinaires possède de grandes vertus curatives et, réduit en poudre, entre dans la composition d'efficaces antidotes au poison. Sachant cela, il était aisé d'imaginer les immenses pouvoirs de la Grande Corne, celle qui avait jadis poussé au front de la Licorne Primordiale. Elle était le premier ingrédient du remède absolu.

Du remède à la mort.

Or la Reine Noire, malgré sa science du Grand Art et son extraordinaire puissance, n'était après tout qu'une enchanteresse. Son long exil hors de l'Outre-Monde la condamnait autant qu'Isabel à, de fée, devenir humaine. Elle était vouée à vieillir, dépérir, et trépasser. Certes le temps s'écoulait plus lentement pour elle. Mais le jour fatal viendrait. Irrémédiablement. À moins de trouver le moyen de tromper le destin.

La Reine Noire avait à présent ce moyen entre les mains.

— Rien de moins que la vie éternelle..., répéta-t-elle pour elle-même en reposant la corne sur l'autel.

Elle la caressait d'un regard presque amoureux lorsqu'un lointain martèlement, lent et régulier, attira son attention.

32

La Reine Noire se redressa, tendit l'oreille, scruta les régions ténébreuses du lac souterrain. Chacun l'imita en retenant son souffle. Tous, comme elle, entendaient à présent un pas égal. Un pas de sabots, et qui approchait.

— Regardez! murmura Griffont.

Des rides apparurent à la surface des eaux noires. Puis émergèrent une tête chevaline, une crinière, un poitrail blanchâtre. Sans hâte, au rythme de la marche, une licorne sortit du lac. Elle n'était pas faite de chair et de sang. Vaguement translucide et nimbée d'une lueur bleutée, elle était un spectre, un fantôme, un songe peut-être. Elle avait au front le tronçon d'une corne amputée.

— Impossible! fit Cécile en vacillant de fatigue et d'émotion.

— Nous sommes dans l'OutreMonde, dit Isabel de Saint-Gil. Tout est possible.

La magnifique créature aux sabots d'argent s'arrêta sur la rive et considéra l'assistance médusée. Elle était plus petite qu'un cheval. Plus gracieuse, aussi. Mais de tout son être émanait une impression de puissance encore accrue par une attitude sereine. Rien ne semblait pouvoir l'atteindre, ni la menacer.

Un trouble s'instaura chez les acolytes qui hésitaient à reculer et guettaient les réactions de la Reine Noire.

— Qui... ? Qui es-tu ?..., hésita celle-ci.

— Vous le savez fort bien ! intervint Griffont d'une voix forte qui surprit l'assemblée. La Mère des Licornes s'en est revenue des limbes pour vous empêcher une dernière fois de nuire. Renoncez, Lyssandre. Il est peut-être encore temps !

— JAMAIS ! hurla la Reine Noire.

La licorne se cabra soudain en hennissant.

— Attention ! prévint Griffont.

Il se tourna vers Isabel et Cécile pour faire écran de son corps à la seconde où les sabots frappèrent la roche. Du point d'impact, une onde bleue déferla dans la caverne et noya tout. Les acolytes aux pupitres se jetèrent au sol. Maupuis se recroquevilla dans un coin. La Reine Noire poussa un cri de terreur.

Par-dessus son épaule, Griffont l'aperçut qui, debout, bras écartés, affrontait la vague lumineuse. Elle n'était déjà plus qu'une silhouette figée dans la tourmente éblouissante. Puis ce fut comme si son corps était devenu une statue de sable livrée à la colère d'un ouragan...

Un instant suffit à la balayer.

Le délire cessa aussitôt. La Reine Noire n'était plus. Le fantôme de la Mère des Licornes avait disparu. Et tandis que tous tardaient à se remettre, les menottes de Griffont et Cécile heurtèrent le sol en tintant.

Le mage réagit aussitôt. D'un coup de poing au ventre et d'une manchette à la nuque, il assomma l'un des deux hommes chargés de le surveiller. L'autre n'eut pas plus de chance : la baronne l'attrapa par les épaules et le plia en deux d'un coup de genou vicieux, mais expert.

Une rumeur de cataclysme emplit la caverne. Un grondement sourd commença d'ébranler les parois. Les eaux du lac bouillonnèrent. Des hauteurs tombèrent des débris de roche et des nuages de poussière. Une stalactite se décrocha, pulvérisa un pupitre et créa la panique.

— VITE ! fit Griffont en entraînant les deux femmes vers la sortie.

À bout de forces, Cécile de Brescieux trébuchait plus qu'elle ne marchait. Isabel dut la soutenir tandis que Griffont leur frayait un chemin dans la cohue. Tous les acolytes refluaient vers la grille. Griffont jouait des coudes sous la pluie de pierres. Un bloc s'écrasa à quelques centimètres de lui. Un autre fracassa le crâne d'un malheureux. Un dernier brisa une épaule.

Poussant Isabel et Cécile, Griffont était le dernier à passer. Il regarda alors derrière lui et vit Maupuis qui se relevait péniblement. Sa décision fut prise en un battement de cœur : il referma la grille devant lui.

— Louis ! s'exclama la baronne en se retournant, la magicienne accrochée à son bras. Louis, que fais-tu ?

Elle agrippa les barreaux mais Griffont avait déjà mis le loquet.

— Fuis ! lança-t-il.

Dans son dos, Maupuis se redressait. Ses vêtements fumaient ; le côté de son visage était brûlé. La magie sacrée de la Mère des Licornes l'avait rudement éprouvé.

— Non ! lâcha Isabel.
— Sauve Cécile ! Elle n'y arrivera pas sans toi !
— Et toi ?
— Je n'en ai pas fini ici.
— C'est du suicide. Tout va s'effondrer !
— Je vous rejoindrai !... Je te le promets...

Leurs doigts se frôlèrent autour des barreaux, leurs regards se trouvèrent.

— Je..., commença-t-il, ému.
— Je sais, fit-elle.

Les yeux dans les yeux, ils s'écartèrent ensemble de la grille qui les séparait. Griffont fut le premier à se détourner.

*

Griffont fit résolument face au sorcier qui approchait. Celui-ci eut un méchant sourire. Il tenait toujours la canne du magicien.

Griffont tendit la main vers son bien, se recueillit brièvement et dit :

— *El'hT !*

La canne voulut bondir vers son légitime propriétaire, mais Maupuis serra le poing et la retint à bout de bras. Griffont avait compté avec ce réflexe. Sans rompre sa concentration, il fit pivoter sa main ouverte. Le mouvement se reporta sur le pommeau bleu et or qui se dévissa. La canne-épée dénudée vola vers le magicien qui la saisit.

Furieux, Maupuis jeta le fourreau de bois inutile et recula de quelques pas.

— Un duel ? dit-il. Soit.

Il se débarrassa de son grand manteau et, de l'intérieur de sa veste, tira son kriss. De la paume, il caressa la lame ondulée du poignard malais qui, tel un serpent d'acier, se prolongea en louvoyant et devint une épée.

— Nous voilà à armes égales, Griffont.

Les deux hommes se dévisagèrent. Autour d'eux, la caverne était agitée de soubresauts terribles. Des roulements de tonnerre semblables à des salves d'artillerie lointaines montaient des profondeurs. Des pans de roche s'écroulaient. Du plafond chutaient des plaques de pierre et des stalactites meurtrières. Le sol était parcouru de crevasses qui s'écartaient soudain. Des nuages poussiéreux tourbillonnaient dans un vacarme assourdissant de fin du monde.

— Défends-toi, sorcier.

Griffont attaqua.

Les lames magiques crépitèrent en se rencontrant et un combat à mort s'engagea.

*

La baronne s'éloigna à regret de la grille tandis que Griffont lui tournait le dos pour affronter Maupuis. Soutenant Cécile de son mieux, elle s'en fut pourtant en jetant de fréquents regards vers la caverne.

— Laissez-moi, murmura la magicienne épuisée quand elles arrivèrent en bas de l'escalier en colimaçon. Je... Je n'y arriverai pas...

— Oh ! que si !... Croyez-moi...

— Non... Je...

— Écoutez, Cécile. Je ne vous aime guère, c'est entendu. Mais je n'ai accepté de laisser Louis que parce qu'il fallait quelqu'un pour vous ramener à la surface... ALORS VOUS ALLEZ VOUS SECOUER !

— D'acc... D'accord...

— Parfait, fit Isabel aussitôt calmée. Ravie que vous soyez de mon avis.

Elle jeta le bras de la magicienne par-dessus ses épaules, lui saisit le poignet et la prit par la taille.

— Prête ? demanda-t-elle.

— Prête.

L'ascension parut durer une éternité. L'escalier était trop étroit pour que deux personnes le montent de front et, pas de côté après pas de côté, l'enchanteresse hissait plus Cécile qu'elle ne l'aidait à marcher. L'exercice l'éreinta. À mi-hauteur, elle s'arrêta pour reprendre son souffle. Les tremblements qui agitaient la caverne se prolongeaient jusqu'ici. Un grondement puissant fit trembler les marches. Il fallut repartir.

Quand elles parvinrent enfin en haut de l'escalier, Cécile de Brescieux avait perdu conscience et n'était plus qu'un poids mort. La baronne n'allait guère mieux. Le souffle manquait à ses poumons brûlants. Une douleur lancinante tétanisait ses muscles. Son esprit s'embrumait et des étincelles dansaient devant ses yeux.

Elle coucha Cécile sur les dalles et se laissa tomber à côté. Tout son corps exigeait le repos. L'évanouissement la guettait. C'est alors qu'une secousse inouïe ébranla le souterrain. En même temps que des volutes de poussière, un vacarme de rochers éboulés monta de l'escalier. Isabel comprit qu'il allait s'effondrer et que le couloir suivrait. Cela lui donna l'énergie de saisir la magicienne sous les épaules et, à reculons, de traîner le corps mol un peu plus loin. Elle peina sur quelques mètres avant que ses mains ne lâchent prise. Elle tomba assise, poussa un long soupir, ne renonça pas pour autant. Sans se relever, elle agrippa le col de Cécile et tira, voulut ramper. Mais cet effort désespéré fut inutile. Ses dernières forces l'abandonnant, la baronne s'allongea et, avant de fermer les yeux, eut une pensée pour Griffont.

Des mains la saisirent soudain. Des bras vigoureux la soulevèrent.

Elle entrouvrit les paupières tandis qu'on l'emmenait et reconnut un visage familier.

— Contente de te voir, Auguste.

Le colosse ne répondit pas. Elle eut un ultime sursaut de lucidité et gémit :

— Et Brescieux ? On ne peut pas la laisser ! On ne peut pas...

— C'est bon, patronne. On s'en occupe.

— Qui ?

— La police.

Cette fois, Isabel de Saint-Gil sombra dans l'inconscience pour de bon.

33

À la cime des arbres, le soleil affleurait, rougeoyant. Des oiseaux chantaient sa venue dans le grand calme de l'aube. La surface de l'étang de LaTour miroitait, troublée de ridules sous la caresse du vent. Des bruits commençaient d'emplir la forêt. Une belle journée s'annonçait.

Immobile et grave, la baronne se tenait sur la rive. Les cheveux défaits, le visage sali, elle avait sur les épaules un manteau d'homme dont elle serrait le col. Devant elle, l'îlot couvert de saules et frangé de roseaux n'était plus, englouti par la même catastrophe qui avait noyé le souterrain et qui, loin par-delà la frontière entre les mondes, avait à jamais détruit le sanctuaire de la Licorne.

Griffont n'avait pas reparu.

On s'activait alentour. Des gendarmes, sous la houlette d'un officier et de Farroux, achevaient d'explorer les lieux. D'autres surveillaient les acolytes survivants qui attendaient d'être emmenés – menottes aux poignets, la capuche rabattue et la tête basse, ils n'étaient plus que de piteux imbéciles, grotesques dans leurs robes de bure noires. Cécile de Brescieux, que l'inspecteur avait sauvée tandis qu'Auguste emmenait Isabel, n'avait toujours pas repris conscience. Ses jours n'étaient pas en danger, cependant. Lucien accroupi près d'elle, elle était allongée sur une couverture ; une ambulance attelée arriverait bientôt pour l'emmener. Auguste, mal à l'aise, attendait à proximité de sa patronne.

— Vous venez m'arrêter ? demanda-t-elle sans se retourner quand Farroux vint la rejoindre.

— Vous arrêter ?

— Vous savez qui je suis, non ? Et comment je gagne ma vie... Sans compter toutes les questions que vous voulez sans doute me poser...

Sa voix ne trahissait aucune émotion.

— Je n'ai aucune envie de vous passer les menottes, madame. D'ailleurs, sans vous...

C'était elle en effet qui, sur la foi d'une intuition féerique, avant même que Maupuis ne vienne marchander la vie de Griffont, avait envoyé Étienne avertir le policier du lieu et de l'heure où se jouerait l'épilogue de cette affaire. À ce moment, elle en ignorait encore tous les tenants et aboutissants. Mais elle avait vu juste.

— Je ne vous cacherai pas que j'espérais vous voir arriver plus tôt, dit-elle.

— Nous ne sommes pas à Paris, madame. Je ne suis pas dans ma juridiction... Il m'a fallu le temps de contacter et mobiliser l'escadron de gendarmerie local. Lorsque le téléphone sera installé partout, tout ira sans doute beaucoup plus vite.

Elle fixait toujours l'étang désert du regard. Lui reprit :

— Il n'empêche que vous avez bien fait de me

mettre dans la confidence. Si vous et Griffont l'aviez fait avant, peut-être que...

Il se mordit les lèvres, se maudissant d'avoir évoqué Griffont de la sorte, par un reproche. La baronne, cependant, ne réagit pas.

— Comment êtes-vous arrivés jusqu'ici ? demanda-t-elle après un silence embarrassant.

— Je vous demande pardon ?

— Lorsque vous êtes arrivés avec votre cavalerie au château, vous avez trouvé Auguste et Lucien ligotés à la voiture, n'est-ce pas ?

— À vrai dire, Labricole achevait tout juste de dénouer ses liens...

— Mais lui et Auguste ignoraient où on nous avait emmenés. Et il y a un bon kilomètre de sentier entre ici et le château. De nuit, vous auriez pu chercher durant des heures et vous perdre n'importe où avant de trouver l'entrée du souterrain.

— Est-ce important ?

— Je le crois.

— Nous avons eu de la chance. Un vieil homme avait assisté à tout. C'est lui qui nous a conduits jusqu'ici.

Pour la première fois, elle le regarda.

— Un vieil homme ?

Gêné, Farroux haussa les épaules.

— Un clochard, un ermite qui semblait avoir élu domicile dans les ruines du château...

— Où est-il ? J'aimerais lui parler.

— Nous avions plus sérieux à faire et il s'est carapaté. Ces gens-là n'aiment guère les uniformes, vous savez ?...

— À quoi ressemblait-il ?

— À un vieux fou vêtu de hardes. Barbe et cheveux blancs hirsutes. Il est apparu je ne sais d'où, appuyé sur un grand bâton...

— Il n'a parlé qu'à vous.

— Oui.

— Et vous seul l'avez vu...

— Oui.

Il répondit comme un homme qui doute de ses dires, de ses souvenirs.

— Savez-vous qui c'était ? s'enquit-il.

— Non, mentit l'enchanteresse.

Anselme-le-Sage, songea-t-elle. *Ou son fantôme. Venu une dernière fois pour tenter de réparer une faute commise jadis...*

— PATRONNE !

Ils se retournèrent.

Depuis l'arbre sous lequel Cécile de Brescieux était couchée, Lucien leur faisait signe de venir.

Ils se hâtèrent. À mi-chemin, un gendarme interpella Farroux, et Isabel continua seule. Elle s'agenouilla aux côtés de la magicienne qui, encore faible, avait repris conscience.

— Je voulais vous remercier, murmura Cécile en levant une main molle.

Isabel la prit entre les siennes.

— Oubliez ça, Cécile. Reposez-vous...

— Et... Griffont ?

— Toujours là-bas.

— Mais Lucien vient de me dire que...

— ... que ce passage vers l'OutreMonde s'est effondré, oui.

— Est-ce que... ?

— Non, Cécile. Il est vivant. Et il a promis de revenir... Et s'il ne revient pas, j'irai le chercher.

C'était cependant une assurance bien fragile qu'affichait la baronne. Sa voix tremblait un peu.

— Je..., fit la magicienne. Je suis... désolée.

— Désolée de quoi? Puisque je vous dis qu'il est vivant! Vivant!

— Doucement, patronne, souffla Lucien.

Elle s'aperçut qu'elle serrait trop fort la main de Cécile. Elle la lâcha, les yeux mouillés.

— BON DIEU, REGARDEZ! s'écria soudain Auguste depuis la rive.

Pleine d'espoir, Isabel fit volte-face en se relevant. Farroux sur les talons, Auguste avait déjà de l'eau jusqu'à la taille et peinait en direction d'un homme en chemise blanche qui, surgi des profondeurs, tentait de gagner la terre ferme.

La baronne s'élança.

— C'EST GRIFFONT! s'exclama Labricole.

— ICI! DE L'AIDE! appela Farroux tandis que lui et Auguste rejoignaient Griffont.

Ils le prirent sous les épaules et l'aidèrent à marcher vers la berge. Des gendarmes approchaient, curieux, ne comprenant pas. La baronne les bouscula pour les dépasser et s'enfonça dans l'étang. À grandes enjambées, ses jupes alourdies par l'eau, elle fit beaucoup d'éclaboussures et s'épuisa à la rencontre de Griffont et de ses sauveteurs. Elle lui prit la tête à deux mains, et releva un visage épuisé mais ravi.

— Vous ne vous êtes pas inquiétés, au moins? dit Griffont.

— Imbécile! Triple imbécile!

— Moi aussi, je suis très content de te revoir.

— Mais qu'est-ce qui t'a pris de jouer les héros ? Hein ? Qu'est-ce qui t'a pris ?

— Pourrais-tu arrêter de me secouer la tête comme un prunier, je te prie ? J'ai eu une dure journée et je suis un peu fatigué.

Le soulagement passé, et d'autant plus furieuse qu'elle avait été inquiète, Isabel s'écarta pour permettre à Auguste et Farroux d'emporter Griffont. Elle découvrit qu'il était blessé quand il se laissa tomber sur la rive herbue. Sa chemise, déchirée au flanc, était rose là où le sang imprégnait le tissu trempé. Il serrait sa canne-épée dans le poing droit.

— Ça va, dit-il. Rien de grave. Comment se fait-il que vous soyez ici, Farroux ?

— Je t'expliquerai plus tard, intervint d'autorité la baronne avant que l'inspecteur ait pu répondre. Qu'est-ce qui s'est passé, là-bas ?

Griffont s'assit, aidé par Auguste.

— Lorsque la caverne s'est totalement effondrée, j'ai sauté dans le lac et j'ai nagé tant que j'ai pu. Je ne sais pas comment j'ai réussi à revenir.

— Maupuis ?

— Je l'ai laissé pour mort. Mais la mauvaise herbe a la vie dure.

Il toussa, cracha un peu d'eau. Isabel lui essuya la bouche d'un bout de manche.

— Merci, fit-il. Désolé... Et Cécile ?

— Vivante. Mais tu aurais pu commencer par prendre de mes nouvelles.

— Mais je vois bien que tu te portes à merveille !

— À merveille ? Tu en as de bonnes !

— Qu'est-ce qui ne va pas ?

— Ce n'est pas la question.

Aux olympiades de la mauvaise foi, après un triomphe, Isabel de Saint-Gil serait disqualifiée pour professionnalisme.

— Quand je pense aux risques que tu as pris! enchaîna-t-elle aussitôt avec le souci évident de changer de sujet. Et pour rien!

— Pour rien? Et ça, alors?

Alors, avec un grand sourire, il tira, de sa chemise, la corne d'ivoire torsadée de la Mère des Licornes.

— Évidemment, reconnut la baronne. Ce n'est pas rien.

ÉPILOGUE

Par un magnifique après-midi d'été, Louis Denizart Hippolyte Griffont descendit d'un pas souple les marches du perron de l'ambassade d'Ambremer à Paris. Rasé de frais, habillé d'un costume gris et coiffé d'un feutre assorti, il avait sa canne à la main gauche et donnait le bras à Cécile de Brescieux. Celle-ci, élégante et souriante, semblait totalement remise des épreuves endurées ces derniers jours. Elle avait en tout cas bien meilleure mine que lorsque nous l'avons quittée, peu avant qu'une ambulance ne l'emmène loin de l'étang du domaine de LaTour.

Sur le trottoir, le magicien salua galamment la magicienne qui lui fit l'aumône d'un baisemain puis embarqua dans un fiacre. Griffont regarda l'attelage partir, après quoi il traversa la rue pour rejoindre une Spyker bleue dont la capote était mise. Auguste, vêtu tel un chauffeur d'une grande maison et coiffé d'une casquette à visière rutilante, attendait au volant. Lucien Labricole était assis à ses côtés et surveillait, par habitude, les alentours.

— Alors ? fit Isabel de Saint-Gil quand Griffont se pencha pour la voir sur la banquette arrière.

— Tout est réglé, dit-il. J'ai remis la Grande Corne qui ira bientôt rejoindre le Trésor Royal d'Ambremer. Comme nous nous y attendions, on nous remercie beaucoup et l'on nous prie de ne jamais dévoiler un mot de cette triste affaire. C'est un méchant petit secret qui devra rester entre nous et le trône d'Ambremer. Pour le bien de tous et la sauvegarde de la paix dans l'OutreMonde, bien sûr...

— Bien sûr, ironisa la baronne sur le même ton que Griffont. Tout est bien qui finit bien pour la reine Méliane, et tant pis si elle a jadis entraîné le peuple licorne dans une guerre qui ne concernait qu'elle et les dragons...

— L'ambassadeur m'a fait comprendre qu'Ambremer avait pris contact avec le gouvernement français en votre faveur. Les autorités judiciaires ne vous chercheront pas noise.

— C'est déjà ça... Et la Reine Noire ?

— Son cas n'a pas été évoqué... La Mère des Licornes lui a porté un coup sévère et je ne pense pas que nous la reverrons de sitôt dans l'un ou l'autre des Trois Mondes...

— Mais elle reviendra.

— Oui.

Ils échangèrent un long regard. Enfin la baronne, de la pointe de son ombrelle, tapota l'épaule d'Auguste qui démarra.

— Vous montez, Louis ? demanda-t-elle tandis que le moteur tournait.

— Non, puisque vous partez.

Il avait remarqué le lourd sac de voyage posé à

côté d'elle. Elle insista en s'efforçant de ne pas trahir trop d'envie :

— La côte normande est magnifique en cette saison...

— Je sais, mais j'ai envie de passer quelque temps chez moi sans sortir.

— J'ai l'impression que cette affaire vous laisse un goût amer dans la bouche.

— Ce n'est pas ça.

— Quoi, alors ?

Soudain grave, il avoua :

— J'ai appris la proposition qu'on vous a faite.

— Laquelle ?

— Vous le savez très bien, Aurélia... Votre retour en grâce. Contre la dernière licorne de cristal...

Elle lui sourit tendrement et posa une main sur la portière. Une main qu'il prit entre les siennes.

— Je sais le sacrifice que cela a représenté, dit-il. Vous n'auriez pas dû...

— Tu dis des bêtises, Louis.

L'émotion la gagnait. Elle retira sa main.

— À bientôt, Louis.

— À bientôt... Et merci.

Elle haussa les épaules avec une désinvolture feinte.

— La vie est une tragédie dont il est permis de rire, Griffont. Et je suis fort bien comme je suis, ne vous inquiétez pas.

Auguste comprit qu'il était temps d'y aller et passa une vitesse. Griffont suivit l'automobile du regard jusqu'à ce qu'elle disparaisse à l'angle de la rue.

Soudain seul sous le soleil implacable, il se dit qu'il y avait longtemps qu'il n'était pas allé à Deauville.

MAGICIS IN MOBILE

Le mois de janvier 1910 donna aux Parisiens d'abord, aux Français ensuite et à l'Europe peut-être, deux motifs de se souvenir de lui. Deux excellents motifs, précisons-le d'emblée, et fort différents.

Le premier fut une inondation comme la capitale n'en avait plus connu depuis l'an de grâce 1658. Grossies par des pluies hivernales extraordinaires, les eaux de la Seine débordèrent les quais et envahirent les quartiers environnants dont elles noyèrent promptement les caves et les rues. On imagine que cela causa quelques drames et beaucoup d'embarras. Paris n'est pas Venise, la rue de Rivoli n'est pas le Grand Canal, et la tour Eiffel – heureusement bâtie dans un bois blanc imputrescible rapporté de l'OutreMonde – n'avait pas plus vocation à barboter sur le Champ-de-Mars que le zouave du pont de l'Alma n'était destiné à raser les flots de son fier regard. Quant au chemin de fer métropolitain dont la ville s'enorgueillissait depuis la dernière Exposition universelle, il apparut que son étanchéité relative et son mode de propulsion électrique le rendaient impropre à évoluer en milieu aquatique.

Les Parisiens, qui appréciaient d'autant moins la baignade que celle-ci était glacée, commencèrent par protester contre le gouvernement. Ne pouvait-on prévoir et prévenir ce genre de catastrophes ? L'on était au XXe siècle, tout de même ! N'y avait-il pas quelque part des vannes providentielles qui n'attendaient que d'être ouvertes ou fermées ? Était-ce trop demander que de dresser une digue ici, de creuser une écluse là ? Et que n'avait-on construit Paris plus haut ! Les solutions les plus simples ne sont-elles pas toujours les meilleures ? Décidément, il ne fallait pas compter sur ces messieurs des ministères. Pas plus que sur les magiciens, d'ailleurs. Et les fées ? Qu'attendaient-elles au juste pour agir ? N'avaient-elles pas à leur disposition des légions de gnomes industrieux que l'on pourrait employer utilement ? Bien sûr, elles avaient les pieds au sec, elles, dans leur belle cité d'Ambremer...

Il faut aujourd'hui pardonner ces injustes reproches aux Parisiens d'alors, qui n'avaient pas l'âme lagunaire et préféraient les fiacres aux gondoles. Car il est faux de dire que personne ne fit rien. Les politiciens, ainsi, firent des discours et des promesses ; les fonctionnaires firent des circulaires ; les ingénieurs des ponts et chaussées firent de savants calculs ; les loueurs de barque firent des affaires et les naïades de la Seine, qui ne connaissaient de la capitale que ce que l'on en voit d'ordinaire depuis les bateaux-mouches, firent du tourisme. Il n'y a guère que les magiciens qui, reconnaissons-le, agirent peu ou inutilement tandis que les fées, par la voix de leur reine Méliane, indiquèrent qu'il fallait s'armer de patience, attendu que la Seine finirait par retrouver, d'elle-même, tout à la fois sa taille et son lit de jeune fille. Sages paroles où pointait la morgue d'une race ancienne, mais auxquelles l'Histoire devait donner raison.

*

Le second événement marquant de ce fameux mois de janvier fut l'apparition d'un navire submersible que l'on trouva un beau matin mouillant dans le fleuve, à hauteur sinon à profondeur du quai de Javel. Vivre dans le Paris des Merveilles habitue aux phénomènes les plus singuliers. Pour autant, les lève-tôt qui découvrirent le fabuleux bâtiment jugèrent que la nouvelle méritait d'être annoncée. Ils s'y employèrent fort bien, et toute la capitale savait quand, enfin, transmis par la voie hiérarchique réglementaire, les premiers rapports d'agents de police arrivèrent à la Préfecture.

Au fil de la matinée, une foule plus curieuse qu'inquiète afflua. Parmi elle se trouvaient de nombreux journalistes que la crue avait amenés à Paris et à qui le hasard des circonstances proposait un sujet d'article inédit. Faute de pouvoir approcher à pieds secs, tous s'amassèrent aux fenêtres, aux balcons et sur les toits des immeubles alentour. On observa, on échangea des impressions, on émit des hypothèses d'autant plus séduisantes qu'elles étaient infondées. Et comme l'étrange navire restait désespérément inerte et silencieux, il faut bien reconnaître que l'on finit par s'ennuyer un peu.

Parce que rien n'est plus exaspérant qu'un mystère immobile, il y eut bientôt des volontaires, dont quelques photographes, pour mettre des barques à l'eau afin d'aller voir de plus près. Cet audacieux projet fut cependant empêché par l'arrivée de la troupe. En effet, la direction des opérations venait d'échapper aux autorités civiles pour incomber aux militaires, et plus particulièrement au très martial général Haussont du Clairont qui, bien que bardé de médailles, n'avait jamais entendu siffler une balle et n'attendait que d'entrer dans l'Histoire aux côtés d'Alexandre, César et Napoléon réunis. Son premier soin, après avoir donné l'ordre de mettre baïonnette au canon et de tirer sur quiconque approcherait du submersible, fut d'ailleurs de répondre aux questions de ces messieurs de la presse, en grand uniforme, la badine à la main et la botte sur un tambour que l'on avait apporté à sa demande. Ce fut l'occasion de mesurer l'ampleur de ses vues et la fulgurance de sa pensée : puisqu'on ne savait rien de ce submersible, c'est qu'il avait quelque chose à cacher ; s'il avait quelque chose à cacher, c'est donc qu'il était un bâtiment de guerre ; et s'il était un bâtiment de guerre, il ne pouvait être que prussien. CQFD. La patrie était en danger.

D'abord transmise par le bouche à oreille, puis à grand renfort d'éditions spéciales, la nouvelle qu'une arme secrète de la marine du Kaiser avait remonté la Seine jusqu'à Paris, cette nouvelle, étonnamment, suscita une anxiété que ne tempéra guère le déploiement d'une batterie de canons sur les hauteurs de Chaillot. Tout le monde, pourtant, ne partageait pas l'avis du général. Il y avait ceux qui, par habitude, n'écoutaient jamais les militaires ; ceux qui devinaient un coup des fées ; ceux qui soupçonnaient plutôt les magiciens; ceux qui pensaient que «tout ça, c'est mystère et compagnie et puis c'est tout».

Et il y avait enfin ceux qui avaient lu *Vingt Mille Lieues sous les mers* ou s'étaient coupablement contentés d'en feuilleter une édition illustrée...

*

Louis Denizart Hippolyte Griffont, mage du Cercle Cyan, faisait grise mine. La raison en était qu'il ne se trouvait pas chez lui et n'avait pas liberté d'y retourner depuis que la Seine avait envahi l'île Saint-Louis en général et son domicile en particulier. Le sans-gêne du fleuve l'avait littéralement scandalisé. Casanier, têtu, il avait un temps résisté en se contentant du premier étage de sa maison tandis que les eaux montaient de jour en jour au rez-de-chaussée et que son charmant jardin prenait des airs de marigot. Puis il lui avait fallu se rendre à l'évidence, ce qu'il ne fit pas sans maudire intérieurement les caprices de la Seine, ni ourdir des projets de vengeance farfelus contre Mère Nature. On se soulage comme on peut.

Griffont avait alors accordé un congé à son domestique, avant de s'établir en pension complète au *Premier Cyan*. Le *Premier*, ainsi que l'appelaient ses habitués, était le quartier général officiel de la loge parisienne du Cercle Cyan. Situé dans un hôtel particulier du IIIe arrondissement où Joseph Balsamo avait vécu, il évoquait irrésistiblement un club privé britannique à qui jouissait du privilège de passer ses portes: ambiance feutrée, parquets cirés, meubles d'acajou, lampes vertes, vieux tableaux et bibelots d'époque précieux. Il offrait un service parfait, stylé, discret, zélé. La table y était excellente et les chambres d'un grand confort. Quant à la clientèle, elle ne pouvait être plus choisie.

Ce n'était donc pas le bagne et n'importe qui, en ces circonstances, aurait apprécié le séjour. N'importe qui, sauf Louis Griffont. Refusant de faire contre mauvaise fortune bon cœur, il avait décidé de bouder le monde extérieur et s'était promis de ne remettre les pieds dehors que lorsqu'il pourrait les remettre chez lui, et sans les tremper. De fait, plus rien ne l'intéressait hors les amplitudes de la crue qu'il suivait dans les journaux.

— Le niveau a encore augmenté, dit-il en feuilletant la presse du soir.

Il avait dîné seul et, à présent, profitait du calme d'un petit salon où d'autres mages digéraient, somnolaient, lisaient ou bavardaient à voix basse. Confortablement assis dans un fauteuil en cuir, un excellent verre de madère à portée de main, il avait à sa droite, lové sur un guéridon, un chat-ailé qui se chauffait les poils dans la lumière d'une lampe à abat-jour. Ce chat, si l'on excepte ses ailes duveteuses, ressemblait à un chartreux gris-bleu. Il se nommait Azincourt et se donnait un genre en affectant de parler avec l'accent d'Oxford.

— Si cela continue, poursuivit Griffont, il atteindra bientôt les huit mètres cinquante !

Azincourt leva une paupière lasse et lâcha :

— Vous savez, *of course*, qu'un submersible inconnu mouille depuis ce matin près du quai de Javel...

— Oui, oui.

— Et malgré tout, c'est le niveau de la Seine qui vous préoccupe.

— Tant qu'elle habitera chez moi.

— Je vois.

Le chat-ailé s'assit puis il attendit, les pattes avant bien droites et le regard plein d'un mélange de reproche et de commisération.

Griffont soupira. Il était grand, bel homme, très élégant, avait une moustache poivre et sel et d'épais cheveux gris d'argent. On lui aurait volontiers donné la quarantaine et l'on se serait trompé, abusé par l'extraordinaire longévité des mages. Car Louis Denizart Hippolyte Griffont était né au XVe siècle, ce qui lui conférait une certaine expérience des choses de la vie.

— Si c'est à cela que vous pensez, Azincourt, je ne crois pas que ce submersible soit truffé de baïonnettes hostiles à la France. Et encore moins de casques à pointe.

— Il me semble néanmoins que la nouvelle mérite de faire la une, vous ne croyez pas ?

— C'est une question de priorité.

— Vous êtes incorrigible...

Le mage replia soigneusement son journal et le posa sur une table basse, à l'intention de ceux qui voudraient encore le lire.

— Je vous promets, dit-il, que je m'occuperai de votre navire, s'il est encore là, dès que la Seine sera revenue à de meilleures dispositions.

— Vous auriez au moins pu aller le voir.

— Je ne mettrai pas les pieds dehors tant que le fleuve ne m'aura pas rendu ma maison !

— Je sais, je sais... N'empêche que cela vaut le coup d'œil, croyez-moi.

— Je vous crois.

— Et c'est tout ?

— C'est tout. Les journaux me suffisent.

Azincourt, résigné, secoua la tête.

— À ce sujet, enchaîna-t-il, avez-vous lu cet article dans l'édition spéciale du *Petit Parisien illustré* ?

— J'ai lu. Amusant.

— N'est-ce pas ? La rédaction semble avoir pris fait et cause pour la thèse du *Nautilus*. Il faut reconnaître que la ressemblance est troublante. Mêmes dimensions, même physionomie générale de grand cigare, mêmes hublots lenticulaires, mêmes plaques de métal formant comme des écailles sur la coque. J'ai rapidement relu *Vingt Mille Lieues sous les mers* avant dîner, et je puis vous confirmer que tout y est dans ce qu'on peut voir du submersible de Javel. Cela ne peut être un hasard.

Quand il disait qu'il avait relu *Vingt Mille Lieues sous les mers*, Azincourt voulait dire qu'il avait piqué du nez sur un exemplaire de ce roman. Pour autant, n'allez pas croire que la prose de Jules Verne l'avait ennuyé. Les chats-ailés, en effet, ont la faculté de visiter en rêve les textes sur lesquels ils dorment. Livres, journaux, imprimés, tout leur est bon. Y compris, au grand dam de Griffont chez qui Azincourt habitait d'ordinaire, les correspondances privées.

— Notez, réfléchit tout haut le mage, qu'à construire un submersible révolutionnaire, autant copier le *Nautilus*...

Verne, mort cinq ans plus tôt, restait très lu. Certains prétendaient que cela ne cesserait jamais et qu'un siècle plus tard on continuerait d'admirer son œuvre. Peut-être même se trouverait-il des auteurs pour s'inspirer du maître.

— Et cela ne pique pas votre curiosité ? murmura Azincourt d'un air sournois. Cela ne vous donne pas envie d'aller voir par vous-même ?

— Non, mentit fermement Griffont.

— Le *Nautilus*, Griffont. Le *Nautilus* !

— Je vous répète que je ne mettrai pas le nez dehors avant la fin de la crue. J'en ai fait le serment et rien ne me fera changer d'avis. Rien, m'entendez-vous ? Rien, ni personne !

Échauffé, Griffont s'était levé et il avait encore le doigt dressé vers le ciel qu'il prenait à témoin quand, dans son dos, une voix féminine et enjôleuse demanda :

— Pas même moi ?

Et merde, songea Griffont.

*

À l'arrière de la Spyker indigo qui le conduisait à travers Paris, mal protégé de la température nocturne et hivernale par la capote de l'élégante automobile, Griffont boudait ostensiblement. Le regard borné, il se tenait renfoncé sur lui-même, le col de son manteau d'hiver relevé et le chapeau melon au ras des yeux. Il ne bougeait pas, respirait fort et grognait à l'occasion. Ses deux mains gantées étaient posées sur le pommeau de sa canne, laquelle était à la fois un élégant accessoire d'homme du monde, une arme grâce à la lame qu'elle dissimulait dans sa tige, et un bâton de pouvoir par la vertu du cristal bleu magique qui ornait sa poignée d'argent.

Assise à ses côtés, la baronne Isabel de Saint-Gil souriait en coin. Grande, mince, jouissant de charmantes et pâles rondeurs, elle était belle, habillée du dernier chic. Des mèches blondes serpentaient dans son épaisse chevelure rousse et une lueur canaille ne quittait guère ses yeux d'ambre pailleté d'émeraude. Aurélia de son vrai nom, elle était une enchanteresse, c'est-à-dire une fée originaire de l'OutreMonde, mais qui a si longtemps vécu sur Terre qu'elle en a perdu certains de ses pouvoirs naturels. Elle et Griffont avaient été amants, fâchés, séparés, complices et de nouveau amants un nombre incalculable de fois depuis leur rencontre en 1720. Ils avaient même, entre un retour de flamme et une crise annoncée, trouvé judicieux de se marier. Ils étaient en fait frappés d'une double et réciproque malédiction : ils s'aimaient et ne pouvaient rester ensemble longtemps sans se prendre le bec. Quant à Griffont, il souffrait d'une malédiction particulière : si résolu qu'il puisse être, il ne savait pas dire « non » à la plus adorable et insupportable créature qu'il ait jamais rencontrée.

— Comptez-vous faire la tête encore longtemps? demanda la baronne d'un ton moqueur.

— Il fait froid.

— C'est l'hiver.

— Et humide.

— Ça a peut-être à voir avec l'inondation.

— Précisément. Il faisait chaud et sec au *Premier*, et j'y étais fort bien. Azincourt a eu raison d'y rester.

— À vous entendre, on dirait que je vous ai sorti de votre nid douillet avec un fusil dans le dos...

Le mage répondit quelque chose qui ressemblait à : « Mmrruf. » Puis, après un silence, il s'enquit :

— Où allons-nous ?

Seul à l'avant, vêtu de l'uniforme des chauffeurs de maître et coiffé de la casquette idoine, Auguste Magne conduisait. Colosse placide, il formait avec un certain Lucien Labricole un duo tout dévoué à Isabel.

— Nous allons chez moi, indiqua-t-elle.

— La crue n'y a pas fait de dégâts ?

— Non. Les eaux n'ont pas monté si haut.

— Parce que chez moi...

— Oui, Louis. Je sais. C'est même à se demander si quelqu'un à Paris ignore vos soucis... Vous avez vraiment fait de cette inondation une affaire personnelle, n'est-ce pas ?

Griffont se renfrogna et jugea qu'il était temps de revenir à l'essentiel.

— Et qu'allons-nous faire chez vous ?

— C'est... C'est un peu difficile à expliquer.

Louis posa sur la baronne un regard inquisiteur.

Les mauvaises langues disaient d'elle qu'elle était une aventurière. Ce n'est pas tout à fait faux mais donne une mauvaise idée de sa vertu. Esprit libre, intrépide et volontiers capricieux, elle ne craignait rien plus que l'ennui et, faisant fi des convenances, vivait comme il lui plaisait. Son goût de l'intrigue et des péripéties romanesques la menait souvent aux marges de la légalité, voire au-delà. Et comme ses talents d'espionne et de cambrioleuse étaient connus, il arrivait que le gouvernement français fasse très officieusement appel à ses services.

— Essayez tout de même, l'encouragea Griffont.

L'enchanteresse hésita, plissa les lèvres, lâcha enfin :

— Tout a commencé quand j'ai proposé à Georges Méliès de l'aider dans ses travaux.

— Méliès ?

— D'ailleurs, c'est un peu votre faute...

— Voyez-vous ça ! s'exclama le mage.

La mauvaise foi d'Isabel, pourtant légendaire, ne manquait jamais de le surprendre.

— Mais oui ! affirma-t-elle sans ciller. Car après tout, c'est bien vous qui me l'avez présenté, non ?

Ce qui était la stricte vérité.

*

Dans l'élégant salon de la maison que la baronne de Saint-Gil habitait près du parc Monceau, Georges Méliès faisait nerveusement les cent pas. Il consultait souvent sa montre et, chaque fois ou presque, allait à la fenêtre pour voir qu'il pleuvait à nouveau – ce qui ne le réjouissait pas – et que l'allée traversant le grand jardin arboré restait désespérément déserte – ce qui commençait à l'inquiéter.

Mince et distingué, le crâne légèrement dégarni et la moustache en guidon de vélo, il portait un costume sombre de la meilleure coupe et avait à son doigt une chevalière indiquant son appartenance au Cercle Or. Car Méliès, en ce début d'année 1910, n'était pas seulement un cinéaste bien connu des foules. Il était aussi un magicien renommé qui, depuis quelque temps, multipliait les expériences dans le but de créer une nouvelle forme d'art, où magie pure et cinéma se mêleraient. Malheureusement, le temps et surtout les moyens lui manquaient. Isabel, en s'improvisant mécène, lui avait fourni les deux.

Georges Méliès résistait à la tentation de ronger le dernier ongle qui lui restait quand, enfin, malgré la pluie qui crépitait aux carreaux, il entendit un bruit de moteur et un crissement de pneus sur le gravier de l'allée. Il se précipita aussitôt dans le vestibule d'entrée et faillit heurter Lucien Labricole qui sortait en déployant un large parapluie. Affublé d'un gilet rayé jaune et noir, le gnome était comme tous ses congénères : petit et maigre, avec le teint sableux, les pommettes saillantes et le regard rusé. Méliès ne savait pas grand-chose de lui, sinon qu'il servait la baronne avec zèle, parlait comme un titi parisien et adorait ouvrir les serrures dont il n'avait pas la clef.

Labricole revint vite avec Isabel et Griffont, qu'il abritait sous son pépin brandi à bout de bras.

— Griffont! s'exclama le cinémagicien avec un soulagement visible.

— Bonsoir, répondit Louis en posant sa canne, son chapeau et son pardessus. Alors comme ça, on a fait des bêtises?

— Lui avez-vous expliqué de quoi il retourne? demanda Méliès à l'enchanteresse.

Elle acquiesça en même temps qu'elle se débarrassait de son manteau.

— J'aimerais malgré tout entendre l'essentiel de votre bouche, dit Griffont.

— Passons dans le salon, proposa Isabel. Lucien, le service à thé, je te prie.

*

— En un mot comme en cent, lâcha Méliès dès qu'ils furent confortablement installés, je crois avoir créé le *Nautilus*.

— Et comment vous y seriez-vous pris ? demanda tranquillement Griffont.

S'excusant d'un regard, Lucien les interrompit en apportant le service à thé demandé. Il posa le plateau cliquetant sur la table basse entre les fauteuils et se posta à l'écart tandis que l'enchanteresse se chargeait de remplir les tasses. Pour être vide, la théière n'en versa pas moins un excellent Kenilworth.

— Vous connaissez la teneur de mes travaux, reprit Méliès.

— En effet, confirma Louis.

— Dernièrement, Isabel a offert de m'aider à les mener à bien. Elle a aménagé pour moi l'atelier et le laboratoire de mes rêves et, sans regarder à la dépense, a mis à ma disposition tout le matériel nécessaire.

— Comme c'est généreux de sa part, ironisa Griffont en glissant un regard à la baronne.

— N'est-ce pas ? répondit-elle avec un grand sourire. Mais si vous me soupçonnez d'avoir eu des arrière-pensées, vous vous trompez, mon ami. Je ne voulais que dépenser utilement un argent durement gagné.

— Et de quels coffres-forts est-il miraculeusement tombé, cet argent ?

Isabel ne répliqua pas et Labricole, dans son coin, réprima un ricanement. Embarrassé, Méliès enchaîna :

— Bref, je vous passe les détails, Louis. Mais sachez que je désespérais de voir mes recherches aboutir quand j'ai brusquement compris que je faisais fausse route.

— Allons bon.

— Mais oui !

Le cinémagicien se leva et poursuivit son récit en allant et venant.

— Jusqu'alors, sans trop savoir où cela pouvait me mener, j'avais par exemple tenté de concevoir une pellicule douée de propriété magique, ou de développer une pellicule ordinaire dans un bain spécial...

— Comme un bain de sélénium argenté, indiqua Griffont. Je me souviens que vous m'en aviez parlé.

— Et vous savez pour quel résultat.

— Un résultat nul.

— Exactement. Mais pourquoi ? Parce que je prenais le problème par le mauvais bout... Et puis une nuit, la solution m'est venue sous la forme d'une question : que se passerait-il si l'on projetait un film à travers une thaumide plutôt qu'une banale lentille de verre ?

Les thaumides sont des cristaux que l'on ne trouve que dans l'OutreMonde, et dont l'une des extraordinaires propriétés est de concentrer la *thauma*, c'est-à-dire l'énergie magique. Il en existe de toutes les couleurs et leur puissance dépend de leur pureté. Certaines sont légendaires, telle la « Merveilleuse » qui orne le pommeau de canne de Merlin.

— Bien sûr, précisa Méliès, il fallait une thaumide blanche de la meilleure eau...

— Ce qui n'est guère facile à trouver, nota Griffont. Mais je gage qu'Isabel y parvint, et dans les plus brefs délais...

Sans rien en dire, il songea à ce banquier viennois dont, en décembre dernier, l'inestimable collection de thaumides avait mystérieusement disparu. La baronne, qui connaissait si bien son homme qu'elle l'entendait penser, lui adressa un sourire effronté.

— Or donc, fit Louis, vous vous êtes empressé d'essayer votre nouvel appareil de projection cinématographique...

— Oui, répondit Méliès d'un ton désolé. Et dans mon impatience, j'ai pris le premier bout de pellicule qui me tomba sous la main.

— À savoir ?

— Une chute de mon *Vingt Mille Lieues sous les mers*.

*

— Résumons, proposa Griffont dont c'était le tour de faire les cent pas dans le salon.

Méliès s'était rassis. Quant à la baronne, elle sirotait son thé comme si l'on discutait de la saison théâtrale.

— Un beau soir, vous avez projeté une image de votre faux *Nautilus* avec un appareil équipé d'une thaumide et, abracadabra, le vrai *Nautilus*, si je puis dire, est apparu dans la Seine.

— Voilà, confirma Isabel.

— C'est insensé !

— Et pourtant...

— On ne sait si l'on doit être effrayé ou émerveillé par cette invention... Il suffirait d'imaginer un vaccin universel, de le mettre en scène dans un film, de projeter ce film, et ce vaccin deviendrait réalité.

— Malheureusement, la même chose est possible avec une arme aux pouvoirs destructeurs inégalés, souligna Isabel. Non pas que je le souhaite. Mais il y aura bien un général Haussont du Clairont pour y songer tôt ou tard.

— Personne ne doit connaître l'existence de mon appareil de projection! décréta Méliès. Et si cela n'avait tenu qu'à moi, je l'aurais déjà détruit.

— Encore une fois, le tempéra la baronne, attendons de voir si votre appareil ne peut pas défaire ce qu'il a fait...

Griffont agrippa le dossier de son fauteuil et s'efforça de rassembler ses esprits.

— Avez-vous réalisé d'autres projections de cet ordre? demanda-t-il.

— Non, répondit Méliès. Comme rien d'exceptionnel ne s'était produit, j'ai pensé que l'expérience était un échec et je ne l'ai pas répétée.

— C'est heureux. Mais de là à dire que rien d'exceptionnel ne s'est produit... Efforçons-nous de ne pas oublier que Paris a découvert le *Nautilus* mouillant dans la Seine le lendemain matin, voulez-vous?

— Pas le lendemain matin, précisa l'enchanteresse.

— Comment cela?

— La projection dont nous vous parlons, Louis, cette projection a eu lieu il y a une semaine.

— Une semaine ? Mais pourquoi ce délai ?

Isabel et le cinémagicien échangèrent un regard, puis ils fixèrent Griffont en attendant qu'il comprenne.

Cela ne tarda pas.

— Bon sang ! s'exclama le mage. Il y a une semaine que les pluies et la crue ont commencé !

— C'est à croire, indiqua Méliès, que la Nature a fait en sorte de pouvoir accueillir le *Nautilus* au plus près de l'endroit où l'enchantement s'est réalisé. Elle y a mis le temps, mais elle y est arrivée. Voilà pourquoi le *Nautilus* n'est pas apparu aussitôt et, accessoirement, qu'il ne s'est pas matérialisé dans la salle de projection... Il y a une certaine logique dans tout cela.

— Une logique qui, indirectement, vous rend responsable de l'inondation de la capitale.

— C'est vrai, admit Méliès en baissant la tête.

— Je trouve, moi, que c'est moindre mal, intervint la baronne.

— Je vous demande pardon ? s'étonna Griffont.

— Songez-y. Si Méliès, au lieu de projeter une image du *Nautilus*, avait projeté l'image de quelque chose d'anodin, un arbre, par exemple... Eh bien, un arbre serait apparu quelque part, sans doute dans mon jardin, et à supposer que quelqu'un le remarque, personne ne s'en serait longtemps étonné, car, après tout, nous vivons dans le Paris des Merveilles. Tandis que là, nous savons à quoi nous en tenir et nous connaissons les dangers de cette invention.

— C'est une manière de voir les choses, se résigna Louis. Reste que si nous ne nous trompons pas,

Paris aura les pieds dans l'eau aussi longtemps que le *Nautilus* sera dans la Seine. Et comme il n'est pas question de l'envoyer par le fond, il faut donc qu'il gagne l'océan au plus tôt.

— Comment allons-nous nous y prendre? s'inquiéta Méliès.

*

Le plan de Griffont était assez fou pour, d'une part, plaire à la baronne et, de l'autre, fonctionner.

C'était un plan typique de la manière dont les magiciens raisonnent. Face à un problème, le commun des mortels cherche à le résoudre en l'éliminant. Les magiciens, eux, cherchent à le résoudre en le rendant tolérable. Cela tient essentiellement à ce qu'ils n'ont pas le culte de la normalité et qu'ils savent que la réalité n'est pas cette chose figée en laquelle tout le monde croit.

Le problème posé était donc le suivant: le *Nautilus* – qui, rappelons-le, était censé ne pas exister – se trouvait dans la Seine, et tant qu'il s'y trouverait, le fleuve déborderait afin que le submersible puisse y mouiller à son aise. Un être humain normalement constitué aurait songé que la solution consistait à renvoyer le *Nautilus* d'où il venait, c'est-à-dire aux limbes de la virtualité fictionnelle. Griffont, lui, partit du principe que le *Nautilus* existait et qu'il n'était plus temps d'y remédier. En revanche, il n'était pas à sa place. Il importait donc de lui faire gagner son «milieu naturel», c'est-à-dire l'océan.

Conclusion: il fallait donner un équipage au *Nautilus*, et un capitaine à cet équipage.

Convaincu par les arguments de Griffont et l'enthousiasme d'Isabel, Méliès trouva dans ses archives une chute de pellicule où apparaissaient cinq figurants incarnant les matelots du capitaine Nemo dans le *Vingt Mille Lieues sous les mers* que le cinémagicien avait tourné trois ans plus tôt. Les hommes d'équipage posaient devant un fond blanc, de sorte qu'il n'y avait pas à craindre que le prodigieux appareil de projection crée autre chose qu'eux. Leurs costumes étaient parfaits. Ils avaient même, en bandoulière, des répliques du fameux fusil à air comprimé que Nemo, d'après Verne, utilisait pour ses parties de chasse sous-marines.

En revanche, les images exploitables du célèbre capitaine manquaient. Or il n'était pas envisageable que le *Nautilus* appareille et sillonne les mers du globe sans lui.

— Tournons-les, proposa l'enchanteresse. Georges a tout le matériel nécessaire ici. Il ne suffit donc que de trouver un capitaine Nemo crédible, de le filmer en pied, de développer la pellicule et de la projeter.

— C'est l'affaire d'une heure à peine, renchérit Méliès. Mais où trouver un capitaine Nemo dans l'urgence?

— Oui, fit Griffont. Où?

Et comme Isabel lui adressait un sourire enjôleur et carnassier, il eut un mouvement de recul en disant:

— Pas question!

En sa qualité de mage, Griffont pouvait légèrement modifier son apparence à volonté. Il n'était pas question de perdre trente centimètres ou de gagner vingt kilos d'un claquement de doigts. Mais se faire pousser une barbe, changer de carnation ou troquer des yeux clairs pour des yeux sombres était dans l'ordre du possible.

— Allons, Louis. Vous seriez parfait.

— Non, non, non... Et puis je ne suis pas acteur!

— Vous n'aurez pas à jouer la comédie, intervint Méliès. Juste à vous tenir droit... Mais je ne m'y risquerais pas, à votre place...

— Ah! s'exclama Louis. Vous voyez, Isabel, il y a un risque!

— Et de quel risque parlons-nous? s'enquit l'enchanteresse.

— La vérité, dit le cinémagicien, est que j'ignore comment mon appareil réagira si on lui soumet une illusion magique. Ce serait tenter de faire un enchantement sur la base d'un enchantement et...

— C'est réglé, décréta Griffont. Il faut trouver une autre solution.

— Aucun problème, lâcha Isabel.

Et, se tournant vers Labricole, elle ajouta :

— Lucien, la malle à miracles!

Ravi, le gnome revint presque aussitôt avec Auguste qui portait sans effort une imposante malle en cuir. Le colosse la posa et, en s'ouvrant, elle déploya un miroir et de multiples compartiments recélant tout un nécessaire à déguisement et maquillage.

— Je me demande bien à quoi tout cela peut vous servir d'ordinaire, glissa Griffont qui se savait vaincu et résistait pour l'honneur.

— Asseyez-vous, rétorqua la baronne. Et efforcez-vous de ne pas bouger. Je vous promets que vous n'aurez pas mal.

— Ha, ha. Que vous êtes drôle.

Malgré toute la mauvaise volonté qu'il y mit, Griffont devint rapidement un Nemo convaincant. Outre la courte barbe noire et la perruque aux cheveux bouclés dont il était désormais pourvu, il avait la taille et la prestance que Jules Verne prête à son mystérieux capitaine. Ne restait à corriger qu'un air bougon d'assez mauvais aloi.

— Et voilà le travail ! se réjouit Isabel. Pour le costume, il faudra faire avec les moyens du bord.

— Ma foi, convint Méliès, ce n'est pas si mal.

Griffont marcha sans mot dire vers un miroir. Il dut reconnaître que le résultat était satisfaisant et se surprit à prendre des poses avantageuses. Il cessa dès qu'il aperçut, dans le reflet, l'enchanteresse qui souriait d'un air mutin derrière lui.

— Bien! dit-elle. Georges, je vous confie Louis et la suite des opérations.

— Vous partez?

— Dès que vous aurez donné vie au capitaine Nemo et à son équipage, il faudra encore les transporter jusqu'au *Nautilus*, n'est-ce pas?

— Je dois reconnaître que j'avais espéré qu'ils apparaîtraient dans le submersible, mais le plus probable est qu'ils se manifestent sur les lieux de l'enchantement. Puisque aucune loi physique ne s'y oppose, je…

— Il nous faut donc des laissez-passer… Lucien, mon manteau. Auguste, la voiture.

Et elle partit sitôt après être convenue d'un lieu de rendez-vous.

Un moment durant, seuls dans le salon, Méliès et Griffont se regardèrent en silence, comme surpris par la tournure subite des événements. On n'entendait guère que le tic-tac d'une horloge et le bruit de la pluie contre les fenêtres.

Enfin, le cinémagicien désigna une porte et dit :

— Après vous, capitaine.

Griffont haussa les épaules et passa avec une dignité d'archevêque.

*

Haussont du Clairont avait établi son quartier général de campagne dans un palace, dont il avait réquisitionné le dernier étage. Tout en profitant du luxe et du confort de l'un des fleurons de l'hôtellerie parisienne, il pouvait ainsi, de sa terrasse, à la jumelle, surveiller le théâtre des opérations. L'endroit était en outre idéal pour répondre aux questions des journalistes français et étrangers que le général recevait volontiers, mais en ayant l'air de leur faire une faveur et en s'efforçant de paraître très occupé. Or comme le prétendu submersible prussien, aussi immobile et hermétique qu'une moule sur son rocher, s'entêtait à ne rien faire d'autre que résister à toutes les tentatives de monter à son bord, les occupations d'Haussont du Clairont se résumaient à assurer le gouvernement – forcément timoré puisque essentiellement composé de civils – de la nécessité de donner du canon contre l'intrus.

Dans la Spyker garée devant le palace, la baronne de Saint-Gil attendit, en bavardant avec Auguste, que Lucien revienne de sa mission d'éclaireur. Puis, informée de l'endroit où elle pourrait trouver le général, elle passa les grandes portes à tambour, traversa le hall sans un regard pour la réception, entra dans un ascenseur et indiqua le dernier étage au liftier.

— Cet étage est réservé, madame.

— C'est très bien. Comme ça, le général et moi-même n'y serons pas dérangés.

— Mais, madame...

— Au dernier étage, je vous prie.

Le jeune homme haussa les épaules, ferma la grille et appuya sur le bouton. La cabine s'éleva après un mol sursaut.

— L'étage est gardé, madame. On ne vous laissera pas passer.

— Nous verrons bien.

La chance, heureusement, sourit à l'enchanteresse.

Lorsqu'elle arriva à destination, en effet, l'étage était en émoi, car des sentinelles éjectaient dans le couloir, *manu militari*, un individu qui vitupérait. Il prétendait être professeur suppléant au Muséum d'histoire naturelle de Paris, jurait ses grands dieux que le submersible du quai de Javel était le *Nautilus*, intimait au général Haussont du Clairont de le recevoir et affirmait avoir les preuves de ses dires. Les preuves en question, sans doute, se trouvaient dans les liasses de documents que l'homme brandissait et qui ne tardèrent pas à voler partout quand leur propriétaire fut violemment poussé à l'écart. Celui-ci finit par renoncer et prit l'escalier, non sans maudire l'entêtement des militaires d'abord, et l'aveuglement du général ensuite.

Profitant de cette diversion, Isabel se glissa dans l'antichambre de la suite qu'Haussont du Clairont occupait. Elle y trouva un officier d'ordonnance très surpris, mais vite séduit. Poussant l'avantage, elle se fit chatte, c'est-à-dire séductrice et sournoisement prédatrice dans le jeu des regards et des attitudes. Rien n'avait préparé le jeune lieutenant à subir les feux envoûtants d'une enchanteresse auprès de qui Circé et toutes les sirènes des sept mers auraient pu prendre des leçons. Il en oublia très vite son nom, son numéro de matricule et ses devoirs.

La baronne entra ainsi dans les appartements du général et n'en ressortit qu'une vingtaine de minutes plus tard. Devant l'officier qui bégayait encore un peu, elle rajusta ostensiblement sa mise, sa coiffure et se repoudra le nez. Gratifiant le lieutenant d'un coup d'œil grivois, lourd de sous-entendus d'alcôve, elle lui signifia que son supérieur ne voulait pas être dérangé.

Il se « reposait ».

*

Isabel avait donné rendez-vous à Griffont et Méliès dans le XVIe arrondissement, à la limite des rues inondées. Ils étaient déjà là quand la Spyker arriva et patientaient à un carrefour ténébreux. Près d'eux une grande barque attendait d'être mise à l'eau. Cinq matelots la gardaient sous l'œil d'un homme digne, presque sinistre, qui se tenait à l'écart. Il avait le regard fier et mélancolique, le front haut, le poil noir et la barbe bien taillée. C'était, à n'en pas douter, le capitaine Nemo. On devinait chez lui une vague ascendance hindoue.

Laissant Auguste et Lucien dans la décapotable,

l'enchanteresse tendit les laissez-passer à Griffont, qui était redevenu Griffont.

— C'est lui ? demanda-t-elle en coulant un discret regard en direction du commandant du *Nautilus*.

— C'est lui, répondit Louis en consultant les papiers.

— Que lui avez-vous dit ?

— Le strict nécessaire. Il est vraiment le capitaine Nemo, vous savez ? Il n'y avait pas grand-chose à lui raconter sur son compte.

— C'est curieux, il ne vous ressemble pas beaucoup.

— C'est très vrai, remarqua Méliès. Il ressemble au capitaine Nemo tel que tout le monde se l'imagine. De même que le submersible dans la Seine ressemble moins au *Nautilus* de carton-pâte que j'ai filmé qu'à celui que Jules Verne décrit. C'est comme si l'enchantement s'appuyait sur mes films, mais tirait sa substantifique moelle de l'imaginaire collectif.

— Présentez-moi.

— Tout de suite, promit Griffont qui ne cessait de consulter les laissez-passer. Mais dites-moi, ils sont parfaitement en ordre, ces documents...

— En effet.

— Comment avez-vous fait pour les obtenir ? Ne me dites pas que...

La baronne esquissa un sourire ému.

— C'est très gentil de vous préoccuper de ma vertu, Louis. Mais j'ai préféré me livrer...

— Vous livrer !

— J'ai préféré me livrer, dis-je, à une petite expérience de physique appliquée.

— Pardon ?

— De la résistance comparée d'un vase de Sèvres et d'un crâne militaire.

— Et la signature ?

— J'ai quelques talents de faussaire... Allez, Louis ! Présentez-moi !

Elle trépignait presque, aussi Griffont obtempéra. Et c'est avec une émotion de collégienne qu'Isabel de Saint-Gil reçut les hommages du capitaine Nemo.

— Voici, dit-elle, les documents qui vous permettront de regagner votre bord. Il vous suffira de les présenter aux sentinelles que vous rencontrerez. Je vous encourage cependant à vous hâter, car je ne sais pas si ces laissez-passer resteront valables longtemps.

— Madame, soyez assurée de mon éternelle reconnaissance. Et si je puis faire quoi que ce soit pour vous plaire, je vous supplie de parler...

— Je me contenterai d'une promesse, capitaine.

— Laquelle ?

— Celle de ne plus jamais éperonner de navire en haute mer.

— J'en fais devant vous le serment, madame.

— Au plaisir de peut-être vous revoir, capitaine.

— Qui sait ?

Méliès fit à son tour ses adieux, puis Isabel eut la surprise de voir Griffont qui prétendait grimper dans la barque à la suite de Nemo. Elle le retint par le coude et lui glissa à l'oreille :

— Où allez-vous, comme ça ?

— Eh bien..., répondit un Griffont plutôt embarrassé. J'ai pensé que je pourrais être utile... On ne sait jamais, n'est-ce pas ?

— Dites plutôt que vous voulez visiter le *Nautilus*.
— Ouiche, reconnut l'autre en baissant les yeux.
— Amusez-vous bien, en ce cas. Mais revenez-moi tout de même.

Alors, au commandement du capitaine Nemo debout à l'avant de l'embarcation, les marins souquèrent ferme et, par une rue inondée, entraînèrent et Griffont et la barque dans la nuit.

*

Moins d'une heure plus tard, peu après que quelques hommes furent montés à son bord grâce à des documents falsifiés, le *Nautilus* – dont le mystère ne devait jamais être résolu – s'enfonça dans les eaux de la Seine pour ne jamais revenir.

Bien sûr, Griffont et Nemo auraient pu rencontrer, juste avant d'embarquer, des difficultés propices à tenir le lecteur en haleine. Envisageons ainsi ce qui serait advenu si Haussont du Clairont s'était réveillé plus tôt que prévu. Cédant aux facilités d'une dramaturgie calculée, il serait intervenu à l'instant précis où l'embarcation de nos héros approchait du *Nautilus*. La troupe aurait tiré ; Griffont aurait peut-être dévié quelques balles grâce à un sortilège ; Nemo aurait sans doute riposté avec le fusil à air comprimé de l'un de ses matelots trop occupés à souquer ferme. Aurait-il fait mouche ? Très certainement, et l'on peut se plaire à imaginer le pauvre général grotesquement secoué par un projectile électrique heureusement moins puissant dans l'air que dans l'eau. Enfin, les canons placés sur les hauteurs de Chaillot auraient tonné, et c'est sous un déluge de boulets soulevant des gerbes d'eau et rebondissant contre sa coque métallique, que le prodigieux submersible se serait éloigné d'abord, immergé ensuite.

Voilà donc ce qui aurait pu arriver, mais n'arriva pas. L'auteur de ces lignes se refuse à travestir la réalité dont il se veut le chroniqueur fidèle, et tant pis pour les principes romanesques qui exigent un final spectaculaire à tout bon récit d'aventures. Ajoutons – et les archives préfectorales en témoignent – que la décrue de la Seine commença dès le lendemain de la disparition du *Nautilus*.

Tout simplement.

*

Deux semaines s'étaient écoulées lorsque Griffont revint de Casablanca où, après de brèves escales au large de Brest puis de Lisbonne, le capitaine Nemo avait discrètement reconstitué son équipage avant de voguer vers de profonds abysses et de lointains horizons. Tout ou presque était retourné à la normale dans Paris, et il n'y avait que le général Haussont du Clairont pour, du fond de l'obscur bureau ministériel où le vol des laissez-passer l'avait relégué, clamer qu'il fallait miner la Seine aux abords de la capitale. L'île Saint-Louis était redevenue une île et le domicile de Griffont avait cessé d'être une piscine meublée. On s'occuperait des problèmes de moisissure et de parquet gondolé plus tard. Un peu d'huile de coude enrichie à la magie suffirait sans doute à réparer les dégâts.

— Alors? s'enquit Isabel lors d'un dîner aux

chandelles destiné à célébrer leurs retrouvailles et la fin de cette aventure. Ce *Nautilus*?

— Fantastique! Extraordinaire! Prodigieux! s'exalta Griffont dont l'excitation n'avait pas baissé d'un cran depuis son retour. Ses yeux brillaient et il avait tendance à faire des grands gestes avec sa cuillère à potage.

L'enchanteresse contint un sourire en se demandant si les représentants mâles de l'espèce humaine cesseraient un jour d'aimer les jouets.

— Ce bâtiment est une pure merveille! continuait Louis. Une merveille! Tout bonnement! Il fonctionne entièrement à l'énergie électrique, savez-vous? Et pour le faire plonger, il suffit de...

— Alors je suis soulagée, lâcha innocemment la baronne.

Griffont se calma aussitôt et fronça le sourcil. Il avait appris à se méfier des démonstrations de candeur d'Isabel.

— Soulagée? Comment ça?

— Soulagée d'apprendre que je ne vous ai pas trop manqué, je veux dire...

— Ah.

Un rien honteux, le magicien se tut. Il baissa le nez vers son consommé aux truffes et se demandait encore comment rattraper le coup quand il entendit l'enchanteresse qui riait.

— Je te taquine, grosse bête!

Et Louis, ravi, comprit qu'il avait toute liberté de s'abandonner à son enthousiasme.

— Vous ai-je dit que j'ai tenu le gouvernail du *Nautilus*?

— Trois fois, déjà. Mais je suis sûre qu'il y a des détails que vous avez oublié de mentionner...

*

Mais le véritable épilogue de cette affaire se joua un mois plus tard, quand Edmond Falissière – diplomate à la retraite, grand ami de Griffont et bibliophile expert – frappa un matin à la porte du mage. Très excité, il tenait à lui montrer les deux volumes in-quarto d'un livre scientifique dont le titre était : *Les Mystères des grands fonds sous-marins.*

— Et alors ? demanda Louis avant de passer les livres à Isabel.

Ils achevaient de prendre un tendre petit déjeuner.

— L'auteur ! s'impatienta Falissière. Regardez qui est l'auteur !

— Pierre Aronnax, déchiffra la baronne.

Elle échangea un regard d'incompréhension avec Griffont et annonça :

— Désolée, Edmond. Mais nous ne...

— Pierre Aronnax, bon sang ! Le narrateur de *Vingt Mille Lieues sous les mers* !... N'est-ce pas extraordinaire ?

— Eh bien, quelqu'un a emprunté son pseudonyme au roman de Verne, voilà tout. C'est cocasse, mais...

— Mais non ! L'auteur de ce livre a fait plus que cela ! Il a très exactement écrit l'étude qu'Aronnax est censé avoir rédigée !

Le vieil homme sortit un exemplaire de *Vingt Mille Lieues sous les mers* de sa serviette en cuir.

— Regardez, j'ai souligné le passage dans le

chapitre II. Et rappelez-vous que c'est Aronnax qui parle.

Griffont lut à voix haute :

— « J'avais publié en France un ouvrage in-quarto en deux volumes intitulé : *Les Mystères des grands fonds sous-marins*. Ce livre, particulièrement goûté du monde savant, faisait de moi un spécialiste dans cette partie assez obscure de l'histoire naturelle... »

— Toujours d'après Verne, renchérit Falissière, c'est grâce à la renommée que lui apporta cet ouvrage qu'Aronnax fut consulté sur les inexplicables phénomènes marins dont le *Nautilus* s'avérerait être la cause.

L'ancien diplomate, qui n'avait toujours pas enlevé son chapeau ni son manteau, se laissa tomber dans un fauteuil. L'excitation lui faisait oublier ses manières.

— Rassurez-vous, dit-il, je ne suis pas devenu fou : je sais que Pierre Aronnax n'a jamais existé ailleurs que dans l'imagination de Verne... Ce livre ne peut être qu'un faux. Mais accordez-moi que c'est un faux extraordinaire. C'est le faux d'un livre qui n'a jamais été écrit !... Sans doute est-il l'œuvre d'un farceur et grand admirateur de Jules Verne.

— Sans doute, oui, répondit Griffont.

Cependant, il ne pouvait s'empêcher d'envisager une autre hypothèse et savait que la baronne pensait comme lui.

— Vous permettez ? fit celle-ci en prenant les deux in-quarto.

Feuilletant le premier volume, elle tomba sur une courte biographie de l'auteur, professeur suppléant au Muséum d'histoire naturelle de Paris. Il y avait un portrait, et ce portrait ressemblait beaucoup à l'homme qui avait voulu rencontrer le général Haussont du Clairont à son hôtel, le fameux soir où Isabel avait volé les laissez-passer. L'individu que les sentinelles avaient chassé ne prétendait-il pas appartenir au Muséum ? Et n'affirmait-il pas pouvoir démontrer que le submersible du quai de Javel était le *Nautilus* ?

— Un problème ? s'inquiéta Griffont qui avait deviné un trouble chez l'enchanteresse.

— Pas vraiment, répondit-elle rêveusement. C'est juste... C'est juste que je viens de me souvenir que le propre des boîtes de Pandore est de ne jamais pouvoir être refermées à temps.

DU MÊME AUTEUR

Aux Éditions Bragelonne

LES LAMES DU CARDINAL
  LES LAMES DU CARDINAL (Folio Science-Fiction n° 444)
  L'ALCHIMISTE DES OMBRES (Folio Science-Fiction n° 460)
  LE DRAGON DES ARCANES (Folio Science-Fiction n° 473)

HAUT-ROYAUME
  LE CHEVALIER
  L'HÉRITIER
  LE ROI

HAUT-ROYAUME – LES SEPT CITÉS
  LE JOYAU DES VALORIS
  LE SERMENT DU SKANDE
  LA BASILIQUE D'OMBRE

LE PARIS DES MERVEILLES
  LES ENCHANTEMENTS D'AMBREMER (Folio Science-Fiction n° 571)
  L'ÉLIXIR D'OUBLI (Folio Science-Fiction n° 575)
  LE ROYAUME IMMOBILE (Folio Science-Fiction n° 578)

Aux Éditions Pocket

LA TRILOGIE DE WIELSTADT

Aux Éditions Imaginaires sans frontières

VIKTORIA 91

Dans la même collection

364. Francis Berthelot — *Khanaor*
365. Mélanie Fazi — *Serpentine*
366. Ellen Kushner — *À la pointe de l'épée*
367. K. J. Parker — *Les couleurs de l'acier* (La trilogie Loredan, I)
368. K. J. Parker — *Le ventre de l'arc* (La trilogie Loredan, II)
369. K. J. Parker — *La forge des épreuves* (La trilogie Loredan, III)
370. Thomas Day — *Le trône d'ébène*
371. Daniel F. Galouye — *Simulacron 3*
372. Adam Roberts — *Gradisil*
373. Georges Foveau — *L'Enfant Sorcier de Ssinahan* (INÉDIT)
374. Mathieu Gaborit — *Bohème*
375. Kurt Vonnegut Jr — *Le pianiste déchaîné*
376. Olivier Bleys — *Canisse* (INÉDIT)
377. Mélanie Fazi — *Arlis des forains*
378. Mike Resnick — *Ivoire*
379. Catherine L. Moore — *Les aventures de Northwest Smith*
380. Catherine L. Moore — *Jirel de Joiry*
381. Maïa Mazaurette — *Dehors les chiens, les infidèles*
382. Hal Duncan — *Évadés de l'Enfer!* (INÉDIT)
383. Daniel F. Galouye — *Le monde aveugle*
384. Philip K. Dick — *Le roi des elfes*
385. Poppy Z. Brite — *Contes de la fée verte*
386. Mélanie Fazi — *Notre-Dame-aux-Écailles*
387. J. G. Ballard — *Le monde englouti*
388. Jean-Philippe Jaworski — *Gagner la guerre*
389. Mary Gentle — *L'énigme du cadran solaire*
390. Stéphane Beauverger — *Le Déchronologue*

391.	Robert Charles Wilson	*La cabane de l'aiguilleur*
392.	Christopher Priest	*L'Archipel du Rêve*
393.	McSweeney's	*Anthologie d'histoires effroyables*
394.	Robert Heinlein	*Marionnettes humaines*
395.	Norbert Merjagnan	*Les tours de Samarante*
396.	Jean-Philippe Depotte	*Les démons de Paris*
397.	Stephen Fry	*Le faiseur d'histoire*
398.	Kelly Link	*La jeune détective et autres histoires étranges*
399.	J.G. Ballard	*Sécheresse*
400.	Fabrice Colin	*Comme des fantômes*
401.	Ray Bradbury	*Les pommes d'or du soleil*
402.	Laurent Genefort	*Mémoria*
403.	Maïa Mazaurette	*Rien ne nous survivra*
404.	Eoin Colfer	*Encore une chose…* (H2G2, VI)
405.	Robert Charles Wilson	*Mysterium*
406.	Serge Lehman	*Le Haut-Lieu et autres espaces inhabitables*
407.	Isaac Asimov	*L'homme bicentenaire*
408.	Catherine Dufour	*L'accroissement mathématique du plaisir*
409.	Ian McDonald	*Brasyl*
410.	James Patrick Kelly	*Regarde le soleil*
411.	Alfred Bester	*L'homme démoli*
412.	Jack Vance	*Les chroniques de Durdane*
413.	Alfred Bester	*Terminus les étoiles*
414.	Isaac Asimov	*Cher Jupiter*
415.	Carol Berg	*L'Esclave* (Les livres des rai-kirah, I)
416.	Ugo Bellagamba	*Tancrède*
417.	Christopher Priest	*Le Glamour*

418.	Catherine Dufour	*Outrage et rébellion*
419.	Robert Charles Wilson	*Axis*
420.	Nick DiChario	*La vie secrète et remarquable de Tink Puddah*
421.	Thomas Day	*Du sel sous les paupières* (INÉDIT)
422.	Pierre Pelot	*La guerre olympique*
423.	Jeanne-A Debats	*La vieille Anglaise et le continent*
424.	Karl Edward Wagner	*Kane* (L'intégrale, I)
425.	Karl Edward Wagner	*Kane* (L'intégrale, II)
426.	Karl Edward Wagner	*Kane* (L'intégrale, III)
427.	Jean-Claude Dunyach	*Le jeu des sabliers*
428.	Jean-Michel Truong	*Le Successeur de pierre*
429.	Ray Bradbury	*Un remède à la mélancolie*
430.	Roger Zelazny	*Seigneur de Lumière*
431.	Clifford D. Simak	*Voisins d'ailleurs*
432.	Ian McDonald	*Roi du Matin, Reine du Jour*
433.	Thomas Day	*Sympathies for the devil*
434.	Hal Duncan	*Velum* (Le Livre de Toutes les Heures, I)
435.	Hal Duncan	*Encre* (Le Livre de Toutes les Heures, II)
436.	Steven Amsterdam	*Ces choses que nous n'avons pas vues venir*
437.	Serge Lehman présente	*Retour sur l'horizon*
438.	Carol Berg	*L'insoumis* (Les livres des rai-kirah, II)
439.	Henri Courtade	*Loup, y es-tu?*
440.	Lord Dunsany	*La fille du roi des Elfes*
441.	Maurice Leblanc	*Le formidable événement*
442.	John Varley	*Le système Valentine*
443.	Philip K. Dick	*Le dernier des maîtres*
444.	Pierre Pevel	*Les Lames du Cardinal* (Les Lames du Cardinal, I)

445. George R. R. Martin,
    Gardner Dozois &
    Daniel Abraham   *Le chasseur et son ombre*
446. Loïc Henry   *Loar*
447. Ray Bradbury   *Léviathan 99*
448. Clive Barker   *Hellraiser*
449. Robert Charles
    Wilson   *À travers temps*
450. Serge Brussolo   *Frontière barbare* (INÉDIT)
451. L. L. Kloetzer   *CLEER*
452. Cédric Ferrand   *Wastburg*
453. Jean-Claude
    Marguerite   *Le Vaisseau ardent*
454. Jean-Philippe
    Depotte   *Les jours étranges de Nostradamus*
455. Walter M. Miller Jr.   *L'héritage de saint Leibowitz*
456. Carol Berg   *Le vengeur* (Les livres des rai-kirah, III)
457. Philip K. Dick   *Question de méthode*
458. Leandro Ávalos
    Blacha   *Berazachussetts*
459. Alden Bell   *Les faucheurs sont les anges*
460. Pierre Pevel   *L'Alchimiste des Ombres* (Les Lames du Cardinal, II)
461. Xavier Mauméjean   *Rosée de feu*
462. Arkadi et
    Boris Strougatski   *Stalker*
463. Ian McDonald   *Le fleuve des dieux*
464. Barry Hughart   *La magnificence des oiseaux* (Une aventure de Maître Li et Bœuf Numéro Dix)
465. Serge Brussolo   *Trajets et itinéraires de la mémoire*

466. Barry Hughart	*La légende de la Pierre* (Une aventure de Maître Li et Bœuf Numéro Dix)
467. Jack McDevitt	*Seeker*
468. Glen Duncan	*Moi, Lucifer*
469. Barry Hughart	*Huit honorables magiciens* (Une aventure de Maître Li et Bœuf Numéro Dix)
470. Daniel Polansky	*Le baiser du rasoir*
471. Thomas Geha	*Le sabre de sang*, 1
472. Thomas Geha	*Le sabre de sang*, 2
473. Pierre Pevel	*Le dragon des Arcanes* (Les Lames du Cardinal, III)
474. Alain Damasio	*Aucun souvenir assez solide*
475. Laurent Genefort	*Les opéras de l'espace*
476. Roger Zelazny	*Dilvish le Damné*
477. Thomas Day	*Dæmone*
478. Philip K. Dick	*Ne pas se fier à la couverture*
479. Léo Henry	*Le casse du continuum* (INÉDIT)
480. Frank M. Robinson	*Destination ténèbres*
481. Joël Houssin	*Le Temps du Twist*
482. Jean-Marc Ligny	*La mort peut danser*
483. George R. R. Martin	*Armageddon Rag*
484. Lewis Shiner	*Fugues*
485. Collectif	*Alternative Rock*
486. Arnaud Duval	*Les Pousse-pierres*
487. Christian Léourier	*Le cycle de Lanmeur*, I
488. Lisa Tuttle	*Ainsi naissent les fantômes*
489. Pablo de Santis	*La soif primordiale*
490. Norbert Merjagnan	*Treis, altitude zéro*
491. Robert Charles Wilson	*Julian*
492. Patrick Ness	*La voix du Couteau* (Le Chaos en marche, I)

493.	Patrick Ness	*Le Cercle et la Flèche* (Le Chaos en marche, II)
494.	Patrick Ness	*La guerre du Bruit* (Le Chaos en marche, III)
495.	S.G. Browne	*Comment j'ai cuisiné mon père, ma mère... et retrouvé l'amour*
496.	Glen Duncan	*Le dernier loup-garou*
497.	Christian Léourier	*Le cycle de Lanmeur*, II
498.	Mira Grant	*Feed* (Feed, I)
499.	Richard Matheson	*Par-delà la légende*
500.	Dan Simmons	*L'échiquier du mal*
501.	Mira Grant	*Deadline* (Feed, II)
502.	Robert Holdstock	*Avilion*
503.	Graham Joyce	*Lignes de vie*
504.	Mira Grant	*Red Flag* (Feed, III)
505.	Jean-Philippe Jaworski	*Même pas mort* (Rois du monde, I)
506.	Arkadi et Boris Strougatski	*Il est difficile d'être un dieu*
507.	Laurent Genefort	*Omale*, 1
508.	Laurent Genefort	*Omale*, 2
509.	Laurent Whale	*Les étoiles s'en balancent*
510.	Robert Charles Wilson	*Vortex*
511.	Anna Starobinets	*Je suis la reine*
512.	Roland C. Wagner	*Rêves de Gloire*
513.	Roland C. Wagner	*Le train de la réalité*
514.	Jean-Philippe Depotte	*Le chemin des dieux*
515.	Ian McDonald	*La maison des derviches*
516.	Jean-Michel Truong	*Reproduction interdite*
517.	Serge Brussolo	*Anges de fer, paradis d'acier* (INÉDIT)
518.	Christian Léourier	*Le Cycle de Lanmeur*, III
519.	Bernard Simonay	*Le secret interdit*

520. Jean-Philippe Jaworski *Récits du Vieux Royaume*
521. Roger Zelazny *Les princes d'Ambre (Cycle 1)*
522. Christopher Priest *Les insulaires*
523. Jane Rogers *Le testament de Jessie Lamb*
524. Jack Womack *Journal de nuit*
525. Ray Bradbury *L'Arbre d'Halloween*
526. Jean-Marc Ligny *Aqua™*
527. Bernard Simonay *Le prince déchu* (Les enfants de l'Atlantide, I)
528. Isaac Asimov *Fondation 1*
529. Isaac Asimov *Fondation 2*
530. J. G. Ballard *La forêt de cristal*
531. Glen Duncan *Talulla*
532. Graham Joyce *Les limites de l'enchantement*
533. Mary Shelley *Frankenstein*
534. Isaac Asimov *Les vents du changement*
535. Joël Houssin *Argentine*
536. Martin Millar *Les petites fées de New York*
537. Mélanie Fazi *Le jardin des silences*
538. Graham Joyce *Au cœur du silence*
539. Bernard Simonay *L'Archipel du Soleil* (Les enfants de l'Atlantide, II)
540. Christopher Priest *Notre île sombre*
541. Bernard Simonay *Le crépuscule des Géants* (Les enfants de l'Atlantide, III)
542. Jack Vance *Le dernier château*
543. Hervé Jubert *Magies secrètes* (Une enquête de Georges Hercule Bélisaire Beauregard)
544. Hervé Jubert *Le tournoi des ombres* (Une enquête de Georges Hercule Bélisaire Beauregard)

545. Hervé Jubert — *La nuit des égrégores* (Une enquête de Georges Hercule Bélisaire Beauregard, INÉDIT)
546. L. L. Kloetzer — *Anamnèse de Lady Star*
547. Paul Carta — *La quête du prince boiteux* (Chroniques d'au-delà du Seuil, I)
548. Bernard Simonay — *La Terre des Morts* (Les enfants de l'Atlantide, IV)
549. Jo Walton — *Morwenna*
550. Paul Carta — *Le Siège des dieux* (Chroniques d'au-delà du Seuil, II)
551. Arnaud Duval — *Les ombres de Torino*
552. Robert Charles Wilson — *La trilogie Spin*
553. Isaac Asimov — *Période d'essai*
554. Thomas Day — *Sept secondes pour devenir un aigle*
555. Glen Duncan — *Rites de sang*
556. Robert Charles Wilson — *Les derniers jours du paradis*
557. Laurent Genefort — *Les vaisseaux d'Omale*
558. Jean-Marc Ligny — *Exodes*
559. Ian McDonald — *La petite déesse*
560. Roger Zelazny — *Les princes d'Ambre* (Cycle 2)
561. Jean-Luc Bizien — *Vent rouge* (Katana, I)
562. Jean-Luc Bizien — *Dragon noir* (Katana, II)
563. Isaac Asimov — *Cher Jupiter*
564. Estelle Faye — *Thya* (La voie des Oracles, I)
565. Laurent Whale — *Les damnés de l'asphalte*

566. Serge Brussolo — *Les Geôliers* (INÉDIT)
567. Estelle Faye — *Enoch* (La voie des Oracles, II)
568. Marie Pavlenko — *La Fille-Sortilège*
569. Léo Henry — *La Panse* (INÉDIT)
570. Graham Joyce — *Comme un conte*
571. Pierre Pevel — *Les enchantements d'Ambremer* (Le Paris des Merveilles, I)
572. Jo Walton — *Le cercle de Farthing*
573. Isaac Asimov — *Quand les ténèbres viendront*
574. Grégoire Courtois — *Suréquipée*
575. Pierre Pevel — *L'Élixir d'oubli* (Le Paris des Merveilles, II)
576. Fabien Cerutti — *L'ombre du pouvoir* (Le Bâtard de Kosigan, I)
577. Lionel Davoust — *Port d'âmes*
578. Pierre Pevel — *Le Royaume Immobile* (Le Paris des Merveilles, III)
579. Jean-Pierre Boudine — *Le paradoxe de Fermi*
580. Fabrice Colin — *Big Fan*
581. Fabien Cerutti — *Le fou prend le roi* (Le Bâtard de Kosigan, II)
582. Jo Walton — *Hamlet au paradis*
583. Robert Charles Wilson — *Les Perséides*
584. Charles Yu — *Guide de survie pour le voyageur du temps amateur*
585. Estelle Faye — *Un éclat de givre*
586. Ken Liu — *La ménagerie de papier*
587. Chuck Palahniuk et Cameron Stewart — *Fight Club 2*
588. Laurence Suhner — *Vestiges* (QuanTika, I)

589. Jack Finney	*Le voyage de Simon Morley*
590. Christopher Priest	*L'adjacent*
591. Franck Ferric	*Trois oboles pour Charon*
592. Jean-Philippe Jaworski	*Chasse royale – De meute à mort* (Rois du monde, II-1)
593. Romain Delplancq	*L'appel des illustres* (Le sang des princes, I)
594. Laurence Suhner	*L'ouvreur des chemins* (QuanTika, II)
595. Estelle Faye	*Aylus* (La voie des Oracles, III)
596. Jo Walton	*Une demi-couronne*
597. Robert Charles Wilson	*Les affinités*
598. Laurent Kloetzer	*Vostok*
599. Erik L'Homme	*Phaenomen*
600. Laurence Suhner	*Origines* (QuanTika, III)
601. Len Deighton	*SS-GB*
602. Karoline Georges	*Sous-béton*
603. Martin Millar	*La déesse des marguerites et des boutons d'or*
604. Marta Randall	*L'épée de l'hiver*
605. Jacques Abeille	*Les jardins statuaires*
606. Jacques Abeille	*Le veilleur du jour*
607. Philip K. Dick	*SIVA*
608. Jacques Barbéri	*Mondocane*
609. Romain d'Huissier	*Les Quatre-vingt-un Frères* (Chroniques de l'Étrange, I)
610. David Walton	*Superposition*
611. Christopher Priest	*L'inclinaison*
612. Jacques Abeille	*Un homme plein de misère*
613. Romain Lucazeau	*Latium I*
614. Romain Lucazeau	*Latium II*
615. Laurent Genefort	*Étoiles sans issue*
616. Laurent Genefort	*Les peaux-épaisses*

617.	Loïc Henry	*Les océans stellaires*
618.	Romain d'Huissier	*La résurrection du dragon* (Chroniques de l'Étrange, II)
619.	Romain Delplancq	*L'Éveil des Réprouvés* (Le sang des princes, II)
620.	Jean-Philippe Jaworski	*Chasse Royale – Les grands arrières* (Rois du monde, II-2)
621.	Robert Charles Wilson	*La cité du futur*
622.	Jacques Abeille	*Les voyages du fils*
623.	Iain M. Banks	*Effroyabl Angel*
624.	Louisa Hall	*Rêves de Machines*
625.	Jean-Pierre Ohl	*Redrum*
626.	Fabien Cerutti	*Le Marteau des Sorcières* (Le Bâtard de Kosigan, III)
627.	Elan Mastai	*Tous nos contretemps*
628.	Michael Roch	*Moi, Peter Pan*
629.	Laurent Genefort	*Ce qui relie* (Spire, I)
630.	Rafael Pinedo	*Plop*
631.	Jo Walton	*Mes vrais enfants*
632.	Raphaël Eymery	*Pornarina*
633.	Scott Hawkins	*La Bibliothèque de Mount Char*
634.	Grégory Da Rosa	*Sénéchal*
635.	Jonathan Carroll	*Os de Lune*
636.	Laurent Genefort	*Le sang des immortels*
637.	Estelle Faye	*Les Seigneurs de Bohen*
638.	Laurent Genefort	*Ce qui divise* (Spire, II)
639.	Ian McDonald	*Luna – Nouvelle Lune* (Luna, I)
640.	Lucie Pierrat-Pajot	*Les Mystères de Larispem, I* (Le sang jamais n'oublie)
641.	Adrian Tchaikovsky	*Dans la toile du temps*
642.	Karin Tidbek	*Amatka*
643.	Jo Walton	*Les griffes et les crocs*

Composition : IGS-CP à L'Isle-d'Espagnac (16)
Achevé d'imprimer par Novoprint
à Barcelone, le 7 juillet 2020
Dépôt légal : juillet 2020
1er dépôt légal dans la collection : février 2017

ISBN 978-2-07-079325-9/Imprimé en Espagne.

372496